苏雪林画作

苏雪林画作

苏雪林画作　春江垂钓

苏雪林画作　写故乡松川景

苏雪林画作　山亭雅集图

苏雪林画作

苏雪林画作　倾盆暴雨云中下，万树离披干砍弯。自有狂涛奔腕底，何须学写米家山。

苏雪林画作　茅亭独坐待童归

苏雪林 著

绿天 棘心

图书在版编目（CIP）数据

绿天·棘心 / 苏雪林著 . —南京：江苏凤凰文艺出版社，2020.1

ISBN 978-7-5594-4368-7

Ⅰ.①绿… Ⅱ.①苏… Ⅲ.①散文集—中国—当代②自传体小说—中国—当代 Ⅳ.①I217.2

中国版本图书馆CIP数据核字(2019)第286098号

绿天·棘心

苏雪林 著

出 版 人	张在健
责任编辑	傅一岑　姜业雨
装帧设计	王小耳
责任印制	刘 巍
出版发行	江苏凤凰文艺出版社
	南京市中央路165号，邮编：210009
网　　址	http://www.jswenyi.com
印　　刷	苏州市越洋印刷有限公司
开　　本	880毫米×1230毫米　1/32
印　　张	9.75
字　　数	250千字
版　　次	2020年1月第1版　2020年1月第1次印刷
书　　号	ISBN 978-7-5594-4368-7
定　　价	48.00元

江苏凤凰文艺版图书凡印刷、装订错误可随时向承印厂调换

目录

绿 天

- 3　绿天
- 8　鸽儿的通信
- 26　小小银翅蝴蝶的故事
- 36　我们的秋天
- 48　收获
- 54　小猫
- 59　童年琐忆
- 82　青春
- 89　归途
- 95　中年

棘 心

- 107　第一章　母亲的南旋
- 120　第二章　自闺房踏入学校

133	第三章	赴法
141	第四章	光荣的胜仗
153	第五章	噩音
163	第六章	来梦湖上的养疴
172	第七章	家书
180	第八章	丹乡
189	第九章	白朗女士
201	第十章	中秋夜
213	第十一章	马沙的家庭
224	第十二章	家乡遭匪的噩耗
235	第十三章	他不来欧洲
252	第十四章	皈依
267	第十五章	巴黎圣心院
277	第十六章	法京游览与归国
287	第十七章	一封信

绿　天

绿　天

亚当和夏娃的地上乐园,真是太令人神往了,数千年来,有着不少口碑来传述它,不少诗歌来咏叹它,不少散文来铺张它,连学习工科,平日对于《圣经》素少寓目的石心,也常常对我说:"我想寻找一区隔绝市嚣,水木清华的地方,建筑一所屋子,不和俗人接见。在那儿,你做夏娃,我便做亚当,岂不好吗?"

石心的性格原是很孤僻的,所以有这样的想法。我却颇爱热闹,虽也不喜交际,却爱有几个知心的朋友,互相往还,但对于尘嚣,也同他一样厌恶。因为我的祖父,都是由山野出来的,我也曾在乡村生活过多少时候,我原完全是个自然的孩子啊!

石心因为职务的关系,住在上海。他每天到远在二三十里外的工厂去工作。早晨六点钟动身,晚上六点钟才得回家,只有星期日方能自由。

他上工去后,我就把自己关闭在一个又深又窄的天井底,沉沉寂寂,度过我水样的年华。偶然出门在马路上散散步,眼睛里所见的无非工厂烟囱袅袅上升的黑烟,耳朵里所听的无非是隆隆轧轧的电车和摩托卡。我渴望着我从前所爱的花、鸟、云、阳光、绿野……但这些事物不但闪躲着,不和我的实际相接触,连我的梦境里都不来现一现,于是我的心灵,便渐渐陷于枯寂和烦闷之中了。

我曾读过都德《磨房书札》,最爱《西简先生的小羊》那一篇。咳,现在我也变成这小白羊了,它虽然被系在芳草芊芊的圈子里,受着主人百端爱抚,却永远翘望着那边的崇山峻岭,幻想着那垂枝的青松,清香的野桐花,银色的瀑布,晚风染紫了秋山,鼻子向着遥天"咩!""咩!"发出一声声悠长的叫唤。

某年,即上海为五十年所未有的酷热所燃烧之一年;某月,即秋声和鸿雁同来之一月,我们由上海搬到苏州城里来了。

起先,石心接着苏州东吴大学的聘书,请他为该大学理科主任,并允许由学校赁给我们屋子一所。那时我们并不知新屋是怎样一个形式,想象那或是几间平房,有一个数丈长宽的庭院,庭中或者还有一二株树,少许的花草;不过这样于我已经很好,我只要不再做天井底的蛙,耳畔不再听见喧闹的车马声,余愿已足,住宅就说狭小一点,外边旷阔清美的景物,是可以补偿这个缺点的。吴城这个文化古城环境的幽静,我也算闻名已久了,所以石心接到聘书之后,心里尚在踌躇不决,我却极力地怂恿。啊,西简先生的小羊已经厌倦了栅和圈,它要毅然投向大自然的怀抱里去了!

于是石心决定了赴苏州教书的计划。

我们的行李运去之后,石心先去布置房子,我于第二天带了些零杂用品离开了上海。

我虽然已在苏州生活过,但对于东吴大学许给我们居住的屋子所在,却弄不明白,我便到景海女师,请校长洛宾孙女士引导我去。

洛女士是美国人,性情极为和蔼,见我来很高兴;听见石心也来苏州教书,更为欢喜。她请我坐了,请出她朋友沙女士来陪我,又倒给我一杯冰柠檬水。两个钟头在火车里所受的暑热,正使我焦渴呢,喝了那杯水,真感到甘露沁心般的爽快。

我谈起请她引导去看新居的话,她说:"那屋子很好,我常想住而不可得,你们能够得到这样住所,运气真不错呀!"

"她们住在这样精雅的屋子里,还羡慕我们的住所,那末,那屋子一定不怎样坏吧。"我心里这样想着。

喝完冰水后,她和沙女士引我走出学校,逆着刚才我走来的道路,沿着天赐庄河走了十分钟,进了一堵墙,我们便落在一片大空场之中,场中只有一个小茅舍,余无别物。我正在疑惑,洛女士指着屋后一道矮墙和一丛森森的树木对我说:"你们的屋子在这墙里。"

推开板扉,里面竟有一园,园里有一座虽不精致而极适宜于居住的双幢屋子。

呀,这真是"山重水复疑无路,柳暗花明又一村"!

走到屋前,石心听见我们的声音,含笑由屋中走出。洛女士和他寒暄了几句话,便作别去了。

等她出了板扉,我就牵着石心的手,快乐得直跳起来,说道:"有这样一个好园庭给我们住,我简直做梦也没有想到!"我们牵着手在园里团团走了一转,这园的景物便都了然在心了。

园的面积,约有四亩大小,一座坐北朝南,半中半西的屋子,位置于园的后边。屋之前面及左右,长廊团绕,夏季可以招纳凉风,而冬天则可以在廊子上躺着软椅负暄,这一点,可说是最中我意了。

这园的地势颇低,而且园中杂树蒙密,日光不易穿漏,地上常觉潮湿,所以屋子是架空的。它离地约有六七尺高,看去似乎是楼,其实并不是楼。屋子下面不能住人,只好堆煤,积柴,或者放置不用的家具。

园中尚有一个丈许高的土墩,登其上,可以眺望墙外广场中青青的草色,和东吴大学附近的那一双秀丽的塔影。

园中的草似乎多时没人来刈除了,高下杂乱地生长着。草里缠纠着许多牵牛花和茑萝花,猩红万点,映掩浅黄浓绿间,画出新秋的诗意。还有白的雏菊,黄的红的大理花,繁星似的金钱菊,丹砂似的鸡冠,都在荒园里争妍斗艳。秋花不似春花:桃李的秋华,牡丹芍药的富丽,不过给人以温馨之感,你想于温馨之外,更领略一种清健的韵致,幽峭的情绪么?那末,你应当认识秋花。

讲到树,最可爱的莫如那几株榆树了,树干臃肿丑怪,大皆合抱,有如图画中所画的古木。青苔覆足,常春藤密密蒙盖了一身,测其高寿,至少都在一两百岁以上。西边一株榆树已经枯死了,紫藤花一株,攀附其根,蜿蜒而上,到了树巅,忽又倒挂下来,变成渴蛟饮涧的姿势。可惜未到春天,藤花还没有开,不然,绿云堆里,香雪霏霏,手执一卷,坐于树下,真如置身华严世界中呢。

有一株双叉的榆树最高。天空里闲荡的白云,结着伴儿常在树梢头游来游去,树儿伸出带瘿的突兀的瘦臂,向空奋拿,似乎想攫住它们,云儿却也乖巧,只不即不离地在树顶上游行,不和它的指端相触;这样撩拨得树儿更加愤怒:臂伸得更长,好像要把青天抓破!

春风带了新绿来,阳光又抱着树枝接吻,老树的心也温柔了。它抛开了那些顽皮讨厌的云儿,也来和自然嬉戏了。你看,它有时童心发作,将清风招来密叶里,整天缥缈地奏出仙乐般声音。它又拼命使自己叶儿茂盛,苍翠的颜色,好像一层层的绿波,我们的屋子便完全浸在空翠之中。在树下仰头一望,那一片明净如雨后湖光的秋天,也几乎看不见了。呀,天也给它们涂绿了。绿天深处,我们真个在绿天深处。

"这园子虽荒凉,却富有野趣,"石心笑着对我说道,"要是隔壁没有别人搬来,便也可以算做我们俩的地上乐园了啦!"

我没回答他的话,只注视着那些大榆树,眼前仿佛涌现了一个幻象。

杲杲秋阳,忽然变得炫目地强烈,似乎是赤道一带的日光。满园的树木,也像经了魔杖的指点,全改了模样:梧桐亭亭直上,变成热带的棕榈,扇形大叶,动摇微风中,筛下满地的日影。榆树也化成参天拔地的大香木,满树缀着大朵的红花,垂着累累如宝石如珊瑚的果实。空气中香气蓊勃,非檀非麝,闻之只令人陶然欲醉而已。

长尾的猴儿,在树梢头窜来窜去,轻捷如飞。有时用臂钩着树枝,将身子悬在空中,晃晃荡荡地打秋千玩耍。骄傲的孔雀,展开它们锦屏风般的大尾,带着催眠的节拍,徐徐打旋,在向它们的情侣献着殷勤。红嘴绿毛的鹦鹉和各色各样的珍禽异鸟,穿梭般在树叶间飞来飞去,悠扬宛转的歌声使整个静穆空间为之震颤。

树下还有许多野兽呢,但它们都驯扰不惊,亲睦无猜,像是一个家庭里长大的。毛鬣壮丽的狮子却抱着小绵羊睡觉。长颈鹿静悄悄地在数丈高的树梢,摘食新鲜叶儿,摆出一副哲学家的神气。金钱豹和梅花鹿在林中竞走。白象用鼻子汲取河水,仰天喷射,做出一股奇异的喷泉,引得河马们,张开阔口,哈哈大笑。

这里没有所谓害人的东西,凶恶的鳄鱼懒洋洋地躺在河边,在做着它们的沙漠之梦。一条条红绿斑斓的蛇,并不想噬人,也不想劝人偷吃什么智慧之果,只悠闲地蟠绕树上,有时也吱吱地唱着它们蛇的曲儿。那声音悠长、幽抑,如洞箫之咽风。响尾蛇则摇着尾巴,发出咚咚的鼓声,像是按和着节拍。

这里的空气,是鸿蒙开辟以来的清气。它尚未经过闹市红尘的溷浊,也没有经过潘都拉箱中虫翅的扰乱,所以是这样新鲜,这样澄洁,包孕着永久的和平、快乐和庄严灿烂的将来。

树木深处,瀑布像月色般静静地泻下。小溪儿带着沿途野花野草的新消息,不知流到什么地方去。朝阴夕晖,气象变化,林中的光景,也就时刻不同:时而包裹在七色的虹霓光中,时而隐现于银纱的薄雾里……

流泉之畔,隐约有一男一女在那里闲步。这就是人类的元祖,天主用黄土抟成的人,地上乐园的管领者。

……

"你又痴痴儿地在想什么呢?我们的屋子还没有收拾妥帖,进去吧。"石心用手在我肩上一拍,啊,一切的幻象都消失了,我们依然置身于这红尘世界里!

但是,世上哪有什么真的幸福,我们又何妨就把这个庭院当做我们的地上乐园呢?

一切我们过去心灵上的创痕,一切时代的烦闷,一切将来世途上不可避免的苦恼,都请不要闯进这个乐园来,让我们暂时做个和和平平的好梦。这不是什么过奢的愿望,我想命运之神是可以垂允的吧?

乌鸦,休吐你的不祥之言,画眉快奏你的新婚之曲。

祝福,地上的乐园。祝福,园中的万物。祝福,这绿天深处的双影。

鸽儿的通信

一

亲爱的灵崖：

　　昨天老人转了你的信来，知道你现行已经到了青岛了。这回我虽然因为怕热，不能和你同去旅行，但我的心灵却时刻萦绕在你身边。啊！亲爱的，再过三个星期，我们才得相聚吗？我实在不免有些着急呢。

　　拜祷西风，做人情快些儿临降，好带这炎夏去，送我的人儿回。

　　昨晚我独自坐在凉台上，等候眉儿似的新月上来。但它却老是藏在树叶后，好像怕羞似的，不肯和人相见。有时从树叶的缝里，露出它的半边脸儿，不一时又缩回去。雨过后，天空里还堆积着一叠叠湿云，映着月光，深碧里透出淡黄的颜色。这淡黄的光，又映着暗绿的树影，加上一层濛濛薄雾，万物的轮廓，像润着了水似的，模糊晕了开来，眼前只见一片融和的光影。

　　到处有月光，天天晚上有我，但这样清新的夜，灵幻的光，更着一缕凄清窈渺的相思，我第一次置身于无可奈何的境界里了。

　　栏杆上的蔷薇——经你采撷过的——都萎谢了。但是新长的牵牛，却殷勤地爬上栏杆来，似乎想代替它的位置，它们龙爪的叶儿，在微风里摇摇摆摆的，像对我说：

"主人啊,莫说我们不如蔷薇花的芬芳,明天朝阳未升,露珠已降时,我们将报给你以世间最娇美的微笑。"

今晨起来喂小鸡和鸽儿,却被我发现了一件事。我看见白鸽又在那里衔草和细树枝了。它张开有力的翅膀,从屋瓦上飞到地面来,用嘴啄了一根树枝,试一试,似乎不合它的需要,随即抛开了。又啄一枝,不合适,又抛开了。最后在无花果树根之旁,寻到一根又细又长,看去像很柔软的枝儿,这回它满意了。衔着唰地飞起来,到要转弯的地方,停下来顿一顿,一翅飞进屋子,认定了自己的一格笼,飞了上去,很妥帖地将树枝铺在巢里,和站在笼顶上的小乔——它的爱侣——很亲热地无声地谈了几句话,又飞出去继续它的工作。

为了好奇的缘故,我轻轻地走近它们的屋子,拿过一张凳子,踮了脚向笼里张时,呀,有好几位鸽太太在那里坐月子了。

玲珑的黑衣娘小心谨慎地伏在那里,见了人还能保持它那安静的态度。不过当我的手伸进巢去摸它的卵时,它似乎很有些着急,一双箍在鲜花肉圈里的大眼,亮莹莹地对我望着,像在恳求我不要弄碎它的卵。

第四格笼里,孵卵的却是灰瓦。它到底是个男性,脾气刚强,一看见我的头伸到它的笼边,便立刻显出不耐烦的仇视的神气。我的手还没有伸到它的腹下,"咕!"它嗔叱了一声,同时给我很重的一翅膀,虽然不痛,不提防,也被吓了一跳。

再过半个多月,鸽儿的家族,又加兴旺了。亲爱的,你回来时当看见这绿荫庭院,点缀着无数翩翩白影,该高兴吧?

你的寂寞的碧衿
八月二日

二

灵崖：

你现在想已由青岛到了天津，见了你的哥哥和嫂嫂了。过几天也许要到北京去游览了。你在长途的旅行中，时刻接触着外界不同的景象，心灵上或者不会感到什么寂寞，然而我在这里，却是怎样的孤零啊！

今晨坐在廊里，手里拿了一本书，想凝聚心神去读，然而不知怎样，总按捺不下那驰骛的神思。我的心这时候像一个小小的氢气球，虽然被一条线儿系住了，但它总是飘飘荡荡地向上浮着，想得个机会，挣断了线，好自由自在地飞向天空里去。

鸽儿吃饱了，都在檐前纷飞着。白鸥仍在那里寻细树枝，忙得一刻也不停，我看了忽然有所感触起来。

你在家时曾将白鸥当了你的象征，把小乔比做我。因为白鸥是只很大的白鸽，而小乔却是带着粉红色的一只小鸽，它们的身量，这样的大小悬殊，配成一对，是有些奇怪的。我还记得当你发见它们匹配成功时，曾异常欣喜地跑来对我说：

"鸽儿也学起主人来了，一个大的和一个小的结了婚。"

从此许多鸽儿之中，这一对特别为我们所注意。后来白鸥和小乔孵了一对小鸽，你便常常向我讨小鸽儿。

"要小鸽儿，先去预备了窠来。"我说，"白鸥替他妻子衔了许多细树枝和草，才有小鸽儿出现呢。"

"是的，我一定替你预备一个精美适意的窠。"你欣然地拉着我的手儿说，就在我的手背上轻轻地吻了一下。

真的，亲爱的灵崖，我们到今还没有一个适当的居处，可以叫做我们自己的窠呢——这个幽茜的庭院，虽然给我们住了一年，然而哪能永久地住着？哪能听凭我们布置自己所要的样儿？

我们终朝忙碌地预备功课,研究学问,偷一点工夫,便要休息,以便恢复疲劳的精神,总没有提到室家的话。有一次,我们曾谈过这个,亲爱的灵崖,你还依稀记得吗?

一个清美的萧晨——离开我们的新婚不过半月之久——我们由家里走到田陇上,迤逦进了松川,一阵清晓的微风,吹到我们的脸上,使人感到轻微的凉意,同时树梢头飘飘落下几片黄叶,新秋来了。

残蝉抱着枝儿,唱着无力的恋歌,刚辛苦养过孩子的松鼠,有了居家的经验似的,正在采集过冬的食粮,时时无意间从树枝头打下几颗橡子。

树叶由壮健绿色变成深黄,像诗人一样,在秋风里耸着肩儿微吟,感慨自己萧条的身世。但乌桕却欣欣然换上了胭脂似的红衫,预备嫁给秋光,让诗人们欣羡和嫉妒,她们没有心情来管这些了。

我们携着手走进林子,溪水漾着笑涡,似乎欢迎我们的双影。这道溪流,本来温柔得像少女般可爱,但不知何时流入深林,她的身体便被囚禁在重叠的浓翠中间了。

早晨时,她不能向温柔的朝阳微笑,夜深时不能和娟娟的月儿谈心,她的明澈晶莹的眼泪,渐渐变成忧郁的深蓝色,时时凄咽着忧伤的调子。她是如此的沉闷啊,在夏天的时候!

几番秋雨之后,溪水涨了几篙,早凋的梧楸,飞尽了翠叶,黄金色的晓霞,从权桠树隙里,泻入溪中,深靛的波面,便泛出彩虹似的光。

现在,水恢复从前的活泼和快乐了。她一面急忙地向前走着,一面还要和沿途遇见的落叶,枯树……淘气。

一张小小的红叶儿,听了狡猾的西风劝告,私离母枝跟他出去玩耍,走到半路上,风偷偷地溜走了,他便一跤跌在溪水里。

水是怎样的开心啊,她将那可怜的失路的小红叶儿,推推挤挤地,直推到一个漩涡里,使他滴滴溜溜地打着旋转。那叶儿向前不得,向后不能,急得几乎哭出来。水笑嘻嘻地将手一松,他才一溜烟地逃走了。

水是这样欢喜捉弄人的,但流到坝塘边,她自己的磨难也来了。你记得么,坝下边不是有许多大石头,阻住水的去路?

水初流到石边时,还是不经意地涎着脸,撒娇撒痴地要求石头放行,但石头却像没有耳朵似的,板着冷静的面孔,一点儿不理。于是水开始娇嗔起来了,她拼命向石头冲突过去,意欲夺路而过。冲突激烈时,她的浅碧色衣裳袒开了,露出雪白的胸臂,肺叶收放,呼吸极其急促,发出怒吼的声音来,缕缕银丝头发,四散飞起。

噼噼啪啪,温柔的巴掌,尽打在石头皱纹深陋的颊边,她这回不再与石头闹着玩,却真的恼怒了。谁说石头是始终顽固的呢?巴掌来得急了,也不得不低头躲避,于是水得以安然渡过难关了。

水虽然得胜了,然而弄得异常疲倦,拽了浅碧的衣裳去时,我们还听见她断续的喘息声。

我们到这树林中来,总要到这坝塘边参观水石的争执,一坐总是一两个钟头。

"这地方真幽静得可爱,"你常微笑地对我说,"我将来在这里造一所房子,和你隐居一辈子,好么?"

啊,亲爱的灵崖,这话说过后,又忽忽过了一年多了。鸽儿一番番经营它们的窠,我们的窠,到底在哪里?

你的碧衫

八月三日

三

灵崖:

这两天来,天天下午总有个风暴,炎暑减退了许多,我想北京定然更凉爽,你可以畅畅快快地游玩了,近来我有些懊悔,不该不和你同去。

但是,今早在床上时,看见映在窗槛上的朝日,带着一派威胁性的红光,便预料今天的奇热。于是赶紧爬起身,好享受一下那霎时间就要给炎威驱走的清晓凉风。

近中午时,果然热得教人耐不住。园里的树,垂着头喘不过气儿来。麝香花穿了粉霞色的衣裳,想约龙须牡丹跳舞,但见太阳过于强烈,怕灼坏了她的嫩脸,巡逡地折回去了。紫罗兰向来谦和下人,这时候更躲在绿叶底下,连香都不敢香。

憔悴的蜀葵,像年老爱俏的妇人似的,时常在枝头努力开出几朵暗淡的小花。这时候就嘲笑麝香花们:"如何?你们娇滴滴的怕日怕风,哪里比得我的老劲!"

鸡冠花忘了自己的粗陋,插嘴道:

"至于我,连霜都不怕的。"

群花听了鸡冠的话,都不耐烦,但谁也不愿意开口。

站在枝头的八哥却来打不平:

"啧!啧!你以为自己好体面吧。像蜀葵妈妈,她还有嘲笑人的资格,因为在艳阳三月里,她曾出过最足的风头,你,什么蠢丫头,也配多话!"

鸡冠受了这顿训斥,羞得连蒂儿都红了。

八哥说过话,也就飞过墙外去,于是园里暂时沉寂,只有红艳艳的太阳依旧照在草、木,和平地上。

正在扇不停挥的当儿,忽然听见敲门的声音,我的心便突突地跳起来,飞也似的跑去开,果然是邮差来了,果然是你的信来了!

以后便是看信和写信的事。你说后天还要给我写一封,我等着就是了。

祝你旅途安好!

碧衿
八月四日

四

灵崖：

　　夜间下了雨，天气又凉了。傍晚时到园中徘徊，望见三四丈外绿树丛中荡漾着粉红衫的影儿，我知道汤夫人也在那里散步。忽然听见她在土山上唤我的声音，我便顺着碎石子路，穿过几丛雏菊，上了那螺旋式道儿的山，才看见和她并肩坐着的还有汤先生。

　　"你独一个人，觉得寂寞吧，和我们谈谈如何？"

　　"好，好。"我们开始谈起话来了。我用的是不完全的英语，他们用的是不纯熟的中国话，遇着讲不出的事件，便用手势来形容。这种谈话，觉得可怜吧？但又何妨呢，人与人心灵间的交通，定要靠着言语和文字么？

　　我们先谈天气。譬如去年很热，今年却凉等一类的话。又谈园艺。你知道的汤先生是一位园艺家，他一天到晚一把锄在园里，我们只看见他所分的地里，菜蔬一畦一畦的绿，花儿一莳一莳的红。

　　后来谈到他们的结婚。汤先生说前天是他们结婚周年纪念日。去年比今天还早两个星期，正是汤夫人由美国到上海的时候。

　　汤先生说到这里，一只手不知不觉地搭上夫人的肩，眼望着我，慢吞吞地说道："林白太尉由大陆驾着飞机渡过几万里海洋，降落在巴黎。她——"一面回头望他夫人一眼："——由美国飞到中华，降落在 Married State 上。"

　　汤先生隽妙的词令，不禁使我微笑了。"自然，爱情的翅膀，比什么飞机的力量都强。"我说。于是大家都笑了。

　　他问我们是几时结婚的？差不多两年了，但这番的谈话，引起我的心思，我默默地望着苍茫暮霭里的北方出神了！

碧衿
八月五日

五

亲爱的灵崖：

一早起，就惦记着你今天有信来。

但今天有些古怪，邮差照例是午前来的，差不多十二点钟了，还不见他到。一听见敲门的声音，便叫阿华去开，我走到栏杆边望着。小孩轻捷的身躯，像鸟儿般翩然飞去，我还嫌他慢。但每次开门，进来的不是那缺了牙齿说话不清楚的老公公，便是来拿针线去替人缝穷的厨子老婆，哪里有绿衣人的影子！

等着，等着，太阳快要到午时花家里茶会了！

啊，亲爱的，什么是午时花的家呢？我趁这个机会告诉你。这是你去后才有的，你不知道。这是我的计时器呢。

朋友送了我几盆午时花，我便将它们放在东边草场上——盖满了榆树影儿的草场之一角——因为树下有一只水缸，灌浇便利。

午时花是极爱日光的。但早晚时懒惰自私的榆影，伸长他的肢体，将一片绿茵，据为卧榻，懒洋洋躺着，尽花儿们埋怨，只当耳边风——不是的，他早沉沉地睡着，什么都不能惊动他的好梦了。

可是，日午时，太阳驾着六龙的金车，行到天中间，强烈的光辉，向下直泻，榆树影儿闭着的眼，给强光刺着，也给逼醒了。他好像有所畏慑似的，渐渐弯曲了他的长腰，头折到脚，蜷伏做一团。

花儿们这才高兴哩。她们分穿了红黄紫白的各色衣裳，携着手在微风里，轻颦浅笑地等候太阳的光临。

这位穿着光华灿烂金缕衣的贵客，应酬是很忙的，等待他的多着呢——

池塘里的白莲展开粉靥，等他来亲吻。

素雅的翠雀花凝住了浅蓝色的秋波，在清风里盈盈眺盼。

山黧豆性急,爬上架儿,以为可以望得远一点儿。

铃兰挂起了一串银铃,准备贵客一到,便摇铃招集群花宣布开会。

木香和十姊妹早已高高巴在那玲珑得好似疏棂格子的木棚顶上了,还要伸出她们纤纤的碧玉臂,在青天里乱招。好笑,她们比山黧豆还缺乏耐性。

这中间,我觉得葵花的忠心最为可佩。她知道自己比不上群花的娇美轻盈,不敢希冀太阳爱她,但她总伸着长长的颈儿,守着太阳的踪迹——太阳走到哪里,她的颈儿也转到哪里——轻佻的花儿们和太阳亲热不上两三天又和风儿跳舞去了,萧条的秋光里,葵花还是巍然立着,永远守着太阳!

但穿着金缕衣的王子虽有这许多花儿要爱抚,要安慰,无论如何,每天正午时,总要匆匆地到午时花家里打个照面。我的钟表你在家时便都坏了,又懒得拿去修,我就把太阳降临花儿家时刻,代替了钟表。看见牵牛花咧嘴笑时,知道是清晨,榆影儿拱起脊背时,定然是正午,葵花的颈儿转到西,天就快黑了。

但是今天为什么呢?太阳已经由午时花家里宴罢出来了,你的信还没有到。

碧

八月六日

六

……

七

崖——

昨天又没有等到信,我真有些不高兴起来了,所以也不写信给你,只好让我们通信的日历上,留一页空白,虽然这是不很美观的,然而错处不在我。

心里的忧闷,像雨后遥山一般,浓酽酽的又翠深了一层!

你失望的碧衿
八月八日

八

灵崖——

我应当怎样忏悔这两天以来对于你的怨望呢?我明明知道这两天没你的信,是邮差在弄鬼,或者在路上耽搁了,不是你骗我,教我发急,然而我偏偏要怨恨你。亲爱的人儿,这真是不可解的无理和褊狭啊,我偏偏要怨恨你!

果然,懒惰的邮差,将你应许我的信,与你七月廿九的一张明信片同时送了来。我接着时,恨恨地望了他一眼,恨不得说:"先生,下回请你多跑一趟吧。多跑一趟,你的腿不见得会长,但我便不至于错怪我爱的人儿了。"

你的信里说:到天津已经三天,明天便得上北京,还要游北戴河。

北京,是我旧游的地方,自从离开它已经有六年了。虽然我后来又游历了许多地方,见了些世界著名的建筑,然而我总忘不了北京。在我的记忆里,巍峨的凯旋门影子,没有掩没了庄严苍古的大前门。想起双塔插云的巴黎圣母院,便立刻联想到天坛。啊!那浑圆天体的象征,给我的印象真深刻。它,屹立在茫茫旷野里,背后衬托的只是一片连白云都没有一朵的单色的蔚蓝天——寂寥,静穆。到那里引不起你的愉快或悲哀,只教你茫然自失地感觉自己的渺小。到那里想不起种种的人生问题,只教你惊奇着宇宙永久之谜。有时候和人谈起鲁渥尔博物院,我每每要问一句:"朋友,你到过北京没有?文华和武英两殿的宝藏真富。"

枫丹白露和凡尔赛的离宫真壮丽啊,但同时那掩映在金色夕阳中红墙黄瓦的故宫影子,也涌上我的心头。

听说北京现在不如从前了。灵崖,我很想知道你经历些什么地方,好和我从前所游相印证,但请不要提起它的不幸。我和北京有如相别多年的老友一般,很想知道它一点消息。然而,灵崖,听见地坛几百年的老柏都斫做柴烧了,古皇城的墙都拆下来一块块地卖了,就如听见老友家里遭了灾难,那是如何的惆怅啊!

你的碧衿
八月九日

九

灵崖——

昨天晚上,我坐在凉台上,做了一个好梦。亲爱的,让我把这个梦详详细细地告诉你。

心思杂乱的人都多梦吧。你常常对我说,平生没有几个梦,因此就每每自己夸为"至人"。但我的梦真多啊,天天晚上梦儿乱云似的在我脑海里涌现。醒来时却一个记不清。好像园里青草地上长着的黄白野花,寂寞的在春风里一阵阵地开了,又寂寞的在春风里一阵阵地萎谢了。

不过,昨晚的梦,却非常清楚,醒时那清美的新鲜的味儿,还萦绕在我心头,经过好久好久。倘把杂乱的野花,比我平时那些乱梦,昨晚凉台上的梦,我便要将它比做一朵睡莲——银色月光浸着的池塘里的一朵睡莲——夜里的清风,拍着翅儿,轻轻地飞过它的身边,它便微微动摇着,放出阵阵清幽的香气。在水光月影中,它的轮廓又是那般的异样清晰。

梦是这样开始的。晚饭后沐浴过了,换上宽博的睡衣,照例到凉台上纳凉。有时和阿华讲讲故事,有时吟吟古人的诗句,但大部分的时间消磨在用我寂寞的心灵和自然对语。

昨晚月色颇佳,虽然还没有十分圆,已经是清光如水。我想起你日间寄来的信,便到屋里取出来,在月光下披读,读了一遍,又读了一遍,啊!我的心飞到北京去了。

在冷冷幽籁里,我躺在藤椅上,神思渐渐膂腾起来了。

恍惚间,我和你同在一条石路上走着,夹路都是青葱的树,仿佛枫丹白露离宫的驰道,然而比较荒凉,因为石路不甚整齐,缝里迸出的乱草,又时常碍着我们的脚趾。

路尽处,看见一片荒地,立着几根断折了的大理石柱。斑斑点点,绣满了青苔,显出黝然苍古的颜色。圆柱外都是一丛丛的白杨,都有十几丈高,我们抬头望去,树梢直蘸到如水的碧天。杨树外边还是层层叠叠的树,树干稀处,隐约露出淡蓝碎光,那是树外的天。

没有蝉声,没有鸟声,连潺潺流水的声音,都听不见,这地方幽静极了,然而白杨在寂静的空气里,却萧萧寥寥,发出无边无际的秋声。

荒垣断瓦里,开着一点点凄艳可怜的野花。

同坐在一片云母石断阶上,四面望去,了无人迹,只有浸在空翠中间的你和我。我不觉低吟前人这样两句奇思妙想的诗句:

"红心满地宫人草,碧血千年帝子花!"

以后梦境便模糊了。圆柱和荒地都不见了。眼前一排排的大树慢慢倒了下去,慢慢平铺了开来,化作一片绿茫茫的大海。风起处,波涛动荡,树梢瑟瑟的秋声,这时候又变为海面沙沙的浪响。

这时候我们坐着不是石阶,却躺在波面上了。我们浮拍着,随着海波上下,浑如一对野凫。我们的笑声,掩过了浪花的笑声。

海里还有飞鱼呢,蓦然从海里飞了起来,燕子似的掠过水面丈许,又钻入波心,在虹光海气里,只看见闪闪的银鳞耀眼。

忽然一尾鱼,从我身边飞过,擦着我的脸。一惊便醒了,身子仍旧躺在藤椅上,才知方才做了一场大梦,手里的信已掉在地上去了。

呼呼的正在起风呢。月儿已经不见了。梦里的涛声,却又在树梢澎湃——鬓边像挂着什么似的,伸手摸时,原来是风吹来的一片落叶。

夜凉风紧,不能更在凉台上停留了。拾起地上的信,便悯然地走进屋子,收拾睡下了。

梦儿真谎啊,我本来不会游泳,怎么在梦里游得那般纯熟? 这也不过是因为你信里说要到北戴河作海水浴,惹起来的。真的,灵崖,我也想学游泳呢,什么时候同你到海边练习去。

碧衿
八月十日

十

灵崖:

平常的时候,你知道我是怎样爱惜光阴的一个人,然而现在心情变易了,每天撕下一张日历,便好像透过一口闷气似的,暗暗说声惭愧,又过去一天了,他的归期又近一天了。

每天除了和你写封信之外,别的事总是懒懒的。一张双塔的写生,只涂上一片淡青的天空,点缀了几笔树影,便连画架儿抛在那里,已经积满了尘埃。还有许多小飞虫,当油布未干时,企图上来歇息歇息,不意它们细细的羽儿,被油彩粘住,再也挣扎不脱,便都死在上面了。那张未完工的画,已不能用,未免可惜。

写信外,睡午觉。午觉醒来已经天黑,便洗一个浴,到园里风凉风凉。夜间躺在凉台的藤椅上,用大芭蕉扇扑去趁便来叮的蚊子,同阿华谈谈闲话。这就是我一天的生活。而且天天如此,一点没有改变。但是,今天忽然想着这个办法很不对,我该用一点功,这样风凉的长昼,这样清净的园林,不可辜负了。

整天潺潺大雨,好闷人呀! 你什么时候回来呢?

碧衿
八月十一日

十 一

灵崖：

  本说从今天起,我就要用一点功的,然而难题又来了,要想用功,就得有画看,偏偏东吴大学图书馆为修理房屋的缘故,今夏不开放,我们的四部丛刊又在上海,没法搬来,架上寥寥百余卷,实在不够我几天翻阅——而且大半从前都看过的了。

  于是想起省立第一图书馆离我们这里不远,何不去一趟。上午同阿华走出后门,雨后的郊原,风景颇不坏,一片衡皋,绣着芊绵细草。沟里流水潺湲,沿着堤埂流去。埂上蒙密的丛条,缀着浅紫色的花朵,据说是木槿花。阿华想折几朵来插瓶,我怕他跌下水沟,不许他去,我们家里的好花多着呢,留着这个给农夫村妇润润枯燥的心田吧。

  穿过几条巷,看见一带虎纹石墙,护着扶疏小树,我们知道到了目的地点,脚步便缓起来了。这个地方,你从前也曾到过的,现在正在修改,园里随处有未完的工程。园正中处,有一个水门汀的八角池,新划出的花坛,疏疏朗朗地长着些杂花,也是从前所没有的。这园总算在积极整理了。不过树还太稀少了,骄阳下,人们走来看书,眼睛里晃耀着几百亩沙地上反射来的阳光,心灵不免感到烦躁。

  我想起从前所见法国郭霍诺波城的图书馆了,里面参天的老树,何止几百株,高上去,高上去,郁郁葱葱地绿在半天里。喷泉从古色斑斓的铜像所拿的瓶子或罐子什么的里面迸射出来,射上一丈多高,又霏霏地四散落下,浓青浅紫中,终日织着万道水晶帘。展开书卷,这身儿真不知在什么世界里。或者,就是理想中的仙宫吧。

  他们那里到处都有林子,天上夕阳云影,人间鸟语花香,衬托了一派绿荫,便觉分外明媚。

  可怜中国还说是四千余年的文明古国呢。孟子说："所谓故国者,非谓有乔木之谓也……"可见必有乔木,才称得起故国。然而我们在这故国,所看见的只是一片荒凉芜秽的平地,没有光,没有香,没有和平,没有爱……就因为少了树。即说有几株,不到成荫时,便被人斫去用了,烧了,哪里还有什么乔木?

我们所爱的祖国啊,你种种都教人烦闷,不必说了,而到处的童山,到处的荒原,更是烦闷中之烦闷。

馆里书也少得可怜,我所要借的书,只得到范石湖诗集一部。翻开看不到几页,已经是关门的时候了,于是走了出来。回家吃了饭,和阿华到街上逛逛,不知不觉间又踏入相识的书店。

在书店里倒翻出我所需要的几部书,但惜我们在上海的四部丛刊里都有,买太不上算,就向书贾商量借。我以为他定然不肯的,谁知他竟欣然允许,居然让我携了四五部书回家。我开了一个地址给他,约定下星期派店伙来取,他也答应了。

我觉得这个书贾,真风雅可人,远胜于所谓读书明理的士流,那"借书一痴,还书一痴"的法律,不是士流定出来的么?

从此我也可以略略有书看了。不过以为在这将残的假期中,我还能做出什么成绩,那就未必吧,我实在是懒得可怕啊!

碧衿
八月十二日

十 二

崖:

秋天来了,也是无花果收获的时期了。但今年无花果不大丰稔,在那大而且厚的密叶中,我翻来覆去的寻觅熟了的果子,只寻到两个。其余都是青的而且都只有梅子般大小。就是这样的也不多,一株树上至多不过十来个。懊恼! 去年冬天我还在树下埋过两只病死的鸡呢,它所报酬我的却只有这一点,真吝啬呀!

提到鸡,我又要将它们的消息报告报告了。你去后小鸡长大了不少。但八只鸡之中只有三只母的,其余都是公的。母鸡全长得玲珑轻巧,便捷善飞,譬如它们在墙根寻虫豸吃时,你这里一呼唤,它们便连跳带飞地赶过来,一翅可以一丈多远。据说这都是江北种,将来不很会生蛋的。于是我记起母亲从前的话。母亲曾在山东住过,常说北边的鸡会上屋,赶得急了,就飞上屋顶去了。又会上树,晚上差不多都登在树上,像鸟似的。后来读古人诗,如陶渊明的"狗吠深巷中,鸡鸣高树巅";杜甫的"驱鸡上树去,始闻叩柴荆"等语,于母亲的话,更得了一层证明,不过总还没有亲见。现在见我们鸡之能飞,很感趣味。

小公鸡更茁壮,冠子虽没有完全长出,但已能啼了。啼得还不很纯熟,没有那只大白公鸡引吭长鸣的自然,然而已经招了那老物的妒忌。每晨,听见廊下小公鸡号救声甚急,我以为有谁来偷它们了,走出一看,却是大白鸡在追啄它未来的情敌呢。小公鸡被赶得满园乱飞,一面逃,一面叫喊,吓得实在可怜,并不想回头抵抗一下。如果肯抵抗,那白公鸡定然要坍台,它是丝毛种,极斯文,不是年富力强的小公鸡的对手。我于是懂得"积威"两字的厉害了,这些小公鸡从幼在这园里长大,惧怕那白公鸡是非一朝夕的,所以到力量足以防卫自己时,还不敢与它对敌。一个民族里有许多强壮有为的青年,能被腐败的老年人,压制得不敢一动,就是被"积威"所劫持的缘故。

不过大白公鸡威名坠地的时期也不远了。只要这些小公鸡一懂人事,知道拥护它们自己的权利时。革命就要起来了。我祝这些小英雄胜利!

请伯哥转的信都收到了么?几天以来没有接到你的消息,不免又有些挂念。快开学了,希望你早些回来。

碧衿
八月十三日

十 三

灵崖：

你临走时，教我随时报告鸽儿的消息，但它们都和从前一样，所以我也寻不出什么来做报告的材料。然而这两天来有一段关于它们的趣事，说来想你也要称奇的。

红宝石眼失踪后，它的小孀雌青玉已经同灰瓦配成对偶了。然而灰瓦却有一个同性的朋友，那就是大黑鸽。灰瓦今春死了妻子而后，不耐岑寂，时常咕咕的在别个雌鸽面前打旋，但它们都罗敷自有夫的。谁理它呢？不知什么时候，它和大黑鸽认识了。从此行止必偕，宛如伉俪。甚至同住在一个笼里，你知道鸽儿对于它们的笼，是最视为神圣的。不是自己的配偶，错进去了，便要出死力来打出的。至于两雄同栖，更是从来所未闻的事，然而现在它们居然和和睦睦地同栖了。现在灰瓦和青玉好起来，大黑鸽非常之吃醋，一听它们在笼里亲密地互相叫唤时，便立刻要飞进去，乱搅一阵。青玉在孵卵，它也要进去捣乱。昨天两个在笼里恶打一场，孵过三天的卵，踏得粉碎，卵黄流了一笼子，你说可恨不可恨呢？但灰瓦对于大黑鸽仍然很要好，它们两个时常在屋脊上，交颈密语，或用喙互刷毛衣，虽然它们亲爱的表现，仅此而已，然而已够叫我纳罕了。如果有生物学家在这里，我真要去请教一番，这难道不是一个问题吗，动物竟也会发生不自然的恋爱？

至于白鸥和小乔已经孵了一星期的卵了。不久当有小鸽儿出来。

碧衿
八月十四日

十 四

亲爱的灵崖：

　　听老人说你决定南回，就要动身了，这话使我怎样欣慰啊！虽然我们在上海分别，至今不过一个月，然而在寂寞的生活中，便觉得有半年之久。更使我感到不快的，就是你的信太稀少，在这样风鹤惊心的年头，未免使我焦急。但也不必更埋怨了，只要你能回来，我也就满意了。这信你或者接不着了，但也要写一写。

碧
八月十五日

小小银翅蝴蝶的故事

一

一个小小银翅蝴蝶,本来生长在一个地名"绣原"的大野里,但她野心颇大,常想吸取异地香花的蜜汁,增加自己翅子的光辉。有一次她飞过一个大湖,在湖的西边,有座名园,她就在那里寄居下来。

这园里有芊绵的碧草,有青葱的嘉树,有如夏天海面涌起一簇的轻云似的假山石,更有许多难以名状的奇花异卉,和蝴蝶同去的美丽虫豸们,便占据了这个园子当做自己的家,大家游戏,颇不寂寞。

小小银翅蝴蝶,朝吸花液,夕眠花丛,她翅上的银粉,果然一日灿烂似一日。有时她绕着花枝飞舞,翅儿映了太阳,闪闪发亮,有如珍珠的光华。

园里住着的,有金碧辉煌像披了孔雀氅的大蝴蝶,有绿质红章的鹦鹉蝴蝶,有细腰而轻婉的黄蜂,有像通明绿玉镂成翅儿的蜻蜓,小小银翅蝴蝶,厕身其间,真觉得朴陋可怜。但因为她生得这样玲珑娇小,性情又颇温和,园里的虫豸们,对她便起了羡慕之心。

最先是抱着柳条唱歌的蝉,走来对她说:

"啊,美丽的小蝴蝶,允许我爱你么?我餐风饮露,品格素称清高,而且我又是个诗人,当我高吟时,池水听了为之凝碧不流,夕阳也恋恋不忍西下,我如能做你的伴侣,愿意朝夕唱歌你听。"

蝉虽极力将自己介绍了一番,小小银翅蝴蝶却摇了摇头说道:

"你果然是很高雅的——但是——但是我未到这里之前,已经同一匹蜜蜂定了婚约了。"

蝉听了大为失望,咻然一声,曳着残声,飞过别枝去了。

蠹鱼蚀倦了书,偶然伸头卷外,见了这小小银翅蝴蝶,不觉心里一动,就爬出书卷,摇摇摆摆地走到她面前。

"看哪!可爱的蝴蝶,我是一个学者,平生曾著(蛀)过等身的书,不只三食神仙字了。爱我吧,我们结合以后,我的白袍与你的银翅相辉映,将使园中虫豸羡煞!"

蝴蝶见他那涂满了白垩粉的长袍,和曳在衣裙上的三条博士带,不觉暗暗好笑,她回答道:

"罢罢,学者先生,安心著你的书去吧。我不能允许你的要求,因为我已经有了情人咧。"

蠹鱼不得要领地回去后,别的求爱者又来了几个,但都不成功,所以以后就无人来了。

蚂蚁因为居处与蝴蝶相近,拜会她几回,别人就传蝴蝶要和他做朋友了。其实蚂蚁并无别的意思,蝴蝶也不过赏其勤敏,时常同他谈谈话而已。

草里的绿蜥蜴,偶然在蝴蝶前走过,把尾巴摇了几摇,蝴蝶以为他要来咬她,不觉惊叫了一声。蜥蜴慌忙转身跑了,但因此大受众虫的讥嘲,羞得他潜藏在虎纹石下,足足有三天,没有到外边洗日光浴。

蝴蝶后来知道这件事,很是懊悔。她说蜥蜴外貌似乎难看,性情却是极温良的,我不该惊动众虫,教他过不去。听说后来蜥蜴也同她谅解了。

人问她和蜜蜂的爱情如何?蝴蝶说还没有同他会过面呢。

"那末,你为什么要对他这末忠实?"别的虫们很奇讶地问。

"我们的婚约,是母亲代定的。我爱我的母亲,所以也爱他。"蝴蝶微笑地回答。

二

小小银翅蝴蝶没有事的时候,常坐了一片花瓣的船,在湖中游荡。湖中有许多莲花,在那里,她认识了一对蜻蜓夫妇,和一匹淡黄色的飞蛾。

蛾儿会讲故事,又会吐出雪亮的丝,做成精巧的小茧,人们称他做艺术家。

蝴蝶到湖上游过几次,和他们渐渐熟悉了。说也奇怪,以后蝴蝶每到湖上去,飞蛾就在湖边等她,好像有什么成约似的。也不知他有什么法术,能够如此。

一夜,两个又在湖上相遇。

那是一个景色醉人的春夜,草中群蛙乱鸣,空中也飘荡着夜莺的歌声。流萤如织,上下飞舞,影儿映在水里,闪烁不定,辨不清是空中的荧光,还是水中的荧光。绿沉沉的树影,浸在波间,湖水原已碧得可怜了。现在更含了这无数荧光,好像是夜的女王,披了嵌满金刚钻蓝天鹅绒的法服,姗姗出现。

两片花瓣的船儿,相并地在湖中漾着。月儿御了金轮,飘飘走出云海,将幽美的光辉倾泻在湖面上,立刻幻出一个美妙神秘的世界。风过去,带来一阵阵岸上人家园里的紫丁香的芬芳,和沁人心田的凉意,轻轻驱去人们眼皮上的瞌睡。

蝴蝶将一枝樱草,代桨划她的小船。镶了月光的微波,如栉栉银云,随桨涌起,渐渐散开去,又渐渐聚拢来。微波也似乎恋着蝴蝶的影儿,不忍流去呢。

"今天晚上,你又有什么好听的故事,请讲个我听吧,黄蛾先生。"

"今夜没有什么故事可讲了,我所有的都讲完了喽。也罢,我且再讲一个。这故事却是我亲自阅历的,如果你不嫌烦腻,我便开头叙述了。"

"是你自己的故事么?那定然更亲切有味了。快讲罢,我要趁月儿未落到湖心之前,棹舟回去呢。"蝴蝶催着说。

于是蛾捻一捻他那两撇清朗的小触须,开始讲他自己的故事:

"人们所赞美的是'攻克',如圣弥额尔天神在波浪掀天的大海中斩除毒龙,海克士杀死九头虺,隐者们岩栖穴处,克服他们自己的肉体,但我以为都不足道,我认为世间最有价值的事,是怎样去克服情人的心。

"人们所崇拜的是'冒险',如哥伦布冒险寻得新大陆,许多游历家,冒险去探南北极,希望发现些什么。这在我也不以为然,我以为世间最勇敢的行为,是冒险去探求情人心中的秘密。

"我爱美,慕光明。为了爱美,我曾做茧缚住自己,经历无边的苦闷,你是听见过了。为了慕光明,几乎丧失了生命,恐怕还没人知道呢。

"我后来果然恋爱了一个人,她是谁? 她是点在金钉上的一穗青焰。

"夜间她在屋里亮起来了,我就在兰窗外徘徊,窥望她的倩影。

"一夜,我又飞在窗外。隔了一层碧纱,见我的情人,光彩焕发,美丽如青莲华。我知道她虽美,却很危险,近她的人,都不免要惹焚身之祸。但是,我生性是好冒险的,我要冒险去探一探她的心,是否真的爱我?

"我鼓起勇气,飞进纱窗——她呢,果然是被我攻克了,然而我呢,晕倒在金钉之下了。

"醒过来时,我已被掷在窗外,发现我的翅儿和心都灼伤了。"

飞蛾说到这里,鼓起他淡黄如新月的翅儿,月光下,蝴蝶看见那翅面上,有焦黑的斑点,恰似玳瑁上的花纹,蛾说:这是"爱的伤痕"。

蛾讲完他的故事,又接着说道:

"我心的灼伤还没痊愈呢,但是,我现在又坠入一个新的冒险命运中了。啊! 如果我能博得我所爱者的欢心,我愿意让我的心再燃烧一度。"说罢,将忧郁的眼光望着蝴蝶,并且幽幽地叹了一口气。

蝴蝶懂得他的意思了,她脸上蓦地飞来一阵红霞,垂下她的头,藏在两翅子中间,如一叶经人手触的含羞草。那晚蝴蝶回来之后,从此不再到湖上去了。

三

碧海青天中,月儿夜夜吐泻她的幽辉,春风里,月月红时时展开她们的笑靥,小小银翅蝴蝶,到湖的西边来,忽忽间已见了三度月圆,三回花的开谢了。

现在是春风骀荡,红紫成团的仲春天气。双飞的紫燕,在画梁上筑了巢,生了一群雏燕。柏树上的慈乌,也孵了八九子。至于荷底交颈的鸳鸯,溪边同飞的翡翠,其亲爱缠绵,更不必说,而园中鹦鹉、孔雀等,也渐渐作对纷飞,只有小小银翅蝴蝶,仍然是孤独的。

花之朝,月之夕,她的纯洁心灵上,未尝不发生一种轻微的,难以言说的惆怅。

啊,再过几时便是落红如雨,春色阑珊的季节了!

一天,她飞到一带树林中,寻取花汁。林中野花下,有一群青蝇,正在大吃大喝,开俱乐会。

蝴蝶取了花汁之后本已起身飞回,但飞了几步,还有些口渴,便又折转过来。不过这次她是从花的后方飞进去的,没有给青蝇们看见。

她才歇在一朵花上,就听见青蝇们正在说话,似乎是议论着她自己,她就钉住不走了。

青蝇甲:"刚才飞过去的,是那边花园里的银翅蝴蝶,我认得她。"

青蝇乙:"为什么她总是独自飞来飞去?"

青蝇甲:"爱她的也很多,但她总不理会,有点假撇清哩。"

青蝇丙:"难道她是抱独身主义的么?"

青蝇甲:"那倒不是,听说她已与人定有婚约了。"

青蝇乙:"她的未婚夫是谁?现在何处?"

青蝇甲:"这可不明白,听说在这大湖东边大山上学习工艺呢。老金刚从山那边来,总该知道。"他说着就指着对面坐着的大金蝇。

众蝇:"老金,你知道银翅蝴蝶的未婚夫么?我们倒想听听他的事呢。"

金蝇:"我也不认识他,不过山那边的人,时常对我谈起他罢了。"

众蝇:"他是一个什么样的人物?"

金蝇:"很聪明的少年,工艺也学得不错,在昆虫里总算是出类拔萃的了。不过听见说性情颇为孤冷呢。"

青蝇甲:"蜂们的性情总是有些孤冷的。那边园里的黄蜂姊妹,美虽美,却故意板起脸,装得凛若冰霜,大家都不敢亲近她们。"

青蝇乙:"蜜蜂是有刺的,是不是?"

青蝇甲:"自然,黄蜂也是有刺的。园里黄蜂姊妹,谁误触她们一下,她们就给你碰一个大大的钉子。"

众蝇听了都大笑。

青蝇丁:"不过蜜蜂现在为什么不来同蝴蝶结婚呢?"

金蝇:"不知道。总之那蜜蜂也未必来吧。他是工艺家,讲究实用,我看他或者会爱能吐丝织茧的蚕,能纺织的络纬,而不爱这银翅蝴蝶,因为她太浮华无用罢了。"

青蝇丙:"这也不错。蝴蝶们都自以为富于文采,我看她们一文也不值,她们还瞧不起我们哩。就说这个银翅蝴蝶吧,不过钱大,也居然轻狂得很,将来教蜜蜂好好地扎她几针,我才痛快。"

众蝇又大笑。

在蝇们的喑喑笑声中,野花丛里,飒然有声,有个影儿,一闪就不见了。但蝇们并不注意,仍然吃喝谈笑,继续他们的盛会。

四

那天蝴蝶在树林中悄悄地飞回之后,心里非常不乐。蜜蜂果然是这样一个人物么?他不爱我们蝴蝶,以为是浮华无用么?她自顾翅上美丽的银粉,很爱惜自己的文章,但是这有什么价值呢?在蜜蜂的眼里,还不如蚕的丝,络纬的纺车声呀!她想了又想,一面不信青蝇们的话,一面对蜜蜂也有些不放心。

到后来,她想,好吧,我虽不能到他那边去,但可以教他到我这里来。他来之后,我就可以知道他的性情,他也会知道我的性情了,双方即有缺点,感情融洽之后,也就不觉得了。

小小银翅蝴蝶,本是富于情感的,她推己及人,以为蜜蜂也和她一样。她理想只要写一封信去,就可以将蜜蜂叫来,并没有想到他或者有不能来的苦衷。

她写信之后,就忙着收拾妆奁,以为结婚的预备。她榨取紫堇花的香水,扫下牡丹的花粉,用灿烂的朝阳光线,将露珠穿成项圈,借春水的碧色,染成铺地的苔衣。朋友们见她整日喜滋滋地忙东忙西,都觉得奇怪,逼问理由,蝴蝶瞒不过,只得实说道,我不久要结婚了。大家忙与她道喜,并争送贺礼。黄蜂姊妹送她一朵金盏花,说将来好和蜜蜂喝交杯酒;螳螂夫人送她几枝连理草,说可以做他们的衣带;胖得肚皮圆圆的大蜘蛛,送她一只银丝发网。也有送吃的东西的,如醉酱花,麝香瞿麦……大家取笑说将来可作厨下调羹的材料。

蝴蝶没有忙完,蜜蜂的回信已来了,里面只有这样寥寥的几句:

"我现在工艺还未学毕,不能到你这里来;而且现在也不是我们讲爱情的时候。"

小小银翅蝴蝶,性情本是极温柔的,这回她可改变了。大大地改变了。她读完那封信,羞愤交并,心头像有烈火燃烧着似的。她并非因蜜蜂不来而失望,只恨蜜蜂不该拿这样不委婉的话拒绝她,贬损了她女儿的高傲。而且园里的昆虫,都知道蜜蜂是要来的,现在人家再问,用什么话回答呢?人家岂不要笑她空欢喜一场么?啊!蜜蜂这样一来,不但对她真无爱情,简直将一种大侮辱加于她了!

她自到湖的西边以来,抛掷多少机会,拒绝多少诱惑,方得保全了自己的爱情。她要将这神圣芳洁的爱情,郑重地赠给蜜蜂,谁知他竟视同无物,这是哪里说起的事?现在,她恨蜜蜂达于极点了。咦!他为什么尚未见面,就给她一针,而且这一针直扎穿了她的心!

她停在花上,银色的双翅,不住颤颤地抖动,打着花瓣,发出一种轻微的乐音,如风里落花之幽叹,如繁星满空的深夜,秋在梦中之呼吸,这是蝴蝶愤怒和悲伤的表示。

五

湖畔女贞花下,有许多蝼蛄,穿穴地底,建立了一座修道院。这地穴虽阴森森的不见天日,然而她们却很满意地住在当中。有条紫蚓,住在这修道院的隔壁,她说将来也要和蝼蛄们同住的,大家称她为紫蚓女士。

紫蚓上食槁壤,下饮黄泉,于世无营,与人无争。有时半身钻出泥土,看看外边的世界,但她道念极坚,毫无所动。夜间常宣梵呗,礼赞这永久的宇宙。

人们受着精神上的痛苦时,本来不容易消释,至于这痛苦是关涉爱情的,自然更是难堪。不知什么时候,我们的小小银翅蝴蝶,竟生了厌世观念了。而且不知什么时候,她和紫蚓认得了。紫蚓常常引她参观蝼蛄们的社会,又常常勉慰她道:

"爱情是极虚伪的东西,是极可诅咒的魔的诱惑,我们为什么要陷溺其中呢?你现在受了这样大的痛苦,应当知道它的害处了。我劝你快忘了你那蜜蜂,也不要更在这繁华的世界里鬼混。你快来,快到我们这里来,我们这里有大大的好处呢。你初来时对这里的生活也许觉得不大自然,住过一些时日也就惯了。你觉得我和蝼蛄们的服装,非黑即紫,有如持丧吧?是的,但我们将衣被永生的光辉。你以我们住在地底为苦吧?是的,但我们的希望,在将来的天上。

"我也知道你生性是爱花的,然而我们这里并非没有花。你可以爱玉兰花,学它的纯洁,你可以爱紫罗兰,学它的谦下,你可以爱红玫瑰,学它的芳烈……"

紫蚓女士的话,说得如此恳切,蝴蝶也为她所感动了,于是同她成了挚友,时常和她谈心。当她夜间烦恼不寐时,听了紫蚓清扬的诵经声,心里就宁静些。

但过了几天之后,蝴蝶对于紫蚓和蝼蛄的生活,又开始厌倦起来。

一天,她飞来对紫蚓说道:

"我现在要别你而去了。我自从到大湖的这边来,忽忽已过了半个春天,很想念我的故乡——湖的东边——要回去看看;还有母亲害病颇重,急于与我一面。我更归心似箭了。"

"贵乡不是年年飞蝗为患么?那里没有这边宁静啊!而且你修道的事情……"

"我也知道我的故乡,没有你们这里好,但我的家在那里,我总是爱它的。至于蝼蛄的生活,我还没有开始试验,然而我已经觉得那是与我不相宜的了。我们蝴蝶的生命,全部都是美妙轻婉的诗歌,便是遇到痛苦,也应当有哀艳的文字。我以后要将我的情爱托之于芙蓉寂寞的轻红,幽兰啼露之眼;更托之于死去银白色的月光;消散的桃色的云;幻灭的春梦,春神竖琴断弦上所流出的哀调。我不能将我的岁月消磨在寂寞的修道院里,那未免太辜负上天赋予我们的特点了。"

紫蚓还想挽留,蝴蝶不等她开口,伸出她那卷成一圈的管形的喙,在她头上轻轻触了一下,算是一个最后的别礼,竟翩翩跹跹地飞去了!

六

这篇故事,已经到了快要完结的时候了。我所要告诉读者的是:这故事的收局是团圆的。虽然有点像沿袭了滥恶小说的俗套,但事实如此,也不必强为更改了。而且好心的读者们,如果你读了这个故事,对于这历尽苦辛的小小银翅蝴蝶起一点儿同情,想不至于为满足你文学的趣味,而希望她得着一个悲惨的结果啊。

至于那小小银翅蝴蝶,如何回到她的故乡,如何无意间与蜜蜂相遇,如何彼此消除了从前的误会,那都是些无谓的笔墨,我也不愿意将它写在这里。一言蔽之:他们后来是结了婚了。

结了婚了,而且过得很幸福。他们所居之处,不在天上,不在人间,只在一个山明水秀的地方。那里也有许多花,蜜蜂构起一个窠,和蝴蝶同住,两个天天采百花之菁华,醉众芳之醇液,酿出了世间最甜最甜的蜜。

他们现在是互相了解了。从前的事重提起来,只成了谈笑的资料。有时蜜蜂也问蝴蝶道:"我那时因工艺不曾学成,以为不是结婚的时候,所以老实地将话告诉你,为什么竟教你那样伤心,我到今还不明白呢。"

蝴蝶说:

"你不来,我并不怪你,不过你的信,不该那样措辞。"

蜜蜂道:

"奇了,我的信措辞有什么不对之处?我的思想是受过多时科学训练的。只知花粉刷下来就做成蜡,花液吸出来就酿成蜜,如人们所谓二五相加即为一十似的。我不能到你那里,就直截了当地说我不能到你那里罢了。难道一定要学人间文学家肉麻麻地喊道:'……爱人啊!我蒙了你的宠召之后,喜得心花怒开,连觉都睡不成了,我恨不得多生出两个翅膀,飞到你那里,但是……'那样说才教你满足么?"

蝴蝶道:

"自然要这样才好,这也是修辞之一法。"

蜜蜂大笑道:

"这也是我永远不懂你们文学家头脑的地方!"

我们的秋天

一、扁　豆

"多少时候,没有到菜圃里去了,我们种的扁豆,应当成熟了罢?"康立在凉台的栏边,眼望那络满了荒青老翠的菜畦,有意无意地说着。

谁也不曾想到暑假前随意种的扁豆子,经康一提,我恍然记起,"我们去看看,如果熟了,便采撷些来煮吃,好吗?"康点头,我便到厨房里拿了一只小竹篮,和康走下石阶,一直到园的北头。

因无人治理的缘故,菜畦里长满了杂草,有些还是带刺的蒺藜,扁豆牵藤时我们曾替它搭了柴枝做的架子,后来藤蔓重了,将架压倒,它便在乱草和蒺藜里开花,并且结满了离离的豆荚。

折下一枝豆荚,细细赏玩,造物者真是一个伟大的艺术家呵!他不但对于鲜红的苹果,娇艳的樱桃,绛衣冰肌的荔枝,着意渲染;便是这小小一片豆荚,也不肯掉以轻心的。你看这豆荚的颜色,是怎样的可爱,寻常只知豆荚的颜色是绿的,谁知这绿色也大有深浅,荚之上端是浓绿,渐融化为淡青,更抹上一层薄紫,便觉润泽如玉,鲜明如宝石。

我们一面采撷,一面谈笑,愉快非常,不必为今天晚上有扁豆吃而愉快;只是这采撷的事,实可愉快罢了,我想这或是蛮性遗留的一种,我们的祖先——猿猴——寻到了成熟的榛栗,呼朋唤类地去采集,预备过冬,在他们是最快活的,到现在虽然进化为文明人了,这性情仍然存在。无论大人或小孩子——自然孩子更甚,逢到收获果蔬,总是感到特别兴趣的。有时候,拿一根竹竿,偷打邻家的枣儿,吃着时,似乎比叫仆人在街上买回的鲜果,还要香甜呢。

我所禀受的蛮性,或者比较的深,而且从少在乡村长大,对于田家风味,分外系恋;我爱于听见母鸡阁阁叫时,赶去拾她的卵,我爱从沙土里拔起一个一个的大萝卜到清水溪中洗净,兜着回家,我爱亲手掘起肥大的白菜,放在瓦钵里煮。虽然不会挤牛乳,但喜欢农妇当着我的面挤,并非怕她背后掺水,只是爱听那迸射在冰铁桶的嗤嗤的响声,觉得比雨打枯荷,更清爽可耳。

康说他故乡有几亩田,我每每劝他回去躬耕,今天摘着扁豆,又提起这话,他说我何尝不想回去呢;但时局这样的不安宁,乡下更时常闹土匪,闹兵灾,你不怕么？我听了想起我太平故乡两次被土匪溃兵所蹂躏的情形,不觉深深地叹了一口气。

二、画

自从暑假以来,仿佛得了什么懒病,竟没法振作自己的精神,譬如功课比从前减了三分之一,以为可以静静儿的用点功了,但事实却又不然,每天在家里收拾收拾,或者踏踏缝纫机器,一天便混过了,睡在床上的时候,立志明天要完成什么稿件,或者读一种书,想得天花乱坠似的,几乎逼退了睡魔,但清早起床时,又什么都烟消云散了。

康屡次在我那张"夕阳双塔"画稿前徘徊,说间架很好,不将它画完,似乎可惜。昨晚我在园里,看见树后的夕阳,画兴忽然勃发,赶紧到屋里找画具！呵,不成,画布蒙了两个多月的尘,已变成灰黄色,画板呢,涂满了狼藉的颜色,笔呢,纵横抛了一地,锋头给油膏凝住,一枝枝硬如铁铸,再也屈不过来。

37

今天不能画了,明天定要画一张,连夜来收拾;笔都浸在石油里,刮清了画板,拍去了画布的尘埃,表示我明天作画的决心。

早起到学校授完了功课,午膳后到街上替康买了做衬衫的布料,归家时早有些懒洋洋的了。傍晚时到凉台的西边,将画具放好,极目一望,一轮金色的太阳,正在晚霞中渐渐下降,但它的光辉,还像一座洪炉,喷出熊熊烈焰,将鸭卵青的天,煅成深红。几叠褐色的厚云,似炉边堆积的铜片,一时尚未销熔,然而云的边缘,已被火燃着,透明如水银的溶液了,我拿起笔来想画,呵,云儿的变化真速,天上没有一丝风——树叶儿一点不动,连最爱发抖的白杨,也静止了,可知天上确没有一丝风——然而它们像被风卷飑着推移着似的,形状瞬息百变,才氤氲蓊郁地从地平线袅袅上升,似乎是海上涌起的几朵奇峰,一会儿又平铺开来,又似几座缥缈的仙岛,岛畔还有金色的船,张帆在光海里行驶。转眼间仙岛也不见了,却化成满天灿烂的鱼鳞,倔强的云儿呵,哪怕你会变化,到底经不了烈焰的热度,你也销熔了!

夕阳愈向下坠了,愈加鲜红了,变成半轮,变成一片,终于突然地沉了,当将沉未沉之前,浅青色的雾,四面合来,近处的树,远处的平芜,模糊融成一片深绿,被胭脂似的斜阳一蒸,碧中泛金,青中晕紫,苍茫绚丽,不可描拟,真真不可描拟,我生平有爱紫之癖,不过不爱深紫,爱浅紫,不爱本色的紫,爱青苍中薄抹的一层紫,然而最可爱的紫,莫如映在夕阳中的初秋,而且这秋的奇光变灭得太快,更教人恋恋有"有余不尽"之致。荷叶上饮了虹光将倾泻的水珠,垂谢的蔷薇,将头枕在绿叶间暗泣,红葡萄酒中隐约复现的青春之梦,珊瑚枕上临死美人唇边的微笑,拿来比这时的光景,都不像,都太着痕迹。

我拿着笔,望着远处出神,一直到黄昏,画布上没有着得一笔!

三、书　橱

到学校去上课时,每见两廊陈列许多家具,似乎有人新搬了家来。但陈列得很久了,而且家具又破烂者居多,不像搬家的光景,后来我想或者学校修理储藏室的墙壁地板,所以暂将这些东西移出来,因此也就没有注意。

一天早晨正往学校里走,施先生恰站在门口,见了我就含笑问道:

——Mrs. C.你愿意在这里买几件合意的东西吗?

——这些东西,是要卖的么,谁的？我问。

——学校里走了的西教授们的,因为不能带回国去,所以托学校替他们卖,顶好,你要了这只梳妆台,他指着西边一只半旧的西式妆台说。

——妆台我不需要,让我看看有什么别的东西。我四面看了一转,看见廊之一隅,有四只大小不同的书橱,磊落地排在那里。我便停了脚步,仔细端详。

虽然颜色剥落,玻璃破碎,而且不是这只折了脚,便是那只脱了板,正如破庙里的偶像,被雨淋日炙得盔破甲穿,屹立朝阳中,愈显出黯淡的神气,但那橱的质料,我认得的,是重沉沉的杉木。

——买只书橱罢。施先生微笑,带着怂恿的口气。

书橱,呵,这东西真合我的用,我没有别的嗜好,只爱买书,一年的薪俸,一大半是散给了,一小半是花在书上。屋里洋装书也有,线装书也有,文艺书也有,哲学书也有……书也有。又喜欢在大学图书馆里借书,一借总是十几本,弄得桌上,床上,箱背上,窗沿上,无处不是书。康打球回来,疲倦了倒在躺椅上要睡,褥子下垫着什么,抗得腰生疼,掀起一看,是两三本硬面书,拖过椅子来要坐,哗剌一声响,书像空山融雪一般,泻了一地。他每每发恼,说:我总有一天学秦始皇,将你的书都付之一炬!

厨房里一只大木架,移去了瓶罐,抹去了烟煤,拿来充书架,皮不下,

39

还有许多散乱的书,拣不看的书,装在箱子里吧,没用,新借来的书,又积了一大堆。

这非添书橱不可的了,然而S城,很少旧木器铺,定造新的罢,和匠人讨论样式,也极烦难,你说得口发渴,他还是不懂,书橱或者会做成碗橱。

施先生一提,我的心怦然动了,但得回去与康商量一声,我们无论做什么都要商量一下的。

回家用午膳时,趁便对康说了,康说那只橱,他也看见过,已经太旧了,他不赞成买;我也想那橱的缺点了,折脚不必论,太矮,不能装几本书,想了一想,便将买它的心冷下来了。

过了一个星期或者两个星期罢,一天下午,我从外边归家,见凉台上摆了一架新书橱,扇扇玻璃,反射着灿烂的日光,黑漆的颜色,也亮得耀眼,并有新锯开的油木气味,触人鼻观。

前几天的事,我早已忘了,哪里来的这一架书橱呢?我沉吟着问自己,一个匠人走过来对我说道:

——这是吴先生教我送来的。

——吴先生教你送到这里来的吗?别是错了。

——不会错。吴先生说是庄先生定做的。

——没有的事,一定没有的事,庄先生决不会定做这顶橱——我没有听见他提起,必定大学里,另有一个庄先生,你才错了。

一番话教匠人也糊涂起来了,结果他答去问吴先生,如果错了,明天就来抬回去。

晚上康回来。我说今天有个笑话,一个木匠错抬了一顶书橱,到我们家里来。

——呵呀!你曾教他抬去么?

——没有,他说明天来抬。

——来!来!让我们把它扛进书斋,康卷起袖子。

——怎么?这橱……

——亲爱的,这是我特别为你定做的。康轻轻地附了我的耳说。

四、瓦盆里的胜负

我们小园之外,有一片大空地,是大学附中的校基,本来要建筑校舍的,却为经费支绌的缘故,多年荒废着,于是乱草荒芜,便将这空场当了滋蔓子孙的好领土,继长争雄,各不相让,有如中国军阀之夺地盘。蓬蒿族大丁多,而且长得又最高,终于得了最后的胜利,不消一个夏天,除了山芋地外,这十余亩的大场,完全成了蓬蒿的国了。歆羡势利的野葛呀,瘦藤呀,不管蓬蒿的根柢如何脆薄,居然将它们当做依附的主人,爬在枝上,开出纤小的花,轻风一起,便笑吟吟点头得意。

夏天太热,我多时不到园外去。不久,那门前的一条路,居然密密蒙蒙地给草莱塞断了。南瓜在草里暗暗引蔓抽藤,布下绊索,你若前进一步,绊索上细细的狼牙倒须钩,便狠命的钩住你的衣裳,埋伏的荆棘,也趁机舞动钳利的矛,来刺你的手,野草带芒刺的子,更似乱箭般攒射在你的胫间,使人感受一种介乎痛与痒之间的刺激。这样四面贴着无形的"此路不通"的警告,如果我没有后门,便真的成了草莱的 Prisoner 了。

因此想到富于幽默趣味的古人,要形容自己的清高,不明说他不愿意和世人来往,却专拿门前的草来做文章,如晏子的"堂上生蓼藿,门外生荆棘",孔淳之的"茅屋蓬户,庭草芜径",教人读了,疑心高人的屋,完全葬在深草中间。现在我才知道他们扯了一半的谎,前门长了草,后门总可通的,没有后门,不但俗士不能来;长者之车,也不能来了。而且高士虽清高,到底不是神仙,不能不吃饭,如真"三径就荒",籴米汲水,又打从哪里出入?

康从北京回来,天气渐凉,蓬蒿的盛时,已经过去了。攀附它们的野藤花,也已憔悴可怜,我们有时到园外广场上游玩,看西坠的夕阳,和晚霞中的塔影。

41

草里蚱蜢蟋蟀极多,我们的脚触动乱草时,便浪花似的四溅开来。记得去秋我们初到时,曾热心的养了一回蟋蟀。草里的蟋蟀,躯体较寻常者为魁伟,而且有翅能飞,据说是草种,不能打架的,果然它们禁不起苦斗,好容易撩拨得开牙,斗一两合便分出输赢了,输的以后望风而逃,死也不肯再打。我小时曾见哥哥们斗蟋蟀,一对小战士,钢牙互相钩着,争持总是好半天,打得激烈时,能接连翻十几个筋斗,那战况真有可观。

我们没法搜寻好蟋蟀,而草种则园外俯拾即是,所以居然养了十来匹,那时吴秀才、张胡帅正在南口与冯军相持,我们的瓦盆,照南北各军将领的名字,编成了三种号码。我是倾向革命军的,我的第一号盆子,贴了某总司令四字,其余则为唐生智、何应钦等。康有一匹蟋蟀,本来居于张作霖的地位,但很厉害,不惟打败了阿华的冯焕章,连我的某总司令,都抵挡不住。我气不过,趁康出去时,将他的换了来,于是我的某总司令,变了他的张大帅,他的张大帅,变了我的某总司令,康后来觉察了,大笑一阵,也就罢了。

将蟋蟀来比南北军人的领袖,我自己知道是很不敬的,但中国的军人,谁不似这草种的蟋蟀,他们的战争,哪一次不像这瓦盆里的胜负呢?

五、小汤先生

我们的好邻居汤君夫妇于暑假后迁到大学里去了。因为汤夫人养了一个男孩,而他们在大学都有课,怕将来照料不便,所以搬了去。今天他们请我和康到新居吃饭,我们答允,午间就到他们家里。

上楼时,汤夫人在门口等候我们,她产后未及一月,身体尚有些软弱,但已容光焕发,笑靥逼人,一见就知道她心里有隐藏不得的欢乐。

坐下后,她从书架上抽出一本书,说是美国新出的婴儿心理,我不懂英文,但看见书里有许多影片,由初生婴儿到两岁时为止,凡心理状态之表现于外的,都摄取下来,按次序排列着。据说这是著者自己儿子的摄影,他实地观察婴儿心理而著为此书的。又有一本皮面金字的大册子,汤夫人说是她阿姑由美国定做寄来,专为记录婴儿生活状况之用,譬如某页粘贴婴儿相片,某页记婴儿第一次发音,某页记婴儿第一次学步,以及洗礼,圣诞,恩物,为他来的宾客……都分门别类地排好了,让父母记录。我想这婴儿长大后,翻开这本册子看时,定然要感到无穷的兴味,而且借此知道父母抚育他的艰难,而生其爱亲之心,这用意很不错,中国人似乎可以效法。

婴儿哺乳的时候到了,我笑对汤夫人说,我要会会小汤先生,她欣然领我进了她的寝室,这室很宽敞,地板拭得明镜一般,向窗处并拢了两张大床,浅红的窗帏,映着青灰色的墙壁和雪白的床罩,气象温和而严洁。室中也有一架摇篮,但是空的,小汤先生睡在大床上。

掀开了花绒毯子和粉霞色的小被,我已经看见了乍醒的婴儿的全身,他比半个月前又长胖了些。稀疏的浅栗色发,半覆桃花似的小脸,那两只美而且柔的眼,更蔚蓝得可爱,屋里光线强,他又初醒,有点羞明,眼才张开又阖上,有如颤在晓风中的蓝罂粟花。

汤夫人轻轻将他抱起来,给他乳喝,并且轻轻地和他说着话,那声音是沉绵的,甜美的,包含无限的温柔,无限的热爱,她的眼看着婴儿半闭的眼,她的魂灵似乎已融化在婴儿的魂灵里。我默默地在旁边看着,几乎感动得下泪,当我在怀抱中时,母亲当然也同我谈过心,唱过儿歌使我睡,然而我记不得了,看了她们,就想自己的幼时,并想普天下一切的母子,深深了解了伟大而高尚的母爱。

记得汤夫人初进医院时,我还没有知道,有一晚,我在凉台上乘凉,汤先生忽然走过来,报告他的夫人昨日添了一个孩子。

我连忙道贺,他无言只微笑着一鞠躬。

又问是小妹妹呢,还是小弟弟,他说是一个小弟弟。我又连忙道贺,他无言只微笑着又一鞠躬。

在这无言而又谦逊的鞠躬之中,我在他眼睛里窥见了世界上不可比拟的欢欣得意。

现在又见了汤夫人的快乐。

可羡慕的做父母的骄傲呵！有什么王冠,可以比得这个？

一路回家,康不住地在我耳边说道:我们的小鸽儿？喂！我们的小鸽儿呢？

六、金鱼的劫运

S城里花圃甚多,足见花儿的需要颇广,不但大户人家的亭,要花点缀,便是蓬门筚窦的人家,也常用土盆培着一两种草花,虽然说不上什么紫姹红嫣,却也有点生意,可以润泽人们枯燥的心灵。上海的人,住在井底式的屋子里,连享受日光,都有限制的,自然不能说到花木的赏玩了,这也是我爱S城,胜过爱上海的原因。

花圃里兼售金鱼,价钱极公道;大者几角钱一对,小的只售铜元数枚。

去秋我们买了几对二寸长短的金鱼,养在一口缸里,有时便给它们面包屑吃,但到了冬季,鱼儿时常沉潜于水底,不大浮起来,我记得看过一种书,好像说鱼类可以饿几百天不死,冬天更是虫鱼蛰伏的时期,照例是断食的,所以也就不去管它们。

春天来了,天气渐渐和暖,鱼儿在严冰之下,睡了一冬,被温和的太阳唤醒了潜伏着的生命,一个个圉圉洋洋,浮到水面,扬鳍摆尾,游泳自如,日光照在水里,闪闪的金鳞,将水都映红了。有时我们无意将缸碰了一下,或者风飘一个榆子,坠于缸中,水便震动,漾开圆波纹,鱼们猛然受了惊,将尾迅速的抖几抖,一翻身钻入水底,可怜的小生物,这种事情,在它们定然算是遇见大地震,或一颗陨星！

康到北京去前,说暑假后打算搬回上海,我不忍这些鱼失主,便送给对河花圃里,那花圃的主人,表示感谢地收受了。

上海的事没有成功,康只得仍在S城教书,听说鱼儿都送掉了,他很惋惜,因为他很爱那些金鱼。

在街上看见一只玻璃碗,是化学上的用具,质料很粗,而且也有些缺口,因想这可以养金鱼,就买了回来,立刻到对河花圃里买了六尾小金鱼,养在里面,用玻璃碗养金鱼,果比缸有趣,摆在几上,从外面望过去,绿藻清波,与红鳞相掩映,异样鲜明,而且那上下游泳的鱼儿,像游在幻镜里,都放大了几倍。

康看见了,说你把我的鱼送走了,应当把这个赔我,动手就来抢,我说不必抢,放在这里,大家看玩,算做公有的岂不是好,他又道不然,他要拿去养在原来的那口大缸里,因为他在北京中央公园里看见斤许重的金鱼了,现在,他立志也要把这些金鱼养得那样大。

鱼儿被他强夺去了,我无可奈何,只得恨恨地说道:"看你能不能将它们养得那样大?那是地气的关系,我在南边,就没有见过那样大的金鱼。"

——看着吧!我现在学到养金鱼的秘诀了,面包不是金鱼适当的食粮,我另有东西喂它们。

他找到一根竹竿,一方旧夏布,一些细铁丝,做了一个袋,匆匆忙忙地出去了,过了一刻,提了湿淋淋的袋回家,往金鱼缸里一搅,就看见无数红色小虫,成群地在水中抖动,正像黄昏空气中成团飞舞的蚊蚋,金鱼往来吞食这些虫,非常快乐,似人们之得享盛餐——呵!这就是金鱼适当的食粮!

康天天到河里捞虫喂鱼,鱼长得果然飞快,几乎一天改换一个样儿,不到两个星期,几尾寸余长的小鱼,都长了一倍,有从前的鱼大了,康说如照这样长下去,只消三个月,就可以养出斤重的金鱼了。

每晨,我如起床早,就到园里散步一回,呼吸新鲜的空气。有一天,我才走下石阶,看见金鱼缸上立着一只乌鸦,见了人就翩然飞去。树上另有几个鸦,哑哑乱噪,似乎在争夺什么东西,我也没有注意,在园里徘徊了几分钟,就进来了。

午后康捞了虫来喂鱼。

——呀！我的那些鱼呢？我听见他在园里惊叫。

——怎么？在缸里的鱼,会跑掉的吗？

——一匹都没有了！呵！缸边还有一个——是那个顶美丽的金背银肚鱼。

但是尾巴断了,僵了,谁干的这恶剧？他愤愤地问。

我忽然想到早晨树上打架的乌鸦,不禁大笑,笑得腰也弯了,气也壅了,我把今晨在场看见的小小谋杀案告诉了他,他自然承认乌鸦是这案的凶手,没有话说了。

——你还能养斤把重的金鱼？我问他。

七、秃的梧桐

——这株梧桐,怕再也难得活了！

人们走过秃的梧桐下,总这样惋惜地说。

这株梧桐,所生的地点,真有点奇怪,我们所住的屋子,本来分做两下给两家住的,这株梧桐,恰恰长在屋前的正中,不偏不倚,可以说是两家的分界牌。

屋前的石阶,虽仅有其一,由屋前到园外去的路却有两条——一家走一条,梧桐生在两路的中间,清荫分盖了两家的草场,夜里下雨,潇潇渐渐打在桐叶上的雨声,诗意也两家分享。

不幸园里蚂蚁过多,梧桐的枝干,为蚁所蚀,渐渐的不坚牢了,一夜雷雨,便将它的上半截劈折,只剩下一根二丈多高的树身,立在那里,亭亭有如青玉。

春天到来,树身上居然透出许多绿叶,团团附着树端,看去好像一棵棕桐树。

谁说这株梧桐,不会再活呢？它现在长了新叶,或者更会长出新枝,不久定可以恢复从前的美荫了。

一阵风过,叶儿又被劈下来,拾起一看,叶蒂已啮断了三分之二——又是蚂蚁干的好事,哦!可恶!

但勇敢的梧桐,并不因此挫了它的志气。

蚂蚁又来了,风又起了,好容易长得掌大的叶儿又飘去了,但它不管,仍然萌新的芽,吐新的叶,整整地忙了一个春天,又整整地忙了一个夏天。

秋来,老柏和香橙还沉郁的绿着,别的树却都憔悴了。年近古稀的老榆,护定它青青的叶,似老年人想保存半生辛苦贮蓄的家私,但哪禁得西风如败子,日夕在耳畔絮聒?——现在它的叶儿已去得差不多,园中减了葱茏的绿意,却也添了蔚蓝的天光。爬在榆干上的薜荔,也大为喜悦,上面没有遮蔽,可以酣饮风霜了,它脸儿醉得枫叶般红,陶然自足,不管垂老破家的榆树,在它头上瑟瑟的悲叹。

大理菊东倒西倾,还挣扎着在荒草里开出红艳的花,牵牛的蔓,早枯萎了,但还开花呢,可是比从前纤小,冷冷凉露中,泛满浅紫嫩红的小花,更觉娇美可怜,还有从前种麝香连理花和凤仙花的地里,有时也见几朵残花,秋风里,时时有玉钱蝴蝶,翩翩飞来,停在花上,好半天不动,幽情凄恋,它要僵了,它愿意僵在花儿的冷香里!

这时候,园里另外一株桐树,叶儿已飞去大半,秃的梧桐,自然更是一无所有,只有亭亭如青玉的干,兀立在惨淡斜阳中。

——这株梧桐,怕再也不得活了!

人们走过秃梧桐下,总是这样惋惜似的说。

但是,我知道明年还有春天要来。

明年春天仍有蚂蚁和风呢?

但是,我知道有落在土里的桐子。

收　获

　　我们园外那片大空场于暑假前便租给人种山芋了。因为围墙为风、雨、顽童所侵袭,往往东塌一口,西缺一角。地是荒废着,学校却每年要拿出许多钱来修理围墙,很不上算,今年便议决将地租人,莳种粮食,收回的租钱,便作为修墙费。租地的人将地略略开垦,种了些山芋。据说山芋收获后,接着便种麦,种扁豆,明年种蜜桃,到了桃子结实时,利息便厚了。

　　荒地开垦之后,每畦都插下山芋藤苗。初种时尚有人来浇水,以后便当作废地似的弃置着,更没人来理会。长夏炎炎,别种菜蔬,早已枯萎,而芋藤却日益茂盛青苍,我常常疑心它们都是野生的藤葛类。

　　今日上课已毕回家,听见墙外"邪许"声不绝于耳,我便走到凉台边朝外眺望,看发生了什么新鲜的事。

　　温和的秋阳里,一群男妇,正在掘地呢。彼起此落的钉耙,好像音乐家奏庇霞娜时有节奏的动作,而铁齿陷入土里的重涩声,和钉耙主人的笑语,就是琴键上所流出和谐音调。

　　"快来看呀!他们在收获山芋了。"我回头喊遗留在屋里的人,康和阿华都抛了书卷出来。终于觉得在凉台上看不如出去有味,三个人开了园门,一齐到那片芋场上去了。

　　已掘出的芋,一堆堆地积在地上,大的有斤重,小的也有我手腕粗细。颜色红中带紫,有似湖荡里新捞起的水红菱,不过没有那样鲜明可爱。一个老妇人蹲在地上,正在一个个地扯断新崛起的山芋的藤蔓和根,好像稳婆接下初生的婴儿,替他剪断脐带似的。我和阿华看得有趣,便也蹲下帮她同扯。

康和种芋工人谈话,问他今年收成如何?他摇头说不好。他说:山芋这东西是要种在沙土里才甜。这片草场是第一次开垦,土太肥,只长藤不长芋。有些芋又长得太大,全空了心,只好拿去喂猪,人们是不要买的。

他指着脚下一个大山芋说:"你们请看,这芋至少也有三斤重,但它的心开了花的,不中吃了。"

果然,那芋有中号西瓜般大,不过全面积上皱裂纵横,并有许多虫蛀的孔,和着细须根,有似一颗人头。

"子璋髑髅血模糊,手提掷还崔大夫!"我撮起那芋掷于康的足前,顺口念出杜工部这两句可以吓退厉鬼的名句。

"你何必比花卿?我看不如说是莎乐美捧着圣约翰的头,倒是本色。"康微笑回答。我听了不觉大笑,阿华和种芋的工人自然是瞠视不知所谓。

我们因这里山芋携取便利,就问那种芋的工人买了一元,计有七十余斤。冬天围炉取暖时,烤它一两个,是富有趣味的事。昔人诗云:"煨得芋头熟,天子不如吾。"懒残和尚在马粪中煨芋,不愿意和人谈禅。山芋虽不及蹲鸱的风味,但拨开热灰,将它放入炉底,大家围着炉,谈话的谈话,做手工的做手工,已忘记炉中有什么东西。过了片时,微焦的香气,透入人的鼻观,知道芋是煨熟了,于是又一个一个从灰里拨出来,趁热剥去皮,香喷喷地吃下,那情味也真教人难忘呀!

收获,我已经说过,收获是令人快乐的。在外国读书时,我曾参与过几次大规模的收获,也就算我平生最快乐的纪念。

一次是在春天,大约是我到里昂的第二年。我的法文补习教员海蒙女士将我介绍到她朋友别墅避暑,别墅在里昂附近檀提页乡,乡以产果子出名。

别墅的主人巴森女士在里昂城中靠近女子中学,开了一座女生寄宿舍,我暑假后在中学上课,便住在这个宿舍中。

到了春假时节，宿舍里的学生，有的回家了，有的到朋友家里去了，有的旅行去了。居停主人带了几个远方的学生，到她别墅领取新鲜空气，我也是她带去的人中之一。

"我们这回到乡下去，可以饱吃一顿樱桃了。"马格利特，一个大眼睛的女孩在火车中含笑对我说。去年夏天，我在檀乡别墅，本看见几株大樱桃树，但那时只有满树葱茏的绿叶，并无半颗樱桃。

车到檀乡，宁蒙赖山翠色欲浮，横在火车前面，好似一个故人，满脸春风，张开双臂，欢迎契阔半年的我。

远处平原，一点点的绵羊，似绿波上泛着的白鸥。新绿丛里，礼拜堂的塔尖，耸然直上，划开蔚蓝的天空。钟声徐动，一下下敲破寂寞空气。和暖的春风拂面吹来，夹带着草木的清香。我们虽在路上行走，却都有些懒洋洋地起来，像喝了什么美酒似的。便是天空里的云，也如如不动，陶醉于春风里了。

到了别墅之后，我们寄宿舍的舍监陶脱莱松女士早等候在那里，饭也预备好了。饭毕，开始采撷樱桃。马格利特先爬上树，摘了樱桃，便向草地投下。我们拾着就吃，吃不了的放进藤篮。后来我也上树了。舍监恐怕我跌下受伤，不住地唤我留心，哪知我小时惯会爬树，现在年纪长大，手足已不大灵敏，但还来得一下呢。

法国樱桃和中国种类不同，个个有龙眼般大小，肉多核细，熟时变为黑紫色，晶莹可爱。至于味儿之美，单用"甜如蜜"三字来形容是不够的。果品中只有荔枝、蜜柑、莓子（外国杨梅）、葡萄差可比拟。我们的朱樱，只好给它做婢女罢了。我想到唐时禁苑多植樱桃，熟时分赐朝士，惹得那些文士诗人吟咏欲狂，什么"几回细泻愁仍破，万颗匀圆讶许同"；什么"归鞍竞带青丝笼，中使频倾赤玉盘"，都说得津津有味似的。假如他们吃到法国的樱桃，不知更要怎样赞美了。总之法国有许多珍奇的果品，都是用科学方法培养出来的。梅脱灵《青鸟》剧本中"将来世界"有桌面大的菊花，梨子般大的葡萄……中国神话里的"安期之枣大如瓜"将来都要藉科学的力量实现。赞美科学,期待科学给我们带来的黄金世界!

我们在檀提页别墅,住了三天,饱吃了三天的樱桃。剩下的樱桃还有几大筐,舍监封好,带回里昂,预备做果酱,给我们饭后当尾菜。

第二次快乐的收获,是在秋天。一九二四年,我又由法友介绍到里昂附近香本尼乡村避暑,借住在一个女子小学校里。因在假期,学生都没有来,校中只有一位六十岁上下的校长苟理夫人和女教员玛丽女士。

我的学校开课本迟,我在香乡整住了一夏,又住了半个秋天,每天享受新鲜的牛乳和鸡蛋,肥硕的梨桃,香甜的果酱,鲜美的乳饼,我的体重竟增加了两基罗。

到了葡萄收获的时期,满村贴了 La Vendage 的招纸,大家都到田里相帮采葡萄。

记得一天傍晚的天气,我和苟理夫人们同坐院中菩提树下谈天,一个脚登木舄,腰围犊鼻裙的男子,到门口问道:

"我所邀请的采葡萄工人还不够,明天你们几位肯来帮忙么,苟理夫人?"

我认得这是威尼先生,他在村里颇有田产,算得是一位小地主。平日白领高冠,举止温雅,俨然是位体面的绅士,在农忙的时候,却又变成一个满身垢腻的工人了。

苟理夫人答允他明天过去,问我愿否加入?她说采葡萄并不是劳苦的工作,一天还可以得六法郎的工资,并有点心晚餐,她自己是年年都去的。

我并不贪那酬劳,不过她们都走了,独自一个在家也闷,不如去散散心,便也答应明天一同去。

第二天,太阳第一条光线,由菩提树叶透到窗前,我们就收拾完毕。苟理夫人和玛丽女士穿上 Tablier(围裙一类的衣服),吃了早点,大家一齐动身。路上遇见许多人,男女老幼都有,都是到田里采葡萄去的。香本尼是产葡萄的区域,几十里内,尽是人家的葡萄园,到了收获时候,合村差不多人人出场,所以很热闹。

威尼先生的葡萄圃,在女子小学的背后,由学校后门出去,五分钟便到了。威尼先生和他的四个孩子,已经先在圃里,他依然是昨晚的装束。孩子们也穿着极粗的工衣,笨重的破牛皮鞋,另有四五个男女,想是邀来帮忙的工人。

那时候麦陇全黄,而且都已空荡荡的一无所有,只有三五只白色驳点的牛静悄悄地在那里啮草。无数长短距离相等的白杨,似一支支朝天绿烛,插在淡青朝雾中,白杨外隐约看见一道细细的河流和连绵的云山,不过烟霭尚浓,辨不清楚,只见一线银光,界住空濛的翠色。天上紫铜色的云像厚被一样,将太阳包裹着,太阳却不甘蛰伏,挣扎着要探出头来,时时从云阵罅处,漏出奇光,似放射了一天银箭。这银箭落在大地上,立刻传明散采,金碧灿烂,渲染出一幅非常奇丽的图画。等到我们都在葡萄地里时,太阳早冲过云阵,高高升起了。红霞也渐渐散尽了,天色蓝艳艳的似一片澄清的海水,近处黄的栗树红的枫,高高下下的苍松翠柏,并在一处,化为一幅斑斓的锦,"秋"供给我们的色彩真丰富呀!

凉风拂过树梢,似大地轻微的噫气。田间垄畔,笑语之声四彻,空气中充满了快乐。我爱欧洲的景物,因它兼有北方的爽皑和南方的温柔,它的人民也是这样,有强壮的体格,而又有秀美的容貌,有刚毅的性质,而又有活泼的精神。

威尼先生田里葡萄种类极多,有水晶般的白葡萄,有玛瑙般的紫葡萄,每一球不下百余颗,颗颗匀圆饱满。采下时放在大箩里,用小车载到他家榨酒坊。

我们一面采,一面拣最大的葡萄吃。威尼先生还怕我们不够,更送来榨好的葡萄汁和切好的面包片来充作我们的点心,但谁都吃不下,因为每人工作时,至少吞下两三斤葡萄了。

天黑时,我们到威尼先生家用晚餐。那天帮忙的人,同围一张长桌而坐,都是木舄围裙的朋友,无拘无束地喝酒谈笑。玛丽女士讲了个笑话,有两个意大利的农人合唱了一阕意大利的歌。大家还请我唱了一支中国歌。我的唱歌,在中学校时是常常不及格的,而那晚居然博得许多掌声。

这一桌田家饭,吃得比巴黎大餐馆的盛筵还痛快。

我爱我的祖国。然而我在祖国中,只尝到连续不断的"破灭"的痛苦,却得不到一点"收获"的愉快,过去的异国之梦,重谈起来,是何等的教我系恋呵!

小　猫

　　天气渐渐的冷了，不但壁上的日历，告诉我们冬天已经到来，就是院中两株瑟瑟地在朔风里打战的老树，也似乎在喊着冷呀冷呀的了。

　　房里的壁炉，筠在家时定然烧得旺旺的，乱冒的火头，像一群饥饿而得着食物的野兽，伸出鲜红的长舌，狂舐那里的煤块，发出哄哄的声音，煤块的爆响，就算是牺牲者微弱的呻吟罢。等到全炉的煤块，变成通红，火的怒焰，也就渐渐低下去，而室中就发生温暖了。筠有时特将电灯旋熄，和薇对坐炉前，看火里变幻的图画，火的回光，一闪一闪地在他们脸上不住地跳荡。他们往往静默地坐在炉前好久好久，有时薇轻轻地问筠道：

　　——你觉得适意么？筠？

　　——十分适意，你呢？他暗中拖过薇的手来，轻轻地握着，又不说话了。

　　现在薇手里拿了一本书，坐在炉边一张靠椅上，一页一页地翻着看，然而她的心似乎不在看书，由她脸上烦闷的神情看来，可以知道她这时候心绪之寂寞，正如这炉中的冷灰。

　　因为没有生火，屋里有点寒冷。两扇带窗的玻璃门是紧紧地关着的，淡黄色的门帘也没有拽开，阳光映射帘上，屋中洞然明亮，而且也觉得了暖意。

　　薇看了几页书。不觉朦胧思睡起来，她的眼皮渐渐下垂，身体也懒洋洋地靠上椅背，而手中的书，也不知不觉地掉在地板上。睡魔已经牵了她的手,要想教她走入梦幻的世界里去了。

忽然门帘上扑扑有声,薇猛然惊醒,张开眼看时,就看见一个摇动的影儿,一闪就不见了,顷刻间又映射到帘上来,却已变成了两个,原来就是隔壁史夫人的两只小猫的影儿。

这屋里从前是没有猫的,薇从做小孩子时候起,就很爱猫。不过近年以来,家里养了只芙蓉鸟,而且住的又是人家的房子,不便在门上打洞,所以不能养猫,她常常同筠说要他弄只猫来玩玩。他们互相取笑时,也曾以猫相比过。

自从筠出门以后,隔壁就搬来了史家,也就多了这对小猫。它们天天在那里打架追逐,嬉戏……因回廊是两家相通的,所以小猫打架时,也常常打到薇的门口来。

那对小猫的颜色,很是美丽,一个是浑身雪也似的白毛,额上有一块桃子形的黑点,背上也有一大搭黑毛,薇知道叫做乌云盖雪,一个是黄白黑三色相混的,就不知它叫做什么名目了。它们出世以来,都不过三四个月吧,短短的身躯,圆圆的脸,浅浅的碧色玲珑眼,都不算奇,只是那幼猫特有的天真,一刻不肯停止的动作,显得非常活泼,有趣。

小猫的影儿,一上,一下,一前,一后,跳踯得极起劲,好像正在抢着一片干桐叶。薇想开门去看,但怕冷,又怕惊走了它们,所以仍然半躺在靠椅上,眼望着那两个起伏不定的猫影出神。

她想筠这几天又没有信来,不知身体好否?呵!半个月的离别,真像度了几年,相思的滋味,不是亲自领略,哪知道它的难堪呀!筠的出去奔波,无非是为了衣食问题,人生为什么定要衣食呢?像这两个小猫不好么?它们永远是无愁无虑地嬉戏,永远……永远!

如果筠在这里,见了这对小猫,又该多了嘲谑的资料了,她想到这里,索性将一只手支了颐,细细追想从前和筠同居时的种种乐趣:

薇是一个老实可怜的人,见了生人,总是羞羞涩涩地说不出什么话。筠在本地中学当体操教员,她就顺便在那学校里教授一点图画和手工的课,每天听见铃响就低着头上课堂,听见铃响,又低着头走出课堂,从不敢对那些学生多瞥一眼,因此她到这学校上了一年多的课,只记得班里男生的姓名,至于面貌,却都是素昧平生的。学生躲懒不到,她也不敢查问,因为这学校里本无点名的习惯,而且她也觉得上课点名,有似乎搭先生的架子,在她又是不好意思的事。

偶然有个学生来问她关于功课的事,或者她有话要对他们说,总不免红涨了脸。幸亏她所教的功课,学生素不注重,也不要什么讲解,拿一支粉笔在黑板上画画就算混过去了,口才不佳,羞怯,在学生方面都还不至于发生什么影响。

她的女同学个个洒落大方,上课时词源滔滔,银瓶泻水,讲到精彩处,也居然色舞眉飞。功课就预备得差一点,也一样能吸住学生的注意力。她看了每非常地羡慕,很想努力效法她们,但她的拘束,竟像一条索子,捆住了自己,再也摆脱不开,后来知道天性是生来的,不能拂逆它,也只好听其自然了。她常说人们将教员的生涯,叫做"黑板生涯",在我真是名符其实,如果课堂里不设黑板,我的教员也就当不成了呵!

上课下课之际,遇见了男同事,她也从不敢招呼的,不知者或以为她骄傲,其实她只是一味羞怯。

见了女子,应当不这样罢,但她从前也曾在女子小学里教过书,常常被大学生欺侮得躲在房里哭。

总之,世界在她是窄狭的。

但薇在家里,却不像这样拘束了;口角也变伶俐了。她爱闹,爱拿筠开心,爱想出种种话嘲谑筠,常将筠弄得喜又不是,怒又不是,她一回家,室中立刻充满了欢乐的笑声。

她的嘲谑是不假思索,触机即发的,是无穷无尽的,譬如两个人同在路上走走,筠是男子脚步自然放得宽,走得快,薇却喜欢东张西望地随处逗留,若嗔她走得太慢,她就说:谁能比你呢?你原是有四只脚的呀!或者,她急急地赶上来问道:你这样向前直冲吗?难道有火烧着你的尾巴么？

　　书上常有所谓"雅谑",言近意远,确有一种风味,但非雅人不办,薇和筠连中国字都认识不多的,不但不是雅人,而且还是俗而又俗的俗人,他们的嘲谑,都是寻常俗语,喊它为"俗谑"得了。

　　几千万年不改形式的太阳,每天从东方升起,总还给人们一个新趣的印象,他们的"俗谑"虽然不过是翻来覆去几句陈言,却也天天有新鲜的趣味。

　　世界在她是窄狭的,家庭在她却算最宽广的了。

　　筠自幼受着严酷的军事式的训练,变成一副严肃的性情,一举一动,必循法度,不惟不多说话,连温和的笑容,都不常有。但自和薇结婚以来,受了薇的熏陶,渐渐地也变做活泼而愉快的人了;他的青春种子,从前埋葬在冰雪当中,现在像经了阳光的照临,抽芽苗蕊,吐出芬芳娇美的花了。

　　从前时薇嘲弄他,他只微笑地受着,有时半板着脸,用似警告而又似恳求的口气告诉她道:

　　——你老实一点罢,再说,我就要生气了。

　　现在他也一天一天地变得儇巧起来,薇嘲谑了他,他也有相当的话报复,他们屋里也就更增了欢乐的笑声。

　　他们嘲笑时在将对方比做禽和兽,比兔子,比鸡,比狗,甚至比到猪和老鼠,然而无论怎样,总不会引起对方的恶感,他们以天真的童心,互相熨帖,嘲谑也不过是一种天然的游戏。

　　有一次,筠将薇比做猫了,他们并坐在火炉边,筠借火光凝视着薇的脸,她正同他开着玩笑,因他一时无话可答,便自以为得胜了,脸上布满了得意的笑容,眼角边还留着残余的狡狯。

　　筠凝视了她一刻,忽然像发现了什么似的笑道:

　　——我从前比你那些东西都不像,看你顽皮的神气,倒活像一只小猫!

　　从此筠果然将薇当做小猫看待,他轻轻摩抚她的背,像抚着猫的柔

毛,出去时总叮咛道:

——小猫儿,好好蹲在家里,别出去乱跑,回头我叫江妈多买些鱼喂你。

或者筠先回家了,薇从外边进来,筠便立在门口,用手招着,口中发出"咪咪"的声音,像在呼一只猫。

薇不服,说:"你喊我做猫,你也是一只猫。"

——屋里有了一只猫,已够淘气了,还受得住两么? 但久而久之,筠也无条件地自己承认是一只猫了。

这两只猫聚到一处,便跳跳纵纵地闹着玩耍,你撩我一爪,我咬你一口,有时一遍一声,温柔地互相呼唤,有时故意相对狰狞,做出示威的样子。

有时那只猫端端正正地坐在屋里,研究他的体育学,这只猫悄悄地——那样悄悄地,真像猫去捉鼠儿时行路——走进来,在他头上轻轻地打一下,或者抢过他的书,将它阖起来,迷乱了他正翻着的页数,转身就跑,那只猫就起身飞也似的赶上去,一把将她捉回,按住,要打,要呵痒,这只猫,只格格地笑,好容易笑着喘过气来,央求道:"好人我不敢了!"

——好好地讲,下次还敢这样淘气不? 那只猫装出嗔怒的神气,然而"笑"已经隐隐地在他脸上故意紧张的肌肉里迸跳出来。

——不敢了下次一定不敢了! 被擒住的猫,只一味笑着求饶,于是这只猫的爪儿不知不觉地松了,并且将她抱起来,抚弄了她的鬓发,在她眼皮上轻轻地亲吻。

映射在门帘上的猫影,一会儿都渺然了,薇懒懒地叹息了一声,拾起地上的书,又静静地续读下去。

童年琐忆

一 玩具和小动物

　　古代希腊人将世界分为四个时代：一、黄金；二、白银；三、黄铜；四、黑铁。一个人自童年至于老大，这四个象征性的分期，又何尝不可以适用呢？我们生当童年，无忧无虑，逍遥自在，穿衣吃饭，有父母照料，天塌下来，有长人顶住，那当然是快乐的了，近代的儿童，更是人中之王，爷娘是他们最忠实的臣仆，鞠躬尽瘁地伺候着这些小王子、小公主。你没有读过美国人所写的一篇脍炙人口，转载不绝的文章吗？一个做父亲的人，因为他的儿子过于淘气，呵责了他几句，晚间那父亲良心发现，跪在孩子熟睡的床前，流着眼泪，深自忏悔。他们对于父母若能这样，岂非大大孝子？然而文章的主题是儿女，便足以赢得读者普遍的同情，写父母，也许读者会不屑一顾，无怪人家说美国是儿童的乐园，中年的战场，老年的地狱。

　　因此说儿童时代是那闪着悦目光辉的黄金，谁也不能否认，美国人的儿童的时代，更可说是金刚钻吧！

　　我的童年是黯然无光的，也是粗糙而涩滞的，回忆起来，只有令人愀然不乐，绝不会发生什么甜蜜回味，正是黑黝黝的生铁一块。原因我是一个旧时代大家庭的一分子，我们一家之长偏又是一个冷酷专制的西太后一般的人物。我又不幸生为女孩，在那个时代，女孩儿既不能读书应试，荣祖耀宗;又不能经商作贾,增益家产;长大后嫁给人家,还要贴上一副妆奁,所以女孩是公认的"赔钱货",很不容易得到家庭的欢迎。若生于像我家一样的大家庭,儿童应享的关切、爱护,都被最高一层的尊长占去了——他们也不是有心侵占,中间一层,即儿童的父母,整个心灵都费在侍奉尊长上,已无余力及于儿童而已。像那种"敬老不足,慈幼过度"的美国文化,我只觉得好笑,并觉可嫌;像我们过去时代,完全剥夺儿童的福利,作为尊长的奉献,也是不对的。怎样折中至当,实现一个上慈下孝,和气冲融的家庭制度,那则有需于我们这一代人的努力。不过这是另外的问题,现在不必在这里讨论。

感谢天心慈爱,幼小时让我生有一个浑噩得近于麻木的头脑,环境虽不甚佳,对我影响仍不甚大;我仍能于祖母,即那位家庭里的慈禧太后,无穷的挑剔、限制、苛责之中,逃避到自己创造的小天地内,自寻其乐,陶然自得。

在七八岁以前,我和几个年龄差不多大小的叔父、哥弟混在一淘,整天游戏于野外,钓鱼、捕蝉、捉雀儿、掏蟋蟀;或者用竹制小弓小箭赌射、木刀、木枪厮杀。我幼时做竹弓箭颇精巧,连最聪明的四叔都佩服我。先找一条两指阔的刚劲的毛竹,用锋利小刀削成需要的粗细厚薄,弯作弓形。弓的中部把手处,还要加上一层衬子,麻索紧缚,增加弓的弹力,弓的两端刻凹槽,扣上一条纤绳(牵船用的苎索,最坚牢)作弦,便成了一把可爱的小弓。若遇见衙署里喊来油漆匠来油漆什么,请漆匠给我的弓上一层红漆或黄漆,那弓便更美观了,甚至有点像真的弓了。

箭的制作更不容易。先将竹片削成小指粗的竹枝,一尺五寸长短,两端都划一条深槽,一端嵌进鸡毛一片,算是箭羽,另一端嵌入敲平磨成三棱形的大铁钉一枚,算是箭镞,均用坚索缠紧,加漆。同样做十余支,便成了一箙箭。安上带子,将那布箙佩在肩上,整天和男孩子们比赛射艺。我的箭法很准确,射十箭,中靶可得四五。诸叔弟兄的弓箭都是我替做的,没有什么报酬。有时他们把玩厌了的木鸡泥狗,给我一两件,便可使我发生莫大的满足与喜悦。

后来小气枪也流入我们这古旧的家庭,我们又争学着练枪。大哥教我怎样瞄准,觉得比弓箭更易中的。我于是也和当时满清政府一样,革新军备,舍弓矢而言枪炮了。记得有一回祖父拟在花厅问案(县官有懒于公堂办公,则以便服在会客厅中办。此类客厅,当时名为"花厅"),我手持一管小气枪跑过厅外,有几个卫兵站在那里,望着我笑,我要他们知我的枪法,立定,对着数丈外的柱子瞄准,砰然一声,弹中于柱,诸兵始相顾错愕,赞美道:"看不出这小小姑娘,竟有这样手段。"

抗战时,我随国立武汉大学流寓四川乐山,一日见公园里有以气枪赌彩者,见游人不多,一时童心来复,打了三枪,得了三件彩物。一九五〇年在法京巴黎,偶过游戏场,试弓箭失败,因为弓劲太强,拉不动。试气枪,三次中得彩二次。

十岁后,我开始过深闺生活。后院一座小园,成为我的世界。每日爬在一株大树上,眺望外边风景,或用克难方式在树的横柯系一索一板,荡秋千玩耍。再不,便挑泥掘土,栽花种草,学作最简单的园艺。

母猫生了小猫,我可有了伴侣了。喂饭、除秽、替猫捉跳蚤、刷毛、布置窝巢,都由我一手包办。终日营营,不惮其烦。后来那只母猫,因病而死,小猫日夜悲鸣,我这个小保姆不得不负起乳哺的责任。幸而那几只小猫已不乳可活,无须我为它们冲调牛乳,否则简直要磨难死了我。因鹰牌罐头炼乳,那时食品店虽已有售,一般却视为珍品,普通人家的婴儿都享受不到,又何况于猫犬?

猫儿原是聪慧动物,失母幼猫便会将它们的保护人当作母亲看待。它们好像视我为同类——一只不长毛的大猫——一举一动都模仿着我,有如儿童之模仿大人。我将走出庭院,它们便踊跃前趋,在我那亲手布置的小园里和我扑蝴蝶、衔落花,团团争逐着捉迷藏,玩得兴高采烈。我一进屋子,它们也都蜂拥跟着进来,决不肯在外逗留分秒。我虽没有公冶长的能耐,通晓禽言兽语,但猫儿与我精神上的冥合潜通,却胜于言语十倍。

它伸出小头在你脚颈摩擦,是表示巴结;它在你面前打滚,是表示撒娇;当你拥猫于怀,它仰头注视你良久,忽然一跳而起,一掌向你脸上扑来,冷不防会吓你一跳。但你无须担心猫爪会抓破你的脸,或伤了你的眼睛。那爪儿是藏锋的,比什么大书法家还藏得好,又非常准确。猫儿好像知道"灵魂之窗"对于人的宝贵,从来不会扑到你的眼睛上。总之,那一掌扑来时形势虽猛,到你脸上时却轻,轻得有如情人温柔的摩抚。每只猫儿都会这样同主人玩,都玩得这么美妙。它们虽每事模仿着我,这些事却都是"无师自通"的,连我想模仿它们也惭愧做不到。大概这便是所谓生物的本能。听说某心理学家主张推翻"本能"代以"学习",唯物论者当然要热烈赞同,我却要根据幼时与小猫相处的经验,坚决反对!

当我偶然不在后院,婢女们打了我的猫。我回来时,那只猫儿会走到我面前,竖起尾巴,不断呜呜地叫,好像受了大委屈似的。我便知道它准挨了谁的扫帚把了。追究起来,果然不错。大家都很诧异,说我的猫会"告状",从此相诫不敢再在背后虐待我的猫。

这一群可爱的小动物,白昼固不能离我片刻,晚间睡觉也要和我共榻。又不肯睡在脚后,一个个都要扒在我的枕边,柔软的茸毛,在我颈脖间擦着,撩得我发痒难受;它们细细的猫须,偶然通入我鼻孔,往往教我从梦中大嚏而醒。可是,我从来没有嫌厌过它们,对它们宣布"卧榻之畔,岂容酣睡",而将它们驱出寝室以外。

猫儿长大到三四个月,长辈们说只留一只便够,其余都该送人,我当然无权阻止,富于男性从来不哭的我,为了爱猫的别离,不知洒了多少悲痛的眼泪!

我说自己幼时颇似男孩,那也不尽然,像上述与小猫盘桓的情况,不正是女孩儿们的事吗?此外我又曾非常热心地玩过一阵"洋囝囝"。于今回忆,这才是最不含糊的女孩天性的流露。

所谓洋囝囝便是外国输入的玩偶,在当时这类玩偶也是奢侈品,街上买不到,只女传教士们带来几个当礼物送人。我祖母便曾由女教士处接受过几个。她视同拱璧,深锁橱中,有贵客来才取出共同展玩一次,我们小孩可怜连摸一下都不被允许。

有一位婶娘不知从什么旧货摊花一二百文钱买到一个洋囝囝,脸孔和手足均属瓷制,一双蓝眼可以开阖,瞳孔可以很清楚地反映出瞳仁,面貌十分秀美而富生气,比之现在布制的、赛璐珞制的,精致多多。只可惜,脑壳已碎,衣服污损,像个小乞丐的模样。婶娘本说要替它打扮,一直没有工夫。我每天到那婶娘屋里,抱着玩弄,再也舍不得离开,搞得她百事皆废,她实在受不住了,一天对我说:"小鬼,你爱这洋囝囝便拿去吧,别再像只苍蝇,一面嗡嗡地哼,一面绕着粪桶飞舞,你叫我厌烦死了!"我抱回那个洋囝囝,用棉花蘸着水将它的头脸手足擦洗干净,半碎的脑壳用硬纸衬起,头发又乱又脏,无法收拾,爽性剪短,使它由女孩变成男孩。向姊姊讨了点零绸碎布,替它做了几件衣服。从来不拈针引线的人,为了热爱洋囝囝,居然学起缝纫来。家人皆以为奇,佣妇婢女更嬉笑地向外传述:"二孙小姐今日也拿针了!"当时县署里若发行小型报纸,我想这件事一定被当做"头条新闻"来报道的。

我替洋囝囝做衣服不算,还替它做了一张小床,床上铺设着我亲自缝制的小棉被、小枕头。可惜限于材料无法替它做帐子。姊姊取笑说,晚上蚊子多,叮了你的囝囝怎办?我虽不大懂事,也知蚊喙虽然锋利,却叮不动囝囝圆瓷脸,但为着过分的爱护,只有带着囝囝在自己床上睡。

我又曾发过一阵绘画狂,此事曾在他文述及,现毋庸重复。

现在回想儿童时代之足称为黄金者,大概除了前述无忧虑之外,便是兴趣的浓厚。儿童任作何事,皆竭尽整个心灵以赴,大人们觉得毫无意义的事,儿童可以做得兴味淋漓。大人觉得是毫无价值的东西,儿童则看得比整个宇宙还大。从前梁任公先生曾说:"我是个主张趣味主义的人,倘用化学化分'梁启超'这件东西,把里头含的一种元素名叫'趣味'的抽出来,只怕所剩下的仅有一个零了。"其实何止任公先生,任何人也是如此的。人之所以能在这无边苦海一般世界生活着,还不是为了有"趣味"的支持和引诱。趣味虽有雅俗大小之不同,其为人类生存原动力之一。儿童时代玩耍是趣味,青年则恋爱,中年则事功名誉,老来万事看成雪淡,似乎趣味也消灭了。但老年人也有老年人认为趣味之事,否则他们又怎样能安度余年呢?

二　哑子伯伯的"古听"

倘问我儿童时代有什么值得怀念的人物,哑子伯伯会最先涌现于我的心版。这个人曾在我那名曰"黄金"其实"黑铁"的儿童时代镀上了一层浅浅的金光,曾带给我们很大的欢乐,曾启发了我个人很多的幻想,也培植了我爱好民间传说的兴趣。而且想不到她的话有些地方竟和我后来的学术研究有关。

哑子伯伯并不哑,哑子之名不知何所取义。据她自己说,幼时患病,曾有二三年不能说话,大家都说她哑了,后来她又会说话了,因为哑子二字叫开了缘故,竟不曾更正。乡下女孩子不值钱,阿猫阿狗随人乱叫,哑子之名不见得比猫狗更低贱,只好听其自然了。她是女性,何以我们又称她为伯伯呢?原来她在宗族辈分里属于我们的伯母一辈。伯伯是我们小孩对她的昵称。遵照我们家乡习惯,对疏远些的长辈为表示亲热爱戴,往往颠倒阴阳,将女作男。这位哑子伯母听我们喊她伯伯,非常高兴,说道:"我只恨前世不修,今生成了女人,你们这样叫我,也许托你们的福,来生投胎做个男人吧。"旧时代女人在社会上毫无地位,处处吃亏。生为女身,便认为前世罪孽所致。你看连满清西太后那样如帝如天,享尽了世上的荣华富贵,还要她承继的儿子光绪皇帝喊她做"亲爸爸",希望来世转身为男,又何况于乡村贫妇呢?

哑子伯伯原在我们故乡太平县乡下地名"岭下"一个村角居住,二十来岁上死了丈夫,帮人做些零工度日,因为她太穷,族里没人肯将儿子过继给她,孤零零地独自守着一间破屋,没有零工可做时,便搓点麻索卖给人去"纳鞋底"。后因乡间连岁歉收,人家零工都省下不雇,她实在饿得没办法了,想起我祖父在浙江兰溪县当县官,便投奔来到我们的家。

她自述由我们"岭下"的乡村,走旱路由衢州入浙境,那一段行程倒是很悲壮的。这十几天的旱路,轿儿车儿可以不坐,饭总要吃,店总要歇的吧?她却想出个极省钱的旅行方法:炒了几升米、豆,磨成粉,装了满满一布袋,连同几件换洗衣服背在肩上,放开脚便出发,第一天一口气走了七十里,到了青阳县境,天黑了投宿小客店,讨口冷开水吃了一掬米粉,讨条长板凳屋檐下躺了一夜,次日送给店家几文小钱算是宿费,又上路赶她的旅程。以后一日或走五六十里,遇天阴下雨则二三十里,走了十几天,一口饭没有吃,只花了二三百文歇店钱,居然寻到了兰溪县署。

我们徽州一带地瘠民贫,人民耐劳吃苦,冒险犯难,向外面去找生活,开辟新天地,往往都有这种精神。但哑子伯伯是个女人,更为难得。后来胡适之先生对我说徽州荞麦饼故事,称之为"徽宝",我想哑子伯伯的炒米粉也可以宝称之了。

哑子伯伯到兰溪县署时年纪不过三十出头,看去倒像有五十几岁,一头蓬松的黄发,黑瘦的脸儿布满了皱纹,一方面实是为走路辛苦,一方面也由平日吃南瓜啃菜根度日,营养不良的缘故。在我家养息数月,面貌才丰腴起来,可是颜色还是黑。她在我的记忆里是个矮矮的个儿,两只黄鱼脚,走路飞快,无怪她能步行千里,做起事来也干净利落,绝不拖泥带水。她又会说会笑,一张嘴很甜,做人也勤谨,我们一家大小都欢喜她。祖母对她的毛遂自荐,突如其来,开始颇为讨厌,恨不得打发几个钱让她回去,后来见她并不是吃闲饭的,才让她在县署里安下身来。

县署"上房"最后处有几间小土屋,本来预备放置粗笨不用家具,祖母叫人清理出一间来,算哑子伯伯的卧室。她每天洗衣扫地例行公事一完毕,祖母便要她搓麻索,一天总要搓上几斤。一家纳鞋底用不完,便结成一束一束装进布袋,挂在空楼梁上以备他日之需。祖母是勤俭人,从来不许下人闲空,所以哑子伯伯搓麻索常常搓到深更半夜。

一盏菜油灯点在桌上，哑子伯伯在那一团昏暗光晕里露出一只大腿，从身边一只粗陶钵里，掂出水浸过的麻片，放在光腿上来搓。这是她的本行，自幼干惯，手法极其熟练，搓出来的麻索，根根粗细一律，又光又结实，现在想来，倒有点像机器制品哩。我们想学却无论如何学不像，白白糟蹋许多麻片。哑子伯伯常笑着说："小小姐，放下吧，这不是你们干的事，麻片耗费太多，老太太要怪我的呀。"照宗族行罪，哑子伯伯应唤我祖母为娣娘，但以贫富之殊，她只好以下人自居，唤她做太太，唤我们为小姐，不过她唤我们名字的时候居多。或者，她见我们不肯听话，尽捣乱，便用恳求的口气说："你们代我搓，说是想帮忙，这叫'郭呆子帮忙，越帮越忙'，算了，算了，还是让我自己来吧。你们安安静静坐着，我说个'古听'给你听，好吗？"

　　哑子伯伯会讲故事，当时我们只叫做"讲古听"，母亲当孩子太吵闹时，便叫哑子伯伯快领我们去，讲个"古听"给我们听。有时便把我们一齐赶到哑子伯伯那间小屋里去听她的"古听"，果然颇能收绥静之效。我们众星拱月般围绕着哑子伯伯坐下，仰着小脸，全神贯注地听她说话，不乖也变乖了。不过男孩子前面书房功课紧，不能常到上房，于是"听古听"的乐趣，往往由我们几个女孩独享。

　　我想读者要问了。"讲故事"怎么说"讲古听"呢？果然这话有点叫人莫名其妙。我们太平乡间说话讹音甚多，譬如春来满山开遍红艳艳的杜鹃花，我们却管它叫做"稻秆子花"，杜鹃那种鸟儿我们从没有看见，而稻秆则满目皆是。于是便读讹了。"蜻蜓"我们叫做"清明子"，清明是个节日，人人知道，于是那个点水飞虫的名字便和大家都要上坟化纸的那个日子混合为一了。说来也真可笑。"古听"二字不知是否由"古典"讹来？"典"和"听"双声，是可能的。也许这个词儿要用新式标点写成"讲古，听"才得明白，"讲古"指读者而言，"听"则指听者而言。可是那时根本没有新式标点；照老百姓说话惯例也没有这种文法。因此我对于这句话的意义，至今尚未得确解。

哑子伯伯装了一肚皮的"古听",讲起来层出不穷,而以取宝者和野人故事为最多。取宝者的故事有七八个,大同小异。无非某处有宝,众人都不识,一日有取宝者告诉以取宝之法,主人不肯出卖权利,要照取宝者所传方法,自己来取,却总因一着之差失败了。那一着之差便是取宝者故意不卖的"关子"。所说野人好像是一种半人半怪的生物,说是人,却长着一身长毛,与猩猩相似,又爱吃人;说是怪,却又不能变化,并且相当愚蠢,容易被人欺骗,甚至送掉性命。"野人外婆"是旧时代传遍全国,深印儿童脑海的故事,情节极像外国的"红风帽"。我想这个故事与"红风帽"当出于同一根源。像西洋童话里的"玻璃鞋"——又名"仙屐奇缘"。不是曾见于唐代段成式的《酉阳杂俎》吗?杂俎的玻璃鞋,却是双金缕鞋或红绣鞋什么的,女主角于溪中拾得小鱼,初养之碗中,鱼长大甚速,易处之于缸于塘,女郎的幸运之获得,是由这匹感恩的鱼教导的。这又和印度摩纽之逃避洪水之祸是因他所救一鱼告知,如出一辙,我们不能说两者没有关系。

　　哑子伯伯也说洪水故事,我们第二代人类的祖父母是一双兄妹结婚而成夫妇。与今日流传于苗瑶僳僳各族间的传说也一丝不爽。兄妹二人自高山顶滚一对磨盘下来,磨盘相合则兄妹结婚,为人类传种,否则仍为兄妹。也亏得向天问卦得准,不然地球人类便及他们之身而绝了。世界都有洪水故事,都说第二代人类的祖宗是兄妹为婚的。伏羲与女娲是一个例,此外则印度、波斯亦有其说。

　　她说的"冬瓜郎""螺妻",我于七八年前曾记录下来投台湾出版的某儿童读物。"螺妻"与《搜神记》所载谢端遇螺仙事,虽有文野之殊,故事性质却是一样。此事现在经我考证和希腊爱神阿弗洛蒂德诞生于螺壳,有同一渊源的可能。

　　目前邵氏公司与国联大打对台的"七仙女",原出"二十四孝"董永卖身葬父。哑子伯伯说下凡与董为妻者乃是织女娘娘。后来我读干宝《搜神记》也说下凡助织者是织女。刘向《孝子图》则说是天女,天女即是织女。她为天孙,见《史记·天官书》与《汉书·天文志》。又为天女,则见

《晋书·天文志》。东坡诗"扶桑大茧如瓮盎,天女织绡云汉上,往来不遣风衔梭,谁能鼓臂投三丈。"是根据《晋书·天文志》"织女星在天纪东,天女也。"不知在电影里何以变为七仙女,说是玉皇大帝的第七个女儿。

希腊以我国昴宿为七仙女星座,谓猎人星在天行猎,七仙女回翔其前,因为昴宿与参宿本相接近。中国天文并无七仙女星座,而民间却有七仙女之说,凡女人诞育女儿至六七人者则被人取笑谓为七仙女下凡了。电影公司的七仙女或者有所本,而所本则必为民间故事。

"马头娘"故事也是哑子伯伯说过的。黄帝妃嫘祖为蚕丝始祖,未闻她有马头之说,但《三才图会》所画嫘祖像背后隐约有一马形。三国时代张俨有《太古蚕马记》,干宝《搜神记》叙此故事更为详备。总之,我们所养之蚕说是由一女郎变成的。我考埃及有河马女神,巴比伦金星之神易士塔儿也曾一度为马首神,希腊地母狄美特儿曾幻变牝马以逃海王之逼,以后即以马首女神形受人祭祀。印度的马头观音,日本曾有好几个学者考证未得结果,其实与上述诸故事皆有相连的关系。

我现在研究民间传说,凡故事经民间代代口耳相传者,大都能保持其千百年或数千年前的形式,一经文人点染,原来色彩便漶漫,原来意义也失落了。譬如闽台所最崇祀的大女神妈祖,本来是女水神,也是海女神,具有世界性,传入我国当甚早。开始时,她的性质与世界古海女神尚相通,自林默娘之传说起,人们只记得这位女神是宋初人,把以前的传说都付之遗忘了。

哑子伯伯所说的故事大都朴素单纯,完全民间风味。所以我们还可拿来和世界神话传说相印证。若她是文人,她说的故事便不会有什么价值了。

哑子伯伯在兰溪县署住了几年,祖父写信与故里族长们相商,分了她几亩薄田,并替她承继一子,她便回到乡间去了。以后我们不再谈起她,大概她所过生活仍然免不了替人搓麻索,讲古听哄小孩,如是而已。

三　最早的艺术冲动

我自幼富于男性，欢喜混在男孩子一起。当我六七岁时，家中几位叔父和我同胞的两位哥哥，并在一塾读书。我们女孩子那时并无读书的权利，但同玩的权利是有的。孩子们都是天然武士，又是天然艺术家，东涂西抹，和抡刀弄棒，有同等浓烈的兴趣。我祖父是抓着印把子的现任县官，衙署规模虽小，也有百人上下。人多，疾病也多，医药四时不断。中药一剂，总有十几裹，裹药的纸，裁成三四寸见方，洁白细腻，宜于书画。不知何故，这些纸都会流入我们手中。我们涂抹的材料，所以也就永远不愁枯竭。孩子又都带有原始人的气质，纸上画不够，还要在墙壁上发泄我们的艺术创作冲动。只需大人们一转背，便在墙上乱涂起来。大头细腿的人物，"化"字改成的老鼠，畸形的猫儿狗儿，扭曲的龙，羽毛离披的凤，和一些丑恶不堪的神话动物，都是我们百画不厌的题材。

一天，祖父的亲兵棚买来几匹马。孩子们天天去看，归来画风一时都变了，药纸和墙壁，凭空添出无数儿童韩幹和少年赵子昂的杰作。

我作画，大约便是这时候开始。每天，我以莫大的兴趣和他们到署外去看马，归来又以莫大的兴趣来画。记得有一天，一兵跨着一马，在空院中试跑。那马不知何故发怒，乱跳乱窜起来，控制不住。我恰当其冲，被马一蹄踢开丈许远，倒在路旁，但竟丝毫未曾受伤，可谓天佑。后来给大人们知道了，给了我一顿严厉教训，并禁止我再出署外。但他们一个不留心，我又溜出去了。那时我在姊妹中是个顶不听话，顶野的孩子。

记得又有一天，不知谁给了我一只寸许长腰子形的脂盒，白铁所制，本来半文不值，但我觉得它形式颇似墨盒，欢喜得如获异宝。将它仔细洗涤干净了，记不清在哪位叔父的墨盒里，剪来了一撮丝绵，又记不清问哪一位哥哥，讨了一支用秃的毛笔。我用刀将笔杆截去半段，作为一支小笔，同我的小墨盒相配，以便作为随身的文房四宝，庶乎一发现某处墙壁尚有空白，衣囊中掏出笔墨来立刻便画。截短一支笔管，在我那时年龄的小孩，也并非易事。记得曾被刀子勒伤手指，出了许多血，并且还溃烂了一些时光。小儿们总爱同他身量相称的小东西，读圣女《德兰传》，圣女幼时爱打造祭坛，烛台，花瓶，样样东西都小，蜡烛是两支蜡火柴。去年我游里修圣女故居，见墙龛尚保存她亲手建设的小祭坛一座。看了这个，回想自己儿时的故事，不禁发出会心的微笑。

我那苦心经营的文房四宝，一进衣囊，便出了岔子，墨汁渍出，染污了一件新衣，又得到大人们一顿教训，好像是挨了一顿打。不过现在已记不清楚了。那时我画马的兴趣之浓，恰如我某篇文字所述，当我替祖母捶背或捶膝，竟会在她身上画起马来。几拳头拍成一个马头，几拳头拍成一根马尾，又几拳头拍成马的四蹄。本来捶背的，会捶到她颈上去，本来捶膝的，会捶到腰上去，所以祖母最嫌我，也就豁免了我这份苦差云云，这些话都是当时的实景。现在回忆，每忍不住要笑，并且有些吃惊。史称古时有一善于画马的大师，每日冥想马的形态，并模仿马的动作，久而久之，自己竟变为马。这种艺术史上的灵异记，并没有什么意味，不过凝神之至，像我幼时那么发迷，我相信是有的。其实我那时虽爱看马，也不过胡乱看看，说不上什么实地观察，虽画马画得那样发迷，也并没有把马画好，六七岁的孩子能力究竟是有限的。不过那时的艺术创造冲动却真的非常热烈而纯粹。

十岁以后，能够看小说，那时风行绣像，《西游记》《封神榜》《三国演义》都有许多的插画。我也曾加模仿，不过原图太精致，不易模仿，偶然用薄竹纸映在上面，描其一二而已。

十一二岁时，父亲从山东带回一部日俄战争写真贴，都是些战争画，人物极生动，并多彩色。它和《三国演义》《封神榜》同样是打仗的写照，但炮火连天，冲锋陷阵的场面，似乎比长枪大马战三百合的刺激性强，所以每日展览不厌。孩子们幻想浓烈，我和一个比我小二岁的胞弟每天乱谈，捏造一篇猫儿国的故事，猫儿与老鼠开战，情节穿插极其热闹，居然自成章回。这一部"瞎聊",虽然尚不知用文字记录,但却有图为证,那些图便是从日俄战争贴东抄西凑而来。记得当时是画了一厚册,可算是我幼年绘画的杰作。惜此图后被我自己撕去,不然现在翻开看看,一定蛮有意思。

我姊妹共三人,大姊长我五岁,从妹爱兰,少我一岁,她们都欢喜针线,干着女孩子正式营生。我则看小说,作画,完全不理会她们那一套,即从彼时起,植下了文艺的根基。

四　兰溪县署中女佣群像

当我的祖父在浙江兰溪做县长时,县署上房除祖母身边两三个丫鬟外,又用了几个女佣。人数究有多少,于今已记不清了,横竖那时代人工廉,米价贱,普通人家用几个奴仆,视为常事。记得县署里那许多幕友,有的每月薪水仅仅八九两银子,也要养活一家老小,并且雇用个把佣人,何况堂堂县太爷的衙署呢?

上房有个李妈,来自乡间,年纪未及四旬,一口牙齿却已完全脱却。听说她怀孕一个女儿,怀孕期内,口中牙齿像熟透的果子无风自落,婴儿下地,她也变成瘪嘴老婆子了。乡下女人不知爱美为何事,不过牙齿全无,咀嚼太不方便,也不能竟置不理。有人传授她一个土方,用老鼠脊髓骨一条,焙干存性,加入麝香一钱及药数味,一齐研为粉末,作成药膏,每晚临睡,敷在牙床上,则一口新牙自然长出。

李妈颇相信这药方,看见我们用鼠笼鼠夹打到老鼠,一定讨去配药。一连配过几剂,每晚认真敷贴,始终没有效果,后来也就懒得再找这些麻烦了。

李妈女儿年仅十八,已嫁二年。一日,自乡间来县署探视其母,便在上房暂时住下,顺便帮帮她母亲的忙。那时我的二婶娘患肺痨已卧床不起,李妈女儿常在她身边传汤递药,二婶咽最后一口气时,她又恰恰站在病人榻前。回乡后竟也得了痨病,不过半年便死了。据那时代民间传说,痨病患者腹中生有"痨虫",平时潜伏,临死,虫始自病人口中飞出,其状有类蚊蝇,但形体更小,它必飞入病人亲属口中,所以痨病每代代相传,或全家传染。若非病人亲属而站得太近,虫也会误投的。李妈女儿之死,便是为了这个缘故。

我稍长后,读了些科学书,才知肺病果有菌,但属植物性。病人周围事物均附病菌,痰唾中尤多,若不消毒均可传染给人,并非状类蚊蝇,临死始自病人口飞出。李妈女儿在我二婶屋里混了半个月,她自乡间来,不像我们之已稍具抗疫性,是以病菌一侵袭到她,便乖乖献出她青春的生命。

李妈仅此一女,听到她的死讯,当然悲痛万分。一年半载之后,也渐淡忘。一日她到我姊妹的家塾外土山上收晾干的衣服。那土山高数丈,登其巅,可眺望县署外景物。西边望去是一片郊野,荒烟蔓草间,土坟累累,似从前此地乃系丛葬之所。那时斜阳一抹,照着这些土馒头,景象倍觉凄凉暗淡。李妈见了此景,好像大有感触一般,她初则站在土山头痴痴地望着,继则口中发出唏嘘之声,断断续续地说道:"坟……坟……人死了,便归到这里面,永远不能再见,啊,我的女儿……我的女儿……"她索性坐了下来,掩面啜泣,又不敢放声大哭,只低低呜咽着。她的眼泪不断淌下来,以致前襟尽湿。我那时只是个七八岁的小孩,不会劝,只会陪着她流泪。李妈越哭越伤心,一直哭到像肝肠断绝的光景,尚不肯住声,后来有几个女伴来,才把她扶了回去。那几年里,我家接连死人,家人号泣,见过不少,但李妈那回的哭女,却使我深受感动,历久不忘。所谓母子天性,所谓生离死别的悲哀,均于李妈那回一哭见之。一向嘻天哈地,憨不知愁的我,才开始上了人生第一课,领略了人生真正的痛苦。

另一女仆姓潘,我祖父之入仕途是由浙江瑞安做县丞开始。县丞衙署局面仄小,不能用男庖,潘妈初来系替我们当厨娘,后来祖父升了县长,她便改变身份做一个打杂的佣妇。祖母把五叔托她带领,她又成了五叔的干奶妈。

她的称呼由"潘嫂"蜕变而为"老妈",倒是逐渐而来的。大概她初以家贫没饭吃,出而帮佣,丈夫死后,家中更无亲人,遂安于我家而不去。在我家四五十年,在佣妇辈中,也算得资深望重。祖母令我们小一辈的尊称她为"老妈"不许更呼潘嫂。叫惯了,连祖母和我母亲一辈都称她为老妈,老妈二字便成了她特殊的头衔,一直顶着到死。

　　老妈年轻时曾经过洪杨之乱,被洪杨军掳去当了女火头军。她常常和我们谈洪杨军也即民间所谓"长毛"的到处烧杀淫掠的惨况,不过她对官兵也没有好评。贼去官兵来,官兵去贼又到,双方交绥数次很少,借此抢劫倒是真的。老百姓的身家性命,便在官贼双方拉锯战中,给拉得七零八落。官兵除了劫掠银钱之外,杀、烧、奸淫三件事总不至于干吧。照老妈说,一样。有时指百姓窝藏盗匪或竟指为盗匪,把百姓房子凭空放火烧了,将百姓头颅斫了去,一箩一箩抬去报功。把女人奸淫过后也砍下了头,头发剃去半边,混充男匪,虽则女人耳轮有戴耳环的穿孔,但上下蒙蔽以邀军功,谁又理会这些。

　　老妈所谈长毛掌故最使我们孩童骇怖的是炒人心肝的事。据她说长毛军开始时牛羊鸡鸭大批自百姓处掳来,享受不尽。渐渐地百姓逃的逃了,死的死了,他们下饭也就绝了荤腥了。后来竟改吃人肉起来,不过他们因女人胆小,整治人肉,倒并不假手她们。有一回,一个匪军提了七八颗心肝,交给老妈,说明是人心,教她放下锅先煮一下,再捞起来切片煎炒。老妈听说,未免心惊胆战,人心才下锅煮不到半盏茶时候,她将锅盖揭开,只见那些人心好像活的东西一样,在锅中乱跳,有的黏上锅盖,有的跌到地上。老妈以为有鬼,掩面大叫而逃,并不敢去捡拾。挨了匪兵很重的几下耳光。匪兵说人心要焖到半熟,才可以揭开锅,谁叫她揭得太早。

　　我现在知道人类心脏的肌肉富有弹性,不过人死以后,心脏尚能跳跃,并跳得这么高,太不可思议。但老妈并非能撒谎的人,她此事得于躬亲目击,我们不信也得信。这只有等科学家来解答了。

　　老妈在我家帮佣,竭忠尽智,成了我祖母有力的臂膀。对于她自幼带领的五少爷,更像亲生儿子般,嘘寒问暖,爱护周至。光复后,祖父罢官归太平故乡,老妈也跟到乡下。又过了七八年,始以老病死,寿八十三。我家因她为老仆,且系有功之臣,衣衾棺木,一切从厚,即葬在祖母预筑的墓边,俾祖母百年之后,主仆仍然相伴。

从前女仆年龄每在二十以上,二十以下的只算婢女,不过婢女是花钱买来的,女仆则为自由之身。祖母在兰溪县署雇用一个女仆,年纪大约只有十八九岁,喊她什么"婶娘"、什么"嫂"都好像使她承担不起,又不能像丫鬟一般喊她名字,因其年轻活泼,祖母便从其姓呼之为小张。

小张虽年轻,见的世面却不少。原来她是金华知府衙门的婢女,年长择配,嫁了府署中的一个二爷。那二爷因事被开革,回到兰溪原籍当小贩度日,叫妻子出来佣工,以补家计。小张常对我们谈说金华府署中事。她说府署以前曾被长毛军盘踞多年,杀了人便埋在后花园里,掘出的骸骨有几十箩筐。又说廊庑下埋了七只大缸,每缸可盛十几担水。缸上本铺有花砖,知府大人为砌花厅的地坪,将砖移去利用,缸口遂现出于地面了。那些缸口也奇怪,无论天晴下雨,总是潮湿的。有人说缸里藏的是金银,想挖开看,知府不许,因之大家也就不敢动。据小张说知府是嘱心腹家丁挖过的,缸里只有些碎砖瓦,鸡毛,并无他物。她又说长毛用大缸盛些碎砖石掩埋地下做什么,想必缸中财宝已被知府掘去,故意造此言骗人;又或者窖藏已被先入城的官兵得去了。小张坚信"财气"是有主的,应该属谁便归谁得,别人强掘,窖藏会变化为碎石清水之类,或自原来位置,自动转移到十数里外去,这几大缸财气的主人此时尚未来,等他来了,自然会变成满缸金银。不过若那主人甘心放弃,窖藏也会另觅他主。

府署上房有个女仆掘地埋死鼠,真的掘到一小罐的银子并金饰数件,于是阖署传染了掘宝狂,你也掘,我也掘,结果皆无所得。小张听说兰溪县署曾经长毛驻扎,断定必有窖藏。我祖母寝室前面有一天井,井中有个石砌的花台,搁着几盆花。小张一夕忽神秘地对祖母说,她半夜起来解手,看见花台下冒起白光,下面定窖有银子,何不掘开看看,祖母开始不信,过了一段时日后,小张又说某夜她又瞧见一只白兔,满天井乱跑,她一赶,那兔便钻下花台不见了。财神这样一再示兆,听者岂能不动心? 于是我祖母叫小张到前面花匠处借来几把锄头,会同婢女阿荣、菊花并力来掘,小张当然最为踊跃。先放倒花台,再从白兔钻入处向下挖,开始一日可挖一二尺,后来坑子深了不便用力,一日之工,仅得数寸。我姊妹也加入帮忙,掘及五六尺,地下水涌出,只好用铜面盆将积水一盆一盆戽出,用一扇破门板作梯上下,个个沾手涂足,弄成了泥母猪。后来水愈来愈多,不胜其戽,挖掘工程已无法进行。外间却已哄传知县夫人得了一个大窖,金银几百万。被祖父知道,进上房,将大家喝骂一顿。吩咐将坑子照旧填平,花台照旧竖起,那掘窖的事也就不了了之。别人倒没有什么,只有小张惋惜不置,她说财神爷屡次显灵,总不能没有道理,再挖下一二尺,一定可以掘得宝藏,于今白白丢开手,还不知便宜谁呢?

  旧时代县官衙署内,上下人口,多以百计,良莠不齐,鱼龙混杂,奸盗之事,时有所闻,甚至产生私娃的丑事也在所不免。在我幼时便亲眼看见这幕戏的上演,主角是连珠嫂。这女人也是从太平乡间赶来兰溪县署的。她丈夫已死,仅存一女,交给外婆带领,以便轻身出外佣工,年纪约三旬左右,貌虽不美,也还长得干净。祖母收容她后,将她安置上房最后一进屋子里,与我姊妹隔室,与一方姓女仆同居,叫她替我们一家做鞋,浆洗衣服,并做各种打杂事务。

  连珠嫂性情温和,照料我姊妹可称小心周到。待我尤厚,所以我特别欢喜她。

  我姊妹家塾前面不是有一座土山吗? 山高阳光足,女仆们洗了衣服总来山上晾晒,傍晚便收折了回去。家塾后面住着一位师爷,也是家乡穷亲眷,来此混饭吃的。连珠嫂每日收了衣服便顺便到师爷房中去叠折,和他谈谈家乡事,有时候便请那师爷替她写封把家信。

  不知为什么连珠嫂的肚皮渐渐大了起来。她只好整日躲在那后进屋子里,低头做针线,轻易不敢走到我祖母跟前。我姊妹年龄均幼小,浑然不知,与他同室的方妈却已瞧料了几分,总是开玩笑似的问她:"连珠嫂,你近来吃了什么补品,身体发福了,你看你的肚皮一天天高起来,原来衣服都会绷不住哩。"连珠嫂听方妈这么说,脸皮总是涨得通红,连声道:"没什么,没什么,我同你吃一样的饭食,发什么福?不过我这条棉裤装的棉花太厚,裤腰折在肚前,看起来肚皮便显得高些罢了。"她们这样一问一答,我姊妹仍听不出一点苗头。

后来我们家里来了一位远房祖姑母,阖署称她为"姑太太",她对我祖母为表示恭敬起见,并不敢姊呀妹的乱称呼,仍尊称为"太太",对我祖父则称"老爷"。这位姑太太是个久历江湖的妇女,见多识广,一见连珠嫂便发现她竭力遮掩着的秘密。对我祖母说道:"太太请莫怪我直言,那个连珠嫂肚子里已有了东西了,趁早打发她回乡下去吧,否则让她把私娃生在县衙里,岂不是一场大晦气?况这话传到外面去,老爷治家不严,对老爷做官的声名也不大好的。"那个时候,女人在别人家产子,认为对主家不利。私娃娃当然更认为不祥。

姑太太对祖母的一番话,被好事者传到连珠嫂的耳朵里,她倒脸红耳赤发作了一场,说哪里来的什么姑太太,赤口白舌冤枉人,说我怀着私娃娃。想必她生有一双"马快"眼,就瞧得这么清楚。我是个寡妇,这个声名可担当不起。等到天气暖和,我脱了棉裤,大家见见"包公",那时候,我不打歪她那张臭嘴才怪!这里几个名词,需要注解一下。"马快"是县署里专门缉捕盗贼的人,眼睛最锐利,坏人坏事,一见便知。包公即包拯,以善于断案著称。我们乡间凡疑难案件之得明白解决者,即称为"见包公",这也是中国民间死典活用的聪明处。

那连珠嫂虽在后屋生气骂人,却并不敢到祖母面前与姑太太对质,可见她的心虚。

待临盆日近,连珠嫂只好装病卧床。傍晚,她准备大半便桶的清水并草纸等物。腹痛发作,强忍不呻,待到孩子快要出来才坐上便桶。方妈有心要参究此事,那晚偏寸步不肯离房,坐在连珠对面,灯下缀补着一件旧衫,一双眼时刻斜溜过去,觑着连珠。据方妈事后向我们的描绘:她看见连珠坐在便桶上,脸色青黄。大冬天额角冒出一颗颗的汗珠足有黄豆大,脸上肌肉抽搐得连面目都改了形状。约有半顿饭的时光,见她连连努力,忽闻咚一声,似有重物坠水,稍停片刻,又像有液体物倾泻而下。连珠用草纸拂拭,一连用了几叠纸,才挣扎着爬上床睡下。

　　第二天,她的病居然痊愈了,起身照常工作。方妈趁她不在房中,揭开她的便桶,疑案也便揭开。于是悄悄叫我姊妹近前,只见一双惨白色小脚向上翘着,婴儿大半身浸在血水里。我们骇怕不敢多看,方妈却细验一下说是个小男孩,活活淹死了太可惜,假如连珠事前说明了肯送给她,她倒愿意收养的。

　　祖母得知此事,怕连珠会寻短见,倒也不敢责骂她,只叫丫鬟阿荣对她说,生出来的东西必须赶快收拾,不可放在房中,不然,天气虽冷,日久烂臭起来也是不得了的。连珠嫂被人捉住真赃,嘴硬不起。只好将死孩子提出便桶,用件旧衣包裹了,趁黑夜携出县署,在署后荒僻处掘地埋掉。

　　那个作为祸首的师爷知道纸包不住火,半月前便托故请假返乡去了。连珠在县署养息了几日,也只有卷铺盖走路。她向我祖母叩别时曾说了几句颇为得体的话,她说:"太太,我做下那件事,实对不住您老人家。太太量大福大,有什么晦气也会转变成吉祥,请您老不必把这件事放在心上。"连珠产后失于调养,又感受风寒,得了咳嗽症,还有几项产后症,回家乡后,健康始终未能恢复。加之大家又瞧她不起,听说回去不久便郁郁而死。

　　因她待我厚,我始终可怜她,听见她的死信,还伤心过一阵子。

　　方妈,即与连珠嫂同一室的那个女仆,虽来自乡间,一字不识,却颇有侠义精神,曾攘臂出面,替一个可怜同性争生存的权利,虽无结果,总算难得。今日专打"里身拳"的须眉男子对于这个女人恐尚有愧色,所以我乐意在这里介绍她。

　　祖父因家中子弟众多,聘请家庭教师乃当急之务。在兰溪县署时,聘了一位富阳籍秀才,姓王,听说学问尚不错。他在县署附近赁了几间屋子与妻女同住。师娘闻出于富阳大家,脚缠得极小,走路袅袅婷婷,风吹欲倒,有时尚须扶墙摸壁,始能行动。自幼读过点书,能写出一封文理尚算清顺的信,论容貌只能算"中人之姿"。王先生却生得一表人才,颇嫌妻貌不能匹配;加之师娘脚又太小,不能操劳家事,一切委之女佣,家中常以盗窃为苦,柴米油盐还得丈夫亲自经管,他对妻子遂更不满了。

王先生在我家教了一年的书,谓秋闱期近,要辞馆回去预备。妻女则送回富阳乡下家中住。王师娘听说要回去,日夕啼哭,方妈常奉祖母命到她家送东送西,见了师娘情况,深为讶异,问其缘故,师娘才道出她的苦情。

原来王家在富阳乡下尚属地主之家,拥沃壤数百亩,夏屋渠渠,仓充廪满。婆婆年未五旬,寡居后和一个管租的本家有了暧昧,嫌媳妇在家碍眼,百计折磨她。又乡下人家勤俭,事必躬亲,见媳妇荏弱无能,更加憎恶。据王师娘说她在家的时候,饭都吃不饱。因为饭一熟,婆婆便颗粒不剩铲取回到自己屋内,菜肴整治完毕也一托盘托回,闭门与管租人共享。她的宣言是世间只有媳妇伺候婆婆,没有婆婆伺候媳妇的理,况且我们家不劳动便没饭吃,要吃自己淘米去煮,自赴园中,拔菜去炒。这些事,王师娘又苦于做不得。

师娘未随丈夫到兰溪时,本诞有一子,周岁时患病,转为惊风,婆婆并不请医为之诊治,夭折了。过了三天,婆婆尚不叫人收葬,却将死孩暗暗搁置媳妇寝室门口,媳妇半夜起遗,又没有灯烛,摸黑出户,一脚踹在小尸体上,吓得魂魄消散,未免大呼小叫,又挨了婆婆一顿痛骂。

王师娘母家也算有钱,奈父母双亡,当家的是兄嫂,嫂对她不仁,兄又惧内,回母家不可能。丈夫经年在外游学,偶尔回家,同他诉诉苦,他怕母亲,也不能为她做主,何况夫妇感情本不甚厚,诉苦也是枉然。

王师娘受苦不过,曾投缳一次,索断坠地未死,哥哥听得这个消息,觉得面子难堪,出面与妹夫交涉,要妹夫将妹子接出同住。那次夫妇在兰溪组织小家庭,便是她哥哥交涉的结果,谁知脱离火阬不过一年,又要投入,她当然不甘。

师娘哭对方妈说,回去只是死路一条,要死不如死在兰溪,求方妈替她买毒药,想和她的女儿同归于尽。

方妈回来把这些话说给祖母听,祖母也不胜恻然。想到王家不肯用人,师娘又无力照顾自己生活,若能派一女仆随去,情况或可改善。况以县长之命派人送归,也许她婆婆会稍存忌惮。祖母以此意与我祖父相商,祖父亦未甚反对,方妈既与王师娘相熟,便遣她去,方妈也慨然答应了。

到了富阳乡间,王先生仅停留数日,便一肩行李到邻县朋友家里去读书了。婆婆与那妯夫故态复萌,并不因方妈系兰溪县署派来,将她放在眼里。竟教她和媳妇一同挨饿。幸而饭虽铲去,锅中尚存锅巴,方妈加水重煮,勉强填饱肚子,没有菜,方妈替师娘到镇上买点咸菜之类作为下饭。婆婆尚因煮锅巴费了她的柴薪,每日指桑骂槐,教方妈过不去。一日,方妈忍不住,同她辩了几句,王婆借此翻脸,锅里连锅巴也铲去,仓廪都加了锁,实行坚壁清野,这可教她主仆无计可施了。方妈到镇上办了小锅小炉,买米在房中自炊。师娘自兰溪带来的一点私蓄不久用尽,生活又陷窘境。写信给丈夫求援,好容易得到他居停主人回音,说王先生为求读书环境清净,屡迁其居,现迁居何处,不详。

王师娘想到一个无办法中的办法,她对方妈说,听说新来的富阳县长过去与我哥哥颇有交情,现在我写一张呈文,历述受恶姑虐待苦况,请求县长公断与姑析居,只需分给几亩田,两间屋,我便可以生活了。可是谁代我到县里呈递呢?方妈自告奋勇,愿意去试一下,于是王师娘细细写了一道呈文,典质钗环,雇了一顶小轿把方妈自乡间抬到距离三四十里的富阳县署。方妈也在兰溪县署中住过,认识县署一点门径,到传达室找到一个二爷,千求万恳,请他将呈文当面递给知县老爷。那二爷倒笑着答应了,可是方妈坐在署前石阶上自晨至于日昃,不见老爷升堂,也不见传她进去问话。饥肠辘辘,两个轿夫怨声载道,只好请他们在县署前小馆吃了一顿。又到传达室,找那二爷,问他结果,他说我们老爷今天公务太忙,不能断理这种小事,你先回去,过几天有传票到,你再来吧。方妈只好回家。

等了两个多月,富阳县署毫无消息,王师娘又撰写了一道呈文,托方妈再去县署一次。方妈找那传达二爷,二爷这一次变了脸色,说道:"上次那呈子我已看过,婆媳不和是人家常事,哪有因此求分家的理?况且俗话说'清官难断家务事',这种案子你要叫我们老爷怎样断?我劝你趁早回去吧。你同王师娘非亲非故,要你强出头,岂不太好笑吗?"方妈历数王师娘惨况,声泪俱下,那二爷只是不理。

方妈磕头下跪再三恳求,有一个人扯方妈出去,悄悄地对她说:"你这个大嫂怎么这样不明事理,俗话说'衙门八字开,无钱莫进来',你想空手入公门,那日子还早得很哩,况且传达室只管往来宾客名片的传递,不管呈文,你强迫他去呈,恐怕要害他挨顿板子。不过有钱事情便好办,他可以转托刑房老夫子替你设法。"方妈问好要多少,他说至少鹰洋二百块,因为钱不止一个人得。方妈道:"我没有钱,不过我有理,县老爷是父母官,百姓是他儿女,父母看见儿女要死能不救吗?"那人冷笑道:"理,理,没听说媳妇控告婆婆也算是理,这样天也要翻过来了。你快回去算你便宜,不然,哼,莫怪我们对你不客气!"

这样缠磨到天色将黑,方妈情急,想起弹词唱本里"击鼓鸣冤"的故事。县衙大堂原高高架有一面大鼓,方妈想敲,不见鼓槌,她迅速自轿中取出携来的纸伞,转过柄,向鼓上"蓬"就是一下。众人没防她有此一着,一齐吆喝道:"这女人发了疯吗?怎敢这么大胆!"你推我扯,要把方妈又出大堂。方妈死赖在地上,大声叫屈,意欲惊动里面。于是皮鞭毫不容情乱抽下来,把她抽得号啕大哭。众人怕她闹得没个收场,七手八脚把她塞进原来的轿子,喝令轿夫抬起快走,若再逗留,连人带轿一起押进"班房"——那时牢狱之称。方妈这一回赴县,不但未替王师娘申得冤情,反而落了一场很大羞辱。

方妈两次赴县的事是瞒不了人的。王家那个管租托主母名义,写信给我祖父,先感谢遣人护送媳妇返乡之德,但又说方妈挟持兰溪县署威势,干涉人家家事,尤其不该者,挑拨舍下姑媳不和,若不早日召回,恐于老公祖清誉有损云云。我祖父读了此信果然着急,特派一幕友一男仆到富阳王家致歉,严限方妈立即随回。

方妈与王师娘作别时,师娘哭得异常凄惨,她说:"方嫂,你这一年多以来多方保护我,吃尽苦辛,你的恩德,我只有来生报答。你去后,我是一定活不成的!"方妈也没有话可以安慰她,只劝她赶紧找回丈夫,仍出外生活为是。但王先生考举人落第,羞见江东,竟不知栖身何处。

方妈离开王家后,那个婆婆与姘夫追究王师娘二次告状之事,辱骂之不已,更加痛殴,王师娘之女因缺乏乳水,早殇,她再度投缳,这一回索子倒未断,成全她脱离了苦海。

上述王师娘的悲剧,以今日眼光来看,似乎太不近情理,但确系事实。旧时代亲权太重,恶姑虐媳至死,并无刑责,妇女缺乏谋生技能,即有,而以没有社会地位故,也不能离开家庭独立生活。加以缠脚的陋习,把一个人生生坑成了残废。像王师娘的故事,虽是一个特殊例子,但像《孔雀东南飞》里的刘兰芝,陆放翁妻唐氏的遭遇,却是常见的。于今大家主张复古,痛骂五四新文化的领导者为罪不容诛,我倒希望他们来读读这个故事。

至于我自己幼年时对旧时代的黑暗与罪恶,所见所闻,确乎比现代那些盲目复古者为多,是以反抗的种子很早便已潜伏脑海,新文化运动一起来,我很快便接受了,至今尚以"五四人"自命,也是颇为自然的事。

青　春

记得法国作家左拉的《约翰·戈乐之四时》(Quatre journees de Jean Gourdon)曾以人之一生比为年之四季,我觉得很有意味,虽然这个譬喻是自古以来,就有人说过了。但芳草夕阳,永为新鲜诗料,好譬喻又何嫌于重复呢?

不阴不晴的天气,乍寒乍暖的时令,一会儿是袭袭和风,一会儿是濛濛细雨,春是时哭时笑的,春是善于撒娇的。

树枝间新透出叶芽,稀疏琐碎地点缀着,地上黄一块,黑一块,又浅浅的绿一块,看去很不顺眼,但几天后,便成了一片蓊然的绿云,一条缀满星星野花的绣毡了。压在你眉梢上的那厚厚的灰黯色的云,自然不免教你气闷,可是他转瞬间会化为如纱的轻烟,如酥的小雨。新婚紫燕,屡次双双来拜访我的矮椽,软语呢喃,商量不定,我知道他们准是看中了我的屋梁,果然数日后,便衔泥运草开始筑巢了。远处,不知是画眉,还是百灵,或是黄莺,在试着新吭呢。强涩地,不自然地,一声一声变换着,像苦吟诗人在推敲他的诗句似的。绿叶丛中紫罗兰的喔嚅,芳草里铃兰的耳语,流泉边迎春花的低笑,你听不见么? 我是听得很清楚的。她们打扮整齐了,只等春之女神揭起绣幕,便要一个一个出场演奏。现在它们有点浮动,有点不耐烦,春是准备的。春是等待的。

几天没有出门,偶然涉足郊野,眼前竟换了一个新鲜的世界。到处怒绽着红紫,到处隐现着虹光,到处悠扬着悦耳的鸟声,到处飘荡着迷人的香气,蔚蓝的天上,桃色的云,徐徐伸着懒腰,似乎春眠未足,还带着惺忪的睡态。流水却瞧不过这小姐腔,它泛着潋滟的霓彩,唱着响亮的新歌,头也不回地奔赴巨川,奔赴大海……春是烂漫的,春是永远地向着充实和完成的路上走的。

春光如海,古人的比方多妙,多恰当。只有海,才可以形容出春的饱和,春的浩瀚,春的磅礴洋溢,春的澎湃如潮的活力与生意。

春在工作,忙碌地工作,它要预备夏的壮盛,秋的丰饶,冬的休息,不工作又怎么办?但春一面在工作,一面也在游戏,春是快乐的。

春不像夏的沉郁,秋的肃穆,冬的死寂,它是一味活泼,一味热狂,一味生长与发展,春是年青的。

当一个十四五岁或十七八岁的健美青年向你走来,先有爽朗新鲜之气迎面而至。正如睡过一夜之后,打开窗户,冷峭的晓风带来的那一股沁心的微凉和葱茏的佳色。他给你的印象是爽直、纯洁、豪华、富丽。他是初升的太阳,他是才发源的长河,他是能燃烧世界也能燃烧自己的一团烈火,他是目射神光,长啸生风的初下山时的乳虎,他是奋鬣扬蹄,控制不住的新驹。他也是热情的化身,幻想的源泉,野心的出发点,他是无穷的无穷,他是希望的希望。呵!青年,可爱的青年,可羡慕的青年。

青年是透明的,身与心都是透明的。嫩而薄的皮肤之下,好像可以看出鲜红血液的运行,这就形成他或她容颜之春花的娇,朝霞的艳。所谓"吹弹得破",的确教人有这样的担心。忘记哪一位西洋作者有"水晶的笑"的话,一位年轻女郎嫣然微笑时,那一双明亮的双瞳,那两行粲然如玉的牙齿,那唇角边两颗轻圆的笑涡,你能否认这"水晶的笑"四字的意义么?

青年是永远清洁的。为了爱整齐的观念特强,青年对于身体,当然时时拂拭,刻刻注意。然而青年身体里似乎天然有一种排除尘垢的力,正像天鹅羽毛之洁白,并非由于洗濯而来。又似乎古印度人想象中三十二天的天人，自然鲜洁如出水莲花，一尘不染。等到头上华萎，五官垢出，腋下汗流，身上那件光华夺目的宝衣也积了灰尘时，他的寿命就快告终了。

青年最富于爱美心。衣履的讲究，头发颜脸的涂泽，每天费许多光阴于镜里的徘徊顾影，追逐银幕和时装铺新奇的服装的热心，往往叫我们难以了解，或成了可怜悯的讽嘲。无论如何贫寒的家庭，若有一点颜色，定然聚集于女郎身上。这就是碧玉虽出自小家，而仍然不失其为碧玉的秘密。为了美，甚至可以忍受身体上的戕残，如野蛮人的文身穿鼻，过去妇女之缠足束腰。我有个窗友因面麻而请教外科医生，用药烂去一层面皮。三四十年前，青年妇女，往往就牙医无故拔除一牙而镶之以金，说笑时黄光灿露，可以增加不少的妩媚。于今我还听见许多人为了门牙之略欠整齐而拔去另镶的，血淋淋地也不怕痛。假如陆判官的换头术果然灵验，我敢断定必有无数女青年毫不迟疑地袒露其纤纤粉颈，而去欢迎他靴筒子里抽出来那柄锯利如霜小匕首的。

青年是没有年龄高下之别的，也永远没有丑的，除非是真正的嫫母和戚施。记得我在中学读书时，眼中所见那群同学，不但大有美丑之分，而且竟有老少之别。凡那些皮肤粗黑些的，眉目庸蠢些的，身材高大些的，举止矜庄些的，总觉得她们生得太"出老"一点，猜测她们年龄时，总会将它提高若干岁。至于二十七八岁或三十一二岁的人——当时文风初开的内地学生年龄是有这样的——在我们这些比较年轻的一群看来，竟是不折不扣的"老太婆"了。这样的"老太婆"还出来念什么书，活现世！轻薄些的同学的口角边往往会露出了这样嘲笑。现在我看青年的眼光竟和从前大大不同了，媸妍胖瘦，当然还分辨得出，而什么"出老"的感觉，却已消灭于乌有之乡，无论他或她容貌如何，既然是青年，就要还他一份美，所谓"青春的美"。挺拔的身躯，轻轻的步履，通红的双颊，闪着青春之焰的眼睛，每个青年都差不多，所以看去年纪也差不多。从飞机下望大地，山陵原野都一样平铺着，没有多少高下隆洼之别，现在我对于青年也许是坐着飞机而下望的。哈，坐着年龄的飞机！

但是,青年之最可爱的还是他身体里那股淋漓元气,换言之,就是那股愈汲愈多,愈用愈出的精力。所谓"青年的液汁"(La seve de la jeunese),这真是个不舍昼夜滚滚其来的源泉,它流转于你的血脉,充盈于你的四肢,泛滥于你的全身,永远要求向上,永远要求向外发展。它可以使你造成博学,习成绝技,创造惊天动地的事业。青年是世界上的王,它便是青年王国拥有的一切财富。

当我带着书躐上讲坛,下望黑压压地一堂青年的时候,我的幻想,往往开出无数芬芳美丽的花:安知他们中间将来没有李白、杜甫、荷马、莎士比亚那样伟大的诗人么?安知他们中间,将来没有马可尼、爱迪生、居里夫人一般的科学家?朱子、王阳明、康德、斯宾塞一般的哲学家么?学经济的也许将来会成为一位银行界的领袖;学政治的也许就仗着他将中国的政治扶上轨道;学化学或机械的也许将来会发明许多东西,促成中国的工业化,现代化。也许他们中真有人能创无声飞机,携带什么不孕粉,到扶桑三岛巡礼一回,聊以答谢他们三年来赠送我们的这许多野蛮残酷礼品的厚意。不过,我还是希望他们中间有人能向世界宣传中国优越的文化,和平的王道,向世界散布天下为公的福音,叫那些以相斫为高的刽子手们,初则眙愕相顾,继则心悦诚服……青年的前途是浩荡无涯的,是不可限量的,但能以致此,还不是靠着他们这"青年的精力"?

春是四季里的良辰,青年是人生的黄金时代。是春天,就该鸟语花香,风和日丽,但霖雨连绵,接连三四十日之久,气候寒冷得像严冬,等到放晴时,则九十春光,阑珊已尽,这样的春天岂非常有?同样,幼年多病,从药炉茶鼎间逝去了寂寂的韶华;父母早亡,养育于不关痛痒者之手,像墙角的草,得不着阳光的温煦,雨露的滋润;生于寒苦之家,半饥半饱地挨着日子,既无好营养,又受不着好教育,这种不幸的青年,又何尝不多?咳,这也是春天,这也是青年!

西洋文学多喜欢赞美青春歌颂青春,中国人是尚齿敬老的民族,虽然

85

颇爱嗟卑叹老,却瞧不起青年。真正感觉青春之可贵,认识青春之意义的,似乎只有那个素有佻达文人之名的袁子才。他对美貌少年,辄喜津津乐道,有时竟教人于字里行间,嗅出浓烈的肉味。对于历史上少年成功者,他每再三致其倾慕之忱,而于少年美貌而又英雄如孙策其人者,向往尤切。以形体之完美为高于一切,也许有点不对,但这种希腊精神,却是中国传统思想里所难以找出的。他又主张少年的一切欲望都应当给以满足,满足欲望则必须要金钱,所以他竟高唱"宁可少时富,老来贫不妨"。这样大胆痛快的话,恐怕现在还有许多人为之吓倒吧。他永久羡着青春,《湖上杂咏》之一云:

> 葛岭花开三月天,游人来往说神仙,
> 老夫心与游人异,不羡神仙羡少年。

说到神仙。又引起我的兴趣来了。中国人最羡慕神仙,自战国到宋以前一千数百年,帝皇、后妃、贵族、大官以及一般士庶,都鼓荡于这一股热潮中。中国人对修仙付过了很大的代价,抱了热烈的科学精神去试验,坚决的殉道精神去追求。前者仆而后者继,这个失败了,那个又重新来,唐以后这风气才算衰歇了些,然而神仙思想还盘踞于一般人潜意识界呢。

做神仙最大的目的,是返老还童和长生。换言之,就是保持青春于永久。现在医学界盛传什么恢复青春术,将黑猩猩,大猩猩,长臂猿的生殖腺移植人身,便可以收回失去的青春。不过这方法流弊很多,因所恢复的青春,仅能维持数年之久,过此则衰惫愈甚,好像是预支自己体中精力而用之,并没有多大便宜可占,因之尝试者似乎尚不踊跃。至于中国神仙教人炼的九转还丹,只有黍子大的一颗,度下十二重楼,便立刻脱胎换骨,而且从此就能与天地比寿,日月齐光了。有这样的好处,无怪乎许多人梦寐求之,为金丹送命也甘心了。

不过炼丹时既需要仙传的真诀,极大的资本,长久的时间,吃下去又有未做神仙先做鬼的危险,有些人也就不敢尝试。况且成仙有捷径也有慢法,拜斗踏罡,修真养性慢慢地熬去,功行圆满之日,也一样飞升。但这种修炼需要数十年至百余年不等,到体力天然衰老时,可不又惹起困难么?于是聪明的中国人又有什么"夺舍法"。学仙人在这时候推算得什么地方有新死的青年,便将自己的灵魂钻入其尸体,于是钟漏垂歇的衰翁,立刻便可以变成一个血气充盈的小伙子,这方法既简捷又不伤廉,因为它并没有伤害尸主之生命。

少时体弱多病,在凄风冷雨中度过了我的芳春,现在又感受早衰之苦。所以有时遇见一个玉雪玲珑的女孩,我便不免于中一动,我想假如我懂得夺舍法据这可爱身体而有之,我将怎样用她青年的精力而读书,而研究,而学习我以前未学现在想学而已嫌其晚的一切。便是娱乐,我也一定比她更会享受。这念头有点不良,我自己也明白,可是我既没有获得道家夺舍法之秘传,也不过是骗骗自己的空想而已。

中年人或老年人见了青年,觉得不胜其健羡之至,而青年却似乎不能充分地了解青春之乐。所谓"不识庐山真面目,只缘身在此山中",谁说不是一条真理?好像我们称孩子的时代为黄金,其实孩子果真知道自己快乐么?他们不自知其乐,而我们强名之为乐,我总觉得这是不该的。

再者青年总是糊涂的,无经验的。以读书研究而论,他们往往不知门径与方法,浪费精神气力而所得无多。又血气正盛,嗜欲的拘牵,情欲的缠纠,冲动的驱策,野心的引诱,使他们陷于空想、狂热、苦恼、追求以及一切烦闷之中,如苍蝇之落于蛛网,愈挣扎则缚束愈紧。其甚者从此趋于堕落之途,及其觉悟则已老大徒悲了。若能以中年人的明智,老年人的淡泊,控制青年的精力,使它向正当的道路上发展,则青年的前途,岂不更远大,而其成功岂不更快呢。

仿佛记得英国某诗人有再来一次的歌,中年老年之希望恢复青春,也无非是这"再来一次"的意识之刺激罢了。祖与父之热心教育其子孙,何尝不是因为觉得自己老了,无能为力了,所以想利用青年的可塑性,将他们抟成一尊比自己更完全优美的活像。当他们教育青年学习时,凭自己过去的经验,授予青年以比较简捷的方法,将自己辛苦探索出来的路线,指导青年,免得他们再迂回曲折地乱撞。他们未曾实现的希望,要在后一代人身上实现,他们没有满足的野心,要叫后一代人来替他们满足。他们的梦,他们的愿望,他们奢侈的贪求,本来都已成了空花的,现在幻想在后代人头上收获其甘芳丰硕的果。因此,当他们勤勤恳恳地教导子孙时,与其说是由于慈爱,毋宁说是出于自私,与其说是在替子孙打算,毋宁说是自己安慰。这是另一种"夺舍法",他们的生命是由此而延续,而生命的意义是靠此而完成的。

据说法朗士常恨上帝或造物的神造人的方法太笨:把青春位置于生命过程的最前一段,使人生最宝贵的爱情,磨折于生活重担之下。他说假如他有造人之权的话,他要选取虫类如蝴蝶之属做榜样。要它先在幼虫时期就做完各种可厌恶的营养工作,到了最后一期,男人女人长出闪光翅膀,在露水和欲望中活了一会儿,就相抱相吻地死去。读了这一串诗意的词句,谁不为之悠然神往呢。不止恋爱而已,想到可贵青春度于糊涂昏乱之中之可惜,对于法朗士的建议,我也要竭诚拥护的了。

不过宗教家也有这么类似的说法,像基督教就说凡是热心爱神奉侍神的人,受苦一生,到了最后的一刹那,灵魂便像蛾之自蛹中脱出,脱离了笨重躯壳,栩栩然飞向虚空,浑身发出光明,出入水火,贯穿金石,大千世界无不游行自在,又获得一切智慧,一切满足,而且最要紧的是从此再不会死。这比起法朗士先生所说的一小时蝴蝶的生命不远胜么? 有了这种信仰的人,对于人世易于萎谢的青春,正不必用其歆羡吧?

归　途

　　自从去国而后,和可爱的故乡,已经有四五年不相见了。这番为了省视母亲的病,我从三万里外的欧洲,回到祖国,到上海后,便恨不得一步跨回故乡。但这时正是五卅惨剧发生之后,英日船已停驶,招商船则须等到星期一才有。我只有捺定心性在上海多住两天。这两天里我也常到街上走走。只见租界上布满铁丝网,巡警都站着双岗,真是如临大敌,我心里便感到非常之不快。然而这时候上海的市民还是熙攘往来,现出一种太平景象。

　　好容易挨到星期一我得以起程了。这回船上人是满满的,我那房舱的外边恰是餐厅,叉麻将,唱大戏,拉胡琴,和高谈阔论咳嗽吐痰的声音,好像汽锅里沸腾的水,一阵阵蒸得我头脑发昏。这简直是受罪,我也知道这罪:凡在中国坐火车轮船,和住旅馆,都有应受的义务,但从前何以不觉得? 这或者是在外国清静了几年,耳神经已经失去听受这种喧嚣的习惯罢——外边闹声愈高,我的头痛也愈厉害,这时候我确乎有点追悔当初出洋之失计了。

　　开船之后,落了一阵大雨,窗眼里透进习习凉风,我想到舱外看看雨后的江景。于是乎开门出去,然而出去很不容易,几乎是"步步荆棘"。门口几张临时烟榻上伸出的毛腿,便先要留难你,出了餐间,走到船边,偶然碰着横躺在地铺上抹牌人们的脚,他便抬起头来恶狠狠地对你盯一眼,甚至还要口里呐着"瞎子"。我很小心地从腿丛中跨过去,像战地兵士之跨过电气网,居然给我走到船的中部了。

那边望去似乎很清洁,我想去走走。而新的难关又发见了。横拦我前面的,是一道木栅,没有锁,却是用铁链缠住。铁链的意义,我幸而未忘却,这自然是和巡警局门前所悬的虎头牌军棍之类,含有同样的威权。然而何以要用在这里?终于我抬头看见中舱外边钉着一块黑漆小板,才恍然大悟了。那板上有八个金字:"洋人卧室,旅客止步。"

洋人卧室里,走出一夫一妇,后随两个小孩子,我认得这是和我同一海船来的某成卒家庭。我们曾在甲板上说笑,游戏混过一个多月,也算有点友谊,但今天,我只有转过木栅后面的脸。胡琴,唱戏的声音一阵阵从舱中透出,我不是在梦里,这分明的在中国自己的船上呵!

到大通,我为有几件行装自己不能拿着上趸船,而约定来接我的族叔慎知还未到,我便被栈房接客的茶房敲去了一元,因为我接到他手里的栈票一看,他便硬要我住他的楼房,终于赔偿了损失才罢。在欧洲独自一个从这国跑到那国,没有出一件岔子,而一入国门便做了"阿木林",我心里很是惭愧。然而我又想,从前何尝这样的"阿木林",也是很伶俐的呵。现在的我,譬如猴子在园子里养惯,重入山林时,攀藤爬树,都不像从前的灵活。因为它已经失去本能了。但本能究竟是本能,只要在山林里更住几时,自然会恢复过来,我的耳朵便是一个好例,在船上最后两天,不是听不见什么喧嚣了么?

慎知也有事须得回乡里去,我们便做一路。渡过铜波湖,便到青阳。慎知叫到两顶山轿,一个挑子,我和他们商量走夜路,因一则天气太炎热,日里不便走,二则青阳饭店的臭虫,到今还教我记得它的余威。况在长江船上我已尽了放虫帐的义务,身上还留下二三个疙瘩哩。长途疲倦,我的血已经不多,在皮肤尚未完全恢复受叮而不痒的本能之前,还是吝啬一点的好。况且今夜恰有澄鲜的月色,轿夫也乐意走。

在上路之前,须得教轿夫吃饭,我只有坐在饭店门口条凳上等候,这时候月儿已升上来了,家家门口坐满了乘凉的人。孩子们聚拢了看我,眼光中露出惊奇,而大人则颇有鄙夷不屑的颜色。这是从前所没有的,使我不解。

"咦!这是从省城洋学堂里来的。"一个妇人于再三研究我之后发出这个结论。"不,不,从洋鬼子那里来的罢。"在旁一个青年人矫正伊,"你看她穿着洋装呢。省城里正在烧洋教堂哩。"他眼光里露出狡猾和恶作剧似的笑来了。"洋鬼子都已赶回国去了。可惜不曾杀,斩草除根!哦!哦!斩草除根!"

这一点小小爆裂的火花,烧破他们为见生人而拘束的网了。一个脑后留着一丛头发的老者,忽然慷慨起来:

"我不知道我们中国人为什么要进洋学堂,吃洋教,穿洋装,做洋人的奸细?!真是卖国贼!秦桧!王氏!"

老者一番爱国议论发出之后,听的人哗然笑起来了。远处一个人厉声问慎知,"你们往哪里去?让我来做了她!"这分明是恶意的开玩笑。然而人心确乎有点浮动,我不由得浑身毛骨悚然,只有搭讪着离开饭店门前而钻入轿子里去。因为我看见地上不缺少碎砖瓦,怕万一他们高兴,将我当作岳坟前的铁像!

九华山影浸在银灰色的幽辉里,澹白到成为一片雾光,远远望过去几乎疑心是水晶叠成的。否则何以这般的明透?田陇草木,茶棚,茅屋,一堆堆的化为溶溶银湖里的藻影,偶然也有几条鱼虾,在波里游嬉,这便是同我一般的乘月而行的旅客。我这时本来可以发一点浪漫的诗兴。而且还想胡诌几句诗,而轿夫却不容我这样风雅,一路勒索:吃点心,喝茶,买草履。几乎三四里一次。而一个胫上疮肿的轿夫还得到烟铺去过瘾,一进去总得两个多钟头才得出来。慎知也惴然地不敢催促。为的一开口,他们便发出倔强的声音来,他们于老者一番议论之后,早失了对我的敬意了。

这样一路延挨,到离家尚有三十里的杨家尖,天色已经大明。迎面来了两顶山轿,里面是一对年近五十许的西洋夫妇。女的一瞥眼看见了我,脸上顿然显出惊慌的颜色。男人也懔懔地将两眼注定我身上,似乎十分的警备着,万一看见我伸手向怀中摸时,他们便好下轿逃命。慎知对我说,这是听了省城风声而潜遁的传教士,大通和青阳的早逃空了。但他们见了我为什么露出这般模样?我思索之下,寻出理由:原来又是这套洋装作怪,竟把我当作由省城来的学生了。我想着不禁暗暗发笑,他们见了我担惊,哪知我一路来担惊的心理,也不在他们之下呢。

我又明白了一件事:过西贡时曾买了一份法文报,内有一页关于五卅惨剧的记载,他说中国现在又发生了仇教举动,某处教堂被焚,教士被戕。到了上海,才知不确实。我曾痛骂帝国主义报纸之无故造谣,现在才知道谣言是我们自己先造出来的。

我昨晚为了一套洋装,受了许多虚惊,其实洋装之为物,他们未必没有见过,其所以如此者,不过也借了爱国的大名义,想发一发原祖传来的天性罢。其不敢就动手者,一则为了时代尚没有像白莲教,洪杨,庚子时期之扰乱,杀人可以不负责任,二则为了有本乡本土的慎知和我作伴,所以只好在精神上使我痛苦一番而已。然而想到那"让我来做了她"一句话,还教我不寒而栗!

到了羚羊镇离家只有十五里了。我记起镇上表兄的家,民国三年,我曾和母亲到过一次。此时想借便去探望他。我便和慎知乘轿夫吃饭的空儿,到了那小巷口。巷口一檐破厕,一个粪缸,和地上潴积的污水,映入我眼帘时,恍然是十一年前的情景。中国的空气或者含有一种的化学元素,否则在中国的东西,何以竟这般历久而不敝?想中国文明之所以能支持五千年之场面者,未尝不靠着这种"不变性"罢。如果有人对我说:这巷口的破厕,粪缸,污水是从开辟时留下的,我相信。若更说这巷口的破厕,粪缸,污水能保持这个情状一直到世界的末日,我也相信,因为它们在我眼里,已过了这多年而一丝一毫没有改变。不能不算是宇宙间一个奇迹。

叩门进去,鸡照从前一般的惊飞,狗照从前一般的狂吠,而天井里的臭水,也发出十一年前那夏天一般的气味。只是屋里拥出的一群孩子,这是不同之一点。

表嫂出来招呼我,伊的风凉头髻和脚上的红缎鞋都无异于前。不过脸面略为苍老些,而且身边已有一个缠了足的小女孩儿了。大家将我和慎知簇拥进了房。表兄赤了上半身,躺在炕上抽烟,苍蝇照旧在他油汗涔涔的颈边飞舞,地上也照旧堆满了瓜皮和浓痰。

他放下枪欠身含笑招呼:

"啊!小若,你回来了。我早听见姑母谈起来。但我现在几乎认识你不得,你竟变做外国人了。"我们往下谈了几句途中情况,又互询了些家常,便转入五卅惨剧的问题,为的是我恰从上海来,而五卅问题,又是这时谈话材料中一件流行品。

"学生?学生们干得什么事?尽着空口嚷嚷。外国一只铁甲船来,中国就给打得落花流水了!"我表兄一面打烟泡,一面说。

"没有实力原是不成功的,"我说,"但空嚷也得嚷几声。民气太消沉了。不是用这样的兴奋剂鼓荡鼓荡,中国被人宰割尽了,还睡在梦里呢!"

"兴奋剂,"表兄愤然喊起来,"吃过早有百十剂了。效果在哪里?单以抵制日货而论,五分钟热度的把戏,干过几回?你也知道。其实抵制一回日货,反使日本人发一回财。什么缘故?为的旧的衣服和东西扯的扯了,烧的烧了,而新的还免不得要置,又做一份去补那烧扯了的,我们自己受经济两重损失,仇人的货恰好加倍输进来了。"

"照你这般说,你那新昌店号还要发大财哩!"慎知接口说。

我的表兄听了这句话笑起来了。"开了店不希望发财难道希望折本?我不是不爱国,只是国货销不出去。为的旧式的太粗陋,仿造的不坚牢,没人爱买。我不开店,总不能叫一家老小挨饿呵!"他又回过脸向我说:"我们做商家的,也有做商家的苦衷,不过你们学生总不肯原谅人的。"

"你难道不是学生出身的人么?"我无聊地说。

"这也不过当时不得不随众罢,"他说,"其实学校有什么用处?我在商业学校辛苦巴结到的文凭,到商界混时还不如一张算盘之得用。我将来决计不教孩子们进学堂了。我这阿大,"他说时指着蹲在床边和其他孩子共玩一盆蟋蟀口衔半段香烟的小孩,"我先把他在家熟练几年便送他站柜台去呢。"

我坐在烟榻旁,脑盘里又涌起了异样的感想:"我从前对于老辈的中国人,认为文化革新的障碍物,但又不能由我的诅咒而使他们消亡,于是我的乐观,只有乞灵于时间了。我想:光阴似水,一年一年地消去,过二十年,老辈的死亡了,中年的也衰老了,剩下的都是染毒未深的青年,由努力奋斗之下,做了中国的主人翁,中国至少有几分革新的希望。再过五十年又有一班离祖、父愈远的青年出来,那时社会上的障碍已经稀少或至没有。那些革命和奋斗的精力,便可以储蓄起来,而为建筑之用,百年之后中国光明灿烂的新文明,或者可以出现于世界。但是现在呢,我觉悟了。我的乞灵于时间的乐观,还是幻想,老年人虽会死亡,中年人也会衰老,但是青年人又怎样?他们才得在社会上留得几声空嚷的声音,便投入社会的洪炉里熔化了,甚者就在瓜皮痰迹之间辗转于长大,将来又都成了中国的障碍物,一代一代,薪尽火传,空旷如沙漠的中国,除了天际几声寂寥空嚷的回音,什么也寻不出!

"军阀政客的专横,不足畏惧,外国人的残杀,不足痛心,一切一切,由国际地位上所得的耻辱,不足愤慨,只要我们有人起来干,换言之就是养成干的实力。这些困难,都可以消弭而排除之的。但干的人在哪里?过去?没有。现在?没有。将来?也没有!"

我就这样的离别了表兄的家,再经过几处茶棚和烟馆,便居然回到我的家,而和可爱的病了的母亲相见了。

中　年

如果说人的一生,果然像年之四季,那么除了婴儿期的头,斩去了死亡期的尾,人生应该分为四个阶级,即青年、壮年、中年、老年是也。自成童至二十五岁为青春期,由此至三十五岁为壮年期,由此至四十五岁为中年期,以后为老年期。但照中国一般习惯,往往将壮年期并入中年,而四十以后,便算入了老年,于是西洋人以四十岁为生命之开始,中国人则以四十为衰老之开始。请一位中国中年,谈谈他身心两方面的经验,也许会涉及老年的范围,这是我们这未老先衰民族的宿命,言之是颇为可悲的。若其身体强健,可以活到八九十或百岁的话,则上述四期,可以各延长五年十年,反之则缩短几年。总之这四个阶段的短长,随人体质和心灵的情况分之,不必过于呆板。

中年和青年差别的地方,在形体方面也可以显明地看出。初入中年时,因体内脂肪积蓄过多,而变成肥胖,这就是普通之所谓"发福"。男子"发福"之后,身体更觉魁伟,配上一张红褐色的脸,两撇八字胡,倒也相当的威严。在女人,那就成了一个恐慌问题。如名之为"发福",不如名之为"发祸"。过丰的肌肉,蚕食她原来的娇美,使她变成一个粗蠢臃肿的"硕人"。许多爱美的妇女,为想瘦,往往厉行减食绝食,或操劳,但长期饥饿辛苦之后,一复食和一休息,反而更肥胖起来。我就看见很多的中年女友,为了胖之一字,烦恼哭泣,认为那是莫可禳解的灾殃。不过平心而论,这可恶的胖,虽然夺去了你那婀娜的腰身,秀媚的脸庞和莹滑的玉臂,也偿还你一部分青春之美。等到你肌肉退潮,脸起皱纹时,你想胖还不可得呢。

四十以后,血气渐衰,腰酸背痛,各种病痛乘机而起。一叶落而知天下秋,一茎白发,也就是衰老的预告。古人最先发现自己头上白发,便不免再三嗟叹,形之吟咏,谁说这不是发于自然的情感。眼睛逐渐昏花,牙齿也开始动摇,肠胃则有如淤塞的河道,愈来愈窄。食欲不旺,食量自然减少。少年凡是可吃的东西都吃得很有味,中年则必须比较精美的方能入口,而少年据案时那种狼吞虎咽的豪情壮概,则完全消失了。

对气候的抗拒力极差。冬天怕冷,夏天又怕热。以我个人而论,就在乐山这样不大寒冷的冬天,棉小袄再加皮袍,出门时更要压上一件厚大衣,晚间两层棉被,而汤婆子还是少不得。夏天热到八九十度,便觉胸口闭室,喘不过气来。略为大意,就有触暑发痧之患。假如自己原有点不舒服,再受这蒸郁气候压迫时,便有徘徊于死亡边沿的感觉。古人目夏为"死季",大约是专为我们这种孱弱的中年人或老年人而说的吧。

再看那些青年人,大雪天竟有仅穿一件夹袍或一件薄棉袍而挺过的。夏季赤日西窗,挥汗如雨,一样可以伏案用功。比赛过一场激烈的篮球或足球后,浑身热汗如浆,又可以立刻跳入冷水池游泳。使我们处这场合,非风瘫则必罹重感冒了。所以青年在我们眼里不但怀有辟尘珠而已,他们还有辟寒辟暑珠呢。啊,青年真是活神仙!

记得从前有位长辈,见我常以体弱为忧,便安慰我说,青年人身体里各种组织都很脆弱,而且空虚,到了中年,骨髓长满,脏腑的营养功能也完成了,体气自然充强。这话你们或者要认为缺少生理学的根据,而我却是经验之谈,你将来是可以体会到的。听了这番话后,我对于将来的健康,果然抱了一种希望。忽忽二十余年,这话竟无兑现之期,才明白那长辈的经验只是他个人的经验而已。不过青年体质虽健旺而精神则似乎比较脆弱。所以青年有许多属于神经方面的疾病。我少年时,下午喝杯浓茶或咖啡,或偶尔构思,或精神受了小小刺激,则非通宵失眠不可。用脑筋不能连续两小时以上,又不能天天按时刻用功。于今这些现象大都不复存在,可见我的神经组织确比以前坚固了。不过这也许是麻木,中年人的喜怒哀乐,都不如青年之易于激动,正是麻木的证据。

有人说所谓中年的转变,如其说它是属于生理方面,毋宁说它是属于心理方面。人生到了四十左右,心理每会发生绝大变化,在恋爱上更特别显明。是以有人定四十岁为人生危险年龄云云。这话我从前也信以为真,而且曾祈祷它赶快实现。因为我久已厌倦于自己这不死不生的精神状况,若有个改换,哪管它是哪里来的,我都一样欣喜地加以接受。然而没有影响,一点也没有。也许时候还没有到,我愿意耐心等待。可是我预料它的结局。也将同我那对生理方面的希望一般。要是真来了呢,我当然不愿再行接受邱比特的金箭,我只希望文艺之神再一度拨醒我心灵创作之火,使我文思怒放,笔底生花,而将十余年预定的著作计划,一一实现。听说四十左右是人生的成熟期,西洋作家有价值的作品,大都产于此时。谁说我这过奢的期望,不能实现几分之几?但回顾自己的身体状况,又不免灰心,唉,这未老先衰民族的宿命!

中年人所最恼恨自己的,是学习的困难。学习的成绩,要一个仓库去保存它,那仓库就是记忆力,但人到中年,这份宝贵的天赋,照例要被造物主收回。无论什么书,你读过一遍后,可以很清晰地记得其中情节,几天以后,痕迹便淡了一层,一两个月后,只留得一点影子,以后连那点影子也模糊了。以起码的文字而论,幼小时候学会的结构当然不易遗忘,但有些俗体破体先入为主——这都是从油印讲义,教员黑板,影印的古书来的——后来想矫正也觉非常之难。我们当国文教师的人,看见学生在作文簿上写了欲破体的字,有义务替他校正。校过二三回之后,他还再犯,便不免要生气怪他太不小心,甚至心里还要骂他几声低能。然而说也可怜,有些不大应用的字,自己想写时,还得查查字典呢。

我有亲戚某君,中学卒业后,为生活关系,当了猢狲王。常自恨少时英文没有学好,四十岁以上,居然下了读通这门文字的决心。他平日功课太忙,只能利用暑假,取古人三冬文史之意。这样用了三四个假期的功,英文果大有进步,可以不假字典而读普通文学书,写信作文,不但通而且可说好。但后来他还是把这"劳什子"丢开手了。他告诉我们说,中年人想学习一种新才艺,不惟事倍功半,竟可以说不可能,原因就为了记忆力退化得太厉害。以学习生字,幼时学十多个字要费一天半天工夫,于今半小时可以记得四五十个。有时窃窃自喜,以为自己的头脑比幼时还强。是的,以理解力而论,现在果大胜于幼年时代,这种强记的本领,大半是靠理解力帮忙的。但强记只能收短时期的功效。那些生字好比一群小精灵,非常狡猾,它们被你抓住时,便伏伏帖帖地服从你指挥,等你一转背,便一个一个溜之大吉。有人说读外国文记生字有秘诀,天天温习一次,就可以永为己有了。这法子我也曾试过,效果不能说没有,但生字积上几百时,每天温习一次,至少要费上几小时的时间,所学愈多,担负愈重,不是经济办法,何况搁置一天,仍然遗忘了呢。翻开生字簿个个字认得,在别处遇见时,则有时像有些面善,但仓促间总喊不出它的名字,有时认得它的头,忘了它的尾;有时甲的意义会缠到乙上去。你们看见我英文写读的能力,以为学到这样的程度,抛荒可惜。不知那点成绩是我在拼命用功之下产生出来的,是努力到炉火纯青时,生命锤砧间,敲打出来的几块钢铁。将书本子搁开三五个月,我还是从前的我。一个人非永远保有追求时情热,就维持不住太太的心,那么她便是天上神仙,也只有不要。我的生活环境既不许我天天捧着英文念,则我放弃这每天从坠下原处再转巨石上山的希腊神话里,受罪英雄的苦工,你们该不至批评我无恒吧。

不仅某君如此,大多数中年用功的人都有这经验。中年人用功往往是"竹篮打水一场空",照法国俗话,又像是"檀内德的桶"(Le tonneau de Panaides),这头塞进,那头立刻脱出。听说托尔斯泰以八十高龄还能从头学希腊文,而哈理孙女士七十多岁时也开始学习一种新文字。那是天才的头脑,非普通人所能企及的。——不过中年人也不必因此而灰了做学问的雄心,记忆力仍然强的,当然一样可以学习。

所以,青年人禀很高的天资,又处优良的环境,而悠悠忽忽不肯用心读书;或者将难得光阴,虚耗在儿戏的恋爱和无聊的争逐上,真是莫大的罪过,非常的可惜。

学问既积蓄在记忆的仓库里,而中年人的记忆力又如此之坏,那么你们究竟有些什么呢?嘘,朋友,我告诉你一个秘密,轻轻地,莫让别人听见。我们是空洞的。打开我们的脑壳一看,虽非四壁萧然,一无所有,却也寒碜得可以。我们的学问在哪里,在书卷里,在笔记簿里,在卡片里,在社会里,在大自然里。幸而有一条绳索,一头联结我们的脑筋,一头联结在这些上,只需一牵动,那些埋伏着的兵,便听了暗号似的,从四面八方蜂拥出来,排成队伍,听我自由调遣。这条绳索,叫做"思想的系统",是我们中年人修炼多年而成功的法宝。我们可以向青年骄傲的,也许仅仅是这件东西吧。设若不幸,来了一把火,将我们精神的壁垒烧个精光,那我们就立刻窘态毕露了。但是,亏得那件法宝水火都侵害它不得,重挣一份家当还不难,所以中年人虽甚空虚,自己又觉得很富裕。

上文说中年喜怒哀乐都不易激动,不过这是神经麻木而不是感情麻木。中年的感情实比青年深沉,而波澜则更为阔大。他不容易动情,真动时连自己也怕。所谓"中年伤于哀乐",所谓"中年不乐",正指此而言。青年遇小小伤心事,便会号啕涕泣,中年的眼泪则比金子还贵,然而青年死了父母和爱人,当时虽痛不欲生,过了几时,也就慢慢忘记了。中年于骨肉之生离死别,表面虽似无所感动,而那深刻的悲哀,会啮蚀你的心灵,镌削你的肌肉,使你暗中消磨下去。精神的创口,只有时间那一味药可以治疗,然而中年人的心伤也许到死还不能愈合。

中年人是颓废的。到了这样年龄,什么都经历过了,什么味都尝过了,什么都看穿看透了。现实呢,满足了。希望呢,大半渺茫了。人生的真义,虽不容易了解,中年人却偏要认为已经了解,不完全至少也了解它大半。世界是苦海,人是生来受罪的,黄连树下的弹琴,毒蛇猛兽窥伺着的井边,啜取岩蜜,珍惜人生,享受人生,所谓人生真义不过是这么一回事。中年人不容易改变他的习惯,细微如抽烟喝茶,明知其有害身体,也克制不了。勉强改了,不久又犯,也许不是不能改,是懒得改,它是一种享乐呀! 女人到了三十以上,自知韶华已谢,红颜不再,更加着意装饰。为什么青年女郎服装多取素雅,而中年女人反而欢喜浓妆艳抹呢? 文人学士则有文人学士的哀乐,"天上一轮好月,一杯得火候好茶,其实珍惜之不尽也"。张岱《陶庵梦忆》,就充满了这种"中年情调"。无怪在这火辣辣战争时代里,有人要骂他为"有闲"。

人生至乐是朋友,然而中年人却不易交到真正的朋友,由于世故的深沉,人情的历练,相对之际,谁也不能披肝露胆,掏出性灵深处那片真纯。少年好友相处,互相尔汝,形影双忘,吵架时好像其仇不共戴天,转眼又破涕为欢,言归于好了。中年人若在友谊上发生意见,那痕迹便终身拂拭不去,所以中年人对朋友总客客气气的有许多礼貌。有人将上流社会的社交,比做箭猪的团聚:箭猪在冬夜离开太远苦寒,挤得太紧又刺痛,所以它们总设法永远保持相当的距离。上流人社交的客气礼貌,便是这距离的代表。这比喻何等有趣,又何等透彻,有了中年交友经验的人,想来是不会否认的。不过中年人有时候也可以交到极知心的朋友,这时候将嬉笑浪谑的无聊,化作有益学问的切磋,酒肉征逐的浪费,变成严肃事业的互助。一位学问见识都比你高的人,不但能促进你学业上的进步,更能给你以人格上莫大的潜移默化。开头时,你俩的意见,一个站在南极的冰峰,一个据于北极的雪岭,后来慢慢接近了,慢慢同化了。你们辩论时也许还免不了几场激烈的争执,然而到后来,还不是九九归元,折中于同一的论点。每当久别相逢之际,夜雨西窗,烹茶剪烛,举凡读书的乐趣,艺术的欣赏,变幻无端的世途经历,生命旅程的甘酸苦辣,都化作娓娓清谈,互相勘查,互相印证,结果往往是相视而笑,莫逆于心。其趣味之隽永深厚,绝不是少年时代那些浮薄的友谊可比的。

除了独身主义者,人到中年,谁不有个家庭的组织。不过这时候夫妇间的轻怜蜜爱,调情打趣都完了,小小离别,万语千言的情书也完了,鼻涕眼泪也完了,闺阃之中,现在已变得非常平静,听不见吵闹之声,也听不见天真孩子气的嬉笑。新婚时的热恋,好比那春江汹涌的怒潮,于今只是一潭微澜不生,莹晶照眼的秋水。夫妇成了名义上的,只合力维持着一个家庭罢了。男子将感情意志,都集中于学问和事业上。假如他命运亨通,一帆风顺的话,做官定已做到部长次长;教书,则出洋镀金以后,也可以做到大学教授;假如他是个作家,则灾梨祸枣的文章,至少已印行过三册五册;在商界非银行总理,则必大店的老板。地位若次了一等或二等呢,那他必定设法向上爬。在山脚望着山顶,也许有懒得上去的时候,既然到半山或离山顶不远之处,谁也不肯放弃这份"登峰造极"的光荣和陶醉不是?听说男子到了中年,青年时代强盛的爱欲就变为权势欲和领袖欲,总想大权独揽,出人头地,所以倾轧、排挤、嫉妒、水火,种种手段,在中年社会里玩得特别多。啊,男子天生个个都是政客!

男子权势欲领袖欲之发达,即在家庭也有所表现。在家庭,他是丈夫,是父亲,是一家之主。许多男子都以家室之累为苦,听说从前还有人将家庭画成一部满装老小和家具的大车,而将自己画作一个汗流气喘拼命向前拉曳的苦力。这当然不错,当家的人谁不是活受罪,但是,你应该知道做家主也有做家主的威严。奴仆服从你,儿女尊敬你,太太即说是如何的摩登女性,既靠你养活,也不得不委屈自己一点而将就你。若是个旧式太太,那更会将你当做神明供奉。你在外边受了什么刺激,或在办公所受了上司的指斥,憋着一肚皮气回家,不妨向太太发泄发泄,她除了委屈得哭泣一场之外,是绝不敢向你提出离婚的。假如生了一点小病痛,更可以向太太撒撒娇,你可以安然躺在床上,要她替你按摩,要她奉茶奉水,你平日不常吃到的好菜,也不由她不亲下厨房替你烧。撒娇也是人生快乐之一,一个人若无处撒娇,那才是人生大不幸哪!

女人结婚之后,一心对着丈夫,若有了孩子,她的恋爱就立刻换了方向。尼采说:"女人种种都是谜,说来说去,只有一个解答,叫做生小孩。"其实这不是女人的谜,是造物主的谜,假如世间没有母爱,嘻,你这位疯狂哲学家,也能在这里摇唇弄笔发表你轻视女性的理论么?女人对孩子,不但是爱,竟是崇拜,孩子是她的神。不但在养育,也竟在玩弄,孩子是她的消遣品。她爱抚他,引逗他,摇撼他,吻抱他,一缕芳心,时刻萦绕在孩子身上。就在这样迷醉甜蜜的心情中,才能将孩子一个个从摇篮尿布之中养大。养孩子就是女人一生的事业,就这样将芳年玉貌,消磨净尽,而匆匆到了她认为可厌的中年。

青年生活于将来,老年生活于过去,中年则生活于现在。所以中年又大都是实际主义者。人在青年,谁没有一片雄心壮志,谁没有一番宏济苍生的抱负,谁没有种种荒唐瑰丽的梦想。青年谈恋爱,就要歌哭缠绵,誓生盟死,男以维特为豪,女以绿蒂自命;谈探险,就恨不得乘火箭飞入月宫,或到其他星球里去寻觅殖民地;话革命,又想赴汤蹈火与恶势力拼命,披荆斩棘,从赤土上建起他们理想的王国。中年人可不像这么罗曼蒂克,也没有这股子傻劲。在他看来,美的梦想,不如享受一顿精馔之实在;理想的王国,不如一座安适家园之合乎他的要求;整顿乾坤,安民济世,自有周公孔圣人在那里忙,用不着我去插手。带领着妻儿,安稳住在自己手创的小天地里,或从事名山胜业,以搏身后之虚声,或丝竹陶情,以写中年之怀抱,或着意安排一个向平事了,五岳毕游以后的娱老之场。管它世外风云变幻,潮流撞击,我在我的小天地里还一样优哉游哉,聊以卒岁。你笑我太颓唐,骂我太庸俗,批评我太自私,我都承认,算了,你不必再寻着我缠了。

不过我以上所说的话,并不认为每个中年人都如此,仅说我所见一部分中年人呈有这种表象而已。希望中年人读了拙文,不至于对我提起诉讼,以为我在毁坏普天下中年人的名誉。其实中年才是人生的成熟期,谈学问则已有相当成就,谈经验则也已相当丰富,叫他去办一项事业,自然能够措置有方,精神灌注,把它办得井井有条。少年是学习时期,壮年是练习时期,中年才是实地应用时期,所以我们求人必求之于中年。

少年读古人书,于书中所说的一切,不是盲目的信从,就是武断的抹杀。中年人读书比较广博，自然参伍折中，求出一个比较适当的标准。他不轻信古人，也不瞎诋古人。他决不把婴儿和浴盆的残水都泼出。他对于旧殿堂的庄严宏丽，能给予适当的赞美和欣赏，若事实上这座殿堂非除去不可时，他宁可一砖一石，一栋一梁，慢慢地拆，材料若有可用的，就保存起来。留作将来新建筑之用，决不鲁鲁莽莽地放一把火烧得寸草不留，后来又有无材可用之叹。少年时读古人书，总感觉时代已过，与现代不发生交涉，所以恨不得将所有线装书一齐抛入茅厕；甚至西洋文艺宗哲之书，也要替它定出主义时代的所属，如其不属他们所信仰的主义和他们所视为神圣的时代，虽莎士比亚、拉辛、贝多芬、罗丹等伟大天才心血的结晶，也恨不得以"过时""无用"两句话轻轻抹杀。中年人则知道这种幼稚狂暴的举动未免太无意识，对于文化遗产的接受也是太不经济，况且古人书里说的话就是古人的人生经验，少年人还没有到获得那种经验的年龄，所以读古人书总感觉隔膜，到了中年了解世事渐多，回头来读古人书又是一番境界，他对于圣贤的教训，前哲的遗谟，天才血汗的成绩，不像少年人那么狂妄地鄙弃，反而能够很虚心地加以承认。

青年最富于感染性，容易接受新的思想。到了中年，则脑筋里自然筑起一千丈铜墙铁壁，所以中年多不能跟着时代潮流跑。但据此就判定中年"顽固"的罪名，他也不甘伏的。中年涉世较深，人生经验丰富，判断力自然比较强。对于一种新学说新主义，总要以批评的态度，将其中利弊，实施以后影响的好坏仔细研究一番。真个合乎需要，他采用它也许比青年更来得坚决。他又明白一个制度的改良，一个理想的实现，不一定需要破坏和流血，难道没有比较温和的途径可以遵循？假如青年多读历史，认识历来那些不合理性革命之恐怖，那些无谓牺牲之悲惨，那些毫无补偿的损失之重大，也许他们的态度要稳健些了。何况时髦的东西，不见得真个是美，真个合用，年轻女郎穿了短袖衫，看见别人的长袖，几乎要视为大逆不道，可是二三年后又流行长袖，她们又要视短袖为异端了。幸而世界是青年与中老年共有的，幸而青年也不久会变成中老年，否则世界三天就要变换一个新花样,能叫人活得下去么,还是谢谢吧。

　　踏进秋天园林,只见枝头累累,都是鲜红,深紫,或黄金色的果实,在秋阳里闪着异样的光。丰硕,圆满,清芬扑鼻,蜜汁欲流,让你尽情去采撷。但你说想欣赏那荣华绚烂的花时,哎。那就可惜你来晚了一步,那只是春天的事啊!

棘心

棘心夭夭,母氏劬劳。

——《诗经·凯风》

我以我的血和泪,刻骨的疚心,永久的哀慕,写成这本书,纪念我最爱的母亲。

第一章　母亲的南旋

醒秋一夜翻来覆去地不曾好好安睡。她本来是和母亲对床而眠的，母亲的床，和她的床，相去不过六七尺远。她听见母亲帐中微微有鼾声，很调匀，很沉酣，有时衾褥轻轻转动一下，像母亲在梦中翻身，知道母亲正在熟睡。平常的时候，醒秋若是睡不着，必定唤醒母亲，母女两个谈谈日间的事，或过去的一切，消遣那漫漫的长夜；但今天晚上，醒秋却不敢唤她，因为母亲明天要乘火车到天津，到天津后改搭海轮回南，在路上有几天难受的颠顿，所以今夜必得让母亲好好安睡。

醒秋越是睡不着，心里便越是烦躁，她血管里的血也像她脑海里的思潮一般，翻腾迸沸个不住，结果浑身发热，太阳穴的筋掣掣地跳动，再也不能在被窝里躺着了。她轻轻掀去被的半边，将身子靠着枕头坐起，两眼望着那朦胧夜色的纱窗，一动不动地发怔。

这时候，胡同里的车马声和远处喧哗的市声，早已寂静，不过有时听见巡警喝问半夜尚在街上游行的人，又远处风送来的几阵狗吠和一声两声小孩的啼哭，除此之外，外边真是万籁俱绝，大地像死了一般。但室中各种细微的声音，却真不少：桌上时钟的滴答滴答，过于干燥的板壁毕毕剥剥地爆裂，鼠儿窸窸窣窣的走动，飞虫头触窗纱，咚咚似小鼓的响……这些声音，白昼未尝没有，但我们偏偏听不见，更深夜静之际，便加倍的响亮与清晰，一一打入人的耳鼓。这才知道：白昼是"色"的世界，黑夜呢？应该说是"声"的世界了。

醒秋记得去年在所谓"岭下"的故乡山中,和母亲睡在她家一间所谓"绿槐书屋"中避暑。那间书屋,是醒秋的祖父在浙江做官时寄钱回家建筑以为归老之计的,位置在半山间。开窗一望,一座十几丈高的青山,几乎伸手可以摸到,松影绿压屋檐,潺潺的清泉似乎在枕畔流过。这清绝的影与声,往往把她携带到一个不可知的梦和诗的世界里去。

一夜,醒秋睡不着,便下床打开窗子,向外眺望。那夜的景色,真教她永远难于忘却。天粘在四周山峰上似一张剪圆的暗云蓝纸,没有月光,但星光分外明朗,更有许多流萤,飘忽来去,像山的精灵们乘着炬火跳舞,满山熠熠烁烁,碎光流动。夜已三更,空间非常寂静,也没有一丝风,而耳中却听见四山幽籁、萧萧、瑟瑟、寥寥、飕飕,如万箔春蚕之食叶,如风水相激越,如落叶相擦磨。泉声忽高忽低,忽缓忽急,做弄玎琮曲调,与夏夜虫声,齐鸣竞奏。这些声响都像是有生命和情感似的,白昼潜伏着,一到夜间便像被什么神秘的金刚钻解放了它们的灵魂,在黑暗中一齐活动起来了。

醒秋的心和耳也似乎得了什么神通,凡世间不能和不易听见的声音,她此时居然能够听见。她仿佛听见松梢露珠的下坠,轻风和树叶温柔的亲吻,飞虫振翅的甍甍之声,繁星的絮语,草木的萌芽,宇宙大灵的叹息。

她坐在窗前,整个身心,沉浸在空灵凄清的感受里,一直到天明。

"明天母亲就要回南去了!"醒秋心里这样想念着,不觉涌起无限恋别的情绪。她的母亲一生没有到过北京,这次为醒秋的三弟完婚,才特地和父亲到京里来。婚事完毕以后,本想在北京好好逍遥一下,因为母亲半生生命都已消磨于大家庭家务的忙碌中间,难得有几时清闲岁月让她享受的。但她在北京还未住上一个月,祖母却于南方的故乡不住寄信催她回去,说家务没有人照管,她自己又上了年纪,不能操劳的了。母亲对于祖母一向是绝对服从,奉了严符之后,只好和此生必不能再来的北京作别,决定了南归之计。

醒秋那时在北京高等女子师范读书,因离家太远,只能暑假回乡一次。这一年母亲到京,她没回乡,由学校搬出来和母亲同住。母亲那时是寄居于一个表亲家里——这个表亲论行辈是醒秋的叔父——父亲却寄住在同一条胡同的某一亲戚家。

醒秋越想越清醒起来,不由得把母亲的生平作了一个全盘的检讨。她自己是廿世纪的人,她母亲则是十九世纪的人。十九世纪的欧美正走入一个国力鼎盛,文化猛晋的新时代,中国则仍然处于腐旧势力压制之下。但政治上的变动已是很大,经过洪杨的大乱,满清政府的权力已大部分移到汉人手中;鸦片之役,外国的坚船利炮,撞开了中国的门户;甲午之战,满清帝国的纸老虎又给人家一下子戳穿,戊戌维新失败,人民对于清廷更失去了最后的希望。革命的种子很快地散播开来,举义之事,此起彼落,暗杀之举,层出不穷,使得满清政府手忙脚乱,无法应付,及辛亥的霹雳一声,武昌事起,而爱新觉罗氏二百六十年的统治,便土崩瓦解了。

但是,政治的变革,虽然发展得如火如荼,一般社会却还是死气沉沉,受着传统礼教观念、宗法制度的支配。皇帝虽然已从宝座上颠覆下来,家庭尊长的地位,仍然巩固得铁桶相似。"父要子死,子不敢不死"虽然不过是句空洞的话,但也是一条不成文的法律。一个诗礼之家,倘使父母真要儿女去死,做儿女的恐怕也只有乖乖儿地献出他们的生命。翁姑对于儿媳,也如父母之于子女,掌握着无上的权威。但两者相较,翁姑又不如父母。因为后者义属亲子,有骨肉情感的维持,而前者则本为异姓,仅凭名义相结合。若位居尊长的一辈,滥用他们的权威,那末,卑幼一辈的命运便够悲惨了。舅翁与姑嫜两者相较,姑又不如舅。男人的心胸阔大,阃内之事,他们也不便多所干涉,唯有那做婆的,终日与媳妇厮守在一起,旧式妇女,多不读书,不明大义,气量又比男性天然来得仄狭、自私、琐碎、喜于猜忌,她对于一个媳妇,若感觉不满意,磨折起来,那简直是附骨之蛆,疗之不愈,剜之不可,一直要挨到那做婆的两脚一蹬,那做媳妇的才有出头之日。

历史上姑媳间的悲剧,像《孔雀东南飞》那首长诗主角刘兰芝,陆放翁之妻唐氏,都是比较著名的。若把那几千年间所产生的无名悲剧,汇集一处,则血泪之深,深逾海水,怨毒之气,上干霄汉,日月亦将为之失明。

醒秋的母亲,便是这种不良家庭制度下牺牲者之一。她虽然并没有遭遇兰芝和唐氏的命运,但她自十六岁嫁到杜家起,一直到现在"大衍之庆"的年龄止,始终是她婆婆跟前一个没有写过卖身契的奴隶,没有半点享受,没有半点自由。

醒秋母亲姓舒,家里世代务农,到外祖父始改业为商,早死,外祖母青年守寡,抚育着膝下三个儿女,上面有个严酷非常的婆婆。醒秋母亲自幼在专制压力下长大,因此倒养成了她的"忍耐""顺从"的德行,又造成了她"勤勉""节俭"的习惯。她天性仁厚,资禀又聪明,对于家务,粗细都来得。在家庭里,她是个孝顺而能干的姑娘,嫁到杜家,她又立志要做个好媳妇,相夫教子,做个贤母良妻。她嫁来时,婆婆年纪也不大,只有三十二三岁。

杜家家道也甚贫寒,醒秋的祖父以佐杂官游宦浙江,以屡次捕盗有功,很快升到抓印把子的县太爷。俸禄虽有限,但那时物价低廉,佣人工资极薄,祖母身边也算有一两个丫头、女仆之类。但祖母宁可让她丫头打扮得妖里妖气,到前面门房找男仆们厮混,女仆则或由她们请假回去,多日不来;或由她们随意偷懒,却把个家媳当作牛马一般支使起来。这个媳妇是她从家乡带出来的,在她身边多年,已被她训练成为一个得心应手的工具,所以一直要使用着她。

要问母亲是怎样伺候这位婆大人呢?打骂之事倒也没有——母亲也不敢惹她到这样发怒的地步。惟日常琐碎的工作,无尽无休,也够把人磨得头发都开花。每日清早,婆婆一下床,媳妇便捧着洗脸水、面巾、牙刷、皂角团子,服侍她盥洗以后,又要替她梳髻。那个髻子足足要梳个把钟头,然后细匀铅黄、画眉、然后换上衣服、然后早餐。早餐后,婆婆找出一大堆破衣服,旧袜底,叫媳妇用剪子细细地拆。那时候无论男人女人,都穿布袜,袜底乃双层粗布,千针万缕纳成,以取其牢固耐穿,那时叫做"打袜掌"。袜子除底以外,还有袜帮和后跟,都缝得很细致,拆开极不容易。

醒秋祖母出身乡间,节省得未免过分,她把阖家男女的破袜都收集了来,洗净,交给媳妇去拆。拆开后,遇到阳光强烈的日子,调一钵糨糊,卸下几扇板门,把这些破衣破袜褙褙在一起,这叫做"褙壁壳"。褙成的"壁壳",厚者用来作鞋底,薄者用来做小孩帽衬。

整个上午拆破衣破袜。午餐后,祖母便上床午睡。这一睡至少两个钟头甚或要睡到晚餐上桌,才肯起床。晚餐后,又上床睡了。当她躺在床上的时候,要媳妇替她捶背脊、捶膝、捻肩脊筋。捻筋的差使最为辛苦,要用拇指和食指,用力撮起两肩井或脊背相连的筋,撮得"咕嘟""咕嘟"地响。祖母说这样她才会感觉血脉流通,浑身骨节松爽,否则第二天便嚷头痛,四肢沉重,以及诸般病患了。午睡的时候,捶捻一小时左右,看祖母已深入梦乡,母亲便替她覆上衾被,放下帐子,轻轻退出,回房做一点私事。晚餐后,那套按摩手术一开始,便要延长到十一二点钟才得休止。天天如此,月月如此,年年如此,祖母固然是血脉流通,骨节松爽,可怜母亲的拇指和食指,却长年瘀着血,变成紫黑色,指甲也给磨秃了。并且长年弯着腰背用力,使母亲终身留下腰背疼痛的毛病。

祖母的年龄既不大,生儿育女,并不甘落于媳妇之后,并总要跨前一步。媳妇隔年一胎,她几乎一年一养,并且还要来个双胞胎。她妊孕期内和产育以后,母亲的辛苦加倍。母亲一生育了五胎,三男二女,祖母除小产四胎,共育了九胎,却胎胎都是弄璋之喜。因此她常常自负是一个善于生养的女人,瞧不起醒秋的母亲,对于醒秋姊妹自幼便有憎嫌之感。

实际上,祖母对于孙儿也并不欢喜,她爱的只是从她肚皮里爬出来的。

县署的膳食是包给厨子办的。开饭的时候,祖父自在外边和醒秋的父亲及二叔三叔们同吃,祖母则在上房和几个小儿子共用。醒秋姊妹有时也在桌面上,有时则大人们盛碗饭夹点菜教她到旁边去吃。醒秋幼稚头脑铭刻最深的一件事,便是每当菜肴开上桌后,祖母总要巡视一下,挑选一色荤菜,退回给厨房,以示体恤下人之意。剩下一色荤菜,男孩子们风卷残云,一霎扫尽,醒秋姊妹和母亲只能吃到点残汤剩水和一点子素蔬。

祖母一年到头喊着身上这里病,那里不舒服,银耳、燕窝、洋参也便一年到头滋补着。另外又吃若干种零食,譬如盐水花生、冰糖核桃汤、芡实莲子桂圆红枣羹,每天变换着花样。她房间里不论冬夏,总有一个大木桶,内有一钵炭火,覆着热灰,慢慢煨煮这些东西。洗银耳,用小镊镊去燕窝上的绒毛,热水脱核桃皮,脱皮后再和冰糖舂碎,这些都是醒秋母亲的事。醒秋姊妹略为长大,这件差事又落在她们肩上。

二三俩叔完婚,两位婶子都是从家乡娶来,闺训本来不错,看见做伯母的醒秋母亲,这末贤孝勤勉,两个也想努力追随。无奈先天素弱的二婶,嫁来不久,便患了痨病,三婶不知怎么也染上了。她们同时躺倒,病了一二年,先后去世。醒秋的母亲不惟得不到她们分担劳苦,在她俩卧病期内,侍奉汤药,调理饮食,反倒费了不少的气力和精神。

俩叔续的弦却是外面做官人家的女儿,以千金小姐自居,对公婆只有外表的恭敬,服侍则半点不肯,并且背地常笑醒秋的母亲傻。家里丫鬟女仆好几个,放着自己一个"大少奶"的身份,为什么事必躬亲,弄得这末劳苦呢?

祖母看见新来媳妇架子大,起首也有些不服,想照冢妇一样来驾驭她们,她们并不买这笔账,派给她们的工作,总给她们巧妙地推诿了。于是婆媳间不免有些零碎的口舌。那些公主们受了气,初则闭门饮泣,渐则竟与婆婆顶嘴,虽不敢恶声回骂,喋喋抗辩,总是常事。委屈太甚,便回娘家去,一年半载不归,反要大家赔小心,说好话,才请得銮驾返。婆婆的尊严,一次二次受打击,气焰也便为之大减,以后难道敢再触犯她们,自讨这种没趣?

只有醒秋的母亲,天性既过于善良,又自幼钳制于婆婆积威之下。婆婆一生她的气,她便吓得战战兢兢,怒若不解,她便扑通一声跪倒,流着眼泪,满口认罪不迭,只求婆婆息怒。人就是这末没出息,专拣软弱的欺,祖母系在母亲颈脖间这条无形绳索,始终没有放松,直到醒秋长大到能够明白事理的时候,还常常看见母亲对祖母长跪乞恕的情景哩。

杜家是个大家庭,份子复杂,人心又不齐。光复以后,祖父丢了官,经济上又破了产,回到故乡,不久病故。那时家里上下还有二三十口人。祖父做官时所置的几亩薄田,收入有限,一家衣食靠在外面当点差事的父亲和二叔,寄钱接济。祖母说这个家难当,一齐卸在母亲肩膀上。祖母却又说她要为几个小儿子打算,拿公家的粮食叫人喂猪养鸡。猪长足了,卖给屠肆,鸡生下蛋,叫贴身使女整篮提了出去卖。又雇工开藕塘,种莲子,种芝麻。春天养蚕,冬季塘里捉鱼。攒了点钱,凑上儿子们孝敬她的月费,便找亲族中人给她收买田地,或放高利贷。她这些事,都瞒着家里人做,自己脚小又不能亲去勘察,人家利用她这些弱点,又欺她不识字,常跑来报告,甲说:"×婶子,我替你看中了某处几分地,水旱无忧,一年准收几担谷,你中意便买下好么?"乙说:"×叔婆,某处有座桑园,收的桑叶,可养几张蚕种的蚕,你若买了下来,以后家里养蚕,用不着向人家买桑叶了。"丙说:"某处有一头水牛,已经怀了孕,牛主因家有急事求售,买下后,几个月后便是两头牛了。大好机会,万不可失。"祖母听见这话,每笑逐颜开,捧出雪花花的一叠银洋,凭中立契,立契后,中人高声念给她听,并逐句加以解释。但临到收租收利息的时候,每每半文不见。找了中人来,支吾一大阵,还是没有结果。有时候连契文都是空头支票。她做这些事时本未敢公开,也只有吃"哑巴亏"算数。

有祖母例子在上,各房对于公物,任意滥费,公共大锅才出的白米饭,大钵盛去养私人的鸡鸭。冬季铲取灶里薪炭装取暖的火笼,还要用脚踏上几踏,踏得结结实实。从十五里外村镇上长工挑回的煤油,各房用来点瓦孚灯,夜里都上床睡觉了,灯芯还要旋得高高的,点个通宵达旦。人家一不如意,便埋怨当家的人。母亲上受婆婆无理的压制,下受妯娌们琐屑的絮聒,亏得她任劳任怨,大公无我,宁可自己吃亏,让他人占点便宜,所以这副重担,她还算挑了下来,否则便有布袋和尚的肚皮,也早给胀破了。

母亲不但德性好,才干也很优长,虽然家庭漏洞太大,无法弥补,不免有三月新丝,五月新谷,卯年收粮,寅年先吃之事,但她总努力设法,平衡收支,用极少的钱,维持一个相当庞大的家。男女工友在她精诚感召之下,种田的春夏耕耘,养蚕的昼夜无休,有时还很有些盈余的利益。母亲对于乡党间那些赤贫无告的人,有时请准婆婆,有时自己做主,每慨然予以援助。岁时祭祀祖宗,轮到醒秋家当值,作为祭品的猪鱼每比别家肥壮硕大,果蔬等品,也是必丰必洁。乡里间举办什么公益的事,母亲出的份子一定比别人为多。对鳏寡孤独之人,母亲必定解衣推食,厚加招待。有急难者上门求告,宁可自己典当衣服钗钏也要让人家渡过难关。故此乡党间对她人人钦佩,称之为"贤人"而不名。"贤人"二字虽来自俚俗的小说,但用之于醒秋的母亲,倒也另有一种意义。

醒秋想到母亲一生劳苦和不自由的生活,每深为痛心,但对于母亲的盛德懿行,则又感服不已。她常说大家庭一个好媳妇,等于衰世的一位贤相。她每读诸葛孔明、谢安、史可法等人的传记,便感觉到母亲的脸影隐现于字里行间。由于母亲的痛苦,她愈了解这些名臣的用心,也由这些伟人的行谊,她愈钦仰母亲人格的伟大!

母亲这次来京,醒秋曾陪她游玩过太和三殿,陪母亲在中央公园老柏树下喝过汽水,陪母亲到过三贝子花园,这一个月以来的光阴是她生命中最甜蜜,最温柔的一页,也是母亲一生里最为逍遥自在的一段岁月。

醒秋从十五岁起,就离开家在省里读书,现在又负笈北京,客中凄凉的况味是尝惯了,但她的心总萦绕在母亲的身边。她平日看见本京同学,随着她们的母亲到处游玩,便不禁万分的欣羡,只恨自己的母亲不在北京,不能享到这样天伦的乐趣。照普通人的心理讲:二十以上的青年男女,正是热烈追求两性恋爱的时代,他们所沉醉的无非是玫瑰的芬芳,夜莺的歌声;所梦想的无非是月下花前的喁喁细语和香艳的情书的传递;所能刺激他们的只有怨别的眼泪,无谓而有趣的嫉妒,动摇不定、患得患失的心情。但在醒秋,这些事还不能引起她什么兴味,一则呢,她幼小时便由家庭替订了婚,没有另外和别人发生恋爱的可能;二则呢,她诞生于旧式家庭中,思想素不解放,同学们虽在大谈并实行恋爱自由,她却从来不敢尝试,况且她的一片童心,一双笑靥,依然是一个天真烂漫,憨态可掬的小女孩,只有依倚于慈母膝前,便算是她莫大的快乐,最高的满足。

现在母亲来到北京,她可得意极了。她若在公园等处遇见同学,必定远远地跑过去,将那个同学一把拖到母亲跟前:"姊姊,我给你介绍,这是家母!"同学若和她母亲说话,她就替她们双方翻译,因为母亲听不懂北京话,而且又是满口乡音的。这时候,她对于母亲,对于那同学,甚至对于她所接触的一切,都发生一种难以名状的柔情;她灵魂深处涌起感谢的眼泪,同时又充满了类似虚荣心的骄傲。啊!这一幅天性描成的"慈母爱女图"不值得展示于人么?有时她特意到学校邀几个同学来家吃饭,想教大家都知道她家里有一个母亲,一个慈祥和蔼的母亲。

"明天母亲便回南去了!"醒秋心里仍然想念这句话。她本想挽留母亲在北京再住几天,但这又有什么用?住了几天,结果还不是仍要回去的么?她又想跟母亲回南,因为那时暑假未满,距离开学上课还有一段光阴。但父亲说:他自己要留在京里等候什么差使,母亲虽去,他可以陪伴女儿。况且家乡离北京甚远,回乡住不了几天,又要到京上学,这一趟往返,无非是多花盘缠和多吃辛苦,有什么意思呢?父亲的话很有理,醒秋是遵从了。一个月的光阴,过得比箭还快,才迎了母亲来,又要送母亲回去。这些日子的愉快,好似一个朦胧的梦。离别的悲哀弥漫在她心头,但只是散散漫漫,昏昏晕晕的描不出明确的轮廓,因为她和母亲分离,原不只一次,若说这一回特别悲伤,那也未必。

窗外一阵风过,便是一阵潇潇淅淅的凡响,似下了雨,又像睡在船里听半夜的江涛,醒秋知道那是秋风撼着庭树的声音。她思索不知过了几时,精神渐渐宁谧起来,窗纱眼里透进如水的夜凉,觉得有些经受不住,便仍向被里一钻,朦胧睡去了。

第二天早晨,醒秋被一种轻微的步履声惊醒了。她张开惺忪的眼,见天色还没有十分的亮,室中光线仍是一片昏暗,只觉得屋角里有个黑影儿,徐徐在那里动,轻手轻脚地像怕惊醒了床上的她,她知道母亲已起来了。

"妈,你为什么起得这样早?这时候大约还不到四点钟,离你动身的时刻还早得很呢。"醒秋说道。

"你好好再睡一忽儿吧。我的箱子还有些没收拾好,而且你的衣箱也是杂乱得很,我趁这时候将它们整理整理,好让你带到学校里去。"母亲回答。

醒秋将头向枕上一转,又睡着了。

早上六点钟的时候,预定的骡车辚辚地到了门前,大家都起来了。梳洗完毕后,父亲说这里离车站太远,来不及在家里吃早饭了,不如到车站咖啡店里去,一面等车,一面吃点心。

行李送上车后,母亲的铺盖也由仆人捆扎停当,桌上梳洗的用具以及零星的物件,装入一个小藤提包由醒秋提着。母亲由醒秋和仆人扶掖上了车,醒秋和去送别的表姊也跨上车去,仆人则跨在车沿上,这是个护送母亲回南的人。父亲,表叔及醒秋的三弟是另外一辆骡车。新娶的弟媳因母亲嘱咐她不必送,昨夜已预先来送了行,回到她母家去了。

一下噼啪的鞭声爆裂在骡背上,车轮便转动了。北方骡车的滋味,不是亲自坐过的人是不能领略的,里面虽垫有厚褥,却是一搭子平,客人坐在这褥子上,两条腿要笔直伸着,腰里既没有东西倚靠,便晃晃荡荡地半悬在空中;穹形的车篷,恰恰抵住人的头顶,车一震动,头便碰着车篷上的钉子,碰得你要连天叫苦,这样坐车,简直是活受罪!醒秋母女一向没有坐过这样的车子,被它一颠,便觉得头脑昏眩,胃里一阵一阵翻腾,似乎要呕吐出来。母亲的脸容更显得暗淡,蹙着眉尖,用手揉着自己的胸口。醒秋知道母亲难受,挣扎地欠起身子,教母亲倚靠在她身上,又教表姊打开藤提包,取出热水瓶,倒了一杯开水给母亲喝下,她似乎才觉得心里略为安定些。

　　车夫不住地扬鞭吆喝,壮健的黑骡拖了这辆车子向大路上快步前进。骡子的长耳,一摆一摆动摇,与它自己的啪啪嗒嗒的蹄声相应和,好像是按着拍子。车里三个人像受了这调匀节拍的催眠,大家都不说一句话。

　　都市睡了一夜,已经在清晓的微风和黄金色的阳光里苏醒过来,又要继续它一天的活动了。这时道路两旁的商店已逐渐地开了门,行人也逐渐加多,市声也一刻一刻地增加喧闹。汽车呜呜,风驰电掣地过去,背后蹴起一片飞沙,人力车在大街上东西奔驰,交织出不断的纬线。人们负着不同的使命,抱着不同的目的,在车马丛中穿来挤去,清晨的爽气,洗涤不了他们脸上积年被生活压迫的黑影;他们还要被生活无形的大力鼓动着,牵挽着,早忙到晚,晚忙到早,一直忙到坟墓才能休止。

　　唉!这就是人生!道中又时见粉白黛绿的旗妇,龌龊的喇嘛僧,拖着辫子的乡下遗老,北京真是无奇不有。北京又是中国的历史活动图画,几个世纪以来的人物,在这里都可以看见他们的面影。更有意思的是那一群一群高视阔步的骆驼,带来大漠的荒寒,使这莽莽黄沙的北国,更抹上几笔荒寒陈古的色彩。

　　走了多时,车儿到了大前门了。这地方比以前所走的街道,更为广阔。远远望去,只见络绎的车马,如潮赴壑,如蚁趋穴,争向那高大的穿门底下攒凑。那宏伟壮丽的建筑,张开它翼然的巨影,俯视蠢动的北京,在朝曦中庄严地微笑。

　　过了前门,行了不多的路,便是火车站,骡车停在车站附近的咖啡店前。醒秋和表婶扶母亲下了车,父亲和表叔们的那辆车也赶到了。进了饭店,拣个座头坐下,要了六份可可茶和一小篮面包,大家来开始用早点。仆人则到店后另一个地方去吃。

　　吃完点心,付了茶钱,火车已停在站前,行李上了车后,人也接着上去,那节车厢因为时间还早的缘故,除了醒秋这一群人,尚没有其他旅客。

　　火车还有二十多分钟才开,大家便陪母亲坐在车厢里,说着闲话。所谈也无非是坐海轮的经验以及父亲等着差使后好回南方等等。表叔是个忠厚长者,他不住安慰母亲说:海船的生活比火车安静自由得多多,虽然有时不免风波的颠簸,但躺着不起来,也就不觉得什么了。他又劝母亲到天津或烟台的时候,买些水果,晕船时,吃几个可以开胃。

但母亲并不答言,她默默地坐在那里,像被什么忧愁侵袭着。忽然间,她眼中闪烁着晶莹的泪光,这泪涨开,成为豆大的颗粒,由颊边一滴一滴地坠在怀里,她已在无声地饮泣了。

醒秋突然间也感到离别的痛苦了,这个痛苦自从前两天起便已酝酿在胸中,本是模糊的一团,看不出个所以,现在才变成了显明的具体感觉。她的心为这痛苦所牵制,起了痉挛,眼泪也不知不觉地流了出来。

父亲和表叔停止了说话,想找点话来安慰母亲。但母亲这次的饮泣,似乎不仅为着惜别,却像另外有所感触。她一尊石像般端端正正地坐着,两眼直直地不看任何人,大滴的眼泪,由她苍白的颊边,继续下坠,也不用手巾去揩。好像一个暮年人沉溺于感伤的回忆里,又好像她胸中有无限的委屈,不能申诉,借流泪来发泄似的。

她愈泣愈厉害,终于呜咽出声了。这分明有什么撕裂心肝的痛楚抓住了她;这分明有什么深切的悲哀挝炙着她的灵魂,使她不能抑制自己,而至于这样呻唤出来。

她是习惯了离别的滋味的,每年和丈夫别离,和上学的儿女别离,分手之际,虽然不免酸心洒泪,但何尝悲痛到这个地步?

这情形的严重、奇异,这情形的突如其来、了无端倪,使车厢中五个亲人的心灵,受着一种沉重的压迫,发生一种神秘的恐怖,想寻觅点话来劝解,却又一句说不出,只落得你看我,我看你,陷入张皇无措的尴尬场面。

表叔终于缓缓地开了口:

"我想大嫂子是舍不得离开醒秋侄女吧?现在离开车还有几分钟,何不去补买一张票来,让她娘儿两个一同回去?"

"怎样?教醒儿跟你一同回去?"父亲也没有主张了,低声向母亲问。

118

母亲将头摇了一摇,表示她不赞成这样办。

汽笛呜呜地叫了一声,旅客如潮水般涌上来了。母亲坐的这节车厢也进来了许多人。这时母亲已拭干了眼泪,从醒秋手中接过藤提包,保住自己的座位。父亲再三叮嘱她一路保重,表叔和表婶也和她珍重道了别。汽笛又叫了一声,车轮转动了一下,大家不能再在车上停留了,只得硬着头皮逐一下了车。第三次汽笛叫时,车头忽打忽打地开动,拖着一列一列的车子,向南驰去。醒秋模糊的泪眼还看见母亲灰白的脸庞,探在窗口,含愁微笑,向送别者频频点头。

长蛇般的列车,在空间里渐渐消失了,只有一缕黑烟,袅然在青苍的天空里拖曳着,和离人寂寞的心绪,缠纠在一起!

第二章　自闺房踏入学校

在本章里,我们要把本书主角杜醒秋小姐介绍一下。

一个人的思想见解,都有他的渊源,脱不了"时代""环境"的支配。你说某人富于革命精神,对旧的一切都以"叛徒",对新的一切都以"斗士"的姿态出现;某人既不能站在时代的尖端,又不甘落住时代的尾巴,结果新旧都不彻底,成为人们所嘲笑的"半吊子新学家",要知道这都与他们过去所处的家庭社会大有关系。中国文化比欧美先进国家,落后何止一个世纪,戊戌维新及五四运动那二十几年里面,才算走上真正蜕变的阶段。蜕变的时代总是痛苦的,诞生于这蜕变阶段的中国人,生来也要比以前以后时代的人,多受痛苦。他们以亲身经历旧制度的迫害之故,憎恨之念较为坚强;但他们以熏陶旧文化空气较久之故,立身行事,却也自有准绳,不像后来那些自命新时代的青年,任意所之,毫无检束,甚至不惜牺牲他人的利益,来满足自己的欲望。因此那个蜕变时代的人不免都带着点悲剧性。本书主角杜醒秋也因出世时间较早之故,天然成为这种悲剧性的人物典型之一。我们若以现代眼光来看醒秋以后一切的作为,或将觉得她未免太矛盾,太不可理解,不过若把她的时代环境研究一下,则又将觉得颇为自然,没有什么好笑的了。

醒秋幼时,姊妹共有三人,长姊秀夏(旧家庭谓女孩儿名字不该带个春字,所以长姊虽是母亲第一个女儿,而以其出生的季节命名为夏),堂妹眠冬,都在祖母跟前。祖母便教她们来学习那时女孩儿们的正当功课——刺绣。这种课程也算是由浅入深,按步而进的。先以粗布一方教女孩用彩色线,顺着布的经纬挑出种种图案,像后来之绣"十字布",这叫"挑花"。挑过十几方布以后,手指练得熟了,则把那"壁壳"剪作圆形,作成底子,外蒙绸缎,在上面刺绣,这叫做绣"小粉扑儿"或"小油拓儿"。这种东西,一个女孩儿应该绣上五六十个或百十个。绣毕,镶上边,安上里,积蓄着作为她长大出嫁时嫁奁之一。第二步便是绣扇袋、眼镜套、表袋、荷包等类,以备新婚之日,拿出来赠送夫家宗族里的长辈,作为见面礼。

这是大姊的功课,醒秋和从妹年纪都还太幼,没有这些绸缎来给她们糟蹋,祖母便打发她们去拆破衣和破袜。这些东西从前曾把她母亲的十个指头弄得厚茧重重,现在又要她的下一代粉嫩的小手,来受这种磨折。

其实她堂妹做工不过是做做样子,她是那害痨病死亡的二婶所遗下的唯一女儿,祖母虽不爱女孩,因她自幼失母,倒相当宠爱,她家庭地位在醒秋姊妹之上。

醒秋开始时还肯用心拆,不多时便被她发现了一个取巧的方法。她用剪刀顺着衣缝剪开,再将那条衣缝剪下,一件旧衣,从前她姊妹要拆一天,醒秋一点钟不到,便拆成功了。这事给祖母知道,大为着恼,告诉了醒秋的母亲,给了醒秋一顿责骂。其实衣服缝合处,所占布料不过一二分,又是破烂的,省出来又有多大益处。但祖母却说一条缝省出一二分,一件衣服足足可以省出半尺,决不可付之浪费,仍要孙女儿们一剪不苟地细细拆开。醒秋又想出办法,对于衣服上的所谓"鳝鱼脊骨"的缝,剪开便将那条缝藏过,对于所谓"贴边"那本比较易拆,所省衣料也较多,她才肯用剪拆开。对于破袜底,她没法取巧,拆得烦躁了,她便用力乱撕,常把一只袜子撕得稀烂,没法用来"褙壁壳",这样,她的精皮肤,便免不了要挨一顿打了。"节俭"是美德,为此叫人耗精力于无用之地,那便是一种虐待行为。教儿童耐劳吃苦,细心做事,也是必要的训练,但不可超过儿童的体力及意志的负荷,尤不可以过分吝啬之道行之,否则必然引起儿童的反感,终生忘不了那恶劣的印象。

祖母也教导醒秋替她捶背脊,捻脊筋。醒秋的拳头,只是紧一阵,缓一阵,没有一定的节奏;重一下,轻一下,用力也不平均。叫她捻脊筋,她小,气力不足,捻不起,便用爪乱抓,几乎把祖母的背皮抓破,痛得她往往从睡梦中叫醒。她一翻身坐起,叱道:"野丫头,你就是这么无心做事,快给我滚开,喊你的姊姊来吧!"醒秋便如获皇恩大赦般退下,让姊姊丢了手中正在刺绣着的活计,来做她的替罪羔羊。

锓燕窝,醒秋也不行,她从没有一回锓得干净;洗银耳,她会让水把细屑冲失许多。祖母说她心太粗,不配当这些细差使,打发她去倒痰盂,扫地,当传达,跑到外面去喊人。当时阃内阃外,分别极严,比醒秋大四五岁的姊姊,已失却到"上房"范围以外的资格,她却还可以自由行动。

祖母喊醒秋"野丫头",诚然有理。这孩子幼小时,天生一双乌溜溜的眼睛,一张圆圆的苹果小脸,十分逗人喜爱。但,天性却颇顽劣,好动,没有一刻静止的时候。喜的是抡刀舞棒,扳弓射箭,混在男孩子淘里,不但上房关她不住,整个县署也不够她的回旋。她常和几个年龄相若的叔父及哥弟们跑到十几里的郊外去,掏蟋蟀、放风筝、钓鱼、捕鸟,凡男孩所爱的事,她无一不爱,男孩所干的事,她也无一不会干。

她能削竹为小弓,修竹枝为小箭。腰佩小木刀,手执弓矢,跑进跑出,人家恭维她是花木兰,便觉洋洋得意。她常幻想自己真有一日:身穿锁子黄金甲,手挺丈八长矛,跨着高头大马,纵横敌阵,杀人如狂风之扫落叶,那才威风。儿童都是小野蛮,男孩天然具有尚武精神,醒秋这么好武,足见她幼时是如何的富于男性。

因她像个男孩,所以又有点愣头愣脑,不像她妹子,那个失母孤雏之神经质,动不动便大哭大闹起来。她却是整天笑嘻嘻地,祖母骂她,她不知惧怕,家中使女佣妇欺侮她,她不知气恼,所以大家说她是只"木瓜"。"野丫头""木瓜孩子",这是醒秋幼时的诨名,也是她很切合的徽号。那时她母亲已被在山东河工上当差的父亲接去了,祖母再也不能怂恿母亲打她,由她同一群男孩,成天玩得昏天黑地。

醒秋自六岁开始,也曾在家塾读过一二年的书。那个时代,本来不主张女孩儿读书的,女子读了书,又不能去考举人进士,读之何用? 何况还有"女子无才便是德"那句古训的作梗? 不过因祖父在外做官,衙署里常有些穷本家来投奔,名曰"官亲",若有相当位置能安插便安插了,否则让他们住在署中吃口白饭。那时官亲里恰有一位老先生,论行辈醒秋姊妹要尊他为伯祖,年已六十余岁,从前也算进过学,中过一名秀才,但学问则十分浅陋,读起书来,满口都是别字。祖父一时未知他的底细,因其年老,请他每日进上房来教醒秋姊妹三人的书。

　　她们所读的书无非是"三字经""千字文",后来读"女四书""幼学琼林"。那伯祖有痰火病,时常请假,醒秋姊妹在这一曝十寒的教育环境下,读了将近两年的书,夹生带熟,认识了千把字,书中意义则半点不能了解。试问一个六七岁的小孩,凭什么会懂得"人之初,性本善"的哲理? 又凭什么能知道"天地玄黄,宇宙洪荒"的境界呢?

　　那时私塾读书是不作兴讲的,在新学风气煽扬下,父亲要求那位伯祖教书时也带点讲解。伯祖只肯讲给大姊听,醒秋和眠冬,在讲书时,各伏在自己小桌上写字。但醒秋偏是那末刁钻古怪,伯祖替她大姊讲书,她一面伏在桌上写字,一面竖起耳朵听。放学后,便去翻开那本才讲过的书,把耳朵听来的白话,按上书中之乎者也的文理,居然十得八九。有时先生叫大姊覆讲,大姊讲不出,她坐在自己位子上接了下去,先生喊她到跟前,拿书叫她讲,她逐字逐句都讲出了。先生往往瞪着大眼望着她,正不知这个小女孩凭什么法术,居然无师自通地懂得这许多文理。

　　那位伯祖毕竟因老病辞职回乡而去,醒秋姊妹又失学了。

　　醒秋既然不能多替祖母服务,她当然比较闲,当她在外面玩厌的时候,便利用她在家塾里认识的千把字,从叔父诸兄那里借小说看,开始困难,以后也便懂了。认不得的字,写在一张纸上,或跑到外书房请教诸兄,或等叔父进入上房时问。这样,醒秋认得的字更多了。小说由征东、扫北,看到西游、封神、三国、水浒,慢慢地能读典雅的文言如《聊斋志异》《阅微草堂笔记》及其他稗史杂记之类了。

叔父和哥哥们到上海进新式学校,每年寒暑假回家总要带上几网篮的学校教科书和流行杂志之类。英语算术之类,对于醒秋无疑是"天书",她绝不敢去动,其他则她都要抓擒到手,读个通篇。她在中国历史上获知"春秋""战国""唐""宋""明""清"朝代的名字;也获知"秦始皇""汉武帝""唐太宗""明太祖"功业的梗概。由外国历史,她知道拿破仑怎样征服欧洲,哥伦布怎样发现新大陆,法国大革命和美国南北战争又是怎样的景况。在地理里,她知道地球上有所谓五大洲,中国居于亚细亚洲,喜马拉雅山是世界高峰,红海黑海是在大地哪个角落。她从这些教科书里获得一些基本知识,再去阅读那些杂志里有关这类知识的论文,了解比较容易,兴趣更觉浓郁起来。对于那类读物中的话,她虽然不能完全懂得,至少她能得其大概。

这时候,她的大姊秀夏所绣的"粉扑""油拓"已叠得尺许厚,"扇袋""钱囊""扇套""眼镜套"也足足填满一包袱。从妹眠冬,"挑花布"早已卒业,也改学刺绣了。醒秋却半点女红不会。不过她所说的话,姊妹都听成了《山海经》,瞠目不解。什么地球是圆的,绕着太阳旋转,体积比太阳小得多,这岂不和"天圆地方"之说大相乖戾?什么皇帝不好,百姓可以起来革命,甚至可以把皇帝送上断头台,像法兰西人对付路易十六一样,这岂不是大逆不道的话?但叔父诸兄对她则颇为惊服,说她没有进过一天学校,为什么有时反比他们知道的书多。原来他们是循序而进,而醒秋则是躐等的。他们要读一学期的书,醒秋几天便读完了。不过他们有教员在讲堂上口讲指画,细加分析,有充分的补充材料,醒秋则生吞活剥仅知皮毛;并且观念也不能连贯。说句老实话,她那时的知识程度,绝不会超过今日一个高小学生,不过在她姊妹群中,算得个出类拔萃的人物而已。

民国初年,祖父困居上海之际,新式学校到处都是,满街走着白褂青裙的女学生,醒秋虽然十分歆羡,但她从来没向祖父和父亲请求入学读书,连请求的念头都没有起过。现代安居地球上的人类,尚有飞到别的星球上开拓世界的野心,当时旧式闺秀绝不敢作闺房之外活动的梦想。

既不能拈针引线,在上海那弄堂式屋里,长日悠悠,做些什么事呢?她只是读书,读书,第三个还是读书。那时家中经济虽极困难,诸叔诸兄仍在上海继续他们的学业,醒秋精神粮糈,自然也不愁缺乏。他们由中学升入高级学校,醒秋的知识程度也步步提高。中国旧书,她读过一些《史记》《汉书》的选本,唐诗、宋词、元曲、明清传奇的梗概。对历代名家的专集,也都涉猎一些。流行书籍,她则也读过梁任公《饮冰室全集》,严又陵译的《天演论》《法意》。她最欢喜的是林琴南翻译的小说,如《迦茵小传》《红礁画桨录》《火山报仇录》《劫后英雄传》《十字军英雄记》。这类小说写儿女则哀感顽艳,沁人心脾;写英雄则忠勇奋发,兴顽立懦。醒秋也读过不少中国旧式描写男女爱情的小说,觉得除了那原始性的兽欲,更无其他,而当时上海滩文人所写的一些爱情小说,她也颇有反感,只有在这些欧美式的罗曼史里,她能够觉察出一种高尚优美的情操,可以净化人的心灵,每为之低回咏叹不已——这对她以后处理爱情的态度,不能说没有关系。对于欧洲中古世纪的骑士精神,她所受的启示也不浅。她觉得欧洲骑士的侠义和中国江湖好汉的侠义,实有绝大的距离。前者为了一种最高原则,而慨然献出他们的生命;而后者则无非是大秤分金银,大碗吃酒肉匪徒式的享受;或白刀子进红刀子出,私人报仇的痛快。这不是鼓吹盗贼主义么?《红楼梦》里那个只爱向女孩子献殷勤的宝哥哥,她也不甚欢喜。一个男人整天在脂粉阵中,裙钗队里鬼混,还成个什么男人?她所爱的男性,是要有着堂堂丈夫气概,和充分男性尊严的。

那末,她这时已懂得所谓男女之爱的么?她在学问知识上是个早熟的人,在男女之爱上却永远比普通人为晚,况且她那时的年龄其实还是太小,她那时还只是个梳着两条辫子的小姑娘哪!不过梳辫姑娘,对于爱情,也并不是毫无了解,并且有她自己的看法。如前文所述,醒秋是个富于尚武精神的人,她每每幻想,自己不嫁则已,嫁则一定要嫁个将军。她幻想里的将军并不是民国初年头戴鹭羽冠,腰悬指挥刀一类的,却是那身穿锁子黄金甲,手挺丈八长矛,跨着高头大马,出入万马千军,打击敌人如狂风之扫落叶一类的。她尤爱的是中世纪欧洲武士。她同林译《劫后英雄传》里的埃梵诃,《十字军英雄记》里的卧豹将军,的确天真地作过一段时期的精神恋爱,也可说是单面恋爱。

民国三年春间,祖父因在上海已支持不下,只有携家回到故乡,住老屋,啃预置的几十亩薄田。父亲在省城谋得一个差事,他这一房便在省城住。这时醒秋的姊姊秀夏已是出嫁,由于思想比较开明的二叔的劝说,父亲让他女儿醒秋,二叔让他女儿眠冬,进了省城一个基督教办的女子小学,这是醒秋由旧式闺房踏入新式学校的开始。为了教会学校习气太坏,只进了一学期便退出。祖母在乡下带信出来,要醒秋母亲回去替她当家,醒秋和眠冬也就回到乡下。这故乡便是本书第一章所谓"岭下"的那个乡村。

在家乡住了一年,听见省城女子初级师范恢复,登报招生。醒秋已尝了一点学校生活的滋味,死活要去升学。乡下风气闭塞,听说女孩子们要出外读书,视为奇事,谈论起来,总杂以讥笑与轻视的口气。以下的问答,便是一例。

"喂,听见没有?崇善堂(乡下大户每以堂名,譬如'宝善''耕读'之类。醒秋这一家堂名则为此二字)的二小姐和三小姐要到省城读书去了。"

"听见了。外面女学堂专讲自由,也许她们会自己找个姑爷,倒省了家中长辈许多事哩。这是很可恭喜的。"

其实祖父住在上海的时候,已由同乡做媒,把醒秋许字给一家原籍江西在沪经商姓庄的人家了。乡下人也并非不知道,不过他们对于新式学校素抱恶感,以为女孩子进学校并不为求学,却为自己找姑爷。醒秋的祖母因自己是一家之主,对于幼辈的事,她都要干涉,何况婚姻大事与旧家庭名誉有关,她又向来不赞成女孩子念书,听了这些闲言碎语,反对更烈。母亲常抱憾自己未曾读书,不识几个字,听见她大儿子极赞醒秋的资质聪慧,国学已有相当基础,也想她进学校去深造一下。况女儿曾在省城进过半年小学,并没有出过什么岔子,现在又何必对她不放心呢?不过祖母的话她不敢不从,乡党的非议,她不能不注意,遂不肯送醒秋姊妹去省城应考。

眠冬对读书本无兴趣,去不成也就罢了。只有醒秋愈受压抑,求学之心愈加热烈。她哭泣,她背地里和母亲吵闹,到后来竟弄到如醉如痴,饭不吃,觉也不睡的地步。

故乡有地名"水口",合抱的老树,蔽日遮天,中间有一道其深丈余的塘水。醒秋平日最喜独自来此徘徊,打发每个幽寂的黄昏,并觅取诗的灵感——这时她已能作出相当好的诗了——她的心境是十分和平宁静的。但现在的她可不同了。她眼射异光,头发蓬乱,脸色苍白得令人生怕,以急促的步调,沿塘岸转来转去。无疑的这少女的心灵现在正被一种重大的痛苦噬啮着,楚毒到使她要发狂,又像被一股烈焰燃烧着,要把她彻头彻尾,烧到白热化。她来这塘边做行吟泽畔的三闾大夫,已有几天了。

她为什么这么样?原来她要争取升学的机会。为什么叔父兄弟们可以入校读书,她独不能呢?为什么上海那些白裰青裙,夹着书包,满街行走的女学生,她不能学样呢?要说她这时候已完全觉悟女性也是一个人,读书的利权,应该与男人平等,则也未必。她虽也读过不少当代人所倡男女平权的理论,只因自己家庭压力过大,这些话对她并不能发生若何影响;要说她对于自己学成名就以后景况,已在脑海里构成了一幅美丽的蓝图,那亦不尽然,她那幼稚简单的头脑也并不能想得那么远。她奋斗的目标是单纯的,是盲动式的,只为"要求上进"的一念所驱策罢了。这"要求上进"的志愿,据醒秋日后自己分析,如食色欲念一般,完全出于先天性。禽兽争夺食物,不避死亡的危险,尚可说是因着肚皮的压迫;一只母鸡,到要孵卵的时候,浑身发热,赖在窝里,水泼不醒,帚驱不出,一定要辛苦廿余日,把小鸡孵出才罢,这便难以理解,只能说它在执行大自然交给它的使命。自然的使命,这还不够神秘么?但禽兽除饮食以维生存,交合以繁种族,更无其他。人类则除了这两大天性以外,还有一端"要求上进"的天性。人类之追求高深的学问和卓越的才能,人类之创造自己光华圆满的人格,人类之建立促进文化,利济人群的事功,都肇端于这"要求上进"的一念。人之所以异于禽兽,忝为万物之灵,想必便是为了人类特别赋有这一端天性,而禽兽则缺如吧。

醒秋这时求学意志的坚决,很像穆罕默德想创立新宗教时所说:即使全家庭,全宗族,全世界来反对他,他也要宣传新教义,为真主作证。即使太阳自天边升起,立在他的东边,月亮自天边升起,立在他的西边,来反对他,他也要创立新宗教,为真主作证。现在醒秋也是这样,她要去省城升学,不达目的,誓不罢休。家人不让她去呢,她就自杀。她要以"死"来表示抗议,抗议她专制的祖母,抗议那些无知的乡人。对呀,"不自由,毋宁死!"她口里老是喃喃诵着这两句话。

跳下去!跳下这深塘,什么都完结了。她正预备下跳时,手臂忽然被一双强有力的膀子攀住,回头一看,原来是她的六叔。"不要管我,让我死!"她挣扎,她晕过去了。

她胜利了。祖母知孙女儿决心不可动摇,生怕酿出悲剧,不敢再说什么了。母亲于是准备一切,带她和眠冬赴省城应考那省立初级女子师范。

姊妹两个考过后,居然榜上都有名了。眠冬考进预科,醒秋则考进本科,并且名列第一。

她本省是个文化落后的省份,教育程度极低,各县来考的女生连普通文理都不通顺。醒秋国文根底既厚,每次班上作文,她稳拿第一。她的功课除算学、音乐以外,样样都有八九十分以上的成绩,自入学到毕业,她始终是鳌头独占。

在这种学校里考第一并不难,只需死背讲义和教科书,答案圆满,能对教员的心路,便可以了。但醒秋之考第一,则还有她的真功夫。这便是她的国文程度确实算得优长。她在上海的时候,便已会写些五七绝之类的小诗,与四叔大哥互相酬和。自省城小学退学,回到故乡,一年之中,摘抄不少名家诗作,她居然能写出洋洋数百字的古体。她有模仿的天才,学哪一家便逼肖哪一家。她学杜工部能得其沉郁苍凉,学李青莲又能得其新清俊逸,学韩昌黎竟能硬语盘空,学苏东坡又居然诙谐杂出。不过她学诗是由小仓山房入手的,所以她的诗大体是随园一路,浅虽浅,却极见性灵。她又能画几笔山水,虽不如她的诗作远甚,也将就看得过。画成之后,题上自己作的一二首小诗,居然有诗有画,相得益彰。送宣纸,送折扇来求她墨宝的,一年中,倒也不少。于是她才名大噪,在那斗大江城里,人家一提起"杜醒秋"三个字,好像是李易安第二一般,说起来真好笑极了,总而言之,是由于落后省份人们眼光太浅!

这个省份风气既是闭塞,人才甚少,女界尤似凤毛麟角。校长及老师们基于爱才观念,对于醒秋,极其另眼相看,以大器相期。这个省份文化水准既不高,旧时代科举习气,还是十分浓厚。科举时代看见一个有科甲之望的人才,总是人人巴结,以为将来攀附之地。所以全校同学一窝蜂来捧醒秋,钻头觅缝,来争取她的友谊。醒秋在女师三四年,每天都被热烘烘的赞美包围着,随时都被承迎的笑脸款接着,柔声蜜语熨帖着,她真成了一只五彩辉煌的凤凰,独立丹岩,百鸟向着她歌唱翔舞。

这在别一个,恐怕早被这有毒的美酒,灌得飘飘然不知身在何处了。但在天生木瓜气质的她,却并不觉得那些赞美有何可喜,她反而感觉十分讨厌。她讨厌这眼光如豆的省城人,竟把区区初级女师的第一名,当做大魁天下之荣,她讨厌同学们对她过分的阿谀,不知自己这点能耐,有什么了不起?她想逃出这种环境,无奈为家庭经济所限,她女师卒业后,被留在母校附属小学教书,她仍然要生活在这斗大江城里,每日被人强灌那使她恶心的美酒。

在小学教了一年,母校校长又叫她兼母校预科的国文功课。校长虽对她百般器重,恨不得将她永远笼络在母校里,她却不愿甘心做教书匠了此一生。她这时自我意识已很觉醒了,对于自己的前途,也拟出些具体计划。她应该升学,求得比较高深的学问。但那时上海南京虽有些著名女校,譬如女子金陵大学,中西女学等,必须考试而后能入,她只是个落后省份师范学校的卒业生,英文算学程度极其低劣,考试必难录取;再者那些学校,费用甚昂,是有名的贵族学校,也不是她家庭经济能力所能供应得起的。像启明女学,爱国女学等,名誉虽佳,却又仅中学程度,她已女师卒业,再去有何意味。正在四处打听升学之路时,家里来信,说她上海的夫家,向她家提出完婚的要求,母亲叫她暑假回去,好商量准备嫁妆之事。

她回到岭下故乡,与家中尊长谈判,说她还要升学,决不结婚。祖母说道:

"上一次,你自女师卒业,你夫家便曾提起这话,被你拒绝了。这一次又不肯,叫我们怎对得住人家?女孩儿读书读到像你一样,也仅够了。只管读下去,难道你还要出洋去留什么学么?"

但祖母又说"一代管一代",现在孙女也大了,应该由她自己父母做主。但父母素以祖母意见为意见,祖母想把醒秋早送出门,他们当然无话可说。

醒秋现在对自己的前途,已有明确的蓝图和光明的远景了。她不但要升学,升学以后,还要觅机会出国去深造几年。这一来耽搁的时间,诚然太久,夫家一定不肯答应。家人也预料到她求学野心之无底止,所以要趁这个机会,逼她出嫁了事。

醒秋一面为了寻不到相当的学校,心里感到万分的焦灼,一面又要反抗家人逼婚,终日鼻涕眼泪哭成一团。她的性格是复杂的,复杂到著名心理学家也无法分析。有时她对外界刺激反应非常迟钝,真像只木瓜,有时则反应非常强烈,像一团烧掉自己也要毁掉世界的大火。她这时理智已甚清明,不会再想到什么自杀,但大热天,她偎着一床棉被,不茶不饭,僵蚕似的僵在床上七八天,终于触发了她的宿疾,而害了一场性命危于呼吸的大病。

说到这个宿疾,又不得不感谢祖母的恩赐。她家里不是曾经有两个害痨病的婶娘么?一个兼患淋巴腺结核,这病俗称瘰疬,据说和肺病同一渊源。旧时代人不知病菌传染的可怕,不知隔离,让孩子们随便出入病人房闼。醒秋体中大约有了病菌的潜伏,到九岁时,忽患无名之症,双眼无神,面黄如蜡,发着高度的热。数日热退,左颈根肿起半个桃子大的一块,以手抚之,内有核可以动摇,才知是患了瘰疬。这时醒秋母亲已去山东,祖母留下醒秋姊妹原想把她们当作丫鬟驱使,现见孙女患病,唯恐将来不能向她母亲交账,倒真有些着急,到处觅方替她治疗,灼灯芯、贴膏药,吃了许多苦头,核子依然如故,并且右颈下又生出一个来,祖母更慌了。后来有个道士传一方,用一种草药熬成浓汤,再以大红枣三四十颗置汤中煮透,食枣喝汤,不限次数。果然不到月余,左核全消,右核则消到豌豆大小。孩子食量大增,只嚷着要添饭,脸色恢复了红润,并且胖了起来。祖母是乡下出身的人,一辈子改不了省俭的习惯,最怕见人多吃饭,虽县衙里的饭,不用她花钱,她也心痛,再者她平日对孙女辈吃零食限制甚严,现见醒秋因病,竟堂而皇之每日享用三四十颗红枣,心里便大不自在;兼之也舍不得那一点医药费,于是便停止了她的医疗。只为这一篑功亏,不久,醒秋右颈之核又复肿大,并生出几颗较小的,但病势已呈平稳,不再有发热的现象。

数年后,母亲自山东回来,醒秋已十二岁,出落得双瞳剪水,秀色迎人,并且装了一肚皮的书,叔父诸兄都戏称她为"女学士"。她幼小时,祖母嫌她太野,老是撺掇母亲骂她打她,母亲自己终日服侍婆婆,也没有心情来照顾儿女。现在见女儿长得秀外慧中,举止也较前文静,她蕴积多年的母爱,不觉勃然发作。碍于祖母,她对于这个女儿,虽不敢竟珍之如掌上明珠,至少要比长女多支付一份怜惜。因知女儿有这病,唯恐她将来活不长。当女儿在她身边静坐看书时,母亲每呆呆地对她注视着,双眼闪着莹然的泪痕。她托人去买那道士所传的草药,买大红枣,亲手煮给女儿吃,但已毫无效果,大概是为耽误太久,病菌已生出反抗力的缘故。有人主张送西医院开刀,母亲听人说这种治法也不妥,核子剜去仍会再生,并且颈部刀疤累累,岂不教好好一个姑娘破了相,故又踌躇不果。

131

现在醒秋右颈的瘰疬,忽然大发,肿胀得几与肩井相齐,痛彻骨髓,日夜呻唤,母亲十余夕目不交睫伺候着她。及肿势渐消,母亲又伴她到省城就医,肿处溃烂,足足半年,才得收口,颈下留下了一条长约二寸的疮疤。她还是逃不了"破相"的厄运。

因此一场大病,家中尊长,才不敢再逼迫她结婚,并让她到北京,考入了女子高等师范,满足她升学的愿望。但也因此一场大病,她的健康几乎完全崩溃,又生出这种病,那种病。她在北京二年,一直被病魔缠纠着,磨折着,不能好好读书。因自己尚能画得几笔,每想改入本校的艺术系,企图以少用脑力的艺术科,适应她那时的生理状况,又以格于校章,未能如愿。"升学","升学",费了那么大的奋斗,付了那么多的牺牲,所获代价,不过尔尔,这是谁之过呢?

第三章　赴　法

"醒秋,看见了这张广告么?你想到法国去不去?"一个同学拿着一张报纸,走到醒秋的书桌边,含笑问她。

醒秋这时候正在写一封家信,她将笔向桌上一摔,说道:"看过了,没有什么意思,我如出洋,就得到美国去,法国太危险,听说有许多勤工俭学生饿死在那里呢。况且法文在中国也不通行,学了没用。"

"这回不是勤工俭学的那回事了,是特别办的中法学院哩。至于说法文没用,那也不然,法国的文学和艺术是世界有名的,你不是想学画么?学画就得到法国。这次中法学院招考,我是要决意去试一试了。"

"你是粤籍人,照章程上说,投考这个学校,倒是值得的。但何必性急呢?像你的英文,很有程度,明年考清华留美,不更冠冕些么?"

"清华难考,啊!简直难于上青天,我是不敢作这个希望了。一年一年地蹉跎下去,实在不了;不如抓着机会就出洋,管它是哪一国。"那位同学叹息着说,因为她曾有许多与她程度相等的朋友考清华而失败了。

"我想法国也难考呢,落第,不羞人么?"

"到法国去的人到底不多,我想你我的程度,总不会不考取的。不然,不告诉人就是了,谁来笑我们。"

醒秋接过同学手中的广告,又细细地读了一遍。广告上说中法学院是广东政府办的,粤籍的学生不但不取路费和学膳费,翻转来还要领取学校的津贴。他省的学生,则一切费用自备,但为学校种种帮助的关系,比

133

之留美的费用,要便宜一倍以上。醒秋在北京女子高等师范读书,每年也要花费二三百元,现在这个海外大学的费用,和北京相差有限,她赴法的心,遂不觉怦然而动了。

醒秋对于学问本有很大的野心,但她在本省女子师范学校读到毕业,英文只读了半本卷首,算术只学了浅近的代数。到北京后,进了女子高等师范国文系,每周有五小时英文,她对于这蟹行文字,特别用功,两年以来已经能看浅近的西文书,能写一封短信了。可惜根基太坏,她的成绩和别的同学相比,究竟差得远。要想考官费留美,自然是个空想,自费呢? 家庭无论如何,是不肯替她出这笔费用的。然而她极想出洋造就比较高深的学问,现在看见留学法国的种种便利,自然不免雄心勃勃,想借此机会,实现她数年来乘长风破万里浪的梦想。

"密司宁,你已经决定去投考了?"

"决定了,你呢?"

"既然你要去,我就陪你去一趟。不过我的英文太不好,算学一点不懂,凭我自知之明,我是不作考取希望的。"

"谁的程度又比你高了? 本来说大家去试试,也算去玩一趟。"

"大家去玩一趟罢。我们国文系里还有谁去?"

"谁都不愿意,一听到法国,个个摇头,以为要和勤工俭学生遭遇同一不幸的命运,但英文系里密司陆说要预备去考。"

"密司陆也是广东人,她应当去。现在距离考试日期还有几天?"

"不过一星期左右,考取后一个星期就要预备动身。"

"这样匆促么? 好好,我们明天起,来预备考的功课吧。"

醒秋虽被密司宁一番怂恿,和海外大学招生的广告,打动了心,但她虽然想出洋留学,却永远没有想到赴法国。"法国"两个字和她留学的幻梦,凭空发生了关系,到底觉得勉强。而且这个中法学院的名词,又从来没有听见人说起过,似乎比不上"剑桥""哥伦比亚"之动听,再者考期和行期又都这样仓猝,更使她在直觉上感到这次留学的性质,有些儿戏了。

她虽然对密司宁说要预备投考的功课,其实不过这样说说罢了,她依然在忙着做自己的事。晚饭后她看见密司宁和密司陆同坐在课室中,摊开一本几何学,很用心地在纸上练习那些例题,她不禁笑了:"你们真的用起功来了么?"

"不用功怎样?回头考不出来岂不急人?你的功课预备得怎样了?"宁低头写她的算草,一面回答她的话。

"不瞒你们说,我就想预备也无从预备起,因为我根本没有学过这个劳什子。"

她对于几何,确是没有学过,但觉得一点不预备,有些对自己不起,只得捞起一本英文文法来念。不过一面念,一面自己好笑,她觉得这次去考,一定是不能录取的,无非像密司宁的话,大家去玩玩罢了。既然是玩的目的,又预备什么功课呢?

她写信给她在京的父亲,提起预备考中法学院的话,但轻描淡写的几句,表示她对于这件事,并没有什么热心。又嘱父亲连表叔都不要告诉,怕人家将这事张扬开去,后来考不取,使她难为情。写信给故乡的母亲时,却一句都不谈。母亲离京后已过了两个星期,早平安到了家了。

一星期的光阴,一眨眼就过去了,密司宁已托人在中法学院招考部,去报了三人的名,缴了相片和毕业文凭。到了考期,便相约带了文具到招考部去考。醒秋看见她们二人"若有其事"的神情,只是要笑,因为她总将这件事当做儿戏,当做有趣的儿戏。

考场借用某校的课堂,那天入场的学生约有一百余人。女学生却不多,连醒秋等三人一共是六个。学生分做两个课室考的。醒秋和宁陆两女士同在一个课室,而且还同坐在一排。

考题分三次发给:第一次是国文题,教各生叙述他将来预备研究的学科。这题目很容易,醒秋没有起草,便挥洒了一千余字,说她自己性爱艺术,预备到法国学画。缴了卷后,领下英文题,一共有两题,一个是《国民教育的重要》;一个是《公园散步》。第一题是议论,醒秋当然做不出,第二题她恰于英文补习教员处,做了一篇中央公园游记,这一来真是得其所哉,连忙默写出来,又添了些枝叶,一共也有两三百字,也就算缴了卷。第三是算学题,共十二个,这可坑杀她了。那些例题,她都没有学过,横看不懂,竖看也不懂。想问密司陆,只见她一手托住额角,似在苦心思索;更偷窥密司宁,她两眼注视着题纸,脸上也是一派苦闷的颜色,只将一支铅笔在纸上画来画去。"糟了!糟了!"醒秋暗暗心里叫苦,"已经打破了两道难关,谁知最后还有一条跳不过的天堑,我真不该来考了。"

醒秋在本省女子师范学校的时候,对于校章颇能遵守,品行分数总算是优等的,不过她有一端不好的脾气,便是考试时有点爱作弊的习惯。但她的作弊,不为她自己,却是为的别人,她的国文基础好,每遇考试时,关于国文方面的功课:如历史、地理、修身等课,她从来不着急。同学中有年龄过长,文理不甚清顺的人,预先和她约好,遇到试题困难时,便请她加以援助。那时担任这类功课的教员,大都是躬身曲背,须发苍白的老先生,对于女学生很客气,出过题目后,往往拉过一张椅子坐在讲坛上看他的书。名为监考,讲坛下发生了什么事,他们是从来不闻不问的。于是醒秋便可以大展其科举时代试场中所谓枪替的手段了。她将自己的试卷一挥而就后,便打开那一团一团由隔座传递来的小纸条,看过后就提笔向纸上写,写完又搓成纸团子抛掷回去。半小时以内她能接连救援得三四人。

后来监学渐渐知道她们的故事了,便亲来监考。在那几位形迹可疑的学生座前,旋转不停,对于醒秋更特别注意。一见她将试卷写完,便强迫她交上去,而且立刻将她赶出课堂,在这样严厉的监视之下,竟使好几个学生曳了白。

但醒秋虽失败了一两次,她却又学了乖,她接到自己的试卷后,不急急去写她的答案,她装做不懂的样儿,坐在那里冥心搜索,眼睛却溜过去看同学送给她的暗号——那是预先约定的,第几题答不了,便伸第几个指头——得到暗号后,立刻就写小纸条,趁监学一转身便立刻抛过去。除此以外,她们传递的方法还多着呢:她故意到他人座上借削铅笔的小刀,或者那个同学端着砚台到她桌边讨几滴水……神不知鬼不觉间便把电报打通。监学虽明知醒秋还是不老实,会当着她们的面弄鬼,但捉不着她的真赃,也没奈她何。

醒秋如此喜替人打枪,若说完全出于救助同学的侠义心,那也不见得,她不过借此卖弄她游刃有余的才力而已;而且这种干犯校章的秘密活动,也有一种特殊风味。在同学挤眉弄眼,提心吊胆的神情中接过小纸团,在惴惴于痕迹透露的心理状态里,百计千方地将它转送过去。一面提防监学的眼光,一面又暗暗嘲笑她的疏忽,和上了她们的当。这些事在略带顽皮天性的醒秋看来,实是一种满足,一种快乐。

不过醒秋虽常替他人打枪,自己却从不曾请人替她打,有一回考算术,有两个问题她答不出来,一位算学比她好而国文方面常受她帮助的同学,递给她一个纸团子,她终于不愿展开来看。现在她对于这些几何题完全不了解,她虽着急,但也不好意思竟去请教朋友,况且看宁陆两女士的神情,也像不大懂呢。

"原是来玩玩的,又认什么真呢?"醒秋这样一想,忽然将心一横,将那张卷子折叠好了,送还监考人的座上,竟洋洋焉走出考场,回校去了。

过了两个钟头,宁陆两女士累得筋疲力尽似的回来了。

"你们算学考得怎样?"醒秋迎上去问。

"总算勉强考出了,你呢?为什么缴卷缴得这样快?"

"白卷,完全缴了白卷。"她大笑说。

她们一听这话,大为惋惜,怪她不该先离考场,不然,她们誊清自己的试卷后,可以将草稿传递给她的。

"原是说去玩玩的,值得什么呢?我本来懒得到法国去,考不取,正合了我的心。"

三天后,醒秋正坐在课堂里看书,宁女士喜气洋洋地进来,"我们都取录了!我们都取录了!我才去看了榜文来。"她喊着说。

醒秋跳起来问道:"我呢?"

"你也取录了,我说'我们'原是说我们三个人。"

醒秋这时候的心思,完全扰乱了,她不信她自己会被录取,但又似乎信自己不至于落第;知道宁女士不是撒谎,但又怕自己的姓名在不取者之列,学校特将这些姓名宣布出来,教他们去领回相片和文凭的。宁女士大约没有分别清楚。

"我非自己去看看,总不放心。"她抓了钱袋,跑出校门,喊了一部人力车,飞也似的赶到中法学院招考部。

果然,一点没有错,她是被取录了。本届招考,粤籍学生考取四十余人,外省学生考取十余人,杜醒秋三字压在榜尾。

虽然名在榜尾,到底算是录取了。百余学生之中仅取了五十几名,竟会带了一个缴白卷的她,真侥幸,却也真滑稽,好像阅卷人偏着她似的。

这回考试,若是名落孙山,她是一毫不惋惜的,现在反而使她陷在极端困难的景况里了。去吧,她本无赴法留学的心,原说来考着玩的,这不是弄假成真了么?不去呢?又觉得可惜,这样一个机会,一个他人求之尚不可得的机会。

于是她跑回去将考取的事告诉父亲,以为父亲一定要阻止她去的。谁知父亲这回却大大地开通了,他赞成她去;并且一口允许她赴法的旅费,和第一年的学膳费——他说一年以后可以请求本省教育厅的津贴。——表叔和其他几个亲戚也鼓励她去。

醒秋的心,本来搁在"去"与"不去"的天平上,两边重量相等,分不出高低,现在听父亲一说,那"去"的一端天平,好像添上几个砝码,立刻沉下去了。

她是决定去的了,忙着收拾行李,忙着添做新衣服,忙着办理护照,忙着印西文信封和名片,将赴法的消息,通知了各亲友,单单将通知母亲的一封信,在离京的前一天才发出。她知道母亲若听见她出洋,定要阻止的,那时心里反增烦乱,现在这样一办,母亲便打电报来阻止她,也来不及了。等到母亲的信到北京时,她早在汪洋万顷的海上了。

离京的前一晚,醒秋的行李都预备齐全了。缝工送了两件新做的夹衫来,她打开箱子,将它们收进。但她想一路所过都是热带,用不着夹衫,不如将它们垫在箱底。她将箱底衣服翻转,见每件衣服都折叠得极整齐,极熨帖,随着季候寒暖,厚的薄的,一层一层,铺在箱里:这是母亲南旋的早上,特别为她整理的。慈母一片真挚的爱心,细细铭刻在每件衣裳的褶纹里,熨痕中。

　　醒秋自幼不会整理东西,无论书籍衣服,总是一团糟的,硬向网篮或箱里塞。母亲知道她这脾气,随时帮她的忙,每年暑假由乡间赴校,她的行李都是母亲亲自替她收拾的。

　　她翻到箱底时,手忽然触着一件沉重的东西,拿出一看,却是一个皮纸包,外面用麻绳密密捆扎着。

　　她找到一把剪子,将麻绳剪断,打开那皮纸包,一看,却是雪花耀眼的一叠银钱。

　　她将那叠银钱数了数,不多不少,一共是五十元。

　　她衣服也不整理了,坐在一边,发起呆来了。母亲平生用钱,时时拮据,这笔钱是哪里来的呢?啊!是她节省下来的,在零用上一天一天节省下来的,现在私下给了她的女儿,作为她一学期留学的用度。

　　醒秋平日见母亲用钱的不能称心,心里时常难过。她在本省学校读书时,便时常想:我将来卒了业,弄个小学教员的位置,定要把薪水攒积起来,寄给母亲。后来果然被留在母校当助教,但薪俸一个月也不过十几元,一到手便花光了。只有一回寄了母亲四十元大银钱,算是她第一次将心血换来的礼物,献上母亲,算是她第一次的反哺。

　　小学教员没有当上两年,北京女子高等师范学校招考,她拼命要去升学。祖母极力反对,母亲却了解年轻人要求上进的苦志,终于将她自己私蓄的百余元,帮助女儿上京去了。

　　她一到京便考取了。在京读了两年,再捱一年,可以卒业;卒业后可以当中学教员,赚更多的薪水,她想那时我一定要教母亲用钱用个畅心乐意。

谁知她现在又要高飞远走了。出洋留学，不是短促的时间可以回国的，她预定留学的期限是七年，喔！七年！不是很长久么？母亲的身体似乎不比从前强健了。尤其这次在京看见母亲，觉得她比从前增了许多老态：她血气充盈的双颊，镌上许多皱纹，变成又黄又枯了。头发也有些花白了。这是醒秋的三弟三年九死一生的大病，给予她的打击，三年日夜的忧劳，使她肉体和精神都陷于颓唐之境。

醒秋记得母亲在京时，有一回躺在炕上，醒秋替她捶腿，她看见母亲半露的胫，从前又白又肥，现在却瘦削不少，用手摩抚时，宽松的皮，随指皱起，醒秋心里忽然涌起隐忧，她第一次感到母亲现在是老了。

醒秋又突然间忆起母亲南旋时无端悲痛的情形，她骨髓里迸起一个冷战，"预兆！"这是预兆么？慈母的心，是比世间一切富于感觉性的东西还要来得细腻，还要来得灵敏的，她早凭空预先感到这回和女儿的离别，七年的离别！

而且隐隐约约，半明半昧间，醒秋觉得这次预兆的意义所关，还不止此，还有……唉！她不忍再想了。

不去吧？但哪能够呢，一切都已停当了。一个人要到哪里去，去志不决则已，一决就难于挽回，好像高山坠石，非骨碌骨碌一直滚到底不止。她的一颗心，早在大海波涛中荡漾了。

她是一个富有新知识的青年，对于预兆，虽然犯疑，究竟不会因此挫了她的壮志。她想那是迷信，青年还应当迷信么？母亲那天的悲泣，也许为起身太早，被骡车颠得难受，也许为北京没有玩得畅快，便被祖母逼回去，心里觉得委屈，也许……我怎么可以胡乱推测到不可知的事上去呢？

七年光阴虽然长久，过去也是很快的。要是自己加点努力，恐怕不需七年，四五年就可以回国了，那时我永远不离母亲膝下了。

醒秋虽然疑惑了一阵，悲痛了一阵，流了许多眼泪，但自己宽解了半天，也就不觉得怎样了。

第四章　光荣的胜仗

里昂城外圣蒂爱纳山有一座古旧的兵营,欧战时还驻有守兵,现在已经改为中法合办的中法学院了。这营依山建筑,地势高低不平,内部包括几座楼房,和一座巍然高耸的元帅府,都是数尺立方的大石砌成,异常坚固。营之最后有两垛颓败的半穹形的古墙,已被绿萝遮满,好像两座断崖,屹然相向。听说这是千余年前罗马征服高卢人遗留下来的城址,算是圣蒂爱纳有名古迹之一。假如你是一个诗人,徘徊于这古墙之下,追想罗马古代的光荣,恺撒的丰功伟烈,当年铁马金戈,气吞万里,置全世界于罗马统治之下,可谓极一时之盛了。于今英雄已逝,霸业全空,荒烟斜日之间,只剩下几堆萧萧残垒,必定要引起你无限怀古之幽情,和盛衰之感慨。

古墙的东面,有一座两丈多高的土山,是当时挖掘壕沟的泥土堆成的。这山分为高低两冈,高冈与男生住的大楼相对,低冈朝着女生宿舍,地势平坦,种了许多杂树,并围绕着一带木栏。在这山上纵目四望,数十里内的风景,完全收于目中。

前面是里昂全城,万屋鳞次,金碧错落,虹沙两河,贯穿其间,远处烟霭沉沉,阿尔卑斯山的白峰(Le mont Blanc)隐约可见。左边是福卫尔大教堂,双塔排云,与铁塔遥遥相对。铜柱巅更有一个极大的金衣圣母像,她头戴光荣之冕,脸向东方,双手微垂,每晨最先迎受旭日的光辉,为里昂全城祝福。右边是连绵不断的树林,嫩绿鹅黄,高高下下,如大海中的波浪。后面为古墙与元帅府所阻,眼光不能及远,但也可以看见一角芳草平原,夹杂着人家的菜圃和果林,点缀得异常清丽。这学校四周的景物壮阔雄浑,缥缈幽深,兼而有之,看去真似画中仙境一般。这便是中法学院的所在处,到这里来读书的中国学生,能说不是大有清福的么。

这学校中有男生一百五十余人,女生十余人,醒秋便是其中的一分子。她自从去秋考取中法学院后,由北京到上海,由上海放洋来到里昂,屈指离开中国已有七八个月了。

她一到里昂,便接到母亲的两封信。第一封由北京转来,是一封快信,果然不出她之所料,母亲劝她将出洋的意思打消。第二封直接寄来法国,怪女儿不该不告而行,贻她以无穷的挂虑;又埋怨她父亲太糊涂,居然放了她去。母亲并自悔那天南旋时,没有补买一张票,将她带回故乡。

野心的女儿走了,远在万里外的欧洲了,母亲纵有无限的失望,无限的悲凉,无限的追悔,说来也是无用的了。想她接到女儿最后的信时,必定伤心地说:"唉,忍心的孩子,你竟抛撇母亲去了么?漫漫的大海,相去万里,你回来不知何日,母亲寂寞残年,教谁来安慰她呢?……你志大心高,只顾求学,岁岁离家,年年远别,我只望你在北京毕业回家,娘儿们可以同住几时,谁知你又……唉!女儿,你太不体念你母亲了啊……"

醒秋一想到瞒母亲来法之事,心里自然不安,但她自到法国之后,完全换了一个新生活,精神上异常愉快,过了几时便将想念母亲的心思冷淡下来,专心于她的学业了。她留学的期限,本来预定七年,来欧之后,见法文之难学,欧洲文化之优美,觉得非短促时间内所能精究;竟将她留学期限,由七年展为十年。同学中也有许多人将速成的观念抛去,预备留欧为长时期的研究,有展期为十二年,十五年的,甚至还有打算终身留学的。

她在海外大学里除了旧朋友宁陆两小姐外,又认识一班新的男女同学,内中伍小姐同她成了挚交。课余之暇,三三两两在校园里散步,在夕阳芳树之下谈谈闲天,有时大家传读一本新买的书,有时几个人讨论着翻译一首法文诗,这样悠闲自在的光阴,比在中国真舒服十倍。

四月欧洲天气,恰当中国的暮春,南风自地中海吹来,灰黯的天空,转成爽朗的蔚蓝色,带着一片片摇曳多姿的白云。阳光灿烂,照彻大地,到处是鸟声,到处花香。一冬困于浓雾之中的里昂,像久病初苏的人,欣然开了笑口。人们沐浴于这温和空气里,觉得灵魂中的沉淀,一扫而空,血管里的血运行比平时更快,啊!少年体中的青春,像与大地的青春,同被和风唤醒了!若我们在这时候没有患什么病,一定要变为一个最幸福最愉快的人。

有一天,黄昏的时候,醒秋和几个同学站在小山的高岗上谈笑。大楼前有一群同学正在围绕着一个面生的人,一个同学对醒秋说:这是新从别省转学来的秦风君,常有文字在中国各杂志发表,是研究艺术的。

醒秋从苍茫暮霭中向下一望,见那位秦君,身体瘦削,脸容微苍,带着两撇小须,神情安闲,大有学者的风度,她看了一眼之后,就没有再注意了。

从那天起,醒秋耳中常常听人谈起秦风,有人说他是一个古怪的人,有人说他是个妇女嫉恨者,因为他曾遭了一回极伤心的失恋,从此迷失了本性了。醒秋也不在意。

醒秋每天晚饭之后,照例要和一班同学,到校外树林散步半小时,然后绕着学校回来。这晚她和伍女士以及伍的同乡文君夫妇同去,还有四五个男同学,秦风也在内。

同学们一面走,一面随意说着话。秦风只沉默地随着大家进行,他离开醒秋们一班女同学约有两三丈远。

大家谈话时又谈到秦风了。

"你知道秦君的历史么?"文夫人问醒秋道。

"不大明白,听说他是一个今之伤心人。"醒秋回答。

"要不要我来告诉你?他是我们顶相熟的朋友,他的事我完全知道。"

"好好。"大家同声说。

文夫人用了一种如恐被人听见的极低微的声音,单单对走在她身畔的醒秋说道:

"秦风的历史真可怜,你是会做文章的,可以将他的事做成一篇小说。十余年前他在中国恋爱了一个年轻美丽的姑娘,他用他全身的热情爱她;但她的家庭反对,说他是不学无术的人,不够许婚的资格。他只得抛撇了恋人,只身由西伯利亚到欧洲,一面做苦工,一面求学,希望求了学问回去,好为正式求婚之地。他离开中国时,已和恋人订了石烂海枯,两心不负的誓约。后来他学业略成,就想回国结婚,结婚之后,将恋人带到欧洲,再一同读书。他舟过南洋时,因为恋人爱热带的一种奇葩,他特别用冰箱装了那种花,打算于结婚之日赠给恋人,谁知他到中国时,他的恋人已十天前和别人结婚了。他一听这消息立刻陷于半疯狂的状态中,他扯碎了带来的那束花,但他的心也好像和残英同碎了。到今将近十年,他的心伤,始终不能痊愈,天天陷在失恋的痛苦之中……"

在凄清的月光下,幽暗的树林中,人们的心理本来容易感动,容易带点神秘的兴奋,何况这故事的主人又正在眼前,所以这原是一件极平常的失恋,醒秋却听得很有味。那时同听的同学,也都替秦风表深挚的同情,恨他恋人的残忍。

她回头望望秦风,树叶缝中洒下的月光,正斜射在他的脸上。他那憔悴的容颜,似镌刻着他一生痛苦的经历,一双忧郁的眼光,还蕴藏着无穷热烈的情感;更加之他的微须,他瘦削的身体,他沉默的态度,醒秋只觉得这人果然奇怪,这人富于悲剧的风味。

文夫人又说道:

"他是研究艺术的,听说你将来也要学画。你们可以算是同道了。既然是同道,就应该谈谈,愿意我替你们互相介绍一下么?"

"听说他自失恋之后,见了女子便恨,我不愿讨他的没趣。"醒秋微笑地说。

"没有的话,他很钦佩你的文笔呢。"

文夫人于是跑到秦风身边,说了几句话,又回转身向醒秋说道:"秦风君很愿意同你谈谈。"

果然见秦风脱了帽子,远远地过来了,他们互握了一下手,叙了几句"久仰"之类客套话,便谈到艺术的问题。秦风说自己研究美术史,已有四五年,如果她对于艺术有疑问,可以随时问他,他愿竭诚奉答。一路谈着,不觉将路走完,回到学校,大家道了晚安,各自分散了。醒秋那晚临睡时,又想到秦风失恋的故事,她觉得这故事给予她一种带有凄厉之感的诗趣,使她心灵觉得既凄恻而又爽快,真像读了一首哀情诗。

　　秦风以后常和醒秋谈话,通信,他搜罗了许多美术明信片给醒秋看,随时介绍画家的生活和作风,有时将他从前在中国报章杂志上所发表一两篇关于艺术的短论文,拿来给醒秋阅读。他对于西方的艺术,似乎有特殊的理解,但他的文笔很拙涩,却不能充分表达出来。醒秋读了,觉得很纳闷,疑心他竟是一个有名无实的人。但后来知道他从前原不如此,这是他失恋之后,脑筋受伤的结果,她又觉得这位秦先生更可怜了。

　　他们做朋友不到两星期,一日醒秋有一个相识的女同学走了来访她。他们谈了一会闲话之后,那同学忽然说道:"醒姊,我有一句话要问你,你允许我说么?"醒秋应允了她,她起身闭了门笑道:"我这话是不准旁人窃听的。"她又坐下来嗫嚅其词地说道:

　　"我要问你,你对于秦先生的爱情如何?"

　　"秦先生,我同他有爱情么？你为什么要这样想?"

　　"我不是说你对他有爱情,我只问你能不能爱他?"

　　"我是订了婚的人,怎样能爱他呢。况且我们原说是仅仅做朋友的。"

　　那同学很恳切地说道:"这个本不干我事,不过为双方好处起见,我要来问一问。你知道秦风是个可怜人,他自从失恋之后,立誓不爱一个女子了。但自从和你相识以来,忽然大改常度……我们恐怕他又惹起心病,所以来探探你的意见。如果你能爱他呢,便请爱他,不然,还是疏远他些好,不要教他又受一次痛苦。因为他是不能再受痛苦的了。"

　　"噢！有这种事么？我以后小心些便了。"

　　那同学辞去后,醒秋双手扶着头,坐在那里默想。

秦风对于她的形迹,她这两天以来已有些觉察了,但还不十分明确,经那同学一说,她才恍然大悟了。她想母亲之不放心她的出洋,无非为了她的婚姻问题。她瞒着母亲来法,已经对不起母亲,所以立誓不教母亲为她婚事操心,若说她能爱秦风,早爱上某某几个同学了。他们都是很有学问的青年,为了母亲,她一点不接受他们输来的情款,现在怎样可以为一个秦风,改变自己的操守呢。况且据她本心而论,她对于秦风并无钦慕的心,既无钦慕,又哪里谈得上爱情?

第二天她在阅报室看报,秦风过来对她说里昂附近有一个名胜,可以游览,他已约好文君夫妇同去野餐,请她也加入。

"我不去。"醒秋冷然地说。

"为什么?"秦风脸上立刻变了色,似乎大为失望。

"这人的情感果然来得剧烈。"

醒秋暗想,心里觉得有些不忍,只得把声音放和婉了些,说道:

"我今天觉得有些不爽快,所以不愿意出门,秦先生要去,便同他们去好了。"

秦风怏怏地走了,少停,门房送了一封信来,无非诘问她为什么对他如此,莫非他得罪她了?若是得罪了她,那是无意的,请她千万原谅为幸等语。

醒秋读了那封信,心里觉得有些发烦,她拿起笔来,回了一封信,又引了几句古诗,如瓜田不纳履,李下不整冠之类,大约是说人言可畏,我们请从此断绝友谊吧。

这封信去后,秦风立刻来到女生宿舍,请舍监转请醒秋出来,到校外散步,说有要紧的话要同她讲。

醒秋本想不去,但她转念一想,我索性将话说明白,从此打破他的妄想也好,她沉吟一下,竟拿了帽子,同他走出了校门。

到了校外树林,秦风从衣袋里掏出那封信来说:

"杜小姐,我觉得你的思想不是这样顽固的,这封信所说的话我真不懂,我们这样光明磊落的友谊,也怕什么'人言'?"

醒秋被他这一问,弄得哑口无言,她本来是个忠厚的人,不善说谎,停顿了一下,竟吞吞吐吐将那位女同学对她说的话,说了出来,说时满脸通红,简直羞涩得无地自容了。

"你的身世,我是完全知道的。你怕我爱你,将为你一生之累么?啊!小姐,你误会了。我为爱情,已受尽人生痛苦,难道还想再做这种梦?但我也有我的衷曲,愿意同你谈谈。我从前一颗赤裸裸的心,一片浓挚热烈的爱情,寄托于我的恋人身上,谁知她不能谅解我,竟负了我。十年以来,我天天在痛苦之中,没有一个知心的朋友能安慰我。当穷冤酷恨,填胸塞臆时,我觉得自己简直要变成疯狂,想对人申诉一番,人家却又都笑我过于认真,自寻苦恼。咳!这个世界是个什么世界,简直是一个虚伪、奸诈、冷酷……塞满的地狱罢了。皮面的笑容里,寻不出半点'真心',彬彬有礼的周旋里只藏着一片'猜诈',真诚的我,置身于这种社会里,只有痛哭,只有绝望。但是茫茫人海之中,或者还有一两个天真未凿的人,若我能够遇着他,我愿意同他结为同志。我钦慕你的才华,而我尤其爱重你的人格,所以我竭诚想和你做朋友。你如果了解我,请你接受我的真心,也请将你的真心给我。我们互相勉励,致力于艺术的研究,使艺术的曙光,照彻中国,唤醒中国民族麻痹的灵魂,温暖民族灰冷的心,这就是我们神圣的责任,也是我唯一的愿望了。"

秦风这番话说得既恳切,又痛快,醒秋听了颇为感动。她觉得将自己狭小卑陋的思想,来推测这样一个人,是不应当的。不过她对于秦风的"请接受我的真心,也请将你的真心给我"这两句,又觉得有些不自然。朋友相处,固然要有真心,但这样两心相易,就不像普通的朋友了。她于是说:"我同秦先生做一个研究的朋友是可以的,不过你那'朋友'两字的涵义,要下得清楚一点才好。我待你,只好像我待几个男朋友一样,别的不能有什么。这是我们要先说明白的。"

"那就不是我所要求于你的了。我不愿你将泛泛的友谊待我,我所要求于你的是一颗真心,这颗真心,要单单给我才可以。"

喔!"一颗真心",她彻底明白秦风的意思了。秦风所要求于她的,还是恋爱,不过这恋爱比较高尚一点,是柏拉图式的恋爱罢了。醒秋的性情颇为随和,世界上的一切,她都看得行云流水一般,独于爱情看得异常的庄严和神圣。她以为:恋爱,无论肉体和精神,都应当有一种贞操;而精神贞操之重要,更在肉体之上。她已经有一个未婚夫了,她将来是不免要和他结婚的,她是应当将全部的爱情交给他的。如果她现在将心给了他人,将来拿什么给她的丈夫呢?她若心里爱了他人,对于丈夫不过是一种制度的结合,那末,她欺骗丈夫了;若到结婚时将给了他人的心收回来给丈夫,不但这颗心是残缺不全的,她对于那从前的朋友又是欺骗了。

况且她对于秦风,只有怜悯,毫无爱情。爱情不是施与的东西,她不能因怜悯秦风的缘故,便将自己爱情随便施与他。若为舍己成人的一点侠心,慨然将爱情给他,亦未尝不可,不过要问自己是否能始终如一地爱着这样一个人?不然,与其将来因厌弃他而增加他的痛苦,不如现在慎重些好。

是的,她对于秦风,只有怜悯,毫无爱情,但这一点怜悯,却也使她陷于十分烦忧的境地。她怜悯他从前恋爱的不幸,怜悯他现在恋爱的空虚,同时又带些女子第一次听人对她求爱时的满足。她这时候的情绪很难分析:说是决绝,又很缠绵;说是凄凉,又很甜蜜;一面徘徊于事实的范围中,顾虑一切;一面又想突飞猛进,冲入窅远的理想境界,做一个浪漫诗剧的主人公。她古井般的心,已涌起了波澜,多年以来深藏心坎的爱情,像经了春风吹煦的花儿,大有抽芽吐蕊的倾向了。

但是,为持重起见,为对于将来爱情的负责起见,为避免双方将来不可磨灭的痛苦起见,醒秋仍然没有承认秦风的要求。她回校以后,觉得秦风这个人,是带有危险性质的,她有决然断绝他之必要。

可是秦风恋爱的进行,日益猛烈,他天天伏在楼窗上窥探醒秋的行踪,一见她下楼,便赶过来同她说话。甚至醒秋一天做了些什么事,一餐吃了多少饭,几时起身,几时睡觉,他都知道。因为他时刻打听醒秋的消息:在监学方面,在女同学方面,在厨娘方面。醒秋真有些骇怕起来,疑心他是一个巫者,懂得什么魔术似的。

谁说他不是巫者?谁说他不会魔术?醒秋一天一天受着他的催眠,一天一天地迷惘了,每日拿定主意不和他相见,他一来邀,便不知不觉走出校门了。不过每次出去散步,她总拉着伍小姐陪伴,他们无论到何处,总是三个人。

当秦风一面款款走着,一面叙说他的苦闷时,她几乎要对他说:"可怜的人,你的青春,你的幻梦,你一生的幸福和希望,你全部生命的元素,都被那薄幸的女郎剥夺去了。你什么都没有,所剩下的只有一腔子感伤了。你急切要求一个人来安慰你么?我来安慰你。你想我的心么?我愿意将这个给你。"

这些话如果有一句说出来,醒秋也早完了。幸亏她有一种坚强的意志,和自尊的心,她在一切问题没有解决之前,这"爱"之一字是决不轻易出诸口的。

秦风撒下漫天的情网,她像一匹小小苍蝇,陷落其中了。她虽然极力挣扎过,极力逃遁过,然而那情网一天天收紧过来,到后来她竟完全失去抵抗力了。

她对秦风还是不爱,但为他的热情所鼓动,简直将理性的火焰完全灭熄了,她居然想写信给家庭,要求解除旧婚约了。

假如她真的这样一干,那引起来的反对,是可想而知的,夫家的责言,乡党的讪笑,都可以不管,只是她的母亲,她的严正慈祥的母亲,哪能受得住这样打击?

况且上面还有位极端专制的祖母,在她压力之下,母亲即不胜舐犊之爱让女儿自由,祖母日夕的嘀咕,母亲又哪里受得了?

她这样是要活活地将母亲忧死、气死、愧死!

怜悯!怜悯!她要贯彻怜悯的主张,牺牲自己了。女子天性的慈悲,她的丰富的同情心,诗的微妙情趣,浪漫的梦想,像一层层的狂涛怒浪,要将这一叶小舟卷向情海的深处,然而她一点"孝心"却像一双铁锚般极力将船抓住,不然,早已随波逐流去了。

理性和感情的冲突,天人的交战,使醒秋陷于痛苦的深渊中。两月以来,上课早已无心听讲的了。她日夜在寝室中很迅速的回旋,像一匹负伤垂死的野兽,但她的伤创,却在灵魂里!

伍小姐窥见醒秋的隐衷,她不住地苦劝,她说他们的年龄不相合,性情不相投。秦风从前也许是个英发的少年,但现在已经无所作为了,他的生活力已经消耗尽了,嫁了他,真不值得。而且这种爱情,是决不能维持到底的。

这一点,醒秋何尝不知道,但她迷惘已深,竟一点听不进耳。

正在万分踌躇,莫知适从的当儿,忽然由中国传来一种消息,朋友写信来说,故乡有人谣传她在法国和某人自由结婚了。又说她为婚姻问题,蹈海死了。

这项谣传,当然不是完全无根的,但干别人什么事呢?要造她的谣言做什么呢?噢!中国人,好谈人家是非的中国人,她不觉大为愤怒和恼恨。而且她又怕这谣言吹入母亲的耳中,将使她的精神受重大的影响,又异常的焦急。

这一急,一恨,将她的心境改变了,她的迷梦,渐渐有些清醒过来了。

果然过不了几时,家里写信来问,家人不信她的蹈海,因为不久还接着她的信。对于第一项谣传,则不免有些疑惑。但知道她不得家庭的允许,擅自和人结婚也是未必的,父母原信任她的品格。

她恐怕母亲焦急,来不及写信,竟打了一个电报回去,辨明谣传之诬。

一星期以来她寝不安席,食不甘味,心里是又悔、又恨、又忧、又急,尝到平生未尝的痛苦。

现在她也无暇来怜悯秦风了。不但不怜悯,反而憎恨他了。她说他是一个蛊师,想蛊惑她,几乎使她将母亲的性命断送。这才下了斩钉截铁的决心,同他断绝。秦风觉得没有沾恋里昂之必要,便收拾行李,到欧洲南部旅行去了。

醒秋同秦风没有决裂之前,曾将她几个月的经过,和心理的变迁,详细报告她在北京的一位女友。现在她又写了一封信,告诉了新近发生的事,结尾有这样几句话:

"我战胜了,我到底是战胜自己了!

"这不过是一场迷惘,不能算什么恋爱。人生随时随地都有迷惑的时候。但我这一次若不是为了母亲,则我几乎不免。阿难被慑于天女阿摩登,我佛如来见之不忍,于是胸前放射千百道白豪光,照耀大地,伸出他的金色臂,将他苦恼的小弱弟救了。安东尼在旷野中四十天受魔鬼的诱惑,正在难以自持的时候,忽见旭日光中显示耶稣的脸容,也就将迷梦驱走了。母亲的爱,是这样救了我。

"虽然是母亲的爱,我自己也不能说没有定力,谣言未发生之前,我虽深深陷在情网里,却始终固守心关,没有对他降服——始终没有对他吐露半个'爱'字。

"他苦苦所求于我的,不过是我的心呀。心是无形无迹的东西,我何尝不可以掬怀相付?无奈我有天生迂执的性情,我对于爱情要负完全的责任。我不爱人则已,一爱之后,无论疾病贫穷,死生流转,是永不相负的。便是精神的爱,也是如此。

"我自问不能始终爱秦风,所以我要守住我完全的心,免得将来使他苦恼,和我对别人的不住。

"秦风爱情的袭来,是何等的厉害。我到法以来,认识了几个朋友,当他们向我略有情感地表示时,我立刻微讽默谕地说明了我的身世,他们便都默然而退。唯有秦风,明明知道我的困难,偏要勉强进行,他对于爱情,真有勇往直前,百折不挠的精神。

"他是一个不安于平庸生活,喜为心之探险的人。没有什么惊才绝艳,却爱做浪漫小说里的英雄。他是要在井底捞明月,要在荆棘丛中摘取

151

玫瑰花的梦想者。

"他以前的为人,我不知道,以后的如何,我也不管,在我的眼里,他热烈真挚的性格,在我们这冷漠成性的古老民族里,确算是一个少有的奇人。

"在爱情决斗场中,他可以承受勇士的花冠。

"我遇着这样一个大敌,居然得了最后的胜利,不能不算是难能可贵的了。

"这是我平生第一个光荣的胜仗,值得我自己颂歌称道于无穷的。"

第五章　噩　音

　　醒秋又像初到法国时一样勤奋地来研究功课了。但两月以来,因无心听讲之故,许多紧要的文法都轻轻放过,一点没有领会,因此她学法文,就赶不上同学。这是她精神上的大损失,一个永远补救不起来的损失。

　　她虽然清醒了,但她从前的精神是像一潭止水般平静澄澈,忽被一个顽童,持着竹竿将它大搅一通,激起了无数漩涡,溅起了无数水花,一时自然不能恢复原状。她既不能寄心于学问,又没有别的事可想,她的心灵不免时常感到空虚寂寞,她渐渐觉得作客的烦闷。但这时候叫她回国,她也是不愿意的。她已经请得本省教育厅的津贴,经济方面可以无忧;而且她认识法国比从前透彻,她爱法国的文化,想在这里学得一点可以贡献祖国的东西,然后回去。

　　她的父亲事忙,不常有信来,母亲在乡间则常来信。她到法国没有半个月便听见她的大哥胃病复发,由闽省一个学校离职回家疗治,大哥自幼即患胃病,不时发作。这病他自己不以为意,家人也不把它放在心上,所以醒秋听了这个消息,竟淡然置之。

　　不过醒秋有一回接着家信,信中说她大哥这次胃病发得比平时长久,已经诊过多少医生,尚未痊愈,现在到安庆父亲寓所求医了。醒秋写信回家,请父亲改延西医诊治,因为她自负科学头脑不大信任中医。她写信的时候,忽然觉得一阵心酸,竟有几滴眼泪,洒在那张信笺上。

　　一天清早,她坐在土山低冈栏杆上看书,同学递给她一封信。她看封面是北京一个堂兄写来的,这个堂兄从不和她通讯,为什么突然有这一封信来呢?她觉得有些奇怪。慢慢拆开那封信,抽出信笺来读,信中起头是几句阔别想念的套话,以后便说及她大哥的病。信中说她大哥的病,自到省以后日益沉重,家人初不疑有变,但……她读到这里,心发颤了,眼光黑暗了,以下只看见一派呜呼噫嘻……她还能向下读么?她全身的神经都麻木了。她将精神振一振,她不相信有这事,她不相信有这事,这是别人的恶消息,绝不是她大哥的。她再将那几行字细读一遍,的的确确地,毫无疑义地,她的大哥死了,她最亲爱的大哥是死了!

她幼时喜看聊斋和谈狐说鬼的旧式笔记。她身体不舒适时,或消化不良时便常做噩梦。有时梦见身入野寺,蓬蒿没胫,阒然无人,凭牖一窥,只有一具棺材摆在空空洞洞的堂里。正栗然转身要走,砉然一声,棺盖破窗飞出,向她压来了。她拼了性命向前跑,两条腿却瘫痪似的再也拽不起,这时候真是再着急也没有。有时梦见被散发凸睛的僵尸追逐,她要奔逃,也是逃不动;僵尸的利爪似乎抓住了她的头发。在极端的恐怖、焦急、忙乱中极力抵抗,极力挣扎,正无可如何间,忽然睁开眼来,昏灯有影,纸窗微露白光,刚才所经历的恐怖,原来不过是一个噩梦。乍醒时浑身汗流,心头还是突突乱跳,定一定神,便不觉哑然失笑了。梦中的危险,只有醒来可以救,梦中的幻境,醒来便化为乌有,现在她希望她恰才收到信的事,也是一个噩梦,顷刻间她便可以醒来。

但是万里无云的青天,在她头顶上闪耀;飞鹰在空中回旋,不时发出凄厉的叫声;菩提树和杨柳在春风中摇曳,脚下是索青缭白,金碧沉沉的里昂全市;大楼前同学三五成群地谈笑散步。礼拜堂的钟声,一下一下在寥廓的空间颤动,又徐徐在空间消失。天地静静地,安闲地,横在她的面前,一切存在是事实,她恰才的经历也分明不是梦。

她拿着那封信站在山上,并无一滴泪,好像一个兵士在战场上突然中了一弹,只有麻木的感觉。痛苦像要诱惑她似的,张开双臂,慢慢向她心灵拥抱过来,她也痴呆呆地不知逃避,等到她的整个心灵都在痛苦紧束之下,猛然间她感到一种被榨压的剧烈痛楚了。她如飞地奔下山,如飞地跑上女生宿舍的大楼,冲入自己寝室,扑在床上,泪如泉涌,放声大哭了。

监学马丹瑟儿和女同学们正在用早餐,忽闻哭声,都很惊惶地赶到她寝室中来。厨娘抱住她,撕开她的前襟,要替她蘸醋,因为她在全身被撕裂的痛楚之下,痉挛不止,像要昏晕过去了。

大家问了她半天,才知道她刚才接着家中不幸的消息,自然都陪了几滴同情的眼泪。她那一整天没有咽一点水,只是伤心流泪。伍小姐坐在她床边,守了她一天,也没有去上课。

她呜咽了半夜,疲乏之极,蒙眬睡去。一觉醒来,天已经大亮了。她将昨天的事完全忘记,正想起身梳洗,忽然想到大哥死了,她的心立刻被锐利的痛苦刺着,她又重新悲泣。但她总痴心希望这是一个梦,不但希望大哥的噩音是一个梦,连她到法国来,以及在法国大半年的经过,都是一场梦。她想:如果遽然醒来,发现自己依然在北京寓所,睡在母亲身边,那是何等的侥幸,何等的喜悦!

希望这个不幸消息是梦,那是不可能的了,她一刻一刻地感到这事的真实。不过当她捧着头沉浸于深思的时候,她忽然惊跳起来,疑讶地问她自己:真的么! 她现在已经成为一个无兄的人!

她一生中还没有经过什么大悲痛,而且素以"父母俱存,兄弟无故"引为自豪的,忽然遭了这样挫折,只觉分外禁受不住。她不暇追忆大哥的平生而致其哀悼,她只替她的母亲悲伤,替她的寡嫂悲伤。忽然她诅咒那渺渺茫茫的上帝了,人人都说天道好还,报施不爽,他大哥做了什么坏事,这样壮年便摧折了呢? 善良的母亲,何以暮年竟要遭受这样恶劣命运的打击? 残忍的上帝啊!

她悲痛之中,还夹杂着冤愤和不平。她昏昏沉沉地过了几天,不时便痛哭一场。几天以后,她十分倦困了。而且泪枯气咽,要哭也不能哭了。她狂激的悲苦,渐渐成了沉绵的哀思,正像洪涛已退,只有一派沧漪的水,荡漾摇曳于无穷。

她含悲忍泪地发了几封快信安慰父亲和母亲，又吊唁她的寡嫂。她默念母亲现在不知悲痛得怎样了？咳！她恨自己不在母亲身边，不能安慰她，不能分受她的悲痛。

她还是一个不懂事的女孩，她还没有做过母亲，然而慈母丧失爱子的痛楚，她是能想像得到的。假如母亲在壮年时代曾死却几个孩子，现在遭了这种不幸，她还能习惯些。因为养孩子是不容易的，有的半途流产，有的几岁上天亡，都是做母亲的前世的冤孽，做母亲的失望和眼泪的根苗。然而她母亲一生中仅怀了五胎，五胎儿女下地后都长大了。人家争说母亲幸福，母亲自己也觉得幸福。谁知她最爱的长子会于成人之后死了呢？咳！这是她的冢子，她三十二岁的壮儿，她一生爱情和希望所寄托者，他死了，他撇下慈母和娇妻死了！

如果她大哥自幼羸弱多病，使母亲常有失却他的忧虑，现在他的死，也算是预期的事实，母亲的悲痛也许会减轻一点。但她大哥体气强壮，虽然自幼有胃病，一发即愈，谁都没有想到他会因此致命的。他的死是万万想不到的，万万想不到的事，居然实现了，自然教母亲分外痛苦，分外割肚牵肠地难舍。

况且她大哥的死，还有许多悲剧的纪念。母亲于悲痛中，更有刻骨的疚心。这疚心不能使她怨天，也不能使她尤人，更不能使她埋怨自己，但她总觉得儿子的死，是她少时没有尽为母的责任。这单纯的悔恨，应会将慈母的心，撕成片片。

母亲少年时代的事，醒秋不大明白，母亲自己也不多说，只在外祖母来时偶一提起。醒秋姊妹倚靠在白发萧疏的老人怀中，听述母亲过去的苦辛，每每感动下泪。

母亲十七岁上怀了醒秋的大哥，祖母同时怀了四叔。母亲在怀孕期内，身体疲倦，时时想睡眠，但婆婆每晚要她捶背，捻脊筋，每每要弄到三更半夜。母亲饭后躲在仆妇房中偷憩片刻，恐怕睡熟了，婆婆喊叫不应，惹她的责备，只好倚在墙壁上假寐，让蚊子来叮，藉资惊醒。小孩生下之后,产妇理应调养,但那时或者是因家道贫穷,吃不起好东西吧,早上萝卜干压粥,晚上又是萝卜干压粥,直吃得口里要淌白水。外祖母来看正在"产褥"中的女儿,带了两只母鸡来,给她滋补。那两只鸡用布条缚着脚,拴在廊下,母亲躺在床上,可以望得见。鸡拽着布条,转来转去企图挣脱,母亲的心也跟着那鸡转来转去。她心里暗自欣喜,这两只鸡是我家里送来的,总该有一只到我的口吧。

过了一天,鸡不见了。原来祖母说这两只鸡很肥,杀了可惜,留着生蛋吧,放到后院蓄养去了。

母亲产前过于辛劳,产后又失于调养,得了一种病,面目和四肢都浮肿起来,皮肤黄得发亮,连眼睛都是黄的。身体虚弱得想转动一下都困难。在医学上这病是黄疸症,但当时不知此名,只叫它做"黄胖病",说是多吃少动,睡出来的。

一天,母亲见婆婆的一罐药(祖母一辈子嚷病,总不离药)炖在廊下小火炉上,因无人照管,药沫不住喷薄出罐外,母亲只有强扶病躯,从床上爬起,把那小药罐移开一边。

正当这时,祖母过来了,她一见媳妇那个样子,便说道:

"——咦!你怎么这样又黄又肿,你一定是睡得太多,弄出'黄胖病'吧。你该起来做点事,这对于你一定有好处。"

于是她送来了两件旧衣叫母亲拆。可怜母亲手里拿着剪子,觉有千斤之重,手腕只是发颤,眼前又一阵阵发黑,几度要晕倒,几度强自振作。有个仆妇见她其实支持不得,扶她回到床上,把旧衣接去自己偷空拆了,交还了祖母。

母亲生下大哥的一年,祖父捐了个佐杂之类的小官,指发在浙江温州,派人接家眷上任。外祖母来送行,母女分别的情况,非常凄惨,外婆每次回忆那十多年前的情况,还是老泪盈盈。

她说那天我带了礼物到你们家送行。一到大门口,看见有几顶小轿停在那里,太阳光淡淡地照在地上,风吹着树枝呼啦呼啦地响。我看见轿子,我的心呀……唉……唉……像被人扎了一刀似的……可是我不好意思哭出来……怕亲家母见怪……我呀……我呀……我还是装出笑容,进去见了亲家母。我看见你们的娘在忙着捡东西,她回头一看见我,面孔一下子变成雪似的白,她轻轻地叫我一声"妈",声音便哽住了,眼泪便流下来了。

我们都不敢出声哭,只泪眼对泪眼望着,谁都不说话。

后来动身时候到了,大家勉强说了几句话祝福,你们的娘便抱着你们的大哥,上轿跟着祖母走了。

轿子走了好一段的路,我还看见你们的娘在轿子里,不住回头望我,不住偷拭眼泪——轿子远远走了,转过树林便看不见了。我觉得你们的娘,不是去浙江,是到千里万里的外洋去了,不知她哪年哪月才能回来。我的心呀,唉,我的心呀,裂开般痛楚。我一路呜呜咽咽哭回家去,一直哭了十几天,心痛才觉好些。

外婆当时悲痛的情绪,醒秋是很能体会的。女儿年纪尚轻,(那时母亲名虽十九岁,其实尚未满十八)从未到离家十里的地方去,现在竟要去这末远。外婆是乡村妇女,不知浙江温州是在地球哪个角落,当时又没有邮局,通一封信难于上青天,她当然割舍不下。但最大的问题,还是她的婆婆。她的婆婆若是慈爱的,则女儿嫁到人家,便是人家的人,去远去近,那都是无所谓,可是现在她的婆婆呢,却是这样严厉无情的一个人!

醒秋长大以后,读了无数哀情小说,读了无数描写骨肉间生离死别的文章,觉得都不如外婆这一段朴实无华的叙述之足以深深感动她的心腑。任何时期,一想起外婆的话,她的心便发酸,眼泪便不知不觉地流下。

现在我们再把话头带回。

母亲身体强健,生产醒秋的大哥后,虽患黄疸病,拖拖也就好了,不多时便复原了。她生大哥不多时,四叔也出了世。祖母产后多病,缺乏乳汁,便将幼叔送来叫她喂养。那时工人工资低廉,雇个乳娘并不难,不过祖母看见母亲乳汁浓厚,便要强她尽这义务。母亲乳汁虽然丰富,同时供给两个婴儿自然不够。只是她要顺从姑命,就不能顾儿子,顾儿子就不能顺从姑命,她每日应该把两只胀得鼓鼓的乳囊,替四叔留着。祖母听见孩子吮乳的声音是"各吞""各吞"的大口,她才满意。倘那天母亲见自己的孩子饿得慌,多给他一点乳,祖母便在房中流泪,说她的孩子奶吃不饱了,不如把孩子送育婴堂吧;或叫仆妇拿碗米汤来喂。母亲吓极,她唯有先哺幼叔而后哺自己的儿子。小儿食乳不足,时常啼哭,她只好用稀粥和嚼烂的饭来填他,填得他不哭便算事。这是她第一胎养的儿子,她未尝不爱,但她那能怎样呢?母亲常说她那时对于儿子的能否生存,是不放在心上的,她有更重大的义务,这义务便是竭忠尽孝地侍奉她的婆婆。醒秋记得有一回,母亲因为大哥的病又发了,她眼泪汪汪地对人说道:这孩子的病是我贻留给他的,我真怨悔我少年时的太不小心呀!

也算恰有天幸,孩子居然不死,才周岁便会满地走。有时他在庭院里独自在鸡群中游戏,人家一眼望去,每每将他错当一只雄鸡,因为他的身量只有雄鸡般高,而气概昂然有如雄鸡。但形貌丑陋,母亲说他小时,几乎人人见了憎嫌。

他有一种怪病,隔不上几时便要发作一次。有时睡在梦中,忽然乱抓乱爬,满床打滚;或者双手揉着肚皮,口吐白沫,冷汗直淋,好像身体里有一种剧痛似的。过了片时便平静了,呼呼地又睡去了。母亲不知其故,因孩子还不能说话。

到儿子稍大能说话时,知道说是肚子痛了。请医生诊视,医生说是蛔虫作祟,给他吃了几个"宝塔顶",虽然打下几条蛔虫,但病还时常发作,后来才知是胃病。

他长大以后,皮肤作浅棕色,膂力过人,隆隼广额,齿如编贝,两眼精光炯炯,变成一个勇健秀美的少年了。性质温良恭俭,颇有母风,又能折节下人,在学校中得朋友的亲附,在家庭中得弟妹的爱戴。醒秋在兄弟中和大哥最为相投,嬉戏读书,喜和大哥一处。大哥出出进进,她总在后边跟随。一个是老成的长兄,一个是痴憨的弱妹,那亲睦的形况,常教母亲发笑。

她大哥对于文艺兴趣颇深。那时四叔是全家的天才,十余岁便会吟诗作画,大哥和他旗鼓相当,时常唱和。醒秋幼时没有什么机会读书,但她之能够识字,都是同他们在一道,东涂西抹,练出来的。这事本书第二章已叙述过了。

这样兄妹的感情之上,还有师长和朋友的感情,所以大哥的死,加倍使醒秋悲伤。而且除了这些真实的情感外,更有一个空洞的概念,唤醒她明了的意识。这概念是类乎名分的问题,有时醒秋觉得她竟为这个名分而悲痛的,死者是谁呢?是她父母的冢子,她的长兄呀。

几天后父亲的信来了,他不知醒秋已经知道了这项消息——当然醒秋写回家的信,他还没有接到——又将大哥的死报告了一番。父亲说自冢子死后,心灰意冷,恨不得出家当和尚去,现在已长斋奉佛了。又说这消息至今还瞒着乡间一切的人,教醒秋写信回家时,不要向母亲提起,为的寡嫂身怀六甲,不久临盆,恐怕她受不住这打击的缘故。

"原来母亲还没有知道。"醒秋自言自语地说,她又重新感伤起来了。世上伤心的事有过于这个的么?爱子已归泉壤,慈母在家还在痴心祝祷他的痊愈;更有那可怜的未亡人,也在盼丈夫的归来;可怜的婴儿,没有出世,便成为孤儿了。

过了几时,已经是酷暑的天气了。里昂的气候,冬不甚冷,夏不甚热,自从去年中国学生团体到后,冬天下了几场雪,法国朋友便取笑说是中国人带来的。现在又这样炎热,中国人自然更不能辞其咎了。因为法人理想中总以为中国是和非洲一般热的。

一天饭后,天气蒸郁异常,似有雨意。醒秋于几天前中了暑,恹恹不振。傍晚接着里中大姊写给她的一封长信,这信使她感到像初得大哥噩音时一样的伤心。姊姊说大哥病死的消息,隐瞒不住,乡间已知道了。母亲悲恸过甚,难以支持,现已病卧在床。寡嫂于一月前产了一个男孩子,母子幸皆平安。

这消息的透露,说来是令人酸鼻的。大哥在省寓死后,乡间仅有少数人知道,大姊也已知道,但都不敢声张。母亲因儿子久病焦心,时常教人写信到省探问,父亲回信,语气总是含糊。说来真奇怪,母亲的精神忽然感着大不安了。据说她的心在腔子里好像一口钟,悬空挂着,时刻动摇。她天天求神买卜,以问儿子的吉凶。一天有一位算命瞎子到门,母亲将长子的年庚教他推算。瞎子忽然变了脸,说人家捉弄他,为什么将死人的命教他算?他从此算命不灵了,要人家赔偿他的损失——瞎子是打听了这件事,存心来讹诈的。姊姊当时忍不住,流下眼泪,母亲犯疑,盘诘之下,她无法再瞒,只得和盘托出。母亲当时痛倒,全家也就哭声鼎沸了。

姊姊又说大哥死后,家中常有响动,夜间家犬,哀鸣呜呜,好像遇着亡灵一般,听了教人毛发悚竖。又说今年过年时,酿米酒不成,南瓜子在肚里发了芽,都是不祥之兆。

这一派迷信的话头,若在平时,醒秋看了定要大声发笑的,现在她却不忍有所指摘。而且她读了姊姊的信,忽然又联想到母亲南旋时无端悲痛的情形,她浑身的神经纤维一支支紧张起来了。她蓦然跌落于一个大震撼之中,这震撼像要把她灵魂和肉体震成粉碎。她自从母亲南旋的一天起,心里便怀了一片疑云,她疑心这是一个"不吉的预兆",不过这预兆的面目,是模糊如在云雾中的,自从她考取来法,她便将这预兆认清了一层,现在更认清一层了。

她是反对一切神秘之存在的,但这是一个什么不可解的哑谜呢?大哥未死前,她写信给父亲为什么心酸落泪?母亲为什么会感着不安?古人所谓"心动",所谓"机萌于事前",不是毫无根据的了。这种微茫的机兆,像电流一般,在至亲骨肉的心灵间交通,不受空间和时间的限制,只有身处其境的人,可以感受到,同别人说是枉然的。

而且在她直觉上,又于半明半昧间,觉得这预兆的意义所关,尚不止此,还有……还有……这是她所不忍设想的,然而又非这样想不可;她恐怕今生永不能和亲爱的母亲再见了!

她为什么要到法国来呢？母亲临别时眼泪和呜咽的声音,不是明明白白地哀恳着她,告诉了么？她的心灵不是也了解了,接受了母亲无言辞的言辞么？但她还是要到法国来,她竟瞒着母亲到法国来！她到法国的宗旨,说为了想将自己造成一个有用的人才,以为改造中国文化起见,那也未必完全对,恐怕大多数还是为满足自己学问欲和虚荣心而来罢了。

她现在才认识人类自私自利心的真面目,她羞愧而且战栗了,她想:母亲若有不测,我永远不能饶恕自己,因为我上次的不辞而别,实教她感受无穷的痛苦。

窗外乌云黑压压的像山一般,从地平线涌上来了。电光闪闪如金蛇,在云缝中乱迸,似造物主愤怒挥鞭,击挞大地,隆隆的雷声,便是他对于地上罪恶人类的诅咒。大雨翻江倒海地落下来,猛扑着玻璃窗,像要将这座古旧的石屋吞噬扫荡而去。

醒秋躺在床上,双手掩面,心里忽然迸起一种原始宗教性的畏惧。她对自己说我的性情太不羁了,太独立了,所以做出许多可以追悔的事来,我愿意皈依一种神,听神的指挥,免得将来迷失我自己。

但这种思想,转瞬间便逝去了,她原无所谓神的观念的。她只是在极端的悲恨忧虑中煎熬,那晚竟吐了两口血,第二天她便被送进医院了。

第六章　来梦湖上的养病

醒秋在医院住了两星期,起初她自疑得了肺病,不免焦急。但经过 X 光线的检查,医生说她吐的那两口血,来自喉管,非由肺部。因为天气燥热,她又爱吃新烤的面包,喉管破裂,所以出血。但她虽无肺病,而左肺却有不强健的征象,里昂冬季多雾,于她身体不宜,顶好转到南方的律斯和北方瑞士一带雪山上调养。

她自升学北京女高师以前,害了那场九死一生的病,她的身体一直不强健。又有一种妇女常有的病,每月要教她痛楚一回。来法以后,尤其最近两个月,她这病更加厉害了。一个月之中,竟有三星期为这病牺牲。现在里昂冬季的妖雾,又快来了,醒秋一想起来便怕。医生既说她需要转地疗养,她于是决定离开里昂,转到别处去。

律斯和意大利接壤,是大伟人玛志尼的故乡。地临碧海,花木清幽,四季常春,风日晴美,可以算得法兰西舆图上的一颗明珠,也可算是尘寰的仙境,地上的乐园。醒秋原想去住几时,但听说那边生活程度太高,而且又无熟人,所以踌躇不敢去。

她的朋友宁小姐有一个旧同学王小姐在北方都龙省读书,来信约她到那边去转学。都龙位置于来梦湖(Le lac Léman)畔,来梦湖即瑞士的日内瓦湖,是世界艳称的名胜。都龙气候寒冷,空气爽洁,宜于肺部有病的人。

宁小姐以中法学院同国的人太多,没有练习法语的机会,正想转学他省,听了这消息,便复信她的朋友,说她决计于秋季始业前,到都龙读书。醒秋为要养病,也托转学为名,通知学校,和宁小姐一同北去。

法兰西到底不像中国这般大,她们到都龙去转学,法友心目中都以为是个远道的旅行,其实那地方距离里昂,等于南京到上海,乘坐七个钟头的火车,便可以到达。

她们到了都龙,转入本省女子师范学校读书。那个学校除了宁的好友王以外,还有两位中国女生。

醒秋又开始一个新鲜愉快的生活了。她来都龙的目的,本不是读书,所以她对于功课,爱上就去上一堂,不爱上便跑到来梦湖边散步,或在湖中打桨游嬉。她在里昂金头公园的湖里,早学会了划舟,她最爱这一项运动。

由她学校到湖畔只有五分钟的路。湖边有几座小树林,一大片草地,铁栏围绕,栏上缘满蔷薇花,猩红万点,和澄蓝的湖波相映。栏里有一尊大理石琢成的立像,从前也许是玉似的洁白,现在已变成青灰色了,它也像有机体人们之会衰老一样,不过人们身上镌着的是忧患痕迹,石像身上镌着的是风、雨、阳光、水气的痕迹。这类的树林,这类的石像,不半里便可以遇见一座,布置的方法,都不相同。

沿湖向右边走去,都是很整洁的沙道,时有渔人晒的网,摆在草地中,看使人发生"海畔"的观念。再向前走,便是一带青山,山上山下有许多人家的别墅。这些别墅,无论其位置如何,必定设法与大湖相对。有的屋子建在山坳里,也勉强伸出头来,不过前屋总不遮蔽后屋的望眼。因为这些屋子个个贪饕地要享受完全的湖光,又要互相留出余地,所以屋的向背都不一致,从下面望去,磊磊落落,高高下下,好像会场里的一群人,跂足引领,争着要看场中事物的神情。而且所有的屋子都不用围墙,栏杆约束而已,园中花木,行人也可一目了然。这些屋子已将一片荡漾的湖波,收摄于窗户之内,也将自己幽雅的点缀,献纳于湖,以为酬答。醒秋常说欧洲人富有生气,现在觉得他们的屋子也富有生气。

她的家乡在万山之中,风景本来清绝,但村人为迷信风水之故,无端筑上许多高墙和照壁,和自然的景物隔离。如果不走到屋外去,所看见的青天不过手掌大,日光和空气,当然享受不到。醒秋谈到这事,曾笑对宁小姐说:我们中国人是缺乏审美观念的,不知享受自然的。有时幸运,躺在自然的怀抱中,他却不安,硬要滚到自然脚底去。

转回到湖的左边,也有无数别墅,不过都在平地上,有的红砖赭瓦,映掩万绿之中;有的白石玲珑,有似水晶宫阙;有的阳台一角,显出于玫瑰花丛,湘帘沉沉,时露粉霞衫影,有时窗户洞开,斐儿瓶花,了了可辨,清风里时时飘出铿锵的琴韵……

别墅之外,更有许多旅馆,建筑都极壮丽。夏天的时候,欧洲豪商大贾,王孙贵胄,常到这里来避暑。那时旅馆的生意,非常之好,听说有些大旅馆,竟要数百法郎一天的价值。旅馆中一切娱乐无不完全,早起连穿鞋都不要自己动手。醒秋们到都龙时,这样热闹的时会,早已过去了,一排排临水楼台,都深深密密地关闭着,等待明年佳时的再临。

讲到来梦湖的美丽,真不容易描画,醒秋少时曾游过西湖,以为秀绝宇内,现在才知从前所见之不广。这湖弯弯如新月形,长约数百里,西南岸属法境,东北属瑞士境,但瑞士的土壤,又由法境蒙伯利亚(Montbéliard)及婆齐(Bourg)窄窄地伸进一支,在湖的西角上,建立了日内瓦京城,像睡美人伸出一支玉臂,从绣榻外抱回她的娇儿。打开舆图来看,觉得那模样真是妩媚绝伦。都龙位置于湖的南边,晚间对岸瑞士灯光明灭可睹,不过划舟到离岸的六里时,非换护照,便不能过去了。

湖水这样的广阔,又这样的蔚蓝,白鸥无数,出没苍波白浪间,没有见过海的人,骗他这个是海,他也未尝不会相信。若以人物来比喻来梦和西子两湖,西子淡抹浓妆,固有其自然之美,可是气象太小。来梦清超旷远,气象万千,相对之余,理想中凭空得来一个西方美人的印象。她长裾飘风,轩轩霞举,一种高亢英爽的气概,横溢眉宇间,使人意消心折,决非小家碧玉徒以娇柔见长者可比。

湖中游艇如织,有的是小汽船,有的是柳叶舟,也有古式的白帆船,帆作三角形,鼓风而行,也走得飞快,有雅兴的人,不要汽船,却偏雇这种帆船来坐。一到晚上,湖中弦乐清歌之声四彻,红灯点点,影落波间,有如万道没头的金蛇,上下动荡。绮丽如画的湖山,和种种赏心乐事,不知鼓动了多少游客,疯狂了多少儿女,有位中国同学把 Léman 译为"来梦",醒秋以为译得极为隽妙,这确是充满美丽梦意的一片清波!

这里没有眼泪,只有欢笑,没有战争,只有和平。这里说是恬静,也有荡心动魄的狂欢;说是酣醉,却有冲和清澹的诗趣。厌世的人到此,会变成乐天者;诗人月夜徘徊于水边,也许会轻笑一声,在银白的波光中结束了他的生命。总之这一派拖蓝揉碧,明艳可爱的湖水,是能使人放荡,又能使人沉思,能使人生,又能使人死的。

醒秋来都龙月余,身体渐渐恢复原状了。故乡大姊来信说,母亲悲怀现已稍减,病体渐痊,醒秋听了心里大为安慰。父亲知道她海外的环境不大好,使她的未婚夫叔健和她通信,他那时正在美国学习工程。即醒秋升学北京的那一年,他父亲为完婚无望而送他赴美的。

叔健的信来了,用的是文言,虽偶尔有一两个别字,而文理简洁,好像国学颇有根底的人,书法尤秀媚可爱。想不到一个学工程的人,竟写得这一笔好字。醒秋小时于书法没有下过工夫,所以写得满纸蚯蚓一般。虽然爱研究文学,能做诗词,却成了畸形的发展,普通应酬的书札,她原不能写得怎样圆熟。一个人自己有了什么缺点,见了别人有恰对他这缺点的长处,便分外欢喜,这或者是一种普通心理的现象。醒秋这时候对于她的未婚夫,颇觉满意,自幸没有失掉他。

叔健来信用的既是文言,醒秋复他的信,也用文言,但通过几次信之后,她觉以他们的关系,还客客气气的以"先生""女士"相称,未免太拘束了。而且文言不能表出真切的情绪,她自己又不惯写这东西,便要求叔健改用白话。叔健来信表示赞成,但他的白话也和他的文言一样,很流利而又很简洁,他说话不蔓不枝,恰如其分,想从他的信里看出他的个性和思想,那是不容易的事。

醒秋有些爱弄笔墨的脾气,又喜写长信。她写过几封信之后,居然洋洋洒洒地大发其议论了。她提出许多社会的问题,和叔健讨论,叔健回信对于她的意见,总没有什么表示,他对于讨论问题,似乎丝毫不感兴趣。

那时国内排斥宗教风潮甚烈,里昂中国同学也发行了一种反对基督教的杂志。醒秋对于宗教本无研究,不过自命受过新思潮洗礼的青年,一见新奇的思想,总是热烈地拥护,她也不免如此。她将这种杂志寄了一本给叔健,又加上自己许多反对宗教的意见。叔健回答她道:

"我自己在教会学校读了五六年的书,本身却不是基督教徒,但我觉得基督教博爱的宗旨,颇有益于人群。而且神的存在和灵魂不灭与否的问题,我个人的意见,以为不是科学所能解决的。科学既不能解决,付之存疑就是了,一定要大张旗鼓地来反对,那又何必?再者我以为信仰是人的自由,等于人的一种特殊嗜好,与人之自由研究文学或科学一样。研究科学的人不应当非笑研究文学的人,研究文学的人也不应当反对研究科学的人,那末,我们无故反对从事于宗教事业的人,有什么充足的理由呢?"

醒秋读了这些话,很奇怪叔健头脑的陈旧。她以为一个科学研究者,应当完完全全反对神的存在和灵魂不灭的问题,万不容说怀疑之语的。她忘记自己在两个多月之前,曾为"预兆"而提心吊胆,曾相对地承认"神秘"的存在。她现在精神畅爽了,盘踞于她心灵的疑云,早让来梦湖上的清风吹散了,她将自己的人格溶解于大自然之中,她又重新认识了从前的自己。

她又写一封长信和叔健辩论。叔健复书,不屈服,却也不同她再辩。

叔健信里的话,只是恰如其分,但这恰如其分却使醒秋闷气。她愿意他同她很激烈地辩论,不愿意他永远这一副冷冷淡淡的神气。他既不爱讨论问题,醒秋写信觉得没有材料,只好转一方向,同他谈娱乐问题:如看电影、跳舞、茶会等事,叔健却说他对于这些娱乐,一样不爱。

他来信从不谈爱情,醒秋为矜持的缘故,也不同他谈爱情,有时偶尔说一两句略为亲热些的话,他来信比从前更加冷淡,这冷淡的神气,还圈在他那"恰如其分"的范围里,叫别人看是看不出来的。有时她不耐烦了,隔几个星期不和他通信了,他又很关切地写信来问。

他这"恰如其分"的身份,是很有作用的,你想亲近他无从亲近,你想指摘他也无从指摘。醒秋简直不明白他是个什么样的人物了,只觉得和他通信没有趣味。

一天,是醒秋们到都龙的第三个月的第一天。天气已是深秋时分,湖上枫叶红酣可人,湖波也分外清澹,她们约了王小姐到湖上泛舟,以尽半日之乐。

她们买了些冷肴点心,又买了两瓶葡萄酒,雇了一只船,三人自己划出港去。

立在湖上看湖水,觉得它阔虽阔,还是有限的。醒秋和宁王两小姐约定:今天定要划到对岸瑞士境去,不能上岸并不要紧,我们总可以一览瑞士的风光。她们都同意了。

船愈向前划去,湖面愈加广阔了。北岸瑞士的山,看去本似只有数里的距离的,现在愈向它逼去,它愈向后方退。船划了半天,山好像还在原处。醒秋心里发生了"海上三神山,可望而不可即"的感想。

她们划了一个钟头的桨,都已有些疲倦了。船儿却像落在大海里,前后左右,都是一样绿茫茫的波浪,瞧不见边岸——其实并不是瞧不见边岸,湖太大,船太小,相形之下,使人有置身大海中的感觉而已。

"这样迂缓的划法,到北岸时,天该快昏黑了,今晚恐不及回校。我想不如改变改变方向。沿南岸走,赏赏那些青山也好。"王小姐提议着。

醒秋们划到北岸,未尝不可能,但气力都太弱,划去了,划不回来,是危险的。便听了王的话,拨转船头,向南岸划来。将近南岸两里的光景,她们又将船向左方划去。过了那建满别墅的山,便是葡萄地和麦垄,可喜的是沿岸常见玲珑白石栏杆和中世纪式的古堡,古色斑斓,颇堪入画。人工培植的树,长短距离,无不相等,竟似天然的支柱一般。树下置有铁椅,以便游人休憩。白帽红衫的小孩在草地上跳跃、游戏,他们的父母静坐在椅上看护。也有新婚夫妇到此度蜜月的。醒秋看见好几对青年男女倚栏望水,互相偎倚,神态洒脱自然,不像中国人的拘束。

三个朋友划了几小时的船,都说乏了,应当休息休息。她们架起桨,让那只船顺流飘荡着,拿出点心和酒,便在小舟中开始欢乐的宴会。

两瓶葡萄酒,不知不觉都喝完,大家都有些醺醺然了。

这时候大约有五点钟的光景,太阳已经西斜了。阿尔卑斯山的白峰好像日本的富士,全欧都可以望见,此时在夕阳光中,皎然独立,光景更是瑰奇,不过相去太远看不大清楚。还有一座比较近些的大山,据王小姐说,也是有名的,可惜她喊不出它的名字。这山自麓以下青翠欲滴,同那蔚蓝的湖光似乎连成一片,中部一搭一搭的金光紫雾,绚丽逼人,更上则积雪皑皑,如群玉峰头,如白银宫阙,澹澹的几朵白云,一半镶在天空中,一半粘在山峰上,似乎是几个安琪儿,开展一幅冰绡,要替这山加冕。

夕阳将落,晚霞更红了。那几朵白云,游戏山巅,似生倦意,便手挽手儿冉冉地向空中飞去,由银灰而变为金色,由金色而变为乌青,那座山也像要随着云儿飘飘向上飞起,终于它那白头和云都消失于濛濛光雾中了。

群山变紫,晚风渐生,滟潋的湖波,愈觉沉碧,醒秋等游兴阑珊,打算回舟归去。

行不到半里,风一阵一阵紧了起来,满湖的水忽然变成深黑,如大洋的水相似。白浪一簇簇打来,小舟如风中落叶,上下颠荡,醒秋等三个人,六支桨,拼命与晚潮相争,直向都龙港口驶去。

风刻刻加紧,浪刻刻加大,有时四面涌起的大波,比船舷还高,舟儿像跌在浪的谷里。有时一阵浪过,船唇向前一低,水便冲入船腹。她们三个衣服全打湿了,脚都浸在水里,虽然奋勇拿桨,脸上尽变了惨白色,她们的心灵都已被"死"的恐怖抓住。

如果雇舟时,和舟子同来,也还有个办法,现在她们三个弱女子哪里驾得住这只发了疯的小艇!

"离港还有六七里,我看不能前进了,不如在这里拢了岸,由岸上走回去吧。"老练有谋的王小姐再提议,醒秋们立刻同意。她们将舟向岸移挪过去,这样逆浪横行,费了许多气力,才将船拢到岸边。

岸边颇荒凉,有许多大石,浪花喷雪似的打在石上,使醒秋又想起海中巉巉礁石,和洪涛狂沫激战的情形。总之她现在才认识来梦湖了。她原是海的女儿,也是海的化身。她有温柔的微笑,也有猖狂的愤怒。

好容易驶入乱石之中,巨浪鼓荡,船在石上不住地乱磕乱碰,大有破碎的危险。后来由醒秋和宁用桨抵住石,极力将船支住,王小姐跳上岸,将船头铁链挈定,她们二人也跳上岸。

她们将铁链系在一根笋形的石上,由王回去寻觅舟子,她们在岸边守定这只狂颠不息的空船。

天昏黑了,她们都饥饿了。风大天寒,湖波如啸,身上又冷又湿,正在无可如何的时候,王小姐带了舟子远远地来了。她们交付了船资,便脱了厄难一般,欢欢喜喜地回校去。

第二天再到湖上,枫叶还是那般红酣,湖水还是那般温柔可爱,昨日来梦狂怒痕迹,早不留在人们的心上。

醒秋在湖上闲行,想起昨日湖中的美景,不知不觉想到岸上倚着石栏的青年男女,她想:在这湖上的人们都是神仙般的快乐,假如是一对情人,那更幸福了。他们早起同坐窗前,望着湖上变幻的明霞,彼此相对无言,微微一笑;晚来携手湖滨,双双的履痕,印在沙上,双双的影儿,拖长在夕阳光里;落日如金盆,自玛瑙色的云阵间徐徐向湖面下沉,余光染红他们的头脸和衣服。他们的爱,深深地互相融化于心中,又深深地融入湖水。夜里若有月色更好,不然微茫的星光和树林中的灯光,也可以指引他们到湖畔去的路。他们拥抱着坐在岩石上,同望那黑暗的巨浸和天空,心弦沉寂,到了忘我忘人的境界。他们的思绪,只微微颤动于鸥梦的边缘,于秋心的深处,于湖波枨拍的碎响,和夜风掠过水面的呜咽中。

醒秋想着。不觉轻轻起了叹喟,她的心不比去国前的宁静了,她有所思念了。

冬天来了。都龙天气寒冽异常,师范学校甚穷,不设炉火。醒秋和宁小姐想在外边租房子,无奈总不合适,她想起中法学院的汽炉的好处,便顾不得里昂的雾,在都龙才住了四个月,又迁回里昂了。

第七章　家　书

里昂城内有虹(Rhône)沙(Saônc)两条大河,贯穿其间。虹河发源于来梦湖,沙河由北境流来,流过里昂之后,合为一股,南由马赛入海。这两条河由高下注,水势汹涌,到冬季时,湿气上蒸,郁为一天浓雾,笼罩里昂全境。偶然日光穿射,天宇豁然开朗,使人出黑暗而观光明,但不久又阴霾四合,变为昏沉的气象。里昂居民到冬季便须预备做三个月的"雾中人",他们自幼生长此乡,习惯于这种气候,所以也没有什么不适。

醒秋体气本来孱弱,数年前在母校小学教书时,为潮湿所中,这病留于腠理之中,一到阴天,便浑身不舒服;至于里昂的瘴雾,自然更与她不相宜。她自都龙回里昂后,怕冷的问题,虽然解决,而饮食问题,又起麻烦,中法学院的饭,由中国厨子包办,恶劣异常,身体不健的人,更加之营养不足,不免要受影响。她回里昂不多时,吐血虽不发,那拖累着她的旧病,却又和从前一样剧烈了。诊过许多医生,吃过多少药,总治不好,虽然不是什么大病,但她的体力,每月都要经过一次重大的消耗,也就弄得形容憔悴,四肢无力,偃息时候多,起来行动的时候少。

肉体和心灵果然有分析不开的关系吧,醒秋身体既多病,神经也变成衰弱,无论什么小小刺激,都能使她的精神感受极大的扰乱。她幼时木瓜气质完全消失,成了一个极其敏感的人。她变得很容易发怒,容易悲哀。多疑善虑,又不喜欢见人。有时自己关闭在寝室中浏览小说,沉溺于幻想的境界里,能接连几天不下楼。人家来访她,她相待颇为冷淡,好像厌恶人来惊扰她,即勉强酬对,也像出于虚伪的做作。她身体不爽快时往往如此。

她来法国已过了十四五个月,法语略能对付,本可以进艺术学校练习绘画,但自闻大哥噩耗和母亲患病消息以来,自知在法不能久居,便将留法十年的计划取消。又知道画也不是短时期内所能学好的,所以决计改学文学,她说我将法文学得精通了,如同拿到一只开启学问宝藏的钥匙,以后我不及学成回国,也可以多买书自己研究。

她本好幻想,无事独坐时,往往虚构许多空中楼阁。这些空中楼阁,以能使她神经兴奋为主。她的神经愈衰弱,需要兴奋愈甚,幻想也愈加浓烈。那时中法学院的教授正在讲授十七世纪的文学:如郭乃意及拉辛的悲剧。十八世纪的文学:如卢骚、夏都白利昂的描写自然景物的散文。郭氏的悲剧,所表演的大半是古罗马帝、后、勇士、美人、信徒的轶事,其中人物都具有不挠不屈的意志,崇高伟大的精神。他们以对于义务及荣誉的忠心,战胜一切难以割舍的情感。他们每于艰难苦斗,伏尸喋血之中,完成了最后光荣的使命。像那阿哈斯为爱罗马之故,手刃其妹;罗特立克为报父仇,杀其未婚妻之父;奥古斯丁大帝赦免为亲复仇,屡次行刺他的西娜;婆留立克弃其爱人而殉道,这些故事,都写得感慨淋漓,有声有色,醒秋听了每每大为感动。她独居沉思之际,常以书中主人公自命,脑海中凭空演出许多悲壮激昂的情节。积叠如秋云的幻想,竟成了她精神的唯一食粮了。

醒秋虽生于中国中部,却富于燕赵之士慷慨悲歌的气质,虽是个女子,血管中却像含有野蛮时代男人的血液——这或与她儿时蛮性浓重有关。她爱宇宙间一切的壮美:她爱由高山之巅看漫漫四合的云海、大海上看赤如火焰的落日、绝壁间银河倒泻般的飞泉、黑夜里千山皆红的野烧。她爱听雷霆声、大风撼林木声、钱塘八月潮声、铙钹声、金戈铁马相冲击声……但她除了这些阳刚之美外,阴柔之美她也未常不爱,不过总以真情迸露为主要的条件。她研究文学之余,又得了爱看电影的习惯,起先每星期看一次，后来竟要两次三次地重复看一张影片了。影片取材，大都是名家小说，醒秋却爱拣那情节偏于哀艳的片子。她的喜怒哀乐，随着银幕上人物的喜怒哀乐为转移，看到沉痛处，她的神经便紧张起来，眼泪潺潺不断地流下，同时也发生一种无上的快感。她记得拉马丁的谢西伦(Jocelyn)给她的感动最深切，当那薄命女孩子爬上雪山寻找他情人，和临死时又和她情人相遇两段，醒秋竟哭得泪人一样，看了三次，她哭了三次。

醒秋沉醉于这些美的情感里，缠绵颠倒，不由自主，思想行事，往往趋于极端，与在中国时已大不相同。她觉得这些情感，于她是不可少的，竟像和她生命合而为一。她起先懊悔到法国来，现在她不悔了，不来怎么能认识这些文学家的好作品呢？她对于国内新文坛描写肉感的文学，有非常的憎恶。她原有洁癖，她的心像水晶盘盂般，不能容纳半点污秽。那种文学与她好美好洁的脾气相抵触，使她发生一种偏激的论调。她说：这些文人的神经，都给肉感弄得麻木了，所以他们写作时，脑筋里寻不出一丝一毫高尚优美的情感。爱赏这派文学的人，也像鸱鸮之甘腐鼠，不知天下之有正味，真教人可笑可怜。

故乡大姊常有信来，说母亲的病虽然痊愈了，但两条小腿上忽然长了许多毒疮，脓血交流，异常疼痛，现在又躺倒了。姊姊又说，她不久要回夫家去，因为她的舅翁，现在混得好一点，要接媳妇和孙儿去和他同住。醒秋读了心里非常着急，姊姊是母亲的秘书长，又是看护人，她去了，谁给母亲写信呢？谁来服侍母亲呢？

果然自从姊姊说要回去之后，母亲那方面便没有信来。醒秋不知母亲的腿疮变得怎样了，又惦念母亲的寂寞，她不免又要深深忏悔自己私到法国来的罪恶了。

这一天，邮差来了。许多同学都得到她们远从数万里外来的家书，都急急忙忙拆了封，带着十分兴奋在那里读。作客的人，得到家书，真像饥人得食一般，虽然将那几张八行翻来覆去的仔细咀嚼，心里还是饿馋馋地感着不足，她们一面读，一面目送那夹着大皮袋缓缓回去的邮差的背影，恨不得他袋里更变出十几封家信来,好读一个畅快。

她们忽见醒秋从校门外进来,有一位同学便喊道:

"醒秋,你不是说你已经有一个多月没有接到家信了么?现在饭厅里有你的一封挂号信,不知是不是由你家里来的……"

醒秋没有听完她的话,便飞也似的跑到饭厅里抢了那信,到自己房间里,关着门读起来了。

醒秋的母亲,虽然是一个旧式的妇女,然而天资极其聪明,对于学问似乎有特殊的嗜好,可恨生在中国重男轻女的社会里,没机会给她读书。自从嫁到醒秋家里,一天到晚侍奉婆婆,照料小叔子和自己的儿女,没有一点闲暇。二十三四岁时,因见新娶的婶子认得字,能讲解白蛇传,便有出乎衷心的欣羡,也想识字起来。

她请醒秋的父亲教她的书,他说:"女子无才便是德,读书有什么用呢?"因见母亲恳求不已,又转口道:"你真想读书,买本'杂字'来念念,将来记记柴米账,倒是好的。"这是父亲就女子教育实用主义观点而说的话。

父亲过了几时,真替她买了一本"杂字"来。但母亲没有多余工夫读,才打开书卷,便听见婆婆喊她的声音,她不得不丢开书替四叔子洗浴,五叔子补鞋去。这样一曝十寒地读了半年,才读了半本"杂字",几首唐诗。

有时她用描花笔写几个字,父亲称赞她笔资秀媚,以为在自己之上;说她如能好好用功,是不难写得一笔好字来的。但话虽如此,他到底没有心情教她,她家务太忙,也无法专注于读书之事,于是一本薄薄的"杂字",她始终没有读完。

到了三十二岁,她跟父亲到山东河工任上。过了两年,两个儿子都进了新式学堂。每晚归家,她一面做着手工,一面监督他们温课,一室之中,书声琅琅,灯火生春,又引起了她读书的兴味。她跟着儿子们读那学校用的教科书,由第一册渐渐读到第四册,虽然从前读的小半本"杂字"早抛到九霄云外,而且记忆力也不比从前,随读随忘,但由教科书也了解若干文义,她后来竟练习到能记简单的账目和看浅近家信的程度。

五年之后,她又回到婆婆的管辖之下,她又整天地忙着家务的照料,不得不和书卷分别了。这是她由认得字到不认得字的关键,她后来谈起来,总以这几年的荒疏为绝大的损失,每每懊恨不止。

儿女都进了中等学校了,大儿在天津,次儿在北京,三儿在上海,醒秋在省城女子师范读书,都只能于放暑假时回家一次。

儿女有信,母亲不能读,她有话想对儿女说,又不能写——中年时代认识的字,无怪其容易忘记啊——这时候方才深切地感到不识字的痛苦。

而且儿女在膝下时,晚间无事,常替母亲讲解各种旧式章回或短篇小说,她每听得津津若有余味。现在他们都上学去了,一叠一叠的小说堆在案头,好像包含无数神奇美丽的事迹,在引诱她。她随手翻开一本,看完那些图画,便惹起求知的渴望。最使她感到趣味的是《三国演义》里三顾茅庐一段,因为她在山东时曾亲自看过,虽然模模糊糊地不大清楚,但也曾得其大概。她有了这种经验以后,知道耳朵得来的不如眼睛有趣,她重新识字的心,更油然不可遏。

母亲于是决心再来读书了。她对人家说:"你们不要笑我'八十岁还想学鼓吹手',如果我是生来的一个瞎子,永远看不见世界上形形色色,我自然不埋怨什么,但是我曾有一次略略开了眼,知道世间有所谓光明了,现在眼又闭上,我自然觉得不能甘心,这也是一般人的心理吧。我识字的目标并不大,难道我还想去研究什么学问么? 不,不,我老了,今生没有这个希望了,我只想认识几个字,有能看家信或看小说的程度,到了将来暮境颓唐不能行动时,将家务卸归儿媳管理,我只要戴着老花眼镜,躺在软椅上看看弹词小说,消遣我老来寂寞的光阴,我也就心满意足了。"

暑假时,醒秋由省城回来,母亲不胜欣喜,拿了书,叫女儿教。醒秋初教的几天尚有趣味,几天之后,她便烦腻了。她要温习自己的功课,要请二哥教她的英文,替她补习算学,又要游玩,哪肯耐着心在昏灯下教母亲的书呢?

母亲求学的心是这样的热烈,而女儿却又这样不肯尽心,她大大地失望了。她又不好意思抱了书去请教别人,因为她已不是垂髫上学时的女郎了啊!

失望之余,她只好翻出从前读过的书来,想自己来温习。她从前所认识的字,虽然忘却了,文句却念诵得有相当之熟,有一大半还能背诵得出。但十余年来她那些书早已散佚了,有一回她偶然在旧衣箱里寻到一本唐诗,高兴得像拾得了宝物一般。

"——白日依山尽,黄河入海流……"

母亲口里念着,一面翻开书本,想找寻这首诗,但她总是寻不到。后来醒秋替她翻出了,她还能勉强句读得下。

但这有什么用呢?她就说能念得几首五言绝句的唐诗,她能了解它的意义么?她能够将这些诗的字,都记在脑筋里,移用在他处么?她虽然抱定宗旨,自己来用功,只是中国文字是这样难学,她的年龄又已经到了四十岁以上了,她的对于文字的用功,正像一个弱小的孩子,拿把斧头在荆棘丛中开路,脚底下尽是盘根错节,阻碍他的进行;又好像一个人盘旋在迷宫里,虽然想寻条出路,但迎面都是一堵堵的高墙,虽然盘旋得头昏脑涨,仍然不能走出一步。

"女儿现在不了解我的苦衷,而且忙着补习自己的功课,明年暑假时,她该能教我了。"她只好这样想。

每年暑假,醒秋回家时,母亲读书的心,总要温暖一下,但结果,她的希望,总是冷冰冰地消沉下去。年龄渐渐地老起来了,记忆力一年一年的差了,现在不趁时用功,将来更难了,母亲的心,暗暗地独自焦灼着,但不能对别人诉说。

后来家务更繁,她的眼睛,逐渐昏花,头发逐渐斑白,她壮年的脑力,也逐渐随着年华逝去,自然不想到读书了。

醒秋到法国后,常常将里昂人情风俗,学校种种生活,详细写给她的母亲,由她大姊写回信。信中大都说母亲如何想念她,劝她不必在法国作久留之计。又说叔健在美国不久卒业,两个都已到了结婚的年龄,须得将这事了一了,母亲方才放心。三弟比醒秋少两岁,已经结了婚,而且有了一个女孩子了,她若肯嫁,母亲也早有外孙抱了。

大姊每半月总有一封信来。自从她回夫家后,一个多月都没有家里消息,醒秋自不免系念。现在接到这封信她固然高兴,但看见信挂了号,又狐疑起来,她疑心家里出了什么变故,又疑心母亲的病又有什么变化……她停顿了一下,终于用震颤的手,将信封扯开,抽出信笺,她的眼光一瞥到"醒儿见示"四个字,她悬挂的心旌,忽然放下了。

信里所说的不过几句家常话,说自从大姊回去后,由寡嫂服侍汤药,胫疮还没有大好,但比初起时痛疼减轻了些,教女儿不要挂念。又说蒙塾王先生也请假回家去了。家里找不到人写信,昨天外甥由卓村来,便教他写了这封信。

那封信虽仅两张八行,笔迹攲斜,而且涂乙狼藉,文理又不大通,醒秋猜详了半天,才猜出信中的大意。

这是一封很平常的信,为什么要挂号呢?醒秋猜着母亲心理了。她不能将她亲爱恳挚的心情,教一个十一龄的学童翻译,她只好将郑重的心思寄托在挂号上面了。而且一个多月没有找到人写信,也深恐她远在海外的女儿着急。

醒秋痴痴地对着这封家书,想念母亲不能亲自写信的苦楚。又回忆母亲从前屡次想读书而不得的情况。记得有一夜,母亲拿着书叫她讲解几个字,她正在热心抄一段杜诗,没有理会母亲,使母亲觉得十分寡味。又记得母亲有一回高高兴兴地要她教一首唐诗,她替母亲指点一遍之后,母亲还有几个不认得的字,又频频来问,她竟显出烦厌的神气说道:

"妈妈,你读唐诗做什么?难道还想学做诗吗——我看妈还是省些精力吧,到这样年纪,读书是不容易的了!"

这几句话把母亲的脸都气红了。平时女儿说错了话或者做错了事,她是要责备的,但现在她怎好意思开口呢?到了这样年龄来读书,果然是太不量力了。她只好勉强笑了一笑,这是她宽恕女儿无知的表示,然而她的脸已由红而转白,两只捧着书的手,隐隐发抖,眼泪似乎向肚里倒流。看呀,坐在她对面的是她亲生的,她最爱的女儿,她为自己要用功的缘故,一点不肯体恤她的母亲,还要拿刺心的话来抢白她!

醒秋回忆到这里,觉得心灵里有一种锐利的齿牙乱咬,使她感到剧烈的痛楚。她懊悔、她痛恨,她想用手掌重重批击自己的颊,她想放声痛哭一场,又怕惊扰了隔壁的同学,只有极力地忍住。但眼泪是不肯由人做主的,竟点点滴滴地洒满了那封才接到的家信。

她记得外国从前有位名人,少年时家里很穷,却酷好读书。有一天他父亲打发他做什么事去。他正沉酣于一本书中,装作没有听见父亲的话,端坐不动。他疲癃衰病的父亲,只得自己披上外衣,拿了手杖,蹒跚地去了。后来这儿子也老了,在事业和学问上已成了大名。一天,他独自一个走到当年父亲教他去的市场上,立了一个钟头,大雨淋着他的头,他也不觉得。他心里充满了感伤悲悔的情绪,因为这是他故违父命的纪念日。

醒秋平生出言行事,一点不知检点,所以过失独多,但到后来她受良心的责备,也比平常人为甚。她的自疚的心情,不知比那立在雨中的名人如何,但自从接到那封家信起,她念念不忘地想念这件事了,她恨不得立刻束装回去,再教母亲的书;即不然,日日伴陪母亲,替她讲解各种有趣小说,使她忘却失子之痛,忘却病魔的缠绕。

醒秋心里纷乱,晚上乱梦如云,自从到法国以来,无一夜不梦见她的母亲。现在,她的梦又改了点样儿了,她天天晚上梦见在家乡教母亲的书了。

第八章 丹　乡

醒秋回里昂后,早把那大雾沉沉的冬季挨过,又过了明媚可爱的春天,现在已到暑假的时候。

暑假中她想和朋友陆芳树女士合请一位法文补习教员。芳树即是她北京女子高等师范的同学,虽在英文部,但醒秋钦佩她学问,爱她潇洒出尘的丰神,有意纳交于她。到法后,除了新交伍女士,芳树算是她最知己的朋友。

法国人有避暑的习惯,工作半年之后,一到暑假,各机关的办事人、学校的教职员、工厂里的工人,都到乡村或山水佳胜之处勾留数星期或两三个月,以恢复半年来殷勤工作的疲劳。这时候想寻觅什么补习教员,原不容易。醒秋们只好请监学马丹瑟儿代为寻觅。马丹到里昂各学校探问了一回,都回说没有相当的人,她只得留下一张字条,作为万一的希望。

有一天,一位自称白朗女士的人到中法学院来访马丹瑟儿,自说是雪佛女校的教员,愿意来教中国学生。这位女士年约三十余岁,容貌清癯,衣冠亦极其朴素。法国妇女,无不爱好装饰,她却是例外。但性情很温和,教书时讲解亦极清晰。她对于人,似乎有一种天然的吸引力,没有过得几时,醒秋便觉有些爱她。

白朗像常在忙碌之中,来的时候,似从别处匆匆赶来,喘息数分钟才定,教完一点钟,便抓了帽子,披上大衣,急急忙忙地走了。醒秋等于正课之外,巴不得和她多谈几分钟的法国话,见她这样,便都有些不满意。但白朗说自己别处还有功课,所以不能久留。这样大热天,别人休息还来不及,她教许多功课干什么呢?大约是为家计问题所逼迫吧。醒秋和芳树如此一想。也就不忍再说什么了。

法文补习了一个多月,芳树到郭霍诺波城大学设的暑期学校转学去了。醒秋独自一人跟白朗补习了几时,炎威渐退,已有初秋气象,也想找个乡村去住几天,白朗便替她介绍了丹乡。

丹乡在里昂近郊,乘坐半小时火车可到。白朗的朋友伯克莱小姐有所别墅在那里,每客只取五法郎一天的膳宿费,算是很公道的。而且那边风景也清幽,和白朗的家相去仅有三基罗米突的路程,白朗说她可以常来教醒秋的法文,有这样种种便利,所以醒秋一口答应。

第二天,白朗到中法学院引醒秋赴丹乡。有一群女孩,白朗说是她的学生,也到丹乡去住的。车到后,下车走了两华里路的光景,便到了伯克莱的别墅。

这别墅的风景,果然清雅绝伦。屋子建筑在一座高冈上,远远望去好像海上一座孤岛。虽系乡村房舍,藻饰也很美观。屋前留起一片空地,种满菩提树。绿荫之下,可以乘凉,可以玩壳洛克球戏。空地之外,绕着一道铁栏,栏外是两个不相连接的大园,听说都是女主人的产业。

站在屋前空地上,四面一望,十里内外的风物豁然披露目前。前面是一带山冈,遮满绿色的桃林,女主人说桃花盛开时,眼前看不见别的,只见一片粉霞色的光辉。山冈附着许多屋舍,那也是人家的别墅。右边是翠色空濛的宁蒙纳山,背后映着一天绛霞,景色极其奇丽。田野间时见归去的驿牛和绵羊。女主人说她坐在菩提树下,天天可以展玩活动的弥耶画幅,她不羡慕人间的艺术了。

醒秋们到时已经是四点钟。树下排开几凳,使新来的客人用点心,有面包、有牛油、还有朱古力糖、红葡萄酒,据说除面包和糖外都是园中的产物。吃完点心后,大家游玩了片时,天已昏黑,白朗带着一个特到那里参观的小女孩作别而去。醒秋那天便和一群法国女学生留在伯克莱别墅里。

别墅里有一个女管家,早晚替醒秋们招呼茶饭。这女管家浑身黑衣,头上披着一片黑纱,胸前挂着一个银十字架,自称是马沙女士。醒秋见她服饰,知道她是一位修女,对她颇加礼貌,不敢以寻常女仆相待。这位修女,态度极其端庄彬雅,身体似不大强健,加之以刻苦自持,脸上常带苍白色,说话的声音极柔和,谦逊得像无地自容,但她那深黑的满含慈祥光辉的眼睛,同时带有沉毅勇决的气概,若有为宗教舍身的机会,她定然视生命如鸿毛,一掷而不惜。醒秋在里昂时,曾于监学马丹瑟儿房中,见过婴仿耶稣德肋撒的画像,觉得这位修女的容貌,有点像德肋撒,因此对她更加敬爱。

醒秋在中国时,和天主教素无机会接近,但平日一听人提起"天主教"三个字,便不知不觉发生"陈旧""落伍"的感想。初到里昂,看见走在街上的神父们衣冠之异制,也不免引起厌恶的心思。她常用鄙夷的口气说道:

"这群'白颈老鸦'们,终有一天要被时代淘汰了的。"

有一回马丹瑟儿请她到教堂参观一位红衣主教举行什么典礼,醒秋为好奇心所驱使,和几个同学同去。她第一次看见了天主教繁缛的仪节和主教降福时的姿态,笑不可抑,说道:"这简直是装腔作势!"马丹瑟儿听了,脸上大下不来,但她知道醒秋对于宗教原不了解,便也不敢责备她。况且在许多同学中,马丹见醒秋天真烂漫,常将她当做小女孩看待,喊她为 ma mignonne(我的小人儿),现在她的 mignonne 说错了一两句话,她舍得和她计较么?

及至醒秋为吐血进了医院,院中执看护之役的都是些修女。据马丹瑟儿说:这班修女并非为贫贱无依,来混饭吃的。她们有的是贵家闺秀,有的是拥资数百万财主的女儿,为热心敬爱耶稣,实行博爱主义,来甘心就此贱役。她们的服务,没有年限,至死为止,也无薪俸,完全是牺牲性质。醒秋听了这番话,心里便有些诧异。再看那班修女,德行果然高尚,伺候病人,异常尽心。醒秋隔室有一个患肺病的妇人,听说入院已经两年,浑身瘦骨嶙峋,像一具枯骸,饮食转侧,都须需人,但一时却又不死。她自己受病魔这样折磨,烦懑已极,常常哭泣,或者毫无理由地发怒。醒秋每走过她的榻前,看见这副惨状,每不忍正视;又常用手巾掩了口鼻,怕传染了她的病菌。但修女们却还是小心翼翼地服侍她,当她发躁时,便用善言劝慰,教她忍耐痛苦,或是读圣经给她听,病人有时也和颜悦色的,显出得了慰藉的神气。

这班修女终身与病人为伍,染病而死者也大有其人,但她们并不把它当做一回事。她们整月整年过着这样单调的劳苦的生活,不懈不怠,直到咽最后一口气时,才卸却这神圣的义务。她们把绮年玉貌,情爱和幸福,完全消磨于药炉茶鼎之间,她们的工作,没有报酬,精神的安慰,便是她们最大的报酬。她们的牺牲,不图世人的赞扬,只图翕合天主的圣意。

醒秋自出医院之后,对于宗教的态度已和从前稍有不同,现在见了这位马沙女士,更觉得天主教不是一个寻常的宗教,不然,不会有马沙一样人物出于其间。她既敬重马沙,更不免常常找着她谈话,不久她们便成了朋友。

但她之爱重马沙,非徒以她的慈祥、虔洁、谦逊……的德行而已,她一见她便连带的想起自己的母亲。她母亲并不是宗教家,但她德行之醇厚,和宗教家原无多大的分别。就以她爱人一点而论吧,那种牺牲克己的精神,也可以赶上医院那群修女了。母亲少年时有两个妯娌,即醒秋的二婶三婶,相继患肺病而死,此事第一二章曾经提及。两婶未死前都由母亲一手服侍。肺病本是一个容易传染的病,中国人虽无医学的知识,却也知道痨虫的可怕,肺病者到要断气之际,大家都要避开,为怕痨虫之飞入鼻孔。肺病又是一个最难伺候的病,病人精神异常,喜怒无恒,要汤要水,无时或息,每每于半死半活的状态中,延长一二年的生命,那时便是亲生骨肉,也会烦厌。但听说母亲服侍这两个不幸的妯娌,数年如一日,一点不怕传染和辛苦,这能说不是万分难得的么。咳,母亲真是一位天生的圣徒呀!

不过像母亲这样的人,在中国百千人中难得其一,而欧洲则随处都是,这就不能不归功于宗教。

醒秋在丹乡,常做白话诗,提到马沙女士,她曾这样说:

> 黑衣黑帔的女冠,
> 抚我如一小孩,
> 晨夕必替我亲颊问安,
> 并随时恳切的帮助我。
> 伊那深黑的眼光中,
> 含有慈祥的道气,
> 我见了便感到人们互相爱助的伟大。

又道:

> 但使我见到和善慈祥,
> 肯谦抑自己以扶助他人的妇人,
> 我的心灵便有说不出的感动,
> 因为我想到我的母亲了!

这是五四初期的新诗体,并不高明,不过情感却是真实的。

马沙和醒秋时常谈话,醒秋也藉此得了些宗教的智识。到后来马女士竟想劝醒秋信教了。但醒秋之爱宗教,不过将它当做文学和美术看待,叫她自己去信仰,她无论如何,是不肯的。她常和马沙辩论:她说她可以相对地承认宇宙间有一位创造主,但她决不承认耶稣是神。马沙苦口婆心地说了多次,劝她以援救灵魂为要着。醒秋听了大笑,说道:

"我是没有灵魂的,救它做甚?"

"什么? 我的亲爱的孩子,你说你竟像厨房里那匹小哈巴狗么?"马修女很着急地说。

醒秋回答道：

"人同哈巴狗原没有分别，不过智识有高下而已。有些蠢笨的人，连哈巴狗还不如呢。总而言之，人的灵性不过是物质的运动，物质一消灭，灵性也随之而消失，犹之乎火焰一熄，即不能发热和光。我不知什么叫做灵魂，什么叫做来世，我只要使我的现世能满足便够了。"

马沙劝了她许多话，但总无法悟她，只有叹气。她每晨到教堂替醒秋祈祷，希冀天主感化她的心，这或者是一切宗教家劝人到言尽计穷时最后的办法吧。有一回马沙真忍耐不住了，她再不同醒秋胡扯了，她很庄重地问她说：

"我的孩子，你到底怎样决定呢？假如你今晚得了一个急病，猝然死去，你不怕就此失落了灵魂么？打算吧，赶快地打算吧，'死'不会等待任何人的呀！"

她说时，一脸虔诚之色，眼中闪射凛然的神光，真像得了什么启示似的。醒秋不觉收敛了顽皮的神气，忍住了笑说道：

"我的朋友，不要这样地望着我，你的眼光真教我骇怕啊！让我把你的话慢慢思索好了。"

她虽然这样说，其实她总不以马沙的话为然，不过怜念她一片至诚，不忍说什么过分反对宗教的话；而且自己法国话程度很低，有些高深的学理，也发表不出来。

家里来信，母亲两胫所患的疮，虽然逐渐痊愈，身体还很虚弱。但三弟结婚后，又患了一种病，头颅偏在一边，无法撑起，医生说病在脊髓神经，恐怕要终身成为残废了。醒秋读了家信，旧的忧闷去了，新的忧闷又生。除此以外，还有关系她自己的事：母亲说叔健在美国已得工程学士的学位，不久回国，母亲问醒秋意见如何，意思是想劝她回国结婚。

叔健卒业的话，醒秋早已听他自己说起过的了。她知道叔健不回国尚可，一回国则自己在法国定不能住得长久。她到法国以来，还不到两年，大半的光阴在愁病中过去，法文实在没有学得什么，这时候叫她回国，她万万不能甘心。她原是一个有志上进的女青年,从前为了升学,曾付出那么重大的代价。到法国虽出于偶然的机会,没有经过苦斗,不过来法之后,很爱法国文化的优美,她还要留在法国继续学下去,总要学得一点可以满意的东西才回国。

母亲之所以千不放心,万不放心者,无非是为她的婚姻问题。如果将叔健喊到法国来,结了婚,或者同在一处读书,母亲自然安心了。她的留学问题,也不致起什么动摇了。所以有一次她写信给叔健,先贺他将要卒业之喜,继问他将来作何计算。又说法国地方生活程度不高,风俗人情也好,而且欧洲有许多历史上的遗迹可资游览,他若肯转学到这里来,预备博士学位,是很合宜的。

但叔健回信,一口回绝了她。他说平生不喜旅行,而且法国的工程万不及美国,烂羊头的博士头衔更不在他意中;况且他又未学过法文,从头学起,时间太不经济。不过他又说他卒业后,拟入工厂实习,一时也不打算回国呢。

醒秋接了他的信,虽然放了些心,但她高高兴兴地邀叔健到法国来,被他拒绝,也有些觉得难堪。她给叔健的信,虽没有提起结婚的话,但信中不是这样的说么?

"法国的古迹,非常之多,你到此以后,我可以陪伴你畅畅快快地游玩。我们大好的韶华已将逝去,人生贵乎及时行乐,'花开堪折直须折,莫待无花空折枝。'请以《金缕衣》曲为君诵。"

他应该不是傻子,信中含蓄的意思都不懂么?你看他回信还是那样的质直和冷淡,他简直是一个毫无情感的男子!

而且醒秋自和叔健通信以来,根本就没有感到兴趣。她写信给别的朋友,东拉西扯的一时可以写几张,但写给叔健寥寥一纸八行,还要费几小时的斟酌:话说得太亲热了,怕叔健瞧她不起;说得太冷淡了,又怕他疑心;发议论,又怕他批评不着实际;表现思想,又怕他说新式女子可厌(因为叔健曾表示他讨厌新式女子)。她只好同他客客气气地寒暄。但寒暄的话也有时说尽。所以她竟将和叔健通信的这件事,当作苦趣,当作一种不可避免的苦趣。

同学柳小姐是最风流的人物,她每次看见醒秋无精打采地拿笔在纸上画时,便取笑说:"你又在和你的未婚夫写情书了!"

的确,她写一纸情书,比做千言的文章还难,青年女子写情书时兴奋和甘蜜的滋味,她永远不会尝到。

她在中国时也约略听人谈起叔健脾气很木强,但想不到他竟木强至此。有一次她曾对叔健怀过疑,她想:我们两人连面都没见过,爱情自无从发生。叔健虽也是旧家庭人物,但到美国后安知不变了心呢?呀!诱惑,醒秋想到这里脸上不觉微微发热,不是么?她自己也几乎受了人的诱惑。况且风月姻缘,柳萍浪迹,在男子更所不免,他或者……醒秋想到这里,更觉得叔健的冷淡是有些缘故的了。便写信给她父亲,藉故打听叔健的品行,因父亲有个世侄辈在美国和叔健同学,知道他的事。父亲回信道:

"你不必怀疑叔健,他比你操守还坚固呢。我听见人说,他在美国洁躬自好,目不斜视,同学无不许为君子。有一个美国女同学,曾示意爱他,他特将你的相片插在衣袋里带到学校,让那女子看见,说是他的未婚妻,那女子才不敢同他兜搭了。你想吧,这样的好青年,现在容易寻得么?"

醒秋平生取士,最喜的是有贞固不移之操,最恶的是朝三暮四,反复无常人。她主张爱情要贞操,不过她之所谓贞操,与旧礼教强迫的不同,她之所谓贞操不是片面的,却是相对待的。男子于妻外,不应更有他恋的事发生,女子也是如此。男子如果金钗十二,女子也可以面首三十人。但多夫或多妻的制度,在事实上不能行,即勉强行之,也是有弊无利,所以她热心拥护一夫一妻的制度。她说贞操是男女间相对待的忠实,朋友相处,尚少不了忠实,何况夫妇?男女择偶之时,顶好是慎重在先,择定之后,爱情互相交付了,便不当再有反复之事发生。

她主张爱情要有条件:学问、人格、性情……都是择偶的重要条件。

人类的性情是容易迁变的,爱情的变化,尤其厉害,没有条件,单靠空洞的爱情,婚姻的结果,定然危险。

她以为婚姻原不可受束缚,但离婚过于自由,结合过于浪漫,也有种种的弊端。人的性情本来古怪,愈放纵愈不自由,愈要求圆满,愈觉得种种缺陷,阅尽情场,终不能寻得一个知心伴侣,徒多感受失望的痛苦,那又有什么意思呢?但以两性而论,男子吃亏还小,真正吃亏的却是女人,女人过了三十岁,容华凋谢,又有生育之累,离婚后有谁要她,使她永久孤栖,又似非人道主义所许。

醒秋从前之不敢爱秦风,就是为了对爱情的重视。她之所以不反对家庭代她定的婚约,也有她的原因:第一,她不愿伤母亲之心;第二,知道叔健品学同她相当,无改弦易辙之必要;第三,她知道人的性情是不固定的,是要受一点束缚才能不乱走的。她有些甘心让那婚约束缚她自己和他。

而且她对于浪漫的男子,也实在有些怕。她以为爱情不专一的男子即有李青莲、王尔德之才,她也不爱,何况其下焉者呢?

她自从听了父亲的话后,深喜叔健和自己志同道合,对他重新发生好感。她写信给朋友,提到未婚夫时,常说:

"我们的爱情,虽然淡泊,但淡而能永,似比浓而不常的好。"

但是现在她接到叔健这封信,她实在不乐意,无论自己怎样宽解,总宽解不来。她怏怏了几天,连马沙修女都觉得奇怪。

她只觉得叔健太不近人情了。

第九章　白朗女士

醒秋在丹乡住了一个多月,曾应她朋友陆芳树之召,到郭霍诺波城玩了三四日,领略了多少云容水态,游览了多少古迹名胜,回来之后心旷体轻,精神一爽。暑假后她想到里昂省立女子中学读书,但由圣蒂爱纳天天搭电车进城,未免过于辛苦,便想在城里找个适当的宿所。

她的法文补习教员白朗女士对她说,别墅主人伯克莱小姐在城里开着一个女子补习学校,又有一座寄宿舍,离那中学只有五分钟的路,里面寄寓的中学生甚多,膳宿费并不贵,但伯小姐取人,甚为严格,非有人担保不收。如果她愿意去住的话,白朗情愿保证她,因为她原是那补习学校的教员,有说话的资格。

醒秋答应了,暑假后便搬进了那个寄宿所。居停深居简出,宿舍中一切的事务都由舍监亚克塞女士招呼。宿舍中还有几个修女,有的在厨房里执炊爨之役,有的收拾房间,一个老修女做她们的领袖。马沙修女也由丹乡回来,在厨房里帮忙。

醒秋进了宿舍之后,才知道这地方带点宗教性质。饭厅隔壁,即醒秋寝室的斜对面,有一个小小的经堂,里面祭台灯烛,设备亦极庄严,信教的寄宿生每晚进去祈祷。

"宗教也罢,非宗教也罢,反正同我不相干,只要我住在这里安适罢了。"醒秋这样想。

白朗在丹乡时对于醒秋的爱,已一天比一天深切。她常说醒秋是一个坦白朴实的孩子,她虽然没有信仰,然而她有一个极纯洁的灵魂,现在又屡次对居停伯克莱女士和舍监赞美她。宿舍中上下众人都和醒秋要好,不久,醒秋便有了一个好徽号:"一朵中华的小小玫瑰花。"

修女们对于醒秋,人人喜爱,有事便帮她的忙。醒秋室中书籍衣服常常乱七八糟地抛着,马沙屡次劝她注意秩序,她不大理会,马沙只好常替她收拾。居停主人又命令修女们隔几天替她室中擦一次地板,这都是他人享不到的权利。醒秋想私下弄点东西吃,只要买了材料,厨娘便替她烹调得香喷喷地送上来。

她在中学报了名,选了十几课文学和历史。白朗见她甚闲,强邀她到伯克莱补习学校听她的课。这补习学校的学生都是工人子女,虽有几个教员,学问和教授法比之中学教员相差自远。但白朗在那里面,不能不算是出类拔萃的人物,她对于文学有高深的造就,口齿尤为清晰,无论什么艰深的句法,她都能用极浅显的话,解释出来。她爱学生像自己的子女,学生也没有一个不爱她。

久之,醒秋知道白朗也是一位虔诚的教友了。白朗每次讲书,讲到"神""耶稣"字样,便很感动,声调微颤,脸上显出一片精诚的颜色。醒秋和她谈到马沙修女,白朗说:她自己将来也要出家的,不过现在老母在堂,不得不尽孝养之责,母氏一终天年,她就到远处去传教了。

醒秋在丹乡住了几时,康健本已恢复了些,更加宿舍中饮食得宜,那同她缠纠不清的病好了许多,精神比较宁静,对于功课颇能用功,到法国以来只有这几个月,她读书有进步。

有一回,白朗讲陆蒂(Pierre Loti)的渔海泪波,讲到那个青年水手起程到中国去打仗,和他衰年祖母分别一段,出了一个拟题《……的起程》叫学生们做了当做作文课。

醒秋想起在北京和母亲分别的情形,到法国后家庭发生的不幸,和自己想念母亲的痛苦,觉得有一述的价值。她便费了几天工夫做了一篇小说式的文章,一共八大张,文法上虽有不少的错误,但内容自比那些十五六岁的法国女郎不同。白朗读了不胜赏识,她将那篇文字当着班上的学生宣读了一遍,又带去给居停主人,以及一切朋友看。她说:这篇作品里,充满了感人的情绪,精细的描写,可见作者天性之真挚,和写作才力之高,不过醒秋所谓母亲临别时不幸的预兆,已由爱子的死别,娇儿的生离而证实云云,白朗不大相信,而且也不以为然,因为这话带有异端迷信的色彩,天主教徒对于这种迷信,是素所反对的。

白朗自读了醒秋作品之后,对于她更青眼相看。她每星期五原要在伯克莱宿舍中寄舍一宵,定要邀醒秋到她房中谈话。醒秋在补习学校并非天天有课,白朗一天不见她,便像失去了一件心爱的东西,无论晴天或是下雨,必定赶来和她相聚几分钟。她若和学生作郊游,或参观什么会,也必邀醒秋加入。不过她若邀醒秋到教堂,醒秋却不大肯去。

一天,白朗请了一大群学生和醒秋,到她家茶会。她家住香本尼乡,离里昂有半小时的路程。上了火车后,大家坐的坐,站的站,团团围住白朗,如众星之拱北斗,如一群雏鸡绕着母鸡。白朗一一加以爱抚,教她们唱歌,分糖果给她们吃;又猜谜,又讲故事,车厢中弥漫了爱的空气,和欢乐的声音。

醒秋又见着她在丹乡时的老朋友了。一个叫做蜜蜜,不过十一岁,脸黄肌瘦,像患了什么病,但一种老成气度,虽五十岁的人也不过如此。这小女孩说话锋利,惯能刺人的心,在丹乡时,她对醒秋,居然老声老气喊:"我的女儿。"所以醒秋很讨厌她,觉得这孩子简直是个小怪物。一个叫做法郎赛特,却和蜜蜜不同,淡黄色的头发,粉红的脸,衬着一双蔚蓝色大眼,加之一身白绸衣,腰间束着一条红缎带,秀美得真像一个小天使。她趴在白朗怀里,咕咕呱呱,笑语不绝,白朗时时摩抚她的脸和她亲吻;又将蜜蜜拉在身边,同她说话。这两个女孩子由醒秋看来,不免有一爱一憎的心思,但白朗却一视同仁,待遇毫无差别。最奇怪的,那蜜蜜永远哭丧着脸,和人说话总没有好声气,见了白朗却有说有笑,恢复了小儿娇憨的常态了。白朗的慈爱,真能融化一切人的心啊!

白朗是一位很奇特的人,她无论什么小孩都爱,她是一切小孩的母亲。她在里昂各校授课,据说有八百余学生,但八百学生个个得了白朗完全的爱情。她对于她们的爱抚、温柔、亲密、扶助,不是世间数字可以计尽,世间尺度可以测量的。她的一颗心,括尽了普天下母亲的爱。

她有惊人的记忆力,她不但能将八百学生的姓名、年龄、容貌、性情、通信地址,一齐记在心里,连学生家族,都清清楚楚像写了一本账似的记住。她自己说每晚祈祷,往往要到十二点钟,她认识的人实在太多了,单拣重要的求天主的福佑,也够消磨她小半夜的光阴了。

夏季来时有些工人的儿女,居住在仄隘蒸郁的屋中,往往生病,白朗便组织夏令营将那些孩子带往乡村避暑。每年多则三四十人,少则十五六人,膳宿大半由她担负,或由她代求有钱的友人帮忙。耶诞前,她又要捐集许多恩物,分赠那些孩子。至于平时对于学生之问暖嘘寒,慰病赠药,要说也说不得许多。总之一天到晚,年头到腊底,忙忙碌碌,无非为了这群穷苦的孩子。她在每个贫民窟里注入一片温暖的阳光。

白朗一星期要教授英法文四十几点钟,里昂各私立学校都有她的课,连星期日都不得闲。醒秋初见她这样忙,以为家里很穷,非多得薪俸不足自赡。但替她算算,每小时功课,平均以七法郎计,一个月也有千余法郎进款了。看她穿得还是那样朴陋,消费在哪里?可见她竟是一个要钱不要命的财奴。一个预备出家修道的人,这样贪婪,醒秋觉得有些好笑,她对于白朗的信仰竟减退了许多。

后来她渐渐知道白朗钱的用途了。她将进款完全用在那班穷苦孩子身上,自己一文都不享受。醒秋第一次看见天主教徒积极服务的精神,不禁引起无穷钦羡和惊异。

白朗对于自己还有许多苦行。她的身体同马沙修女一般不强健,而日夕劳碌过之,所以天天惨白着脸,像患有贫血症。但每天饮食却极菲薄,每星期五她在伯克莱宿舍吃饭,享用一个鸡蛋,一撮素菜和几片面包而已。有时醒秋看不过,买了些火腿香肠请她,她一点不肯入口。城里功课虽然这样多,为了安慰老母的缘故,却住在乡下家里,宁可天天奔波,跑得气喘色变,没有听见她喊一声辛苦。

醒秋所见德行高尚之士也不少,白朗却是一个她所认为可亲可爱可钦敬的人,她爱好的心思,遂与日俱进。白朗也很爱醒秋,她虽有八百学生要爱,仍能将醒秋完全置之心坎。她既爱了她,便要同她的灵魂发生交涉,她于是常常同她谈论天道,劝她信仰耶稣。

醒秋从前喜以新学家自命,一年前她写信给叔健,还反对过宗教。自于丹乡见了马沙修女,现在又到伯克莱宿舍,她完全置身于宗教氛围中,耳濡目染,宗教的仪式,已经看惯了,信徒高尚的人格,也教她受了不少的感动。再者她正在青年烦闷时期,又生于二十世纪思想最混乱的时代,不能寻得一个正确的人生观,便常感到人生之无意义和价值。既没有勇气自杀,又不愿陶醉于颓废放纵的生涯,她于是乎想寻得一个信仰,以为生活的标准。

她是一个理性颇强,而感情又极丰富的青年。她赞成唯物派哲学,同时又要求精神生活,倾向科学原理,同时又富有文艺的情感,几种矛盾的思潮,常在她脑海中冲突,正不知趋向哪方面好。而且她自到法国以来,心灵上不断受刺激,身体常在疾病之中,也想追求一种精神的慰安。前一种思想是积极的,后一种思想是消极的,两种相反的思想,都足引她走上研究宗教的一条路。那时候她的日记有这样的几段话,可以看出她思想的变迁。

八月四日

青年时代,是人生最烦闷的时代吧。我的朋友陆芳树女士是个研究哲学的人,但她近来对于人生也很怀疑。她说:"人到这世界上来,忙忙碌碌,无非为解决穿衣吃饭问题,上焉者则进而求文艺的陶情,名誉和事业的满足。然则所谓文字,古人久喻之如好鸟之鸣春,飘风之过耳;希腊优美的雕刻和建筑,只剩下些断址颓垣,供后人的凭吊；圣贤豪杰，终归黄土一抔；造福苍生，流芳百世，结果也归于消灭，这样一想，人生的意义，究竟在哪里呢？我们既觉人生之无谓，又不能脱离人生，我们还要生存，然而我们没有生存的目的，所以我精神上觉得不安和烦闷。"芳树的思想就是我的思想，芳树的烦闷，也就是我的烦闷，我想青年像我们一样的还多着呢。芳树近来想从宗教中寻得人生的究竟，所以她常和有信仰的某女友往还，又借了些哲学和宗教书来研究。我希望她能够寻出些真理来。

八月七日

今天又想起叔健的信来，烦恼了半天。但人生本是痛苦的，在短促的生命历程上欢笑的时日少，忧患的时期日多，玫瑰花丛下每藏着毒蛇，蜜甜的美酒中每掺和着胆汁，我觉悟了，我不想再在爱情上寻求慰安了。但说在宗教里可以求得慰安，我想也是不见得吧。

什么叫做人生观？世界上的一切，都是虚幻的，何况人生？可爱的柔波，你正看得莹然照眼，但不知它已在青萍下一日一日悄然逝去；强烈的阳光下，草森畅茂，万汇欣欣向荣，但一两片枯叶，已预告秋风的肃杀；青年口角边含着微笑，睡在沉酣的梦里，时间老人却已用他的利斧，于不知不觉间将忧患的皱纹，镌刻在他额上。一切由盛而衰，由有而无；一切在变动，一切在消灭。当春尽花飞，人亡琴碎，地球化为微尘，太阳系变为星气，终古的宇宙，只剩下漫漫的黑暗和空虚！

黑暗中能探出光明，空虚中能觅得真理，这是宗教的梦想吧？

八月九日

我原反对宗教的存在的，但看见我的朋友马沙和白朗积极服务的精神，又使我觉悟宗教信仰的好处。而天主教的信仰有三种特色：第一是虔洁，第二是热忱，第三是神乐。

天主教永远不讲妥协与调和。善与恶不并立，不是服从天主，便服从魔鬼。为"爱天主在一切之上"一句话，信徒可以牺牲一切，甚至牺牲自己的生命。历来有许多宗教战争,中国人指为天主教的污点,不知其中原有许多政治作用,不是天主教本身的罪恶。即说是它本身的原因,那不妥协的精神,也是可钦佩的。而且天主教徒之虔洁,即由此种精神而来。喜讲中庸之道的中国人,混儒释道为一家,佞佛的人一面吃斋念佛,一面作恶犯罪,以为菩萨未必计较,何足语此?

讲到热忱,那更使我们惊异了。世界有千万献身于基督的人,割舍骨肉的恩情,远离自己的乡里,到别处去传教,航海梯山,无远弗届。在毒日如焚,鳄鱼猛虎出没的非洲,在冰天雪地的寒国,在低污潮湿,瘟疫流行的半开化地方,都有他们的踪迹。他们到了一处,则拯灾赈饥,济贫救病,如穷谷之回春雯,如久旱之沛甘霖。但像这样的赔尽小心,受尽艰苦,有时还不能得人谅解,还不时被人辱骂攻击;一旦遇有仇教运动发生,他们更不声不响,像柔驯的羔羊般在五毒千灾中死去。他们的忍耐和勇敢,表现信德的伟大,鲜红的热血,化为朵朵爱之花,点缀着这残酷无情的世界。

他们的热忱都是由信仰激发的。信仰确是一件不可思议的东西,人的本性是自私的,能使它变为利他;人的本性是怯弱的,能使它变为神勇。罗马尼罗皇那样的淫威,斗兽场中那样千奇百怪的惨刑,曾不能夺去数百万原始基督教徒的信德。白发的老翁,红颜的少妇,以及成年和小儿,投向沸汤,奔赴烈火,婉转撑拒于狮吻之间,谈笑就死于刀锯之下,还是念念心心地归向他们的救主。试想吧,这一幕幕惨悲的故事,是何等的壮烈动人呀!

再想那连亘一百七十年,兴兵八次的十字军,在历史上也不是留下许多如火如荼的壮举么?一声"保护圣陵",帝王跳下宝座,公侯离开采邑,教士走出经堂,农夫抛下未耜,数十万大军,跃马横刀,于飞扬十字宝纛下,浩浩荡荡,杀向耶路撒冷。途中犯死海的洪涛,冒小亚细亚的炎威,穿渡万里的沙漠,死于饿渴,死于劳顿,死于瘟疫者不计其数,但他们只凭着一念热忱,百折不挠,万死无惧,誓非达到目的地不止。他们这种壮烈坚忍的行为,又是何等的教人感动,教人钦仰!

有人说信仰是一种变态心理,等于疯狂,这话我不能承认。我以为信仰是人类最高精神力之活动,是生命的火焰,是灵性的泉源,它是由感情的激发,而也经过理智的考查的。即以疯狂二字而论,也不足以辱没了信仰,普通人每谓天才为疯狂,天才果然是疯人院中的角色么?谁也知道是不然的。不过天才的理智比人高,精神的活动,比人飞跃,普通人不能了解,便奉送他以疯狂两字的批评罢了。

基督信徒性情最愉快。尤其是出家人,肉体刻苦,而精神安宁,他们谓此为神乐。神乐之来源亦有数端,虔诚祈祷,精神与上主契合,热忱洋溢,如光返照,如火内燃,自有无穷之乐,此其一。仰不愧于天,俯不怍于人,安贫乐道,视富贵如浮云,精神上脱然无累;更日读圣贤之书,聆道义之言,孟子所谓"理义之悦我心,如刍豢之悦我口";道德之美,原是世界上最高之美,领略了这个美,自然心满意足,不思其他,此其二。马沙本是某煤矿主的女公子,家财数千万,她抛却锦衣玉食的生涯,来当贫苦的修女。我每天见她满头灰尘,满脸热汗,扫除各室,或冲洗臭秽熏人的厕所,辄代她难堪,她却欢天喜地,视之为乐事。白朗每星期担任那许多功课,干那许多善功,虽然累得面青气喘,而笑靥常开,心里像有藏掩不得的欢乐。基督徒自言到这世界上来为的攻打罪恶,发扬神的光荣,他们是天天置身战场上的。但难得的是临阵时如此欢欣鼓舞,踊跃直前。斯巴达战士之临敌,长歌奏乐,如赴盛宴,如归洞房,历史传为佳话,我以为基督徒的精神比他们更勇壮百倍,因为他们是去杀人,这却是去救人的缘故。

八月十九日

有人说人类的本性是自私的,为恶固自私,行善亦未尝非自私。基督徒之博爱与牺牲,无非为自己将来天国赏赉之地,其用心甚为可鄙,我以前也作此想,自和白朗等接触以来,始知我此前之推测,真大错而特错。他们之行善,固然为的想立功德,但语其实际,则为爱神一念而来;他们认神为人类的宗向,敬之爱之,发扬其光荣,引一人皈依于神,即他们对神多尽一分义务。如孝子之爱亲,只要能博亲之喜悦,无论如何牺牲,他都不辞。孝子之行孝,不望亲给他报酬,基督徒之爱神,也非由完全谋自己身后的利益。

说人类的行善,为出于自私,最不满人意。我以为动机与行为,须分别清楚。善的动机未必出于自私,我已说过了,即说出于自私,而行为已变成道德的了。一把刀可以杀人也可救人,杀人和救人的功用绝不是一样。水是氢氧二元素合成,经过化学分析之后,便不能更名之为水。明乎此,则自私的动机,经道德观念陶冶后,自然不能更名之为自私了。

日本小泉八云说:"一般人类的生活中,每个人爱的情热,都有两方面;一面是自私的,一面是更坚强的——不自私的。换句话说:能够对于旁底人类有真实的爱,他的结果,便是愿为爱人而牺牲自己,为爱人的幸福,而打破一切的困难,忍受一切的痛苦……这种爱的表现,不限于一方面,如忠实的信仰,爱国的热忱……都属如此。"这段话,可为我的主张作注脚。

八月廿五日

我也承认人类的肉体和精神,不过是物质的集合和运动,人生或是没有意义和价值的。然而我又不能认物质生活为人生的究竟,因为这是人类进化的障碍,而且过于拘泥于物质生活,到头也不见得能享受物质生活的快乐。我们中国人是全世界最讲物质的民族,我们生在世界上,除满足物质生活外,不求其他,"得过且过""及时行乐""不如饮美酒,披服纨与素""今朝有酒今朝醉,明日无花明日愁",都是我们行乐的格言。读书是为将来做官,发财是为将来享福,道德不过是口头禅,礼教也不过是欺骗弱者的工具。宋子京于上元夜张灯饮宴,其兄宋郊令人语之云:"寄语学士,闻昨夕烧灯设宴,穷极奢丽,不知还记得那年上元夜,同在州学中吃斋饭否?"子京答曰:"寄语相公,不知那年在学里吃斋饭,却是为着甚的?"哈!哈!宋子京这几句痛快绝伦的话,真是我们中国民族心理的写照。中国人抱着这样的人生观,若民族能永久繁荣,国家能永久强盛,我还说什么?然而海禁开了,同白种民族一比,便相形见绌了。要想享乐,也享不成了。

我们见白种民族物质文明之发达,便以为他们只注重物质生活,其实不然,他们有宗教信仰,不以现世为满足。注意精神生活,每牺牲小我而成其大我。他们有无量数志士仁人抛头颅,流热血,才建筑了今日庄严灿烂的文明。他们有无数学者发明家,终身埋首于试验室中,才造成今日科学的世界。物质不过是他们精神生活的结果,不是它的原因。

八月廿九日

前两日看见白朗博爱和服务的精神,我不胜其感触,所以写了那几篇日记。真的,欧洲人民,已经人人克尽道德的本分,和对于社会上的义务了,却还有一班宗教家,在他们中间,补罅苴漏,汲汲然犹恐不足。我们中国已经是这样贫穷,这样的千疮百孔,这样的灭亡无日,然而军阀、政客、奸商、工蠹,还在那里宰割的宰割,抢掠的抢掠,只顾自己享乐,不管同胞的痛苦,如此,国家安得不灭,民族安得不亡!要救中国,提倡科学固是急务,然而先要讲究心灵的改造,讲究心灵的改造,第一项须得打破传统的自私自利人生观,注意道德的生活。

九月十日

我已经知道宗教的好处,但恨不能信仰,因为我的理性,不能信耶稣是神和一切超自然的灵迹。前日寄宿舍请来一位神学博士演说,马沙再三要我去听,我却不过她的情分,只得去枯坐了个把钟头。神学博士讲的是耶稣人神两性,他说耶稣是一个有血、有肉、能受痛苦、能死亡的人,然而同时含有天主性,所以又是一个神。他说的时候,声色俨然,听者也穆然不动,没有一个表示疑讶之意者。我初次听到这样奇谈,只觉满肚暗笑,想不到号称文明的法国人,竟荒谬至此。讲完之后,我摇摇头走出讲堂,嘴里念着赫克尔书里的话:"文明民族之虚诳,文明民族之虚诳!"

造物主或者是存在的,所谓宇宙的神秘,我也承认有的,但我不能承认耶稣是神。

以上几段日记,可以看出醒秋对于宗教思想之一斑了。她现在已经欢喜宗教,但因为不信耶稣是神,所以她不能皈依。马沙屡次同她辩论,引种种灵迹,证明耶稣之为神,醒秋道:

"你能使耶稣显一个灵迹我看,顶好请他自己显现我看,我便立刻相信。"

"灵迹不是随意可以叫它显示的,神哪能受你的支配!"马沙说。

"那么,耶稣还不算神,我不能信他。"醒秋回答。

醒秋在火车中回想这些时的经过,火车已于不觉间到了香本尼乡。白朗带她们下了车。她的家离车站不远,步行一刻钟便到了。她家的屋子是自己的,收拾颇为雅洁。白朗的老太太是一个六十上下的老妇人,容色慈祥,但颇有忧郁之态。她有一个儿子,大战时阵亡了,所以将全副心情贯注在白朗身上。醒秋平时见白朗每日之必回家,以及说她母亲如何不要她在外服务,每日倚间望她时之如何焦灼,便知道她们母女的爱情很深厚。现在见老夫人对于女儿的爱,果然热烈,虽在人前也不自禁其流露。她一双忧愁慈爱的眼光,只注定她的女儿,有时,眶中且隐有泪痕。白朗才到厨房去打一转,她便立刻沉默了,白朗一回到她的跟前,她精神便又活泼起来。女儿是她甜蜜的生命,是她快乐的世界,女儿在身边,她便一切满足。然而白朗为热心宗教之故,却偏要整天在外奔波。听说白朗老太太是耶稣教徒,白朗小时也随着母亲信奉耶稣教,后来听人辩论教理,改奉了天主教,信教之后异常热心,她母亲很不以为然。天主夺了她女儿的爱,她不敢怨天主,但她又没法阻止女儿的虔修,所以她的精神颇为痛苦。

"为实行博爱主义,不得已而暂时割绝母子的爱,还说得过去,我却为的是什么呢?咳,我的求学的野心呀,你夺去我们母子的爱,我恨你!"

醒秋那天从白朗家里回来,想起她可怜的母亲,又难过了几日。

第十章　中秋夜

这里所要补叙的,是醒秋在海外大学过中秋节的快乐。

醒秋自从阳历八月底搬到伯克莱宿舍,每星期回中法学院一次,探望她的同学和监学马丹瑟儿。马丹见她的 mignonne① 回来,总是十分欢喜。每逢星期六日她知道醒秋要回来,预先将她住的那间小房窗户打开,换换空气,又将她的床帐整理一番。晚上醒秋要睡,马丹瑟儿定要煎一杯浓醇香郁的菩提花汤送给她喝,使她可以酣眠。

旧历中秋,醒秋回到海外大学。密司宁和马丹秦由巴黎,陆芳树小姐由郭城,也都回来了。还有几个男同学从别处旅行归来,大家久别重逢,都甚欣喜。商议凑些钱买办肴果,晚间在土山头赏月,共度这清美的海外中秋。

醒秋自从都龙和密司宁分手,于今算是第一次和她相见。她已完全欧化,穿了一身长短合度的灰色哔叽西服,连鞋袜都是一色。她的意志本甚幽雅,现在穿了这套衣装,远远望去,好像青峰素月之间,一朵澹然欲流的银灰色云儿!

芳树本有秀美之称,不过她的秀美,非由色相,更非由打扮而来,却是由书卷陶冶而出。她的心灵明澈如水晶,广额里似蕴有无穷智慧,那一种仙骨珊珊,超然尘表的丰韵,最使醒秋心折。她曾用"清水出芙蓉,天然去

---

① 可爱的——编注。

雕饰"两句诗赠她。

风流倜傥的柳姐,性情风貌,都恰切她的姓氏。你看她那天的打扮是如何的漂亮!只见她穿一件浅碧色周镂着通明花纹的绸衫,玉肌隐约可睹,米黄色长筒丝袜,白皮高跟鞋,走起路来袅袅婷婷,真如一枝带露鲜花,嫣然欲笑。

同学秦太太,在女同学中年龄最长,常以老大姊自居,爱客挥金,有女孟尝之号。她好说笑话,喜欢拿人开玩笑,但谑而不虐,亦颇可喜。人家因她姓秦,又是一位马丹,所以戏呼之为"秦国夫人"。她说你们封我为"国夫人",我当然要敬谨领受的,只可惜我没有一位"淡扫蛾眉朝至尊"和"三千宠爱在一身"的妹妹。她同柳小姐同住一室,交情甚厚。因为柳小姐会撒娇痴,她又好戏弄,每每要捉住她红润的颊儿亲一下。当你坐在室中看书,忽听得她们房中一阵杂沓的脚步追逐声,又是一声被老鹰擒住的春莺似的娇啭,接着听得国夫人一阵得意地哈哈大笑,你便知道她们又在玩什么把戏了。

醒秋的朋友伍小姐最爱妆饰,以"爱俏"称于法友间,法国人爱美的同化力想见其伟大了。至于醒秋呢,她也未常不爱俏,可惜无论怎样收拾,总脱不了天生名士本色,所以她对于衣着向来不大注意。但那天为了过节,她也略略梳掠了一下,换上一套新衣。

中法学院内的女同学虽然仅有十三人,居然分成几派。醒秋和宁陆柳伍秦等几个人游息读书常在一处,况且她们大都出身京沪学校,思想新颖,喜高谈新文化,所以有新派之称。另有几位女士终日埋首室中,研究学问,不讲交际,也不问外事,颇有旧式闺秀之风,人家喊她们为旧派。但她们学业上的进步,虽男学生亦有所不及,同学谈起来都很钦佩。

又有一位粤籍学生,既不入新党,也不附旧派,独往独来,与人落落难合。人家问她属于何党?她回答道:"我是孤独党。""既然是孤独,哪能名之为党呢?"那问她的朋友说,她也为之大笑。

酒菜买来之后,由伍女士和秦国夫人安排,不会烹调的当火头军,替她们洗菜、切肉、添酒精、汲水。饭厅里刀砧之声,不绝于耳。她们一面工作,一面谈笑,倒也饶有趣味。

伍小姐在炒栗子鸡的时候,对醒秋说道:

"你知道不?小左和密司宁的恋爱成功了。"

"真快,他们的经过怎样?你能不能告诉我?"

"秦国夫人昨天才原原本本地告诉我。不过我虽转告给你,你不可当着他们的面瞎说,使他们害羞。"那时秦国夫人下楼去弄别样东西去了。

小左是秦国夫人的中表兄弟,到法国时年纪不过十七八岁,所以大家喊他做小左。他和国夫人在里昂艺术学院学画,成绩都很好,不过他年轻喜欢嬉戏,进步比国夫人慢一点。

今年夏天,醒秋在中法学院已经听见小左和宁恋爱的消息。不过小左虽然在一群女同学之中,注意了这位风度彬彬的女学者,却不敢公然将心事说出,怕被密司宁拒绝,打破了他的希望,也就击碎了他的生命。

青年人一坠于爱情的魔障,他的心再也不能安静,何况他又是初恋,又是一个学艺术的。他富有优美的情感,他毫不顾惜地,而且心甘情愿地,将他的一颗心当做全燔之祭,贡献于爱神的座下。

与他同寝室的人见这青年神情抑郁,以为他家里发生了什么事,很替他担心,后来才知道他患了恋爱病。他从前对于绘画虽然不大用功,兴趣却很好,现在竟常常向艺术学校请假,不去上课。从前爱说爱笑,是一个热闹朋友,现在竟变得沉静寡言,能接连几天不开口。他遇了密司宁的时候,若是单单是他们两个,他便没有多少话说,而且十回有九回羞涩地托故走开。多人聚集的时候,这青年的生命便好像被注进一种神秘的力量,他高声谈笑,他唱法文歌,他批评艺术,居然口若悬河,滔滔不绝,虽然他的话并不怎样中肯。他好像要充分的表现他自己,他谈笑的声音,很不自然,似乎是做作的,但含有魅人的魔力。这青年的作为,自己并不知道,冷眼的旁观人却看得分明。

他有一架摄影机常替同学摄影,现在要和密司宁亲近,便借照相为由,土山的木栏畔,盛开的蔷薇花前,巨堡的钟楼下,罗马古墙的斜照里,他替密司宁制了无数的美丽的富于诗意的影片。

当然,他不便单替密司宁摄影,怕惹起她的疑虑,醒秋和女同学们也被他殷勤拉去同摄。醒秋和柳小姐常常笑说道:他醉翁之意不在酒,我们却乐得揩油。

小左近来的举动常常出人意料之外,譬如他向来不爱研究国文,忽然在学校图书馆借来许多书,诗歌也有,唐宋八家古文也有,抄录讽诵,静静地用起功来。又借来一本小楷帖,用他拿油画刷子的手腕,握住毛锥子,在光洁坚硬的洋纸上恭而敬之地练习楷书。自己出题做文,做成后硬拉同室擅长国文的某君替他改。

他为什么要这样呢?原来他所爱慕的人儿,那位女学者,国文程度很高,英法文也颇为优异。他自己的法文还可以对付得过,但国文却大不如她,所以他要在国文上用功夫。他资质本来聪明,用了几个月的功之后,文理果然进步不少,写的小楷也工整可观。

这青年的苦心渐渐为密司宁所知了。"渐渐"两字,不过是这样说,事实上并不如此。一个女人被人所爱,一开始便会知道,主动人的举止,旁人的神情,自然而然地会给她一种暗示。况且爱情的性质总带几分神秘,主动人发电,对方的心灵自然会起感应。但密司宁虽然已经知道了小左对她的意思,她并没有什么表示,她或者要慎重考虑一下吧。

她自都龙回到里昂过完暑假,便到巴黎国立大学研究教育去了。小左白献了几个月殷勤,没有一点成绩,心里更是忧闷,怕自己要落一个单恋的结果。同学常谣传他每夜躲在土山背后深草里哭泣,又说他曾发过这样的誓愿,他今生可以牺牲一切,必定要求得密司宁的爱,不然他宁可一辈子孤独。密司宁若有一天和别人结婚,他就在那一天用手枪射穿自己的头颅。

是的,他原有一柄玲珑可爱的白朗宁,常在古堡后练习击射,后山树林里几棵大树也被他打得一个个的窟窿。法国手枪当货物出卖,价钱很便宜,领了护照,便可以带在身上作为防身之用。留学的同学半数都有手枪,都能击射,小左的技术却更娴熟。国夫人听了人家说小左的那番话,吓得心惊胆战,将他那柄白朗宁强讨了来,锁在自己箱子里。

但夺去了他的手枪便可以从此天下太平了么?不然,这位青年艺术家,对于爱情所下的决心,既坚强而又热烈,他若不能达到目的,必定拿他的生命、他的泪、他的血,来填补他这残破了的凄凉的玫瑰色的梦!

那时中法学院里恋爱的空气甚为浓厚,如方白的恋爱,谢袁的恋爱,都成了同学功课之余谈论的材料。

方白都是粤籍的学生,方先生是研究哲学的,文学也有相当的修养,著了一本托尔斯泰的研究,在中国曾传诵文坛。他原是一个抱独身主义的青年,但不知是哪一世的姻缘,一见白小姐不觉梦魂颠倒,不能自持,天天上门来拜访。那时白小姐二九年华,丰容盛鬋,以才貌称于一时,少年郎君倾慕之者不乏其人,但白小姐情有独钟,一切不顾,和方君来法求学。两人鹣鹣鲽鲽,形影不离,那亲密的情况,真教人难以形容。不过哲学家性情孤僻,白女士身体孱弱,神经又未免有些过敏,两个人为了不相干的小事,常常拌嘴,拌了嘴过不了几天,又言归于好。这一对情人中间扇起的情海波澜,一星期内总有一两次。

至于谢瑟夫之爱小袁,却是片面的。小袁爱文学,瑟夫所学的是建筑工程,两人道不同不相为谋,而瑟夫一片痴心恋爱小袁,他也曾发过誓不是小袁他就终身不娶的。但落花有意,流水无情,小袁对于瑟夫完全取不理会的态度。大家都说瑟夫的恋爱将来怕要陷于失望的结果哩!

同学中间有了恋爱的事是秘密不了的。关于瑟夫的谣传也很多,有人说他清晨的时候跑到罗马古墙穹门下,躺在满了露水的草地上写情书,一面写,一面撕掉,就算已经寄给他所崇拜的"缪斯"了。他和小袁同在一级里上课,凡有关于爱情的文句轮着他读时,他的声调异常感动,而且读完之后往往不能自禁地要偷看小袁一眼,惹得白发婆婆的老教授也会心地微笑。

还有田家姊妹是旧派里中坚人物,容貌既出众,学问又优,不过从来不交一个男朋友。虽然也有人对她们发痴想,结果总是落得一场空。

至于常常来往的勤工学生恋爱的故事,也都写得一本书,可惜醒秋知道得不大详细,而且有许多不知是真的呢?还是被人恶意编造的谣言?很不好听,醒秋便也不高兴去注意。

这些恋爱的故事或者已成陈迹,或者已成定局,大家起先起劲地传说一回,不久也就冷淡下去。唯有小左和密司宁恋爱的将来,很难预测,所以议论比较得多。同学中与他们有点友谊关系的人,对于这事的观察,分做两派:一派说他们两个所学不同,性情也不合,将来决不会结婚;一派说密司宁天性纯挚,富于女性牺牲的侠义心,她鉴于小左一片丹忱,也许会慨然以身相许。

密司宁到巴黎后,小左在里昂坐立不安,他竟托转学巴黎艺术学院为由,也到巴黎。他们以后的事,醒秋便不大听见说起了。当下她听见伍小姐这样一说,触动了好奇心,便逼着她要她说出。

"以后的事也很简单,"伍小姐说,"小左赶到巴黎之后,对于学业很用功,又学了小提琴。因为他看见密司宁会拉小提琴,他也去学一手。但他虽到巴黎,却没法常常亲近他的玉人。天天写信给秦国夫人痛哭流涕地诉说他的苦闷。有一天忽然打了一个电报来,说他看破红尘,无意于人世,不久要跟某教士出家去了。秦国夫人同他出洋,原受他父兄郑重的嘱托,所以处处以他的安全为她自己的责任。接了电报之后,急得饭都吃不下,当晚一火车赶到巴黎,寻着他切实开导了一顿,小左才将出家之念勉强打消。

"秦国夫人到巴黎之后,看见艺术院功课比里昂的好,而且那里艺术收藏院、陈列馆、博物院丛立如林,对于观摩也比较便当,便决心转学。回里昂办了转学手续,收拾了应用的东西,也到巴黎去了。

"她在巴黎和密司宁住在一处,也亏她成全表弟的心切,寻着机会便将小左一番痴情,委委宛宛地告诉了她,并说小左痴迷已甚,她若拒绝,恐怕他真要干出危险的事来。

"秦国夫人牵红线的手段果然不坏,不久便将两颗心牵合在一起,听说他们不久要正式宣布婚约了呢。"

"密司宁是能了解爱情的宝贵的,她牺牲的精神真不可及!"醒秋听了伍小姐的话,赞叹地说。

她们谈着话,不久秦国夫人也已回来,将肴菜帮着收拾齐整,已经是七时左右。她们在土山的高峰上铺下一张大毛毡,中间又垫了些报纸,盘碟都摆在上面,免得油腻污了毡子。男同学早已等在那里,不必去招呼,人数已齐全。大家四围坐了下来,坐成了一个大圆圈子。

月儿还没有上来,青灰而又带着微紫色的云,像海里被风蹙起的浪纹,又像叠皱了的锦被,包住了青铜色的天宇。群树在微风摩抚之下,瑟瑟作响,似是喜悦的呻吟,草里秋虫之声四彻,萤火闪烁远近,所有空间里的声音和颜色,调和在一起,打拼成一个清绝的秋夜。

他们低头看里昂城里的楼台灯火,好像神话里的仙境。不久月儿一轮金盘似的从东方涌了上来。起先不大光明,愈高愈为皎洁,到了中天时,将整个大地都浸在银波里了。

他们吃喝谈笑了一会,讲到初来法国时在红海舟中过中秋的事,共叹流光迅速。"每逢佳节倍思亲"原是人情之常,大家感时抚事之余,各不免引起思乡的情绪。不过没有多时,他们的谈锋又落到小左和密司宁身上去,重新振作起兴味来。

那天小左穿了一身巴黎式的时装,面孔刮得光光的,头发修理得泽可鉴人,至少总搽上了半瓶凡士林。看他那得意扬扬的神色,好像是贫儿暴富,又好像是一个平民忽登宝座,君临一国。其实这不过是打譬喻的话,他的爱情是十倍,百倍,乃至万倍超过于金钱王冠之上。

他虽然和密司宁对面坐着,但他们的心灵想早已偎傍在一起。月光下仍然可以看出他眼睛里闪烁的光辉和口角边的微笑。这青年现在是唯一的幸运者,是伊甸园里的亚当,是神的骄子。便是神也要按手在他头上祝福他的。

"左教士,我们敬你一杯酒,庆贺你恋爱的成功。"醒秋斟满了一杯葡萄酒,向小左说。自从小左要出家后,同学们一直喊他做教士。

"教士是不能娶妻的,他现在不算教士了。"国夫人笑着说。

"耶稣教的教士是能娶妻的,就算他从前是天主教的教士,现在改了耶稣教吧。这教士的名字,我们要保存,当他们爱史中的纪念。"大家说。

"你们恋爱成功的固然得意,但恐怕有人看了又要哭呢!"秦国夫人向着山下男生宿舍叹了一口气。

这哭的当然是谢瑟夫了。从前他和小左同病相怜,两个人成了好朋友,常常拉着手互诉衷曲,哭了笑,笑了又哭,好像一对疯子。现在小左的恋爱已经大功告成,自己的前途还是黑漆一团,已经哭了好几次了。真可怜,单恋的青年!

"你们这个也恋爱,那个也恋爱,只有我永远不会做爱神的俘虏。"醒秋说了这几句话,喝了一杯酒。

"少说嘴巴,听说你的 fiancé[①] 不久要寻到法国来了,那时你们不要把亲热的情形落在我们眼睛里才好。"宁微笑道。

"只有艺术家会追逐着情人跑,工程师却不会这样,因为他的脑筋太机械了。"

"放着这样一个好人儿,他还舍得不来么? 现在他的学业尚未成就,当然不能来,明年这时候,我们看吧。"柳小姐在旁边插口进来。

柳说这话原是无意的,不意却撩起了醒秋的心事。她想起叔健对待她的情形,有些不快,不愿意她们再说下去,便勉强笑道:

"不必议论我了,我们是旧家庭代定的婚约,呆板板的没有趣味,哪里比得上你们呢? 现在宁的恋爱已有归宿了,但不知芳树怎样?"她回头来问芳树道:"你在郭城住了半年,难道没有交着一个知心的朋友? 要是有

---

① 未婚夫——编注。

什么罗曼史,说出来我们听听如何?"

"对不住,恐怕要教你们失望,丘比特的箭,永远射不着我的。"芳树唇边现出一痕冷笑。

"你不是维娜司,却是维娜司的石像,总是冰冷无情的。我想你这样生活也未免太枯寂了吧?"醒秋说道。

"枯寂?也许是的。我也感到我生活的无聊了。我想获得一种宗教的信仰;不然,堕落于一个恋爱的运命中,这样能使我的精神比较振作。"芳树像是同自己开玩笑,又像认真地说。

"不错,我正要问你,你研究宗教有了些什么心得么?"醒秋问。

"心得?说来真可笑。我起先也曾发愤读了些教理书,道理好像不错,但那三位一体、那天堂和地狱、那复活无论怎样不能使我相信的了。醒秋,我倒要问你,你和白朗、马沙住在一起,曾从她们研究了些什么出来吧?"

醒秋未及回答,秦国夫人便抢着说道:

"我看醒秋将来有信教的危险。她每星期六回中法学院,便谈白朗马沙的道德怎样怎样的高尚,天主教怎样怎样的好,我看她像已经喝了她们的迷魂汤了。"

"也许我将来要信。凭我的良心说,天主教果然是个好宗教,教徒的人格更足使人钦敬。我想中国之所以弄不好。只因传统的自私自利观念过于发达,若有白朗马沙般抱彻底牺牲主义者一万人,加之以学术,使他们以身作则,服务社会,中国将来定会转弱为强。"

芳树道:"我们不必谈道德问题,但问你要信教,必定先相信天主的存在,科学教我拿证据来,你信天主的存在,有什么证据?"

醒秋道:"不说证据还可,若说证据,那个话可就说不完了。贝那德(Bernard de Clairvaux)平时善讲圣经,或问他何以讲得这样畅达,贝氏答道:'我见上帝造山川草木,我即悟彻圣经的妙旨。'我也说我见了宇宙这样伟大的工程,便明白了它有一位创造者,而且明白他权力之不可思议。

再者我是他的证据,你也是他的证据……"

她还待说下去,柳小姐忙打岔道:"今夕只可谈风月,醒秋见了人就谈宗教,不知道她着了什么魔,真讨嫌!今天晚上无论如何,不许再谈了,再谈就罚酒三大杯。"

大家也都说:"再谈宗教,就要罚酒了。"醒秋才不敢再说。其实醒秋这些话也不过是从马沙白朗口边撷拾而来,她自己原亦不甚相信。"拿证据来"这句五四的金科玉律,在她心里早生了根。而且一定要在解剖台上解剖得出,试验管里试验得出的,那时代的中国青年才肯认为证据,否则便认为绝对没有信从的价值了。大家谈了一会别的闲天,讲了些笑话,一时杯盘狼藉,谈笑风生,直喝到九点多钟,方兴尽而散。

醒秋那晚多喝了几杯,有些醉意。人散之后,她回到寝室,脱衣想睡,但心跳得很厉害,伸手摸自己的头时热得烫手。她忽然嫌恶那屋子,那床,更嫌恶睡魔,她觉得今晚精神特别焕发,窗外皎洁的月光,和四郊的歌声好像招她出去。于是她重新披上衣,随手扯过一件薄绒线衫子,开了门,走出女生宿舍,到校外树林里去了。

这树林是醒秋常来散步的地方。四五月的时候,春天没有去,夏天也没有来,天气不冷不热,温和如酥,而芳醇则似酒。呼吸了这时候的空气,老人会变成浑身轻快的少年,少年却会恹恹如醉。这是阳春、是情爱、是袭袭的和风、是随处蓊勃的花香、是四村悠扬宛转的恋歌,把他们熏成这样子的。

到树林里手把一卷书,藉了青苔,半倚着树干,感着林中一种沁肌的凉润,但并不潮湿。读倦时,抬头望望顶上映在阳光之中的绿叶,深深浅浅,晕成许多层次,叶缝里,更泻进细碎的金光,风过去,灼烁闪动,每每引起人许多游移不定的,但又深沉的幻想。落花夹着清香,簌簌疏雨似的,点着人身,给人一种恬静的诗意。甚至教你于不知不识间,瞑目趺坐,沉入忘我忘人的三昧的境界。

醒秋曾在这树林里,展读过母亲寄来的家书,将脸藏在树背后,偷偷流涕;曾与同学散步,曾约法国朋友来此做辟克匿克……这树林,这静美的树林,是她唯一的户外生活场,可爱的纪念之谷。黄昏的微月,春天潜走在树叶上的风,菩提花的香气,远处伸出晚霞海里的白峰,虹沙两河银焰似的反射,福卫尔大教堂的金衣圣母像的影子,和那铿锵的钟声,永远成了这异国女青年愉快的回忆,灵魂中不可磨灭的点点滴滴。便是她到迟暮之年,腰背给生活的重担压曲时,回想这些过去的醉心之梦,还会恢复她青春的一笑。

虽在中秋之夜,月色并不分外澄鲜,有时月儿走入云阵,光景更觉朦胧。欧洲空气,混合多量的水分,所以多雾、多云,像中国那样晴蓝欲染的高天,良夜灿烂的星光,他们那里却不常有;但感谢这空气的湿润,欧洲民族都有了白皙细嫩的好皮肤,而且林峦草木,朝晖夕霞,也由气候的变化太多,看去愈加灵幻,愈加美丽入画。

醒秋在树林里立了一会,又走了出来,到了树影不及之地,她便立住脚。夜风吹散了她脸上的酒意,她觉得心跳比较平静,精神清醒了许多。她想回去,但好像有什么人留住了她,使她恋恋不舍地不忍转身。草里露水已浸透了她的鞋尖,空气里也好像有三滴两滴的露落在她身上,她为保卫自己起见,披上带来的绒衫,但才披上又脱下来,她觉得还有些热,要教皮肤在这温润如酥的夜气里多浴沐一会儿。

这是春天,不是么?我们是在秋季,但没有看见霜,没有看见红树,倒是那树梢头初透出的鹅黄,那濛濛的薄雾,那嫩嫩的日光,那阴晴不定的天气,教人活疑心现在过着的是春天,是酥魂醉骨的春天。呀,欧洲的气候真怪!

何况现在是在夜里,月光是这样的幽澹,花影是这样的扶疏,树林是这样带着感伤病似的阴郁,她逗留在草坡儿上,全身都沉浸在微妙难言的春夜感觉当中。沉静的空气里似乎有精灵往来回翔,肉眼不难看见他们,但可以用心灵的网去捕捉。不过也捕捉不住,他们太活跳,太闪烁,才到你心湖上,蜻蜓点水似的点上几点,又翩然飞去了,只留给湖面几个圆纹,无聊地在那里晃漾着。

远处酒店里女侍们在唱"中国之夜",这是专门唱给中国人听的。自从中法学院在圣蒂爱纳设立以来,月白风清之夜,学校四面常有这样的歌声。这歌音调既好,歌词尤为艳冶,聪明的法国女郎,常利用它捉住男留学生的魂魄。

在迷人的良夜,浴着一身银色月光,听着这样缠绵宛转的曲子,醒秋不禁有些惘然了。既想起小左和密司宁亲密的情况,也念及自己的将来。她的情爱蕴藏已久,像春寒时一朵蓓蕾的花,只等阳光的照临,便要逞奇吐艳。但等够多时,外边还是冰雪漫漫的世界,没有一线阳春的消息,她真觉得沉闷,她真觉得有些不耐烦。

她心里未尝没有人,她有一个"他"。他的容貌,她是认识了的,春间叔健寄来一张相片,秀眉广额,一个英俊的青年;他的性格,她却永远不知道。这人的灵魂似乎蒙了一张神秘的幕,她每想揭它起来看看。

她读过莫泊桑的《一生》,现在她觉得若纳未嫁时月下感叹的心境,好像是她自己的经验,好像是为她写的。文学家的手段,真可佩服,难道他也做过女儿来么?

今夜,那秀眉广额的青年影子,又涌上了她的心灵,而且恍惚间已经变成了具体的人和她并肩立着,她也像若纳抱着幻影似的,情不自禁地向空拥抱,梦幻似的低声说道:

"亲爱的人儿,来吧,快到法国来吧,我等着你呀!"

第十一章　马沙的家庭

马沙修女身体原甚怯弱，伯克莱宿舍寄居的学生差不多有二百多个，服役的修女连马沙一共只有四个人，工作当然很是繁重。她又特别尽职，专挑那吃力的工作来做，醒秋住入那宿舍不到半年，她便累得生起病来了。

她患严重的贫血，面孔惨白，白得几乎透了明，那一双莹如秋水的眼睛，却显得更大，更明亮。她的身体本甚清瘦，现在那一身黑色道装，裹着的已不是血肉之躯，却是一个圣洁的灵魂，这灵魂也像一朵轻盈的云似的，风一吹便要姗姗然飞去天乡了。但她仍然奋勇地工作着，嘴角仍带着那温蔼如春的微笑——那天使脸上才有的微笑，看了可以令人心平气和，矜平躁释，是多末可爱呀。

每天天色尚未大明，马沙已到附近圣堂望过弥撒回来，然后入厨房为学生预备早点，然后是午餐、晚餐。当几百只杯盘碗盏，几十只大锅小锅都洗刷干净，悬挂起来以后，她们几个修女要集合在一起由一位管文书兼账目的老修女带领念经祈祷。她们规定每天三次进那小经堂，另外自愿加工者听便。醒秋的寝室位置与经堂斜对，入更衣室必须经过堂门。昏暗的灯光下，她总见一个幽灵似的影子，长跪圣坛前面，一动不动。她知道这便是她的好友马沙，利用这夜深人静，万籁俱寂之际，来和她至爱的净配，作最绵密最深沉的心灵谈话。

有时，她五更起身，马沙还在堂里，难道她竟这末通宵不睡，一直祈祷到天明的？她当时不敢打扰她,后来也不好意思问她。

那年冬季里昂气候特别的寒冷,马沙夜深祈祷,感冒寒气,得了重伤风,咳嗽日益剧烈,并且发生高热,挣扎不动,睡倒在她那间小房里了。医生诊断她已有初期肺病征象,心脏亦甚衰弱,再不休养,性命可虑。

她的父母听说女儿病重,亲来里昂探视,要带她回家休养,马沙尚坚执不肯。后见病势有增无减,宿舍主人伯克莱老小姐亲到她房子里慰问,并劝她回家;马沙也觉得自己的病是种会传染的症候,不能贻害于人,才答应回去。听说那天临走时,她还偷偷地哭了一场。一直到了上担架的时刻,眼睛四望那间简陋仄狭的小室,好像很是恋恋不舍。

她回家几星期后,听说经名医诊治,服用了一种特效药物,热度已退,咳嗽也停止,再疗养几个月,医生保证可以恢复原来的健康了。

伯克莱宿舍上下听了都很欣慰,醒秋当然更是欢喜。

又过了两个月,里昂的严冬已和浓雾一同逝去,灰黯的天空,转变成一片明蓝,树梢也堆满了新绿,春天像个沉睡醒来的孩子,张开眼睛,四处窥探。俄顷间,他已跳出地母替他盖着的那床古铜色的锦褥,到处乱跳乱跑,并且发出一阵阵快乐的呼声。沉寂已久的世界,又充满了洋溢的生机和生命。

里昂各校开始春假三日,以便学生到名胜区域旅行。醒秋接到马沙自家中写来的一封信,请醒秋趁这假期到她家盘桓几天。马沙说同她好久不见面了,想念得很,她若惠然降临,将给老朋友以莫大的喜悦。

马沙的家便在她父亲的矿山附近,距离里昂不过二小时半的火车程,醒秋复信与她约定日期,便搭车前往。

一下车,便见马沙的母亲在月台上等着。她同醒秋在伯克莱宿舍本已会过面,所以亲自来接。出了车站,一辆全新的小汽车将她们带到矿山主人的别墅。

那座别墅建筑于离开市镇不远的郊区,园庭面积极大,老树成行,湛碧一色,石像玲珑,奇葩无数。当中是一座白色云母石砌成的大楼,雕刻的花纹,髹以金色,云石日久转成嫩黄,与金相间,富丽而不庸俗,看在眼里,非常美观。醒秋记得希腊古代雕刻,有专以象牙黄金相错造成的,有个专门的颜色。欧洲有许多建筑也以这二色为主,比起中国宫殿花花绿绿的色彩,趣味高得多了。

进了客厅,所有窗帏都是丝绒的,聚珍木地板,蜡得有如明镜,铺着一袭极厚的锦毡,除了一顶桃心木橱,装了许多珍玩以外,一切沙发、冰箱、收音机、钢琴,倒都是廿世纪最新式的,否则醒秋几乎要怀疑误入路易十四的宫廷了。她在伯克莱宿舍时,便知马沙家中富有,是位千金小姐,现在简直要说她是位公主了。

马沙先生是个六十来岁的绅士,彬彬有礼,在客厅里陪醒秋喝了杯咖啡,吃了几片糕点,便引她上楼与爱女相见。

马沙睡在一间朝南的房子里,宽床纱帐,瓶花壁画,情调舒适而温馨。原来这间屋子便是马沙旧日的香闺,现在则成为她养病之所。

马沙还穿着一身道装,容貌略见丰腴,不过气色还不甚好。她倚枕坐在榻上,伸手与醒秋把握,含笑道:

"朋友,我高兴看见你,你来到这里,等于回到你自己的家中,我的父母,我的全家,早已认识了你,对你都是极欢迎的。"

"在里昂时,听说你的病已痊愈了,想不到你还睡在床上。那末,医生说你几时可以起来呢?"醒秋直率地问。

"或者是快了,我也恨不得早点回伯克莱宿舍呢。"

恨不得早点回宿舍?放着家中这种小姐福气不知享受,却宁愿再去当那劳苦的女工,这是什么想头?醒秋若仍在中国,早已惊诧得叫起来了。现在她已了解一点天主教修道士的精神,她没有说什么。

醒秋傍着病榻坐下,马沙的母亲出去张罗什么,父亲则站在女儿床前,谈些闲话。马沙的态度本来是极其谦逊的。回答她父亲时,更显得恭敬温柔。令醒秋感觉奇怪的是:马沙的父亲称女儿不以"你"(tu)而以"您"(vous),在天主教国家里,修道士地位很高,想不到在家庭中也受这末的尊敬。不过称呼虽不同,骨肉情感还是一样深厚。

煤矿主人与醒秋及女儿道别下楼之后,醒秋起身,浏览室内,看见壁上挂有几张照片。有一张是个戎装俊美青年,相貌与马沙有点相似。马沙说是他二哥,第一次世界大战时,战死沙场了,年纪只二十四岁,尚未结婚。另一张是个少女半身像,鬈曲的柔发,束着一根缎带,微笑嫣然,风神绝世。醒秋指着这张照片,回头问马沙道:

"这是从前的你么?"

马沙微笑颔首,苍白的面颊,晕起了一层浅红。

晚餐时,全家聚会餐厅,醒秋才知道马沙先生的家也是个大家庭,长子与媳妇及孙子辈与两老同住。长子年三十余,在煤矿里经营一些事,媳妇大约二十来岁,两个孩子,一个才学步,一个还睡在摇篮里。

晚餐以后,同入客厅喝咖啡。马沙先生向醒秋动问中国情形。他很健谈,虽是个工业家,但读书识很广博,文艺美术。谈来头头是道;对于世界各国的历史文化,知识也颇丰富。他说他的女儿玛丽……即马沙女士——本准备将来到中国去传教,老夫妇也打算到中国去游历一回呢。我们在学校读历史和地理,知道世界有四个文明古国,中国、巴比伦、埃及和印度。巴比伦和埃及的文明比你们中国也许更古,可是现在都沦入沙漠了;印度目前不是一个独立的国家,他国内种姓制度至今不能打破,许多悲惨现象不肯改革,文化虽古,不足为荣;所以世界文明世家,只有你们中国。小姐,我真替你骄傲,你肩背上有五千年文化传统,有谁能比?一千多年前,你们正当唐朝全盛时代,欧洲却是一群蛮族,角逐称雄,英吉利、法兰西,这些国家还没有建设起来呢。

老头儿又谈孔子的思想,老庄墨子的哲学。醒秋也想乘此将她那点学问知识,倾倒出来,替中国多装点门面,无奈法语程度太浅,只有唯唯答应着,有时说两句话赞同马沙先生的意见,或矫正他的错误而已。

醒秋被人捧得自觉身上果然蒸发着五千年文化的古香,那晚她上楼睡觉,是带着得意的微笑入梦的。

马沙女士因想将来去中国传教,见了中国东西便爱。她不知从哪里弄了几本上海徐家汇土山湾出版的宗教书放在枕边。醒秋到她房里,取过来随便翻翻,不到半天工夫,便把那几本小册子看完。马沙对她说道:

"我苦于一个中国字也认不得,只能看玩看玩其中的画图罢了。好醒秋,你能讲点给我听听么?"

那些书都是知命圣人的列传,是说乾嘉教难时代,传教士被中国官厅捕获,严刑拷打,备受荼毒,后来不是瘐死牢狱,便是拖到刑场上或绞死,或砍头。有一个法国传教士董文学神父,死得最惨。死前受冻饿,受鞭打,还受过多次法外之刑。那便是他在官厅上不肯践踏画在地上的十字,不肯承认中国人所诬蔑他的罪恶,人家在大堂正梁上挂了一个辘轳,把他的辫子(那时传教士入乡随俗,都薙头梳辫)连接麻索,穿过辘轳,将他扯在空中,离地有两丈高,然后逼问口供。当他坚决地回答"否"字,人家便把索子猛然一放,让他从半空直顿下来,几乎把他双腿顿断。人家又逼他跪火链,用烧红的铁条,烙他全身,火声嗤嗤,脂油淋漓中,他只叫喊:"我只有一条命,随你们怎样处置,要我背叛天主,那可不能!"

后来这位董神父究竟被判绞刑,死于武昌。

马沙听醒秋的翻译,好像十分兴奋,热血涌上她的脸,两眼耿耿发光。这正是她从前劝醒秋信教时那凛然的眼光。醒秋每觉自己的血是比较热的,是惯为忠臣义士慷慨激昂的故事所感动的,但比之马沙修女还是差得远。她有点惭愧,觉得白种人正义感比她这负有五千年文化传统的民族强得多多。这或者便是古老民族和青春民族的分别吧。

"假如我们中国还有乾嘉时代那样的教难,你还敢到中国去传教么?"醒秋试探地问。

"怎么不敢,致命者的荣冠,是我们每个天主教徒所热切企求的。我只怕我的德行不配膺受这种荣冠,倘使天主肯赏赐我,什么痛苦我都愿意接受。刀锋烈火,我觉得比蜜还甜!"

在偏于物质思想的中国人看来,欧洲宗教家为天主牺牲的精神,总难于了解。醒秋在丹乡初见马沙时,觉得她如此一表人才,竟披纱学道,每不知其由,怀疑她或是失意情场的缘故;非情郎意外夭亡,则是被人背弃,这在醒秋想来,已经极其哀感顽艳的了。醒秋好奇心最为强烈,每借故进入马沙那间小房,希望能从案头发现一张男人的照片。但马沙房里,除一榻一几,及壁上高悬的一具大苦像,什么也没有。她又希望能在她那黑头纱之下,发现一条纤细的金链。假如发现金链,则那金链的末端,定然联结着一个鸡心,鸡心里定然嵌着一幅她爱人的小影。但修女们衣服都穿得比中世纪武士的盔甲还要严密,她们穿衣脱衣之际,又永远不给人看见,所以醒秋枉用许多心机,竟不能在马沙修女身上发现半点香艳的痕迹。

  后来她在伯克莱宿舍那浓厚的宗教气氛里熏陶了大半年,对于天主教的了解,日益进步。知道欧洲天主教国家里像马沙修女一般行谊的,多得不可胜数。她的弃俗不过基于爱慕天主的热情,并无其他的动机,她妄想在她身上发掘什么爱情故事,未免太可笑了。不过醒秋究竟是个中国人,又是自命受过五四洗礼的青年,脑子里所充塞的即说不是唯物主义,至少也是功利思想。她觉得一个宗教家遁迹沙漠,以野蜜蝗虫为食;或穿毛衣,打苦鞭,虐待自己的肉体;或深居简出,严肃祈祷,遗弃世间万事,专务与天主契合,都没有什么意思,试问这于自己有什么益处,于人类更有什么帮助呢?马沙女士假如不出家,承继她父亲做个煤矿主人,用她的财富来为穷人谋福利,岂不是一个大慈善家?虽然马沙的品格有似百炼精金,无瑕美玉,她不忍指责她,也不能指责她,然而她那过于刻苦的修持,尤其祈祷每至夜深的作为,颇使醒秋感觉不满。她觉得马沙这场大病都是自己酝酿出来的,这种类似中国人割肝割股的愚忠愚孝,似乎没有什么价值。

  一晚,醒秋坐在马沙房中,故意把话头引到祈祷苦行上去,然后将自己意见说了出来,委婉地劝马沙不要再回到伯克莱宿舍去执那贱役,更劝她以后祈祷方式要加改良,通宵达旦地跪在天主面前,徒然戕害自己身体,天主是未必嘉纳的。醒秋的孩气,法友都知,话说得随便一些,知道她们不会见怪。

"我并没有每晚都彻夜祈祷,为一个朋友的灵魂,有两三晚祈祷的时间略长一些是真的,却偏偏给你瞧见了。"马沙红了脸说。

"你这场病是由重伤风而起,若非深夜祈祷受寒,何致如此。"醒秋道。

"我们出家修道便是为了受苦。朋友,你不知受苦的价值。受苦可以克制自己的肉身,消除种种欲念,受苦可以替自己做补偿,也替全世界人做补偿。祈祷是为人的灵魂。你知道人的灵魂是何等宝贵,拿全世界去买都买不来,为了这,害点病又算什么?"

"你究竟为了谁,这样热心祈祷?"

马沙不肯说,经不住醒秋再三逼问,并用起了"激将法",她只有笑着回答道:

"为了一个最爱的朋友,不,为了一条小哈巴狗。醒秋,你不是说你是像哈巴狗似的没有灵魂么? 可是,我却把你的灵魂看得比全世界还大,还重要呢。"

马沙虽是个严肃的修女,有时说话也颇诙谐。

"为了我?"醒秋惊得几乎跳了起来。她近来法语略有进步,久想与马沙辩论的问题,今日可以提出来了。她是从来不相信人有什么灵魂的。她在国内学校读书时,颇偏爱天文和生物两门科学,她涉猎书籍颇多,虽所获知识始终跳不出通俗的范围,不过为一个研究文艺的她却也尽够。她知道这个宇宙广阔无边,星辰之多无限,许多恒星比我们的太阳还大千倍万倍,它们的光线到达地球动以光年计。我们的太阳系在宇宙里也不过如秭米之于太仓,地球之于整个空间,更渺小得不能想像。生物学告诉我们人类不过由最下等的阿米巴演化而来,因缘时会,成了地球的主人,在绵长无穷尽的时间里来说,人类的称雄也不过是暂时之事。将来也许有比人类更为聪明优秀的种族出来,代替我们统治世界。不过地球上气候变动频繁,或者会再来一个洪水时代,再来一个冰川世纪,那时候人类又将归于消灭。就说有些可以幸存，今日光华璀璨的文明却一扫而尽了。那时人类又将回到几百万年前的岩栖穴处，茹毛饮血的原始状况，再一点一滴把文化从头造起。也许又来一个爬虫时代，恐龙巨鳄纵横大地，世界又退回八千万年前的洪荒，也许陆地全变海洋，能生存的只有鱼类。也许气候环境不能再适于高等动物，称王世界的却是渺小的昆虫。地球在宇宙里的地位是如此，人类在生物界的地位又是如此，人即说赋有灵魂，那灵魂又值几何？马沙说她看醒秋的灵魂比全世界还大，她怎样能不大为讶怪呢？

再者一个中国读书人，名虽儒家，总不免渍染若干道家思想。道家最重"自然"，老子便说："天法道，道法自然。"醒秋常说她相对地承认宇宙间有个造物主，不过这"相对"与"绝对"，相差究竟不可以道里计。她所说的这位造物主是怎样的性质，她无法弄明白。有时她觉得他是一种最高智慧，他也许有思想、情感、意志，不过他的思想情感意志与我们人类绝不相同。有时又想这位造物主绝对没有思想、情感、意志，更没有人格，他不过只是"秩序"的化身。换言之，也就是"自然"的化身。最后，她又想宇宙只是一堆物质，盲目磕碰出来的，连秩序也只是我们人类替它安的名字。中国文人又惯说"万般只爱天然好，"醒秋也深爱这句诗。她对西洋宗教家的窒绝情欲，刻苦修持，固钦佩非常，认为难能可贵；但她总觉得这未免违反自然。违反自然，叫她看来，便是逆天。逆天者不祥，这又是中国人自古以来的观念。

醒秋回忆她在丹乡度暑假，曾去郭城旅行数日，回来用旧体诗形式大做其记游之作。诗中颇有些百年苦短，及时行乐的话头，这也不过是中国诗人的老套，她译了几首给马沙听，马沙却大不谓然，纠正她：人生在世不应满足于现实生活，而该注意永久归向的问题。又说她思想太悲观，她的浮世享乐主义，好像是香槟酒勃勃喷起的泡沫，并非真正酒味的甘醇。

她开始不服，暗笑马沙究竟是宗教家，不能了解诗人的情趣，多年以后，才觉悟她的话对。真的，她虽是个嘻嘻哈哈孩子般的人，自命是乐天派,她真正的宇宙观和人生观,却是虚无、阴暗、毫无希望、悲观达于极点。幸而她没有为恶之才,否则可以无所不为,堕落到不可救药的地步。她的宇宙观和人生观何以如此,则因为是建筑于唯物主义和自然主义上。

且说当下醒秋尽她法语的能力,对马沙发表她的这类意见。天文生物这两门学科是她保卫自己唯物思想,自然主义最后的武器。平日她并不轻于运用,为的她法语程度其实不够,连"天文""生物"两个名词都叫不出。近在里昂女子中学上课,才学会这两个名词,所以她才敢把这两件武器亮出来了。不过也仅能粗枝大叶地说,说不出的话,用代名词,用譬喻来代替。对西洋宗教家生活不自然的批评,则始终没有出口,免伤马沙感情。

她运用这两件武器不但想保护自己的立脚点,并且隐存一种奢望:倘使她能唤醒她的好友马沙,放弃了这种"徒自苦耳"的修女生涯,选择另一条有效果的救世道路,岂不比现在有意义得多。她准备说服马沙以后,还要去说服白朗哩。

马沙听了她的话,只笑了一笑,她说:

"好友,你的意思我很懂得。我在学校读书时,对天文生物这两门课程也曾学过一点。可是,你说的这些理论还是十九世纪后期的话,现在已不新鲜了。你说宇宙伟大,那么你更应该承认有位造物主。"

于是她欠起半身,拽起榻畔的窗帏,窗外是一望无垠深沉的天宇,众星罗列,银光万点。马沙指着说道:

"朋友,你看我这屋里一几一榻之微,也要有工匠才得制就,像这样万象森罗的宇宙,你能说是一堆物质盲目碰磕可以成功的么?——就说是物质吧,这原始的物质又从何来?况且天文上各种定律,也就奥妙无穷,譬如什么'地心吸力''万有引力',都不过是科学家的假定,究竟是什么一回事,无人能加以解释。"

于是马沙又解说了一些天文上的奇异现象,牵涉比较高深的学术范围,醒秋似懂非懂,颇佩马沙学问的渊博,自觉望洋堪羞。更令她骇怪的是马沙说科学家研究科学愈深入,愈会信天主的实在。许多有名的天文家,像哥白尼、伽利略、凯蒲拉、牛顿、乐外里野,都是信仰天主教的。

谈到生物学,马沙又道:

"你说万物之灵的人类,不过是最单纯的阿米巴进化而来,就承认你的话对,这进化的奇妙,也就不可思议。你说你也承认宇宙间有一位造物主,那末你对我们天主教的教义便非接受不可,造物主既是全能,则他令圣子降生为人,在世数十年,实行若干奇迹,在他又算是什么难事。天主依他本身肖像,创造我们人类,他本身永远存在,则作为他肖像的我们的灵魂,自然也该永远存在了。

"宇宙虽然广阔,不过是些物质,终有一天,它会衰朽、毁坏,最后变成完全的空虚,而人类灵魂则恰恰与此相反。我说我看待你的灵魂比全世界还大,还重要,理由便在这里。我们天主教人为救一个灵魂,牺牲自己的生命也在所甘愿,我害了那场病,又值得挂齿么?况且我的身体,本来不强,病也是老病,并非为你而起,朋友,你安心好了。"

醒秋对于马沙这番话,还是不大明白。在她想来,这些造物主啦,灵魂不朽啦,都是永远研究不出结果的问题,还是付之"存而不论"为佳。至于耶稣基督她更不能信从了。她常对自己说天主教果然是个很好的宗教,可惜中间多了个耶稣基督。假如天主教能像犹太教之专奉耶和华,回教之专奉阿拉,则我的皈依问题尚可考虑。

耶稣的伟大,她是不能不承认的。但她宁可说耶稣只是个诗意人物,是犹太人理想里的弥赛亚,并不是历史人物。德国哲学家赫克尔曾说人们把耶稣当作历史人物是极堪惋惜的事,醒秋也有同感。

现在天主教的信仰对象正是耶稣基督,并且完全相信他是历史人物,这便成了醒秋信仰天主教最大的阻碍。关于耶稣,别的话暂且不谈,只以钉死十字架一层而论,中国人实在莫名此妙。以天主能力之伟大,要救人什么方法没有,却要降生为人,又愿意极屈辱地钉死十字架上,这也未免太亵天主的尊威吧。她总觉这说法太荒唐,太不近情理,她的理性万不能容纳。不过她也不能再同马沙辩驳了,再说下去,便要说出不好听的话来了。

醒秋在马沙家中时,马沙太太带她去参观她家的煤矿,她矿里的工人实行每日八小时工作制,分起红来,利息颇优,疾病、死亡有保险,子女在矿山特设的学校读书,成绩优异者保送国立学校。各种福利应有尽有,工人生活有保障,故能安心工作。外界有什么罢工运动,他们从不参加。工人十分之九属于天主教友,矿山设有小型圣堂,马沙一家都在这堂里望弥撒,领各种圣事。马沙先生说人家都说资本家剥削工人,我愿意一雪此说,我要本天主教仁爱精神,做到劳资两利。可惜法兰西企业家不肯学我的榜样,否则那些搅扰社会安宁的社会主义运动,又何致闹得起来呢?

马沙家庭在法国虽算一个大家庭,却充满和谐愉快的空气。子媳对父母固愉色低声,极其孝顺,尊长对幼辈也万分的慈爱。醒秋记得有一次,媳妇不知有何委屈,上餐桌时还是泪眼婆娑,马沙先生拉她到身边,亲她额角,温柔地说了许多话抚慰她。这使醒秋看得异常感动。中国人的道德都是片面的,要求幼辈孝,长辈却并不慈,她自己的家庭便是一个显例。这也无怪五四后引起绝大的反动来了。

在马沙家里住了三天,醒秋便回里昂了。马沙病愈以后,她修院的院长,知她体气太孱,难任苦役,将她调去马赛本院当初学神师,没有再回伯克莱宿舍。

第十二章　家乡遭匪的噩耗

醒秋近来读书,极有兴趣,从前一切的闲愁,一切无益的忧虑,都逐渐消灭,她现在才知勤奋用功的快乐。白天孜孜不息地读书,随时觉得自己学问的进步,上床后黑甜一觉,不知身入何乡,醒时浑身骨节都是松快的。法国文学批评家泰纳(Taine)说:"工作可以治愈失望,每天以二三小时从事精神工作,那就是医愁的良药。"这位名人的话真有道理。

从前她身体疲乏的时候,精神便呈异常状态。她既不能读书,除了胡思乱想外,一腔的心绪,总萦绕着她的母亲。她时而长吁短叹,时而垂头哭泣,每每弄到如醉如痴的地步。到发迷的时候,母亲的声音笑貌,长悬她心目之中,一阖眼便恍惚见母亲来到她的身边。从前大哥死后如此,以后也是如此。乱梦如风中落叶,到处乱飞,又如天际秋云,消逝了一叠,又是一叠,而梦中身子常在家乡,梦境中的人物,母亲总要占一个重要的主角。她写信给中国朋友道:

"我忆念母亲,如此缠绵,如此颠倒,真出乎我平生经验之外,想古人之所谓离魂病,男女陷落情网时之相思,其况味也不过如此。"

朋友读了她的信,都替她可怜。有的劝她回国一行,和母亲住上一年半载,然后再来法国。但她不能听从,她知道回国后,结婚是她唯一要走的道路,再到法邦,那真不啻痴人说梦!

这大半年以来,她精神安宁,晚间也没有什么梦了。但有一晚,她忽然又做了一个噩梦。

她梦见自己走在一片旷野里,四望衰草茫茫,天低云暗,景象异常愁惨。路上没有一个行人,连一头牲畜都看不见。如血的斜阳中,她独自拖着瘦长的影子,彳亍前进。梦中自觉此身是在鸿荒未开之前,又在宇宙末日之后,心里充满了凄惶的情绪。

但她的心灵似乎对她说:这个世界里还有一个亲人,那是她的母亲,她须去寻得她。

她走了多时,忽然身在家乡了。她望见倚门悬盼爱儿归来的母亲了。秋风吹着她萧萧的白发,她确比从前憔悴得多了。

她在悲伤快乐的混合情绪中锐呼一声,扑向母亲怀里,她的双臂揽住母亲的颈子,头贴着她的胸前。母亲微笑的嘴唇,正按在她额上,她觉得颊部有冰冷的液体在流,那当是母亲滴在她脸上的眼泪。

母女拥抱不知几时,忽觉母亲的身体有向后翻倒的趋向。她极力抱住她,母亲沉重的身躯在她双臂中逐渐沉坠下去,她的身子也随之而弯俯了。

"妈!你怎样了?"她在母亲耳畔微呼着。

"我心里发了病,我要死了哇!"母亲呻吟说。她看见母亲的脸变成死灰色,双目无光,像就要断绝呼吸一样。她梦中一惊,便醒了,耳中恍惚尚听见母亲呻唤的声音。

她定一定神,那呻吟声又在她耳边起来了。其声沉痛而悠长,拖过空间,使四周的空气,为之颤动,似一条负伤的蛇,从水上蜿蜒爬过,整个平静的水面,都漾开带血的波纹;又像一个垂死的人,挣扎死神铁腕下痛楚的呼号,醒秋听了不觉毛发皆竖。她分明不在梦境中了,这奇怪的声音从何而来呢?仔细侧耳一听,呀!弄清楚了。声音来自隔室,断断续续,似一个老年妇人突患重病,呻楚欲绝的样子。隔室住着老修女摩尔女士,或者她半夜里患了急病吧?醒秋披衣下床,想喊醒舍监救治她。才到门口,见老修女室中电灯已明,脚步声杂沓并作,知道已有人在里面服侍了,便又缩回睡下。

老修女呻吟了一夜,醒秋也一夜未再阖眼,次日早晨有人告诉她:司文书兼出纳的摩尔女士昨夜发了急剧的心脏病,已搬到对面补习学校调治去了。

"她已年近古稀,病恐怕难望痊愈吧?"醒秋想。

过了几天,老修女果然死了。大殓时,醒秋也去看。她的尸首躺在床上,浑身白绢包裹,两手交于胸前,捧着一个大十字架,和一束香气葧勃的鲜花。黯淡的烛光中,醒秋见死者脸色极其和平静穆,口角含着微笑,像睡去的一般。床前有几个同伴的修女,静静地跪在地上祈祷。

醒秋回到宿舍之后,心里只是悒悒不乐。老修女死的印象,原不足感动她的心,但她记起那晚上的噩梦,她不免又挂念她的母亲。

母亲胫疮已愈,大姊又已归宁,家里没有什么事叫她挂念了。她近来心境之宽慰,未必非由于此。但现在她又有些不安起来了。明知那晚的噩梦,是梦中听见老修女的呻吟,下意识起了作用,所以构成那一场幻境,用心理学来一解释,是没有什么奇怪的。但醒秋到法以来屡遭不幸,神经变成衰弱,加之母亲临别时她认为不祥的预兆,永远像一片黑影似的,笼罩在她心头。她疑神疑鬼,自己惊吓自己,已不止一次,所以这次噩梦又在她心里,结了一个打不开的纽结。

此后她又常常做梦了。梦中母亲死灰色的脸,和躺在床上老修女尸首的影子,结合为一。她屡次梦见母亲身卧灵床,她在她身边哭泣。哭醒之后,心中隐隐作恶,但又不敢告诉人,因为这样好像诅咒母亲的死,她心里有所不忍。

有时她竟追咎不该去看老修女的死尸,以为沾了晦气。一个明达事理,富有新思想的她,竟变成这样拘泥迷信,连她自己都不得其解。

一天,她由中学回到宿舍吃饭,吃完饭到自己寝室拿书,打算赴中学上课。看见桌上放着一封厚信,信封的笔迹,认得是大姊的,知道内中有母亲的消息,便喜不自胜,急急将信拆开来读。信中是这样写着:

"醒妹如晤:前接来信,知妹近来身体健康,学业进步,至以为慰。母亲大人自去秋以来,慈躬康泰。大哥之事,家人不敢多提,恐触慈母悲怀,母亲自己亦绝口不道,日唯以弄孙为乐。可怜无父之儿,已能牙牙学语,实大母慰情之至宝也。

"惟家乡新近发生惨剧,姊虽不忍告妹,而又不能不告——"

醒秋读到这里,心勃勃跳跃起来,只得捺定神思,又往下读道:

"吾省年来匪风日炽,邻邑如青阳泾县等处屡遭蹂躏。吾村宝善堂有百万之名,匪众垂涎已久,时有光顾之谣传。乡间长老议练乡团自保,但以意见不能一致,未能实行。旧腊五日,突有大股土匪自卓村越岭至吾村,人数约有六十,身着军服,手持快枪,经过卓村时,冒称官军之往剿匪者,众亦不之异。及到斜岭,豆腐担老王,以其形迹可疑,飞奔前来报信,阖村老幼,不及收拾物件,纷纷避入深山,吾家青年妇女,均躲入育槐书屋及土地庙等处。但祖母年高,性情未免固执,坚守家中不去,谓屋存与存,屋亡与亡,匪若无礼,即以老命相拼。母亲及五叔等再三泣劝,老人不听,且谓逼之过甚,即先碰壁觅死。母亲等遂留老人身边不去。姊与五婶见此光景,亦不忍离开,各人怀中暗藏小剪,设有不测,与老人同命而已。呜呼,彼时吾等心中之忧怖,岂笔墨所能尽述哉!

"匪到吾村后,分为两股,一股往抢宝善堂,一股则来吾家。各房细软,搜取一空,皮箱尽皆打开,橱柜亦俱砸破,甚至地板亦被掘起数处。各房马桶溺器,皆泼翻于地,粪秽狼藉,臭不可闻,盖匪疑吾等暗藏金饰于中也。

"匪一面搜索,一面放枪示威。枪声如连珠,弹坠如雨,令人心胆皆碎。旋有五六匪来祖母房,见吾等不避,亦颇以为异,一匪向祖母云:'你想必是这家的老太太了。请把你金银首饰拿出来,大家客气些,不要等我们兄弟动手。'老人不惟不从,反高踞床上,放声辱骂。匪大怒云:'好大胆的老婆子,杀了你!'举刀欲砍,母亲与五叔向前拦阻,匪将枪托向母亲肩上猛打一下,又将母亲极力一推,摔倒在地,适摔在短凳角上,腰部受伤甚重。五叔额上被砍一刀,血流满面。五婶不得已将祖母首饰箱献出,匪怒始息。匪临去时,取出我家所储洋油,声言放火焚屋,又由母亲苦苦哀求,匪始未下毒手。而彼时宝善堂火光烛天,百余间老屋,数十载精华,皆付之一炬,嘻,惨矣!

"匪自上午九时到吾村,抄至午后四时始毕。全村无论贫富,无一幸免,幸未伤人而已。抢完,捆载赃物,啸呼越岭而去。村中损失以宝善堂一家而论,已在十余万以上,吾家各房不但细软抄掠一空,即床上被褥,粗布衣裳亦不留,统计亦在七八千元上下……

"出事后,连夜禀告官厅,追骑四出。但中国官吏办事向不认真,搜捕多日,始在青阳获一匪,在大通又获一匪,追回赃物有限,余匪均鸿飞冥冥,不知去向矣。

"母亲受伤,兼受惊恐,近日忽大发寒热,谵语不断。现虽请医调治,一时未能减退,家人不胜焦灼。母亲自大哥去世后,悲痛过度,屡困病魔,身体尚未完全复原,忽又遭此意外打击,真所谓'破屋更遭连夜雨,漏船又遭打头风'者也……"

醒秋又惊又痛,心颤肉跳地,一口气将大姊的信读完,读完后她悲愤极了,她除了诅咒、痛恨、哀哀痛哭,还能什么样呢?

"咳,我太不幸了!天呀,让我死了吧!让我早些死了吧!我的心灵再受不住这样刺激了!"她举手向天,长长嘘气地说。

那天下午,她没有到中学上课,晚饭也没有吃。舍监疑她病了,亲来慰问,醒秋只推头痛,没有将家乡的不幸告她。她爱祖国,土匪横行,是祖国的大耻辱啊!

她原是一个爱国者,现在她恨起中国来了。她想到那刀光如雪,肉飞血溅之顷,母亲和祖母们的生命,千钧一发;她想到母亲被打被推倒的光景;她想到母亲发热发冷,辗转床榻的苦况,她心里刀刺似的作痛,她全身的肉发颤,她满脸披着泪痕,眼中燃烧痛愤的火焰,她切齿向东方说道:

"咳,中国!充满了血腥的中国呀!你知道么,你们子孙的生活是怎样?年年闹水旱,闹饥荒,百姓已没有好日子可过,偏偏还要受乱兵土匪的蹂躏。土匪是怎样来的?还不是因军阀内争而起的?他们要攮权利,要夺地盘,不惜牺牲国民的幸福,断送中国的国脉……他们囊括数千万民脂民膏,不去教育青年,不去开发实业,不去整理政治,却输到外洋去买军械,买了军械便来残杀同胞,继续内乱的工作……

"军阀们呀!我恨你!我诅咒你!土匪是你们逼出的。中国政治的紊乱是你们酿成的。你们不知什么是人格,什么是礼义廉耻,什么是国家,什么是民族,你们只知自私自利,到死还是自私自利。你们为的想坐汽车,想住洋楼,想讨大群的姨太太,什么殃民祸国的事,都可以干出来。'财和色'是组成你们肉体和灵魂的原质,你们的淫猥,几乎个个变成色情狂,你们的贪黩,只要有钱,卖祖宗、卖祖国、卖种族都在所不顾。你们这些可诅咒的东西,快灭亡吧,你们配生养于这美丽世界的空气和阳光中么?你们配在世界高尚民族中占得一席地么?"

她痛骂中国人之后,悲愤略为发泄,想了一想,又说下去道:

"但是,我恨军阀们,我不能不爱中国。中国有锦绣般的山河,有五千年的文化,中国也出过许多圣贤和豪杰,中国也有伟大光荣的史迹,我曾含咀她文学的精华,枕胙她贤哲的教训,神往于她壮丽的历史。我的身形由此生长而出,我的性灵由此酝酿而成,我所亲爱的母亲,我所崇敬的师友,也都生于斯,居于斯,歌哭于斯,我怎能不爱中国呢?对了,对了。康长素说:'庄周梦化蝶,我实化国魂。'中国,可爱的中国,你原是我的灵魂哪!

"我不主张狭义的爱国,但说不爱自己国家而能爱世界,我是不能相信的,我们须先使自己的国家好起来,然后才配讲大同主义。我没有到外国来之前,不知他们的生活是怎样,现在得了比较,回顾祖国,更使我难堪了。他们何等安富尊荣,我们何等贫穷屈辱,他们的生命有法律人权的保障,我们连马路上的狗都不如。咳,国家富强不是一朝一夕可得而致的,是要付出绝大代价才能获得的。铁和血,卧薪尝胆的志气,无限的苦斗和牺牲,才是我们救国的代价!

"我是爱国的,永远要爱国的。祖国啊!如果能使你好起来,我情愿牺牲一切。情愿贡献我的血、我的肉、我的生命!"

这是黄帝的一个子孙,大中华的一分子,身在万里海外,感受家国切肤之痛,从血泪中迸出这一段慷慨愤激的言辞!

醒秋除痛恨军阀土匪以外,也隐隐埋怨自己的祖母。为了她一人的固执,几乎使母亲五叔死于土匪的毒手,结果钱财还是不保,何苦!何苦!祖母一辈子是母亲的克星,她大哥的死,祖母要负责。她自己也有半条命送在祖母手上,正因健康摧毁,所以来法不能好好读书。大家庭的制度,片面的伦理道德,她想起来便恨。若不是五四运动,中国不知道还有多少儿女要受这种无谓牺牲哩。

醒秋挂念母亲的病,才收敛起来的心思,又纷乱了。噩梦又在她脑筋中大大活动了。她梦见冲天的火光,梦见如麻的枪刺,梦见强盗狰狞的面目;这还不算,最使她痛苦的,是梦见她母亲,有时见她直僵僵倒在血泊之中,有时见她两手交胸地躺在床上——只是胸前没有十字架和鲜花。

噩梦越来越纷沓,逼得她几乎发了疯狂,她晚上竟至不敢闭眼,一闭眼便看见这些可怕的幻象。

不幸,人生总不免有不幸的时候,但母亲的不幸,何以竟层出不穷?何以偏偏在这一两年并在一起?长子病亡,幼儿又患了不治之症,女儿远在海外,忧伤焦虑又加上病魔不断的磨折,现在又遭受这样无妄的飞灾。这好像是天命预定的,不然何以如此凑巧?

母亲,可怜的母亲啊!你的精神已为儿女耗尽,你的眼泪也为儿女流枯,想你烧热昏眩之际,你目前必常涌现你爱儿的影子,他的丰颐广额,他英秀的双眸,是你平生所夸所爱的。他死了,我知道你还将他容貌镌刻在你心坎之上,永远不会漫漶的。他曾在你梦幻中向你微笑吧?白杨衰草,鬼火群飞,我知道那是你梦魂所游之境,咳!那是如何的可惨!

在病榻上,你定向空气展开双臂,喃喃呓语道:"女儿,你回家了。以后再不要出游了。你应知你两年在外,母亲已经望眼将穿了啊!咳!忍心的女儿……"

当你略为清醒的时候,睁开眼睛,不见爱儿,不见娇女,只看见你那歪着头颅,形容枯槁的小儿子,立在床前,那时,你心里的痛楚我还能想像得出么……咳,可怜的母亲!

醒秋久已疑心不能和她慈爱的母亲再见,现在更认定这个预兆之必应验,她一切的希望都消失了,一切的气力都没有了,日间她钻在被里低声啜泣,直哭得肠断魂飞;夜间为怕噩梦的袭来,两眼睁睁地向着天花板。浑身的血液像海潮般向脑中冲突上来,弄得头痛如裂,口干舌燥,像有把烈火在心里烧。

白朗那几天恰染了流行感冒,请假回家调养去了。三天后,她到伯克莱宿舍中来,舍监告诉她:你的高足病了,这两天饭都没有多吃,常听见她在房里啜泣,想接了什么家信,或者有什么心事。

白朗赶紧走到醒秋房中,见醒秋两手扶头,枯坐灯前,好像沉入冥想之境。白朗便抱住她,与她亲颊,问道:

"我亲爱的醒秋,听说你病了,你哪里不舒服?"

"我这两天头痛得厉害。"醒秋仰起头来说。

"你脸色如此惨白。你的眼皮红肿,好像才哭过似的。好孩子,不要瞒着我,你定有重大的心事,告诉我吧,你还不相信我么?"

醒秋本来想熬住不说,被白朗一爱抚,心里一软,眼泪便扑簌簌掉下来了。她靠在白朗胸前,将家里的不幸和母亲的病,呜呜咽咽地告诉了她,又说母亲此刻恐已不在人间了。

白朗不听犹可,一听只把一个富于同情的她,急得面目改色,她那握着醒秋臂膀的一只手,变成冰冷。

"好孩子,勇敢些,母亲不会怎样的。你接到信时,离开那惨剧几天了?"

"事出于阴历十二月五日,大姊的信隔十天才写,寄到这里已经五十多天了。"

"五十天很长久,你母亲若有不测,电报也早来了。我可怜的醒秋,急昏了,所以这样的神经过敏?"

"我不是神经过敏,我只觉那预兆可怪。那预兆你虽不信,我却坚信其不祥。"

"恳求天主吧,祈祷的力量可以上达于天的。我的醒秋,你从前总不信神,现在何妨为你母亲试试。"

"我想这是命运,命运预先安排定了,谁能勉强?波斯某诗人道:'天命的注定,正如人们之不断的写字,写定了,无论你有多少智慧和虔诚,不能删除它一句,涕泪成河,也不能洗掉墨痕的半点。'命运既系前定,祈祷有什么用呢?我想我今生是不能和母亲相见了!"她说着又流下泪来。

"你错了,你总是东方人的头脑,开口定命,闭口定命。便是真有预定的命运,全智全能的天主,不能胜过它么?孩子,为你母亲起见,快去恳求天主吧。天主赐给你的恩惠,恐怕要在你预料之外呢。"

醒秋还在迟疑,白朗又谈了许多神的灵迹:如耶稣当日怎样起死回生,露德圣母,怎样治愈许多医生认为无可救药的病人等等。

醒秋这时候好像一个坠水的人,茫茫万顷中,既不见一只求生船,又不能游到边岸,抓着一根枯梗,一片木板,也便要死命不放。听见白朗谈了宗教上许多灵迹,她的心便活动起来。而且她现在忧愁痛苦,已达极点,她的灵魂已到走投无路的地步,除了倚靠神力之外,也没有别的力量可靠了。"人穷则呼天,疾痛则呼父母,"她现在才体验到这个心理。

"好吧,我同你祈祷去,如果能得母亲病愈,我就皈依天主教。"

白朗听了大喜,她立刻将醒秋带到小经堂。那里面阒无一人,只有一盏长明金灯,黯黯照射,显出一种宗教庄严的气象。白朗到祭台前,恭恭敬敬双膝跪下,醒秋没法,只好跪在她身边。只听白朗用诚恳清朗的音调祷告道:

"主啊,我今天领了一个可怜的孩子到你面前来,这孩子尚没有认识你,但她的心已倾向你了。她的母亲遭了许多不幸,现在又身患重病,求主灵光照临她,治愈她身心两方面的病。主不是说过的么?'凡有疾病和心里有忧愁的人,都到我这里来。'这孩子的母亲自己不能求生,她替她代求,主是能明鉴的。

"求主安慰她,接受她至诚的祈祷。亚们!"

她祈祷完了,回首对醒秋低声说道:

"轮着你自己了,快用你的全心和天主说话吧,他无论什么都会听许你的。"

醒秋便也虔虔诚诚地,在心里许了一个愿,说母亲的病若真的好了,她定领洗入教。许完愿,白朗又默祷了片刻,两人蹑足走出经堂。白朗教她每晚与法国学生同去祈祷,她说祈祷要诚心,又要天天继续,才有效验。

从第二天起,醒秋果然依着白朗的话做。白朗自己又行种种的祈祷和牺牲(sacrifices),她又叮嘱她八百学生个个为醒秋母亲祷告,醒秋一到补习学校,遇见同班学生,她们总问道:

"醒秋,你母亲的病怎样了?接到家信么?我们替你祈求着天主呢。"

醒秋以后常接家信。大姊有时告报母亲病重了,她便异常焦灼,祈祷加倍虔诚;有时说母亲的病减退了些,她恳求天主的心也便冷淡下来了。

原来人们之归心于神,是在有求于神的时候——失望时求希望,痛苦时求慰安。

过了月余,醒秋又接到大姊一封信,说母亲服领邑某医之药,寒热已退,现在总算没有病了。不过骨瘦如柴,还须好好调养,方能恢复元气。

醒秋接着那封信,心里一块石头,倏然落地。晚上白朗来看她,她高高兴兴地将母亲病愈的消息告诉她。

白朗屈指一算,母亲病退之日,和她们那夜在小经堂许愿之时,相差不过八九天。

"亲爱的醒秋,你现在才信神的力量伟大吧。我们现在应当到经堂去感谢他,第二步你就须预备领洗。"

醒秋一闻母亲病愈,心花怒放,许愿的事早忘在九霄云外了,忽听白朗提起，不觉一呆。照她的心说：她许了愿自应实践，但她对天主教道理究竟不甚透彻，又怕人骂她做帝国主义的走狗，她红了脸，讪讪地说道：

"母亲的病，原说是医生治好的，哪见得便是祈祷的效验？况且我母亲这两年来，好了又病，病了又好，不止一次了。如说这回是神的力量，那几回是谁的力量呢？"

白朗想不到她变心这样快，自然大失所望。不过她原是一个德性极潭粹的人，知道信仰须出乎心中，勉强是没用的。她只好如怜爱，如责备地说：

"谁知你是这样一个负心的孩子，我不爱你了。"她说着在醒秋额角上轻轻吻了一吻。

但是经过这一场忧虑，和一个多月的祈祷，醒秋和天主又接近了一步。

第十三章　他不来欧洲

醒秋自到法国以来,忽忽间已过了两年又半、步入第三年头了。两年的光阴,虽不为暂,却也不为过久,但以她所经历的忧患和变迁的世事而论,即平常人二十年的人生经验,想也不过如此吧。她初到法国时的几个月,身体虽不甚好,而兴致极高,气概亦极壮,像有无穷美丽的世界,横展在她面前,只等她迈步进去这世界便是她的。她几次梦见自己学问的成功,几次预想将来的幸福而沉醉,她颊边常浮泛笑容,眼中时刻闪射青春的欢乐,她行路时,口里总唱着歌,好像胸中有无穷愉快,非发泄发泄不可。常人之情,每以自己的过去为可爱,儿童时代的赏心乐事,每成为记忆中的奇珍。但醒秋却最不喜提起她的过去,一段段遗弃在她背后的生活,她只觉得都是卑陋的,沉闷的,想起来便令人嫌憎的(是呀,那种旧时代闺秀的生活,何足系念?何况她的家庭又是那么个家庭?),她只憧憬于她的将来,将来逐渐展开的黄金时代。后来家庭迭生变故,她的精神所受打击甚重,她的生机渐渐憔悴,兴味也渐渐消沉了。她明亮的眼光,变成阴郁,脸上褪尽红润的色彩,时常唉声叹气,视世事无不悲观。她对于儿时的纪念,以及逝去的韶华,居然觉得有无穷的眷恋,无穷如人间之视天上的欣慕,她已经不是初来法国时的她,她已经变为一个多愁善病的人儿了。

但她在法国心境虽这样不顺,读书又这样无甚成绩,家里又常写信来劝她早日回去,她却还恋恋于兹邦,不忍作言归之计。

一到法国,便不想回家,这不是醒秋一人如此,实为留学界普遍的现象。有钱的子弟,浪迹巴黎市上,出入金碧楼台,拥抱着明眸善睐的舞女,酣饮美酒,醉倒于浓烈的花香中,他们说"此间乐,不思蜀",也还合乎情理。但也有些人,穷得不名一钱,以借贷做工度日;或家庭像醒秋一般多故,函电纷驰的叫他们回去,他们还是一再淹留;即勉强言归,而三宿空桑,犹如余恋,这又是什么缘故呢?

据醒秋个人心理而推测他人,留学生之爱恋法国,一半为学问欲之难填,一半为法国文化的优美,实有教人迷醉的魔力。法国教育发达,又为先进的国家,高中学生,其智识程度,都堪与我们大学生相比,甚或过之;相对之余,不免使我们自惭浅薄,对于学问,遂更抱一种热烈的研究心。而且图书馆中书籍浩如烟海,博物院或陈列所,杰刻名画,满眼琳琅,美不胜收,且都有深长的历史。时时有收到美感的机会,处处是可以吸收智识和获得优良教训的环境,只要这个留学生是一个真心求学的人,不是想骗一张文凭或一个学位回去欺人的人,而对于文艺又有特殊嗜好的人,置身于这样的国家,自必自视歉然,抛去速成的观念,而建设长时期读书的计划;自必沉酣陶醉,流连忘返;这是一个原因。至于风俗是这样的优美,人民道德是这样的高尚,社会组织是这样完密,生活又是这样的安定,不像中国之哀鸿遍野,干戈满地,令人痛恨的罪恶,层出不穷,惊心动魄的灾变,刻刻刺激乎神经,两下一相比较:一边不啻是世外仙源,一边不啻阿鼻地狱,或血腥充塞的修罗场,谁不愿辞苦就甘?谁不愿身心宁谧?将来回到阿鼻地狱或修罗场讨生活,是无可如何的事,但能够在世外仙源多住得一天,也就算多享受了一天幸福啊;这又是一个原因。

不过留学生一面迷恋法国,一面又觉得作客况味,孤寂可怜。法国人待客优渥,颇有高卢民族的遗风,而平等博爱,又为他们立国的信条,无论红黄棕黑,一视同仁,不以国势的强弱,生出待遇的差别。虽然有点做面子,不尽出于至诚,但"宾至如归"四字,他们真可受之而无愧。留学生旅法久者,游于英德等国,归来辄大骂彼邦人之无道。因为法国女居停,款待异乡客人,极其周挚,主客之情,有如母子,而英德民族,一则傲慢自大,一则狂暴无礼,对于黄面皮黑头发的中国人,尤其欺侮得厉害——虽然我们中国人,不知发奋自强,有召人轻视之道,但他们也未免过于可恶。比较之余,法国人之厚客,真可在各种民族中首屈一指。醒秋居于伯克莱宿舍,享尽优待,受尽爱抚与慰安,也是一种证明。但留学生处于这等环境里,"思乡病"仍然剧烈。故国在我们想像里,成了一种极奇怪的东西,一面怕与它相近,一面却又以热烈的爱情怀慕着它。法国人虽与我们亲热,而以风俗、文化、种族,太不相同之故,我们心灵仍有一种不知其然的隔膜;我们在此邦作客时,一方面似乎乐不思蜀,一方面又日夜怀念家乡,留学生大都有一种烦闷病,留学愈久者其病愈深。这种心灵上的矛盾,非常令人痛苦。

醒秋的朋友陆芳树女士是一个思想极透彻的哲学者,情感极不易动,但她到地雄进了一年中学,偶然遇见一个略曾相识的同国女士,她高兴得像见了亲人般,对她诉说许多客中的苦闷,对她流了无数的眼泪。暑假时回到里昂,有如久客者之归故乡,全身心得了一种解放的快乐,大家取笑她,说童养媳逃回娘家了。

"法国人虐待了你么?"大家问。

"不,她们待我优渥异常,但我只觉得孤寂,一种说不出来的孤寂。"她回答。

是的,作客异邦的人,都感到这种孤寂,这种说不出来的孤寂。醒秋在伯克莱宿舍,白朗像母亲一样的爱她,而她思家之念,岂惟不能消灭,反而日益深固。她时刻盼望故乡给她的消息,虽然那些消息是偏于坏的方面多,但她总是要听。姊姊写给她的信,不是说母亲又有些不适意了,二哥才诞生几个月的小儿子夭亡了,三弟成了极怪异的神经系症,医生断定终身不治的了;便说父亲失掉差使,或春间故乡发大水,将门前石桥冲塌,坝塘工程,毁损大半;或今秋久旱,收获大为减色;或家里失了窃,偷去不少东西……这些话都是姊姊东拉西扯来做写信材料的。时过境迁,在写的人,已觉其平淡无奇,然而醒秋读了仍然会发生重大的不安。她每次接到家信,心先跳跃,手先发抖,有时候竟很无道理地痛恨家人不知体贴作客人的心理,将这些话来刺激她。但家人将事隐瞒了些时,被她发觉,她又大生其气,说家人不将她作为家庭的一分子。在她信里,家人都觉得她国文退化,信写得拉拉杂杂,不大清顺,而性情却变得比从前难缠,越发不放心她之在外国了。

法国饮馔精美,冠于全世界,点心更为有名,醒秋却时想吃中国的食物。她想念故乡的茶叶、香肠、香料腌制的鲫鱼、盐菜和酱萝卜。甚至辣椒和臭腐乳,都变成想像中顶好吃的东西,恨不得教家人寄给她。但寄费极贵,而且不易邮传,家人也无法满足她这种欲望。她极爱中国丝织品。哪怕中国绸缎,易皱、易褪色,她弄到几尺材料,也视为至宝。她把从中国带来的旧绸衣,改为不三不四的短衫,听人赞美一句,不啻九锡之荣。又喜从中国饭店,买一点中国茶叶送法国朋友。可怜的中国,除了丝茶而外,还有什么能和人比呢?即以丝茶而论,也不过徒有虚名而已,原料已不比从前了。但人在外国,爱国之心,极为浓挚,只要能为祖国争一点光荣,心里便觉得有无可比拟的快乐。这种心理是要到外国后才知道的。至于中国新出版的书报、杂志,大家简直想得做梦。偶尔中国寄来一本书,同学们便抢着借看,每每将一本新书,看得像旧钞票般的破烂和污秽。

醒秋略为知己的朋友,都已离开里昂,回到中法学院,也觉索然无味。她虽与法友同游,仍感到踽凉吊影的寂寞。天天在温柔的笑靥和真心的抚慰之中,还像置身于茫茫荒岛之上,"寂寞呀!寂寞呀!"她的心灵,只是这样呼喊着。她想有一个知心的伴侣,那须得是一个同国的人,最好是一个亲人。

一个同国的人,一个亲人,谁能合得这种资格呢?母亲么?母亲若能到法国来,固然是千好万好,但这是永远做不到的事,她也不去妄想。自己的兄弟姊妹么?他们若能来,亦未常不妙,但好像这还不是她所想念的。她所想念的,究竟是谁?她也不能回答自己,但在这时候,那秀眉广额的青年影子,却又无端浮上她的心灵!

渐渐地,她自己寻出烦恼的原因了。家庭的不幸,客中的孤寂,固能使她忧郁;思想的混乱,人生观之茫无标准,也足使她陷于所谓"世纪病"之中。但她心灵为什么总感着一种填补不满的空虚?为什么常觉有一种无名的烦恼缠纠着她?呀!她明白了,上天造人,给了他们以血肉的躯体,同时赋以爱情,无论男女,虽有迟早之不同,都有一个烦闷的时期须得经过。她现在的人生旅程是正走到这个关口上。这原是自然之理,无从讳也不必讳的。

醒秋的知识的启发,本较他人为迟,而求学的野心,又异常强盛。两年以前,她对于爱情,岂惟毫不理会,而且还视之为极端的无聊。她每见同学之辍学结婚,辄大为惋惜。她以为人一结婚,什么都完了。人想在学问上成名,或干一番事业,最好是独身,她每每想抱独身主义。

如前文所述,她为想升学,抵抗家人的逼婚,曾害过一场大病,她就是这末好胜,除了学问,什么都不放在心上。她每闻人家向她提起何时结婚的话,辄怫然不答,她有一种处女的尊严,一种自由的骄傲,一种远大前途的希望,决不为什么结婚而断送。

初到法国,她还是无爱无憎,翛然物外。虽有几个异性朋友,除讨论文学之外,不常交流。她也曾遇着重大的诱惑而能不为所摇撼,这样看来,所谓爱情也者,似乎永远不会同她发生交涉了,谁知道她也有做爱神俘虏的时候。

她若能用心读书,使情感变为升华作用,她的情绪也不会如此扰乱的。自丹乡到里昂中学那几个月的勤奋,她曾得到书中三昧。只觉"读书之乐乐无穷",那就是一个经验。不然,若叔健同她通通热烈浓郁的情书,使她的一颗心有所寄托,她爱情的源泉,有了正当的发展,她的心境也会比较舒畅些。但愁的病不断的牵掣着她,使她不能发奋用功;而那位未婚夫又是永远的冷淡着她,"万种风情无地着",这一句好诗,正可为她那时咏。

她对着春花秋月,遇着良辰美景,辄怃然兴感,惜共赏之无人。暮春三月,杂花生树,群莺乱飞,她躺在如茵的芳草地上,樱花的残瓣,随风飘坠,缀在她肩上、鬓边、衣衫间,夹带着一股醉人的清芬。流泉潺湲,催送她似锦的年华,蝴蝶双双,如挑如逗的在她面前飞舞,她心里每忽忽如有所失。这时候她觉得有一种散漫的轻微的温柔感觉,弥漫于整个心灵,她一缕袅袅的情绪,如不可见的游丝一般,随风飘去,消失于沉寥的苍空,渡过碧漫漫的大海,要在太平洋的那面,寻找一缕同样的不可见的游丝,同它缠绕在一起!

也是合当有事,自从上一次叔健拒绝来欧后,两下都有些介介,通信比从前更稀,措辞愈觉敷衍,他们的感情,已介于将断未断之间,所维持他们的,不过是名分问题而已。但有一天,叔健忽来信说自己病了,已在工厂请假数星期调养。醒秋身在客中,深知作客的苦况,听了这话之后,引起人类的同情,而未婚夫妇的爱情,亦因之而热。她接连写了几封信去慰问。叔健复书,常述病中寂寞心理,语气颇觉温和。过了半个多月,叔健又来一封较长的信,说一病之后,不禁引起思乡之念,自念游美以来,星霜忽已五易,学业已成,淹留无益,已打算整装作归计了。又说他的大哥生了两个孩子,寄来相片婉娈可爱,他本来喜欢小孩,见之爱不忍释。而且大哥家室和谐,极人生之乐事,也令他有无穷之歆羡云云。

醒秋一读那封信,心里顿时慌乱起来,叔健一回国,不出三个月,她家庭召她回国的金牌,是要联翩飞至了。她原不敢久留法邦,但法文才弄清一点头绪,总想再留一两年,将学问告一段落。她不敢希冀什么硕士和博士的学位,但至少也须混得一张文凭或一张大学修业的证书,以为将来活动于社会之地。

叔健来信素不作一温柔语,于今却有些不同,他也会感觉客中的苦闷,他也会爱怜小孩,可见他未尝没有感情;而且他居然歆羡大哥的室家之好,这难道是没有深意存乎其间么?

醒秋一则怜念叔健之病,一则见这样一个木强人居然有动感情的时候,以为难得,就不免误会了他的意思。再者见他东归即在目前,深恐自己学业受累,时机紧迫,未免来不及深长考虑,更来不及讲什么矜持。她立刻写了一封快信给他,开诚布公地同他谈了自己求学的苦衷,劝他回国时,取道欧洲和她相见一面。如他肯在欧洲再读一二年书,那末她更为欢迎。因为她在这里没有一个朋友,未免时常感着寂寞……

醒秋想叔健之来欧,固然为的要解决一切的问题;而还有一个问题,就是她和白朗的友谊,须趁此一为结束。白朗对于醒秋,用尽心机,想劝她信教,醒秋总是不肯,白朗失望之极,只有趋向祈祷之一途。她近来脸色更苍白得可怕了,饮食更减少了,她暗地里还有许多牺牲,为醒秋所不知道的。有一次,一个同学泄漏了一件事,使醒秋十分过意不去。白朗有一个朋友,患病五年,白朗护持她胜于骨肉,两人交情,真是如胶如漆。但白朗一日忽去见那女友,说她将求天主感化一个中国女郎,她已经行了许多祈祷,现在愿更以她们深厚的友谊,付之断绝,以后永不相见,永不通信,这痛苦在她是很大的,但她愿将这痛苦贡献于天主,以为祈求的代价。那女友也是一位信心坚固的人,随即允许了她,两人很亲热地拥抱了,挥泪而别,从此两下果然不相闻问了。醒秋在马沙修女及白朗的口中,也渐渐知道了一点"祈祷"和"牺牲"的意义,但她是个中国人,唯物思想似乎是与性灵以俱来,成为一种先天性。她总觉得这类事没有什么意思。不过白朗的至诚,却使她非常感动。她想留在伯克莱宿舍里,既不愿信教,徒使白朗为她受苦,问心实不能安,不如辞去之为得计。但她一提要走的话,白朗辄百计挽留,甚至汪然欲涕。醒秋原也是一个多情的人,又委决不下来。

叔健若来法国,她一定陪他到巴黎等处旅行,就此结了婚,那么她可以脱离伯克莱宿舍了。

她写信给叔健后,以为这一趟再也不会失败。只要叔健是个男子——至少是一个人,他定能鉴她苦衷而成全她的。他到欧洲来有什么损失呢?哪一个留美的学生回国时不顺道到欧洲一游,以扩眼界呢?

她的精神又有些活泼起来了。她预想叔健来欧,她如何的招待他,如何同他去旅行。她更要揭开神秘之幕,看看叔健到底是怎样的一位人物。平常读书时,偶投一瞥的眼光于叔健的照片,辄为停睇不瞬,她心里每觉怀疑,这样一个青年,竟不解柔情么？天既赋之以俊秀的容貌,难道会给他一颗木石的心么？他对她的冷淡,或者是报复从前拒嫁之仇吧？但叔健之去美国,全在她之一激,不然他在本国大学还不能卒业呢。求学是好事,叔健应当了解她的心的;况且他不是浮薄儿郎,想不致恶作剧至此。或者面皮生得过薄,对于女子未免怕羞吧？是的,他好像是一个极怕羞的人,他写的信,字里行间,常含腼腆之态,他常说怕与新式放纵的女子周旋,都足为怕羞之证。总之,叔健到法国后,她要一一问他,不许他更掩饰。

　　她既预备和叔健结婚,不得不置几件衣服。她对于服饰素不注意,所以不知应当如何选办,只得跑到中法学院,请同学指导。那同学见她忽然讲求衣服起来,深以为异,问其所以,醒秋性情本极浅薄,胸中藏不得芥子大的一点事,而且这次断定叔健之必来欧,未免得意得过了分儿,也不管这件事可以宣布与否,竟微笑说道:"你不要去告诉人,我就说给你听,我不久要结婚了。"随又扯了一谎,说:"叔健自己来信说要来欧一游,她已几次复信推托,但推托不掉。"

　　她缝纫衣服时,弥漫于她心灵中的温柔情感,一缕一缕抽出来,又深深密密地纫入衣服里。她的心微微跳荡,每忍不住要在衣缝上轻轻地亲一个吻,回头再将叔健的相片仔细端详一下。

　　他们将手握手地坐在锦幄银灯之下,互相倾吐了灵魂深处最神圣最秘密的话言。月廊边,花榭畔,将时见他们的亭亭双影。再到公园,见了那绿阴深处,情话喁喁的男女,她也再不羡妒了。他们要贯彻及时行乐的宗旨,为最愉快的蜜月旅行:到湖山明媚的瑞士,到阳光灿烂,花香鸟语的意大利,到森林广野的北欧……

　　这个期待,在她是很久的了,现在是要成为事实了,她天天盼望叔健的信来,几乎上课都没有心思了。

过了二十多天,叔健才来了一封信。拆开一看,笔迹很潦草,语亦简短,好像是不耐烦而勉强写的。信里的话,真是出乎醒秋意料之外。他大约是这样说:

我早告诉过你,我对于旅行,是不感一毫兴趣,到欧洲去做什么? 至于结婚,我此刻亦不以为急,你想在法国继续留学,我再等待你几年,亦无不可。

这是第二回被叔健拒绝了。她万不能忍受了。她拿着叔健那封信,气得手足冰冷,浑身打战。你看吧,这寥寥数十字内,不是充满了一片烦厌、一片奚落、一片冷笑之声么? 他不是似乎这样说:你不能等待了么? 我却偏能等待。你几次想我到欧洲,我偏不来。其实我并不想和你结婚,请以后不要再缠我。

第一次的事,醒秋心上已经留了一个伤痕,这一次更痛楚万分了。叔健这种不近人情的行为,果然做得太过,她的高傲,她的尊贵的女儿身份,她的温柔的情感,是太受伤损了。况且叔健这种行为,岂但伤损了她的气节,还蹂躏了她的爱情,这爱情是她所视为生命一般重要的。她是为了叔健,为了他是她的未婚夫,冒多少危机,受多少辛苦,方得以保全的。她虽然不过是一个平凡的女青年,别无可夸的奇才能,但她这颗心,如玉之坚、如月之皎、如珊瑚之红、如天使白衣之纯洁,原是很可贵的。她本想有一天郑郑重重地将这颗完全的,无玷的心,赠与叔健,以为定情时珍贵的礼物。谁知道呢,他竟冷笑着接过来随手抛掷了! 王尔德童话里有一个故事说:青年诗人把取自己夜莺啼月般的心血,染红一朵玫瑰花,贡献于他的情人,他的情人却嫌其不如宝石的珍贵,将它丢在大路上。车轮从花上碾过,那一朵可怜的花,化为一片香尘,随风飞去;诗人的心,也随之而碎。现在她的心也碎了!

醒秋虽然好幻想,爱诗和艺术的趣味,但她的思想到底不离实际的范围。她理想中的男子和事实的距离,还不过于悬绝。她知道那些为取媚于爱人,而到悬崖之下,采取紫罗兰,结果为澎湃洪涛所吞噬;或者跳身如山的火焰中,拾取情人抛进去的戒指的那些男子,都是诗人理想化的人物,事实上是不会有的。但醒秋和一班女同学,无事时戏论选择男子的问题,她理想中最高男性的标准:须有学者冷静的头脑,诗人热烈的性格,同时又有理学家的节操,为爱情固可以赴汤蹈火,牺牲一切;为事业,也可以窒情绝欲,终身不娶。比喻得有趣一点,一个十全的男子:要有春水样的柔情,磐石般的意志,春花似的烂漫,大火般的热烈,长江大河似的气魄,泰岱华岳似的峻严。

男子的性情大都是猛烈的,进取的,自动的,而女子则比较的冷静、保守、被动。男女之互相爱慕,就系于这相反的情性上。男子爱女子的温柔,而女子则慕男子的豪爽。一个男子一味儿女情长,英雄气短,像贾宝玉型的人物,醒秋在幼年时代不是便认为一无可取么?而且男子向女子只管粘粘搭搭,知进而不知退的用情,也容易引起对方的烦厌而遭失败,醒秋从前之不爱秦风,或者就是因秦风用情的方式不为她所喜。须知女子之所以倾倒于男人者,是要他像个男人,这就是醒秋自幼所拟的男性标准:要有堂堂丈夫的气概,和充分男性的尊严。

不过像醒秋理想的男子,固然可爱,而自己能否相称,也须先问一声,攀高妄想,徒贻人以笑柄,她也是不愿为的。退而求其次而又次者,至少也须合得上"意志坚刚,感情深厚"八字的批评。

她从前将叔健的冷淡,常作意志坚刚的表现,后来听父亲说他拒绝美国女郎的一件事,以为更足证她猜度的不误。她说"君子之交淡如水",叔健之淡,或正是爱情能持久的好处,所以对他还存着三分敬意,虽然她对他没甚爱情。

现在叔健给了她这个大大的精神伤害,她似乎认得叔健的真面目了。他并非什么意志坚刚,不过是个天生木强人,天生没有感情的人罢了。你看他对于人生种种乐事,都不感兴味,那末,他将爱情当作可有可无,无足轻重,又有什么奇怪呢?他不见得是一个女性憎恶者,但他与女子周旋时,缺乏男子本来的进取勇气,所以对女子从来不敢吐露真心——因为他怕引动了对方的感情,使他无法应付——大凡怯弱的人,总喜作为严冷之态,以掩饰他周章失措的举止,久而久之,习惯成为自然,便变为一副冷心肠,或成为兀傲自大的人了,叔健或者就是这一类型的男子。至于目不邪视等美德,适足证明他是一个不解风趣的鲁男子罢了。女子所爱的男子,却又并非鲁男子之流,喔!女子的心理真不可了解。

但这些都还可恕,最可恶者,他不该不体贴女子的心理,说出这种教人难受的话。她以为男子对于女子总须有相当的礼貌——不怕是出于虚伪的——有些事男子可以忍受,而女子却不能忍受,有些话男子听了付之一笑,而女子则会引起伤心,女子的神经较为脆弱,心思较为灵敏,男子是应当注意的。

叔健两次用斩截的话拒绝她的爱情的表示,分明是一种狂妄的举动,是一种故意加于她的侮辱,她愈这样想,愈把叔健恨入骨髓了。而且这事在同学方面,久已传开,人人都知道叔健要到欧洲来和她结婚,现在忽然成了虚话,同学虽未必耻笑于她,她总觉得惭愧,只觉得大大地丢了脸。

她写了一封信,回复叔健,写完自己一读,竟成了一封极决绝的离婚书。

但在这时候,她的理性,还没有完全失却作用,她怕叔健将她这封信寄给她的家庭,惹起轩然大波,所以她只好将那封信撕了,另写一封。不过无论她怎样的捺定心性,激烈的言辞,仍会像泉水一般,从笔尖喷涌而出,结果那第二封信写成后,又付之字簏。

"我太像个荏弱的女性了,这算得怎样一回事,不理它得了。"她有时失笑着对自己说。理性教她平心静气,将事理考察清楚而后落笔,感情却像一个恶兽似的在她心里乱踢乱咬,发狂般呼喊,要她先把叔健大骂一顿,报复两回的耻辱,然后一刀两断地和他断绝。她也知道在气头上写信,是不会写出好话来的,所以想定一定心再写;可是,不行,这股气绝不是这样容易消得了。她在家时曾和姊妹兄弟吵过嘴,在学校时也曾和同学怄过气,无论怎样的委屈,过了几天,就忘记了;和叔健闹意见时,她偏偏不是这样。读书,出去看电影,似乎暂时忘记这灵魂的创痛,但一想到这件事,又觉得心里有芒刺在戳。胸中的野兽被理性的鞭子,制得暂时服帖,一个不留心,又被它狂噬起来。这愤恨如此厉害,真是她平生未有的经验,连她自己都禁不住深为诧异。

她写给叔健的信,写了六七回,撕了六七回,结果是理性略为迁就,感情也略为宁帖,才写了一封极短的信给叔健道:

"你的行动,有你的自由,你不愿来欧,我也不便干涉,不过从此我们不要再通信吧,老实说,我同你通信实不感一毫趣味。"

这样一封文不对题的信发出去后,醒秋心里才略为舒畅了一点。

不多时叔健又来信了,他说自问并无开罪之处,何故她要不同他通信?至于欧洲之行,他实不能从命,只有请她原谅。又说中国朋友已替他在上海工厂觅得一个位置,机会不可失,他数日内将即束装东归了,信后附着中国通信的地址。

醒秋已决意不和叔健通信,他之归国与否,她也不在意中。但她自从这次事故发生后,心里更觉烦闷,更为孤寂。以前自觉此身如在茫茫荒岛之中,但海波尽处,仍有灯塔的光,不时闪耀,现在连这点隐约的光明都不见了,海天如墨,她已沉入死的境界里了。

她所预期的事实,不久实现,她的家庭闻叔健回国,竟写信叫她回去。醒秋想趁此机会,解除这项婚约。她写了一封信将叔健冷酷不近人情之处,详细报告于父亲,结尾则表明了她要离婚的意见。

父亲素知醒秋脾气倔强,又因她身在海外,管束有所不到,怕她做出什么与旧家庭冲突事来,所以每次写信给她,总是带着温慰口气;这回却惹起怒火,回信把女儿严厉训饬了一顿。并说离婚之事,有辱门楣,她若不听从家庭命令,他是要强制执行的。即她自己轧死于电车之下,他还要将她的一副残骨,归之夫家的陇墓!

这几句话将醒秋气得几乎发疯,她大骂道:

"老顽固,你要做旧礼教的奴隶,我却不能为你牺牲。婚姻自由,天经地义,现在我就实行家庭革命,看你拿什么亲权来压制我?!"

她本想剧烈地反抗她的父亲,争回她的自由。她终身的幸福,关系于此一举,这是万万不可随便放过的。子女为父母牺牲,是东方吃人礼教的意见,她不能服从;而且她还仿佛看见一本外国生物学的书说:只有父母牺牲自己,保全幼者,幼者不能牺牲自己,保全父母,因为这是自然的法律。

但是大姊代母亲写的信,接接连连地来了。母亲并没有呵斥她半句,只是拿极伤心的话,哀求着她。她说:女儿,我愁病交缠,看来是不久于人世的了。你若顾念我,请听从我一句话,与叔健言归于好吧。你以为他不愿到法国来,就算是侮辱你么? 那末,你从前的拒嫁呢?……

叔健不肯来法,原不能算是侮辱她,他的信也没有什么显明的侮辱言辞,醒秋也承认的。但是这种微妙的精神上的创痛,母亲哪能了解? 非但母亲不能了解,恐怕连叔健也不了解吧。她还想同母亲抵抗,但一想到她那饱经忧患的病躯,又不禁凄然泪下。

醒秋虽是旧家庭出身的人,但她的头脑经过五四运动的大解放,成了个唯理主义者,前文已曾提过。什么主义,什么学说,她都要先拿来搁上她那理性的天平,称量一下,与理性平衡者从之,否则置之。至于什么权威,什么教条,她一听便先引起莫大的反感,别说接受了。这时代的知识分子都是偏于否定性的,也是充满破坏性的,醒秋自亦不能例外。

不过醒秋是个富于美感的人,文学、绘画、雕刻、建筑的美,她颇能领略,德行之美,她认为更在这些以上。她不是曾在自己日记里写过:"道德之美,原是世界上最高之美。"及孟子"理义之悦我心,如刍豢之悦我口"那些话么? 其实理义之悦心,何止刍豢悦口不能譬拟,世界上什么美的东西都不能相比。她虽不敢遽尔相信"人为万物之灵"的那条定理,不过道德观念,她认为恐怕也只有圆颅方趾的种类有,飞走潜跂之类是不足以语此的。她并没有研究过宗教,不信物质世界之处,还有神灵的世界,也不信人有灵魂——马沙修女虽说一个人的灵魂,大过整个的宇宙,她总觉得那不过是宗教家的说法,在她看来,实觉不可思议——不过她却从文学上得知"灵"与"肉"的对峙,"灵"与"肉"的斗争一些话。在文学家写的时候也许只是一些口头禅,醒秋却真的把这两者看成截然不同的事物。她把"肉"当作一切物质的代词,"灵"当作一切精神的代词。

物质欲望人与禽兽所同具,而人类则更有要求上进的愿望。这要求上进的愿望,醒秋在为升学问题那场苦斗里已经深切体验过了。人类要求上进的天性,包括高深学问和卓越才能的追求,光华圆满人格的创造,促进文化利济人群事功的建立,醒秋以前也曾分析过,研讨过了。不过人性贤愚不等,后天的教育环境又多不同,秉性善良者加以好的教育环境,他的要求上进之心,得到顺利发展,便成了豪杰圣贤人物,反之则成盗贼小人一流。

处艰难险阻之境而仍不屈不挠,淬厉奋发,终于完成其学问事功与德行者,其可钦佩更在环境优良者之上。

现在舍学问事功专论德行。醒秋认为德行有如真理,是永久存在的。它的意义容或随时代而改变,它的价值则历劫不磨。正如晦明风雨,气候变迁,明月一轮,清光万古!

她对中国旧道德虽多否定,对旧时代的德行人物,却仍给予相当的敬重。她常说以现代眼光和准绳来看过去的人物,决非尚论古人之道。譬如忠孝节义这类道德,女虽嗤笑为封建产物,但对忠孝节义的人,她却从不敢菲薄。

她最爱忠贞之德,对历史上的忠臣贞士,每仰慕异常。而异族凭陵,中原板荡之际,一些挺身出来的孤臣义士,赴汤蹈火,百折不挠,挥鲁戈之颓阳,捧虞渊之落日者,则更为喜爱。所以当她读文天祥、史可法、张煌言、郑成功这类英雄的传记,热血每为腾涌,流下来的眼泪,每每沾湿了书页。

她的家庭分子虽只是些平凡人物,但谈到忠贞之德,却也有几个令她起敬的人。

她的祖父不过是满清末代的一位州县官。在浙江各县经历二十多年,虽无特别政声,在那普遍贪污舞弊的空气里,他力自振拔,也算是个起码的循吏。辛亥那年,黄鹤楼头飘起了革命的大旗,满清皇朝倾覆,祖父头上那顶乌纱也随之飞走了,他携带一家大小十几口男女,避入上海租界,租了一幢弄堂房子住了下来。他多年积蓄的宦囊,为了一个钱庄的倒闭而化为乌有,手中虽有点现款,以食指过于繁浩,不免弄到典当度日的地步,生活过得颇为拮据。

民国成立,气象一新,他旧日的同僚,渐渐从隐伏的角落钻了出来,一个个混进了新政府,仍旧做他们的官,捞他们的钱。醒秋的祖父呢,辫子虽然剪去,却立志要做遗老。当他困居上海时,那些旧日同僚每到他家苦口劝他"出山",并对他说道:像梁节庵、清道人之流,文采风流,照耀当世,做了遗老,将来历史上也许还会留个清名,你我则不过是些风尘俗吏,不会写文章替自己吹嘘,便真的饿死首阳,谁又知道?老兄这么固执,又何苦来?"识时务者为俊杰",我劝老兄还是随和些好。祖父听这些话,每笑而不答,送客后,他对醒秋的父亲说:这些人满脑子填塞着名利观念,做遗老也以名为条件,得不着名,他们便不愿为,竟不知什么叫做"良心"什么叫做"人格"——祖父也懂得一点新时代流行的名词——未免太可叹了。况且听说这些家伙在新政府做了官以后,贪污如故,鱼肉小民如故,甚或搞得比以前更凶。因为他们总觉得新政府是他们从前"主子"的敌人,对于敌人,可欺骗则欺骗,可拆台则拆台,是用不着讲什么忠实的。共和政府让这些腐败分子混了进去,我看民国的前途,怕难得稳固呢。

祖父的话,后来果然应验。革命成功未久,变故迭生,内部初则有袁世凯帝制自为,继则有北洋军阀的混战;外部则帝国主义者的经济侵略,日益加紧。战火不息,遍地疮痍,民生凋敝,膏血尽而竭,大好的国家处于风雨飘摇之中,岌岌不可终日,这难道不是由于腐败势力,未曾彻底涤除,而腐败势力之不能彻底涤除,又由于腐败官僚混入新政府的缘故么?

不过这都是后来之事,祖父并未目击,他自沪返里,未及二年,便因贫病交迫而逝世了。

醒秋记得在故乡时,祖父经常穿着一身粗布短褂裤,灰白的头发和胡子,经常不甚修理,任它长得很长。每日天色微明,全家尚在梦乡,他已独自起身了。他慢慢走到厨房的灶下,自己点火发柴,烧一锅水,洗脸,泡茶,便开始磨墨练字。黄糙的裱心纸,陈旧的报纸,都是他练字的材料。他的字极有工夫,但从来没见他为人写过春联楹对之类,不过借此消磨岁月而已。

有时,旧日同僚写信到乡间邀他出山帮忙,他读过以后,一声不响,将信纸捏成一团,向字篓一扔。祖母为这件事曾同他争论好多次,有时老夫妇为此反目,多日不交一言。

革命以前,醒秋浑噩无知,革命后,她在上海读了些满清入关时罪恶史和历代残酷的文字狱,对满清皇朝,才开始发生仇恨。但对于她的祖父之忠于故君,却认为值得钦佩。祖父那种沉默寡言,眼光凄黯的"暮年烈士"的印象,镌刻于她心版,永远不能模糊。

她只觉得这是美。到底是怎样个美法,她也说不出个究竟,因为那时她年龄尚轻,学力不足。后来她学了点美学,才知道这是美学上所谓崇高悲壮之美。

她的母亲不也是这一类型的人物么？她对于祖母的竭忠尽命,数十年如一日,不是常人之所难么？也许我们可以这样批评她:她没有读过书,心地单纯,自幼梏桎于旧礼教莫由摆脱;甚至我们可以说她的孝行是迫于积威之下,不得不然。但她的妯娌也是同一时代的人,何以偏不向她看齐？况且她除了对公婆的孝以外,还有无数的淑德懿行呢。所以醒秋认她母亲正是属于那排除物质的障碍,达到精神上完全解放的一类人。她的本质原如一块佳璞,自己又朝斯夕斯,琢磋磨砻,终则使得那方美玉,莹洁无疵,宝光透露,成为无价之珍。

在旧时代贤孝女人的典型里,"一代完人"的考语,醒秋的母亲,确可当之而无愧!

就像这样,醒秋对她母亲,天然骨血之爱上,再加上平日对她的崇敬,她们母女的情感,自异乎寻常。现在她面临这样的重大的问题,她当然是要考虑的。

假如母亲的地位换了她的祖母,则醒秋家庭革命的旗子早扯起来了。假如她母亲是寻常庸碌自私的妇女,或对子女惟知溺爱,不明大义的为母者,则醒秋也顾虑不到这么许多。不幸的是她现在家庭革命的对象,偏偏是这样一个母亲,那么,她牺牲母亲呢?还是牺牲自己呢?

有时她想母亲礼教观念虽强,对女儿究竟慈爱,她解除婚约之后,母亲虽暂时不快,将来母女见面,母亲还是会宽恕她的。不过祖母的咕哝,叫母亲怎受得下?这一位家庭里的"慈禧太后"对于这个饱受新思潮影响,满脑子充塞革命观念的醒秋,固毫无办法,对于那多年绝对服从她的媳妇,则仍可控制自如。她是要透过她的关系来压迫孙女的。醒秋又想起了母亲南旋的"预兆",和摩尔老修女发病之夕的"噩梦",她又顾虑横生了。

"我终不能为一己的幸福,而害了母亲!我终不能为一己的幸福,而害了母亲!"她喃喃地念着,但羞辱和愤恨,像赤铁似的烙着她的心,愈烙愈痛,她也誓不再嫁叔健。

到后来她忽然想着一条退路了。她说白朗想我信教,我就去信教,信了教之后我就跟着她出家。这于旧家庭名誉无损,而自己却可以免得受以后爱情的魔障。本来情场退步,便是空门,人到心灰意冷时,便想到宗教中寻求安身立命之地,左先生之想出家当教士,父亲从大哥死后,长斋奉佛,不已给了她以很明显的暗示么?而且芳树那几句冷隽的话,又像在她耳边响:"我想获得一种宗教信仰,不然,就堕落于一个恋爱命运中……"

她于是复信于她的父母,仍说了不少怨恨的话。到后来,她说:"解约缓议可也,与叔健言和,则万万不能。儿宁可披纱入道,亦不委身此人,家人若更强迫,或有甚于此者,幸勿后悔!"

过了几天,她忽然自动地对白朗说道:

"我现在决心领洗入教了,以后还和你一同去出家。"

第十四章　皈　依

我们书中主人公杜醒秋小姐再出场与读者相见时,她已经成为一天主教的信徒了。白朗想醒秋皈依,已有年余之久,虽然受过许多挫折,她一点不肯灰心,口舌所不能折服她者,更济之以恳切的祈祷,人力所不能至者,更倚靠神的恩宠。精诚所至,金石为开,她果有盼得醒秋领洗的一日。她那时的踌躇满志,那时的满腔感谢天主的热忱,决非寻常笔墨所能形容。醒秋只记得领洗之前,白朗无日无夜地挂记着她这件事,她忘了她的母亲,忘了她的八百学生,甚至忘了吃饭与睡觉,只是要和醒秋在一起。她把她全心的热爱,倾注于她。每天从百忙之中抽出工夫教她教理。醒秋在福卫尔大教堂由白朗神师卡亥老神父手中领受洗礼的那天,白朗始终在她身边襄助一切,她脸儿比平时更白,嘴唇更青,两眼却炯炯发光,她全身像感受电气,说话都吃吃不成词句。当她和醒秋在教堂门前分别时,千抱百吻,说不尽的亲爱。她去了又回转,回转了又去,在那福卫尔山坡上至少打了二十次回旋。她只是喃喃地说:"呀！我感动极了,我感动极了!"

至于醒秋呢,她那天虽没有白朗那样感动得厉害,而心灵中也充满了异常的兴奋和快感。两年以来,她已将人生看成灰色,但还希望于爱情上寻得一点慰安,借将来甜蜜生涯恢复她生存的勇气,谁知她竟遭受这兜头一棒的重大打击。她自春间和叔健决裂以来,在悲愤中沉浮了三四个月,她的不安定的灵魂,如西风中的落叶,漫无归向,她对于自己的生活,又像长途疲乏的旅客,大有四顾茫茫,无家可归之感。她的肉体虽没有死,她的精神,却已死了大半。尤其使她不平的,是叔健太轻视她,太辜负了她一片痴情,那时候她真深深尝到所谓失恋的痛苦。她怎样解救自己呢?她只好将生活力改换一个方向,皈依于宗教。她说她从此不再求人的爱抚,只求神的爱抚。

她现在是如何的得意呢,她已从冷酷人寰逃向神的翼庇之下了。她已俨然在神的怀抱之中了。回顾世人,回顾叔健,甚至回顾过去的自己,都渺小轻微不足道。人人都说神的威凌如何可畏,她却不以为然,她只觉得天主教所崇拜的神,和别教的神大异其趣,甚至佛教的佛都不如。佛氏虽号慈悲,但任人焚香膜拜,只是瞑目低眉,高坐不动,天主教的神却是非常活泼,非常富有生意,并且无尽慈祥,无穷宽大,抚慰人的疾苦,像父亲对于儿女一样。醒秋每瞻圣像,辄油然生其爱慕依恃之心。她觉得神将爱怜的眼光注视着她,披露一片慈心,张开一双手臂,欢迎着她,她不知不觉地要投向他的膝下。她在神的爱护之下,满足而又满足,从前的悲苦,都已忘怀,像重新获着一个生命。尤其使她舒畅的,是一身像沐浴于神的恩宠之中,换了一个新人格,过去的罪恶,已给圣水洗涤干净,白衣如雪,有如此际灵魂之纯洁,神坛上氤氲馥郁的香气,似是她将来德行之芳馨。她在那一刹那之倾,精神又飞入幻想的境界:她恍惚看见天堂之门大开,无量数天界的圣灵,簇拥着圣父神子在彩云里冉冉临降。荣光瑞气中,天使羽衣翩跹,环绕飞舞,喇叭之声响彻下界,响彻诸天。这时候,山岳低头,海波歌啸,垂落的太阳,放射熊熊的光焰,如被无限际的惊异所燃烧,万树伸臂向天,战栗风中,像是虔诚的祈祷,五色的长虹横亘青铜似的天空,表示永久的希望。地球上一切有生,一切无生,一齐引吭高歌,与天风海涛,组成一部庄严雍穆的交响曲。她微弱的心灵,也自然而然地生出一种赞颂之声,和着万汇欢乐的脉搏,如水波动,如云飞扬,直达神的宝座之下,赞美神伟大的创造功能!

光阴如金梭之飞掠,如银箭之疾逝,向漫漫时间的大海,不断地前进,同时遗弃下一簇一簇的黑影。这些黑影包括历史真多啊：大而一个国家的兴亡、一个朝代的鼎革、一个民族的发祥与亡灭、红黄黑棕白各种族血腥糊模的相斫，以及陆谷的变迁、沧海桑田的改换、一星球一太阳系之成毁；小而至于月的圆缺、云的聚散、春花的笑、秋叶的悲、恩仇的血与泪、痴男怨女的湿哭干啼……星驰电掣，风落霓转，瞬息而七宝庄严，楼台涌现；瞬息而劫火横空，烟飞灰冷。但一切死亡，有不死亡者存，一切毁坏，有不毁坏者存，一切虚幻，有不虚幻者存。看吧，无边黑暗和空虚中，仍然是存在着真实，闪耀着光明，颤动着永久的生命。她从前抓着现象的断片，便认为造化的全体；看见镜花水月的幻影，便误为宇宙的实在，所以她总感着幻灭的悲哀，总不免为人生种种问题所烦扰；于今她的心灵，不再和上主隔膜，她灵眼忽开，像已窥见创造的神妙，她是大彻大悟，获得一切智慧了。

她自从皈依天主教之后，朋友们都已知道，写信来贺她，或与她谈对于宗教的意见。

哲学家陆芳树写信给她道："我钦佩你的勇决，因为你一发见信仰的价值，便毫不迟疑地信从，你算是得着慰安了。但我呢，我曾探索各家学说，泛滥百氏之书，仍不知真理之所在，我恐怕永远是一个怀疑者吧，我将永远为烦闷所困吧……"

文学家的朋友，写信给她道："听见你已信仰天主教，我为你欣幸。我也想信仰一种宗教，但我爱佛教大乘的圆满，却怕它涅槃的空寂；爱回教可兰经的优美，却怕穆罕默德右手握着的刀；爱基督教博爱的精神，却怕它教条的严肃；我始终是一个人生旅途上的漂泊者呀。对于已得到归宿的你，我只有健羡！"

科学家的朋友写信来却大发反对的论调，他说："马克思曾说宗教是害人的鸦片烟，吸了会教人上瘾，而且瘾头愈来愈大，终则麻醉以终其身。又说信仰是愚人绕着旋转的太阳，你是一个聪明人，何以陷溺于此？"

有时她想着自己对于天主教的皈依，也不禁深自诧异。她之观察自己,不像将过去的自己,观察现在的自己,竟像以另一个人观察自己一样。两年前她写信与叔健,反对宗教,两年后自己竟变成了一个信徒,天下滑稽可笑的事,宁过于此?但她之信仰宗教实不能不归功于叔健:年余以来,她立身于宗教的岩巅,随时有跌入信仰之谷的可能,然而她还想立定脚跟,不为所吸引,又想寻条路走下这岩巅,她正在转身之际,叔健却将她夹背心一推,她才身不自主地骨碌碌滚下谷底去了。总之,以她所处的环境而论,信仰宗教,原属十分自然。但以她的科学知识和以前思想而论,信仰宗教,又觉得十分不自然。这里面的变幻的人事,推移其间,也好像有不可测的天意,从中斡旋。

她起初皈依宗教之际,信仰心非常热烈,恨不得写信回家,将全家的人都劝归天主教。她见了相识的同学,便大演讲而特演讲宗教的好处,惹得人人窃笑,她也不以为意。她自己对于宗教种种的信条和仪节,也一本正经地奉行,白朗喜不自胜,以为劝化了一个圣徒,但是不久白朗就发现她的观察错了。

本来醒秋的信仰宗教原不是对于宗教有什么深切的了解,更不是出于什么敬爱耶稣基督的诚心,不过为弥补爱情的缺憾起见,想在宗教中寻一个安身立命之地罢了。起初她恨不得于领洗之后,便立刻往修道院一钻,从此匿迹潜修,与尘世隔绝。但过得几时,她心绪渐渐平静,那弃俗修道的念头,也渐渐清醒过来,这正如一个人置身洪炉之侧,热不可耐,忽然看见前有一个积水潭,便不顾水的深浅,纵身向潭里一跳。初入水的时候,万热皆消,浑身清凉,原像换了一个世界。但过了一些时候,便觉得潭里的水太冷,冷得沁肌透骨,非爬出来,便有生命的危险似的。这时候他又觉得宁可受洪炉的熏灼,不愿再在水里存身了。

醒秋的性格,本来有些特别,一面禀受她母亲的遗传,道德观念颇强,严于利义之辨;一面又有她自己浪漫不羁的本色,做事敷衍随便,缺乏责任心。有时逞起偏执的性情,什么都不顾。她很明白地觉得自己心里有一个美善的天神,同时也有一个丑恶的魔鬼,势均力敌地对峙着。

她看了许多教理书,知道人性生来有许多弱点(faiblesse),灵魂常受肉体和私欲偏情的牵累,而陷溺于罪恶之中。人若想完成自己高尚的人格,谋性灵的解放和向上,须用极坚强的意志,将私欲偏情压服下去。起初自不免矫强,自不免有许多战斗,但持之勿失,至于日久,习惯成为自然,德性自达于潭粹的地步,所谓炉火纯青之候是也。这些理论与她以前对德行的看法实完全符合,不过以前她知其然而不知其所以然而已。她在里昂美术院见过许多关于天主教的艺术品,她很赏识圣弥额尔天神和魔鬼战争的一幅画,说它寓意极为深妙。那画的布景是这样:碧浪翻腾的大海中,有许多披发赤身的美人,有的被铁链锁系于崖石上,有的随波上下,任意漂流。魔鬼幻为大毒龙,张牙舞爪,似乎想吞噬她们而甘心。半天里,飞来一个带翅的天神,手执长矛,向毒龙的咽喉,直搠下去。那天神的筋骨,是如此的坚壮,眼光是如此的明确,下手时又是如此的狠辣,如此的毫不顾恤,这不是一张绝妙的灵与肉战争象征画么?波浪中的美人是人类软弱灵魂的代表,毒龙是私欲,天神是意志。基督教徒对于别人的罪恶,主张宽恕,但对于本身的罪恶,却极端痛恨,一点不肯姑息地将它们杀死,正像圣弥额尔天神之斩除毒龙一样。

但醒秋虽如此崇拜强毅意志,自己却不能照着去做。她很像一个眼高手低的批评家,对于文艺有特殊的鉴赏力,及至自己动手创作,便不免要闹笑话。况且她又有天生一副偏于空想不着实际的头脑,虽然跟白朗学过一本《教理初步》,一切教条她都记得烂熟,白朗拷问她时,她居然对答如流,但她总将那些规矩,当作具文看待。她想中国有许多读书人也曾读孔孟之书,何尝肯照孔孟的教训,实行半句,想来天主教教条也不过这样罢了。不料天主教万不及别的教圆通,领洗之后,书里的话,句句都要躬行实践,不容一点疏忽。什么大斋、小斋、望弥撒、守瞻礼,都是天主教刻板文章,缺一不可的。放纵惯了的她,忽然受了这些拘束,好像野马之上辔头,飞鸟之入樊笼,只觉大不自在。起初为好新鲜和初领洗时热心的缘故,还肯一一照行,后来便发生厌倦了,"我行我素"地,照她未领洗前的生活而生活了。

白朗告诉她说,按照天主教的规矩,瞻礼六日不可吃热血动物的肉,这一天无肉便罢,有肉则她总以不吃为可惜。每逢主日,必须赴堂望弥撒,并守不做工之诫,她对于前一项嫌起早辛苦,对于后一项又说大好光阴,何必空空过了?凡缝纫等琐事,其余六天,她绝对不动手,偏偏要拣主日来做。其余种种执拗、怪僻、故意和教条相反的事,指不胜屈。白朗见了,不胜其痛心疾首,她苦苦地劝她道:

"醒秋,你若不是信徒,如此行事,天主还不至于怪你。既然领洗了,却不肯皈就宗教范围,这叫明知故犯,罪加一等。将来你的灵魂发生危险,倒是我劝你信教的不是了。你教我怎样问心得过呀!"

白朗说着几乎要哭出来,但醒秋却把她的话,当做耳边风,一毫不放在心上。

讲到性情方面,醒秋也变得比从前不如了。她以前的性情是温柔的,豁达而光明的,现在却变得异常暴戾、忧郁、晦滞、不可理喻的了。为了极小极小的事,可以和白朗怄几天气。有时白朗到她房里来看她,她脸作铁青色,一言不发,向壁高卧,白朗耐住心性,百端劝慰,她竟充耳不闻。

醒秋性情之变迁,用心理学来解释,也未尝不可得其原因。她受叔健两度拒绝,认为奇耻大辱,精神已受重创,况且她和叔健通信二年,双方落落无情感,衡情酌理,都有解除婚约之必要,但又不能这样做,因为她要顾全她的母亲。她这一次并非感情与理性的交战,却是理性与理性的交战了。这回交战的激烈,万非她以前误蹈情网时可比;她那时家庭尚无变故,母亲的身体还很康健,她又根本不爱秦风,并没有决心为他舍弃一切;于今情况已是不同,母亲奄奄欲绝,万不能更受意外的刺激,而叔健婚约,又是终身苦乐所关,要顾全自己,只有牺牲母亲,要顾全母亲,只有牺牲自己,她走的路是一条极窄极直的路,不容后退,也不容徘徊。

两种相反的而又都极其强烈的志愿,在她方寸中肉搏、冲突、过了很久的时间。到后来,她总算勉强制住自己的私心,没有宣布家庭革命,没有强迫她父母向夫家解除旧婚约。但这场争斗的经过,却是很艰难,很危险的,这正像波兰显克微支的《你向何处去?》中间所写,友尔苏士(Ursus)在斗兽场中要救野牛背上缚着的美人,鼓毕生的勇气,竭全身的精力,与那蹄角岐嶷的恶兽相搏斗。野牛咆哮着向他冲来,他以如铁之腕,握住牛的双角,要将它按倒在地。万众惨默无声,静待这场恶战的结果。他们前进三步,又退后三步,退后三步,又前进三步,极力争持着,低抗着。牛,眼中熛射如火的赤光,人,浑身虬筋突露。忽然一阵如潮喝彩声中,那庞然大物,口喷鲜血,倒地死了。那赤条条的大汉也颓然欲仆,然而牛背上垂死的美人是得救了。

这是醒秋第二次战胜自己了。但她也已弄得疲乏不振,而且那战败的仇敌,时常要起来复仇,使她专干倒行逆施的事。这正似一股滔滔的长流的泉水,忽然遇着前面大石的挡路,便四溢横流,更没有方法可以将它阻住一般。当她心地明白时,自念近来所行的事,也不胜其惶愧。她也曾用很大的克制功夫,想矫正自己的坏脾气。但克制愈甚,所犯过失愈多。她原想叫心里那个美善天神将魔鬼赶出她的心去。但后来她觉悟了,她想将魔鬼赶出去,那是不可能的,魔鬼原来就是她的本来面目;她想用强制的力量,改革自己的性情,真不啻在拼死革自己的命呀!

醒秋来法以后,因身体多病,心境又太劣,学习法文,进步不快,她在中法学院并不算是优秀分子。不过她的国文基础,同学们却颇为重视,她思想新颖,同学们也知之有素。她在法国镀过金以后,回到中国,定然可在社会上获得一个相当高的位置,居于领导的阶级,与他们携手并进,实现建设新中国的理想,那是何等之美。她的前途真是锦绣一般的灿烂,人人都要预为她称美的,现在她竟脱离了新文化的营阵,跑到帝国主义恶势力之下,当起一名小卒来,究竟是个什么哑谜呢?除非说她发了神经病,否则一定是另有原因了。他们猜测醒秋与赖神父那个团体发生了关系,她的皈依实为经济上的利益。勤俭学生生活困难万状,接受赖神父的救济,尚算情有可原,像醒秋,每月可自中法学院领出膳费数百法郎,她本省教育厅又给她每年八百银元的津贴,而她竟为区区教会的几个钱,出卖自己的理想和人格,这样不知爱惜羽毛的人,世间也算少有吧。同学们这样互相猜测着,谈论着,对醒秋尊敬之念,一变而为极端鄙薄之情。

醒秋寄居伯克莱宿舍,每逢周末,她定要回到中法学院住到星期日下午或星期一上午才返城中。自领洗之后,精神痛苦更增,头脑混乱,法文一句也读不下去,又想改为艺术科,到里昂国立艺术学院报名上课。里昂女中的功课无法兼顾,便在中法学院选与艺术学院不相冲突的几节课上了起来,为了方便,她又搬回了中法学院。

她的比较相厚的女同学如陆芳树、密斯宁、秦国夫人,此时都在巴黎或外省攻读,只有伍小姐仍在女生宿舍。

伍小姐对于宗教本无了解,赞成是随众赞成,反对也是随众反对。她对醒秋以自命"五四人"身份的人,竟皈依天主教,虽亦疑讶不解,不过女性的感情究竟深厚,何况长久的友谊也可冲淡误会,她和醒秋仍像以前一样友善。此外真心爱醒秋的只有监学马丹瑟儿。她也是虔诚教友,现在对醒秋的细心熨帖,自然更甚于从前。

那些男同学可就不像伍小姐了,平日和醒秋接近的几位,见了醒秋态度都是淡淡的。比较忠厚的同学,每遇醒秋,脸上怜悯之色每流露于不自觉,觉得这个人自毁前途,愚不可及。他们同醒秋谈话,从来不问她信教的理由。他们好像觉得醒秋干了一件很不名誉的事,何必揭她疮疤,使她痛楚呢?这是一种变相的"鄙薄",醒秋觉得更为难堪。

与醒秋平日疏远的同学占男生之大多数,他们对待醒秋的态度,当然是更不客气。以往醒秋偶上土山眺望,必有同学过来与她攀话,现在则转背走开,如避瘟疫的传染。她在圣蒂爱纳的小市上溜达,或者上店买点东西,以往遇见同学必含笑招呼,现在人家见她走来,昂脸向天,交臂而过,好像遇见了仇人。

不知是醒秋自己神经过敏,还是男同学对她的批评,竟吹入那几位法籍教授之耳,她每向教授交作文簿或持书有所质疑时,那几位以前待她极和蔼的老先生,现在对她亦有不屑之色。

醒秋原是一个一百年也长不大的孩子,论她那时的年龄也确已不小了,但她那一颗心,仍然像一个八岁孩子般的,单纯而真挚。孩子总要求熨帖,要求爱怜,要求和柔的微笑,要求各种摩挲与爱抚;她做错了事,大人们打她骂她,都不要紧,最怕是大人永远不言不语,板着一副铁青的脸色对她。这在孩子方面,是比骂还难受十倍的。

现在四面严冷的脸色,鄙薄的口角,嫉视的眼光,简直凝成了一座冰窖,把她陷在里面了。她伸手乞怜,人家不理,她想逃走,又找不出出路。最后她只有颓然坐下,让那刻刻加深,透肌彻骨的寒气,把自己连灵魂和肉体,冻成了一具水晶的木乃伊。

那时候中法学院,来了一个外省读书已毕业即将返国的学生。听说这人是个社会主义热狂信徒,生得宽肩阔膊,体格魁梧,自言学过拳术,对付七八个人,行所无事。他性情又异常暴烈,动辄和人吵嘴打架。他姓牛,人家喊他"老牛"。他发怒时,的确是匹西班牙斗牛场被人撩拨得要发疯的壮牛,任何人见了都要退避三舍。

他和醒秋本来漠不相关,但他恨醒秋,比之学院同学,似更激烈几倍。他一见醒秋,两眼便射出火似的红光,好像恨不得抓她过来,给她一顿痛揍才能甘心似的。

男同学以前见醒秋在校园或土山上散步,便冷然走开,现在姓牛的在他们群里,他们却一反以前行径。他们故意攀折树枝,或巡视着花草,逗留不走。口中高谈阔论,细听则在骂人,骂的都是天主教、赖神父,对于"吃教"的同学,骂得更起劲,更恶毒。醒秋知道这些话都是为她自己而发,她只有悄然躲开。从此土山校园便少见她的踪迹。

一天,醒秋接到一封匿名信。信中骂她是五四思潮的叛徒,帝国主义的帮凶,为金钱而出卖人格的无耻者。她是中法学院的一分子,却干出这种不体面的事,简直丢尽全体同学之脸,丢尽中国之脸。书末更威吓道:为顾全你的狗命,快滚回中国去吧,否则我们要采取实际行动来对付你!

学院最为僻静的地点是那毗连废战壕的后山,山下有一座树林,人迹罕至。醒秋既不敢再到土山和校园,她只有独自一人来这林中呼吸点空气。几天后,她见树林外姓牛的也常在那里徘徊。他一手插在裤袋里,虎视眈眈注视着她,像一只猫在窥伺着一只小鸟,又像一个猎人在选择适当的角度,想对他心目中注定的野兽,射出致命一击。

等到醒秋转眼对他,他又迅速地将头别开了。

这树林原是同学们练习手枪的靶场,老树干便是击射的鹄的。如前文所述,小左便在这里练习枪法。后来女同学也玩起这玩意来了。学校当局见树身弹痕累累,恐摧残老树的生机,下令禁止,学生们便用酒瓶或空罐头,凭挂树枝来代替。学院同学很多备有手枪,假使他们打死一个人,诿称是流弹误伤,或者推说死者生前曾向他借枪练习,不慎走火;或者死者有意自杀,只需有几个同学出来证明,法院是不会判决他抵命的。

醒秋看了姓牛的神情,猛然忆起前日接到那封匿名信,她恍然觉悟了,从此她又不敢再到后山。

假如醒秋对天主教义,真有透彻的认识,则坚固的信德,可以帮助她抵抗百毒千灾,又何在乎这区区的鄙视与辱骂。无奈她的皈依,如前所述无非是为了与家庭赌气,她的信仰本非完全发自内心,却由于外铄,所以她的信德也就经不起外界的打击,而易于动摇。

是呀,同学们骂她的话不错,她是真的出卖了自己的人格。她出卖的是思想的人格,卖给哪一个呢?卖给她自己的盲目的情感,和一时的冲动。

她觉得十分对不住五四思潮,更对不住过去的自己,她既惭愧而又悔恨。她的一颗心从前是被搁在冰窖里,现在则被丢在油鼎里了,被掷在钉板上了。可怜呀,她这一颗纯洁善良的心,这颗饱经忧患的心,这一颗脆薄易感女人的心,这一颗天真坦率孩童的心,无日无夜,在那沸腾的热油里煎熬着,煎熬得炭般焦黑,在那锐利的钉齿上撕裂着,撕裂得百孔千疮。

她长夜失眠,浑身血液奔凑头脑,头胀得要裂开相似,额角热度灼手,口中发生奇渴,不过无论她起来喝多少杯凉水,那渴还是丝毫不解。她的神经衰弱症,这时候已达于极端严重的阶段。

醒秋在肉体方面是颇为敏感的。偶然头痛牙痛,她会呻吟得天也塌下来,遇见天气太冷太热,或阴雨过久,她也要喃喃怨恨不绝。法国同学都知道她这坏脾气,常取笑她,唤她做 enfant douillette(骄孩)。她每读中国史书上什么凌迟炮烙之刑,及罗马人对付原始基督教友投狮虎、卧火床、车裂、倒钉十字架之虐,总要命也似恐惧厌憎。她每设想假如自己遭受到这类淫刑又怎样呢?哟,那真不能想!不能想!她又自己庆幸道:还好,我是生当文明时代的人,无论怎样死,也不会死得这么野蛮残酷。现在她精神上感受极大的痛苦,偶然想到这类刑法,倒觉得那些痛苦可以忍受的,因为几分钟便过去了,至少要比她现在无尽期的受煎熬撕裂强得多。假如现在让她以避免精神痛苦为条件,而叫她去受那种酷刑,即不甘之如饴,至少不像以前那么惴怵惧怕。

她这才觉悟以前她所受的痛苦,都不算真正的痛苦,现在才算是真正的了。她又觉悟人类精神的痛苦,远在肉体之上。而最大的精神痛苦,则为一个自爱的人"外惭清议,内疚神明"的自谴——她得罪了五四的"理性女神"。

奇怪的是:她对那些鄙视她的同学,并不怨恨,反而深为佩服。原来她自己心胸窄狭,虽不能慕善若渴,却疾恶如仇。她认为中国军阀横行,贪污遍地,政治永远不上轨道,大都由于同胞没有善恶是非之辨纵容出来的。换言便是中国人是太麻木,太冷淡,对于罪恶,太不知运用"正义的裁制"了。现在同学们觉得她做的事不对,便这样热烈的仇恨她,这足以证明他们的血还是很热,他们的正义感还是很丰富;这足以证明中国人心并没有死,中国前途还是有办法。每逢同学们所加于她的刺激愈深,她愈为中国前途庆幸,而暗自欣慰。这个热爱祖国的杜小姐,这时候竟像患了什么受虐狂,说来可笑,其实可怜。

但人格被人怀疑,对她究竟是一种难于忍受的锐利的痛苦。她恨不

得将胸臆间那颗煎熬得炭般焦黑,扎刺得百孔千疮的心肝,掬将出来给他们看,对他们说:

"我固然是五四叛徒,我承认我是错了,可是那也无非为了我的母亲。'观过知仁',你们也应该原谅我一点,何苦这样逼迫我呢!"

她常常幻想与那姓牛的一同乘船航海,船不幸触礁,樯摧帆破,看看要沉没了。船长下令放下救生艇,循例让妇孺先登,醒秋一定把自己的位置让给那姓牛的,然后含着微笑,一任狂涛吞没了自己。她又常常盼望能在某种机会里,牺牲生命,代替几个素为她所钦仰的中国伟人的死——譬如孙中山先生,胡适之先生等,次于他们几等的也行,但必须是有价值,对中国有贡献的。这正像一个为恋爱而发狂的少年,每日盼望他所爱美人家中发生大火,他将奋不顾身救她出来,对她表示自己的勇敢和爱情的真挚。

她前一种想法,并非发自耶稣所训爱仇的美德,后一种想法,也非出于舍身救人的侠心,无非想借此表白自己人格原是皎洁光明,不如他们之所设想而已。这还是一种自私心理。可是,我们的杜醒秋小姐,本来不是圣徒,一个青年像她这未爱重人格,甚至愿以性命证明,也算颇为难得吧。

这些矛盾杂乱的思想,像一条毒蛇在不断啮咬着她的心肝,像一个吸血鬼似的吸枯她的精血,像一股阴火,暗地里在焚灼她的脏腑,简直可以缩短她二十年的生命。她的健康日益损失了,头脑变成了呆钝钝的,记忆力好像完全消失,在中法学院虽每周随班听课几小时,却丝毫不能领会。学院空气既对她如此恶劣,不如还是迁回伯克莱宿舍,专在艺术学校上课吧。但她每到艺校,手里拈着炭笔,呆呆望着石膏模型,一整天也不画一笔。连教授看了她那副垂头丧气的神情,都觉得有点奇怪。因此她这半年以来,法文固没有学得一句,绘画也未曾学得半点,艺校几次小考,她都不能升班。

她有时追想自己痛苦的原因,竟怪咎白朗起来。一年以来,若非白朗朝夕絮聒,她又何至于领洗入教?那时她想离开伯克莱宿舍,若非白朗苦苦挽留,她也早脱离这宗教环境了。她的婚姻问题固然不易解决,但也可以用缓兵之计来推托,又何必采取信教这一着呢?

她之和白朗种种执拗,无非是这些理由之所逼迫。不过白朗又何能了解她的隐衷,她见醒秋领洗以后,德行不惟没有进步,反而比前堕落,她只有失望,只有忧愁,几回痛哭流涕劝她,竟不能教她心回意转。

不过有一件事倒可以证明醒秋和白朗交情之深固。有一晚,白朗到她房里来,眉峰双锁,满脸殷忧之色。醒秋问她缘故,白朗起初不肯说,逼问再三,才叹了一口气说道:"昨日马丹瑟儿写信告诉我,说她恍惚听见中法学院的同学因你迷信宗教,要发传单声讨你,逼你宣布出教;否则便逼你返国。醒秋,你的难星临头了!但是我们天主教徒都不免要遭逢横逆的,横逆是我们锻炼信德的烈火,我们应当顺受它。我亲爱的醒秋,你须勇敢地支持这个攻击,万不可负了初心,背叛天主呀!"

醒秋口中虽说不怕,心里的焦急,却也非同小可。她久知同学们对她不善,对她将有举动,却没想到发生得这末快。她那晚上床之后,再也不能入梦。她耳畔恍惚听见千百种辱骂的声音,眼前好像涌现无量数宣布她罪状的檄文,一身几乎被耻辱得压得粉碎;更怕这项攻击之词,传到中国,使师友为她惋惜,父母为她含羞。她愈想愈急,急得没有找寻处,倒想起她的救主来了。她除了祈求神救她,更没有别的方法了。她桌上原摆了白朗给她的一个小小带着耶稣受难像的十字架,她便起来跪在像下祈祷,她说:

"仁慈的救主!请你展施你的神力,援救我吧。要是那攻击真的实现,我是没有勇气生存下来的了!我是非死不可的了!我为你受了那末多的痛苦——这苦痛的确为我有生以来所受的第一次,甚至可以说很少有个生人受苦像我之大的。你还能不可怜我,援救我么?主呀,你是仁慈的,你是全能的,救我呀,救我呀,我已经苦得要死了,不能再支持这个重大的打击了。"

她自皈依神以来,信仰的心,永远没有那晚的热烈恳切,她把那苦像放在床前小几上,忧火煎心,不能成寐,不时便起身合掌祈祷。那一晚,她至少祈祷了五十次。

耶稣受难的前夜,在橄榄园中极惨痛的祈祷,汗血流到地上,他曾说:"父啊!假如你愿意,请不要将这苦杯给我。"醒秋想避免她的苦杯,祈祷的迫切,也有些和耶稣相像。不过耶稣又接着说道:"——但不要照我的意思,要照你的意思。"这两句话醒秋无论如何,是不肯说的,她只有她自己要紧。她的祈祷也不像祈祷,只似一个娇惯的孩子,要求父亲一件事,死命抓住他,非得到他的允许,不肯放手。

她一夜没有安睡,次日又忧愁了一天。傍晚白朗又来看她,见她颜色憔悴,知道她心里不大平安。但白朗的脸色,也不见得比醒秋好看,她也替醒秋担着心事。白朗的信心,最为坚固,每愿意为宗教牺牲,以性命来光荣天主。她也曾以此鼓励醒秋。但今日见醒秋陷于困难,她又有"我虽不杀伯仁,伯仁因我而死"之感。这时一切宗教问题,都已束之高阁,白朗所对于醒秋的,只有最真挚的人类同情之流露,和人性的哀怜。她恨不得化身为醒秋,好担当她的苦难。但她究竟是忠实的信徒,以为背教的罪,比死还大。她既怕醒秋因背教而陷于万劫不复的罪戾,又不忍眼见她之受此委屈,所以她真弄得肠回九曲,不知如何才好。她本来多情善感,那天同醒秋说话时,又是面白如霜,声音发抖。醒秋见她如此,心里倒觉不忍,反而安慰她道:

"你为什么这样难过,我自己还不觉怎样呢。做了天主教徒,受人攻击,是本分,你以为我畏怯么?"

白朗抱住她,很亲爱地,温柔地,在她脸上亲了一吻,说道:

"——但是,我亲爱的孩子,我怕你力量薄弱,背不起这个十字架啊!"

醒秋被白朗一吻,感激她的心,忽然沦肌浃髓,好像眼前去为天主死,也是心甘情愿。她慨然说道:

"我们交个朋友,尚须有始有终,何况对天主呢?我是要终身忠于天主的了。白刃可蹈,信仰不可改,好朋友,你千万不要为我忧虑。"

白朗听了她这番话,又悲又喜,又亲她道:

"——你能够这样,我是十分安慰了。可怜的孩子,我只有祈求好天主保佑你。"

那晚白朗回家,醒秋送她,一直送到虹河桥上。两岸楼台,都已隐于晚霭之中,落日的光辉,斜射水面,深蓝色的桥影,在金波间容与动荡。虽然时在寂寞的残冬,晚景还是明丽如画。醒秋携了白朗的手在桥上走着时,朔风飒飒,吹动她的短发,她满脸凛然,显露强毅不屈的精神,儿时的蛮野,这时候化成一股英气。这时就是有一师兵士举枪对着她,逼她说出"背教"二字,也决然不可得的了。

第十五章　巴黎圣心院

巴黎城内很偏僻的一隅,有一座蒙马特尔(Motmartre)山,译意为"殉道山",那山地势高峻,草树蒙密,游人于数十里外,便可以望见山顶一座白石砌成的大圣堂。三个圆锥形的钟楼——其实连后面的钟楼不止三个——品字式的高下排列着,有时被晚霞染成黄金色,有时被皎月涂上一层银,有时雨后如絮的流云,懒洋洋地结伴于楼尖游过,有时深沉的夜里,繁星在它们金眉毛下,闪动明眸,互相窃窃私语,赞美这灵宫的伟大。但无论风雨晦明,气象变化,这座巍峨雄壮的建筑,永远屹立在那里,永远像白玉楼台似的在蔚蓝天空里闪耀。

这圣堂真算得上界清都的缩写,也算是永恒的象征,原来它就是巴黎有名的圣心院(Le Sacré Cocur de Paris)。

假如你远望这圣堂,觉得不满足,你可以走到蒙马特尔山脚下,沿着螺旋形的石级,蜿蜒曲折,达于山岭。那时这座近五十年世界艳称的大建筑,就全部涌现于你的眼前了。

未描写圣心院之前,我们可以费点笔墨,将该院的历史略为叙述:

百十余年前,法国有一位修女,名叫马格来特,屡次蒙耶稣示兆,教她作恭敬圣心的宣传。据说修女所见耶稣圣心,有一圈荆棘围着,表示他为世人忍受的痛楚。这灵迹传扬后,各处修院,均建小堂供奉圣心。路易十五在位时曾想以国家财力,建设大规模的圣心院,但没有实行而死。路易十六即位,屡思绍述父志,也荏苒未果。大革命爆发后,路易被囚狱中,在狱时曾许愿建堂,而不久即死于断头台,那所许的愿也成了泡影了。一八九〇年普法战争之后,法国国会提议建筑一个大圣堂,即以法兰西奉献于耶稣圣心。一八七五年举行奠基礼,一八九一年开工,至一九一四年因大战之故,停止工作,直到一九一九年十月方才全部落成。这座圣心院系十二世纪的拜占庭(byzantin)式,为名建筑家保禄阿巴蒂(Paul Abadic)所设计建立。圣堂的规模,极为宏大,中间一座主要钟楼的圆顶,自地基量起,高八十三米突,连着顶上的十字架,便高到九十八米突以外了。

巴黎大圣堂不下十余处,而巴黎圣母院尤为历史上著名的巨构。但那十六世纪哥特(gothique)式的建筑,专以雕镂精致,结构玲珑见长,望过去究竟觉得它秀丽有余,雄浑不足。而且圣母院距今已有三四百年,砖石颜色非常黯淡凋敝,缺乏美观,内部光线尤不充足,圣心院同它相比,似乎有后来居上之势。谓该院为巴黎第一大圣堂,想不算是过誉之词。

这圣心院前面,三座穹形的大门,其工程之大,先令人震惊。门各高数丈,广半之,完全以紫铜铸成。雕镂着宗教上的故事,人物数百,须眉毕显,奕奕如生。进了大门,便是正殿,四排大理石文柱,列成十字架形,这是圣堂普通的款式,圣心院当然也不能独异。殿内墙壁,金碧焕然,地上铺满彩色花砖,富丽堂皇中仍有湛深高远的意味。殿的广大宏深,举全法圣堂,无与伦比。人们置身殿中,如落于深谷,无论什么伟大人物,立于文柱之前,自然会感到自己的渺小,无论什么狂傲浮夸的流辈,到此也要气焰顿减,肃然生其敬神之心。

堂中不绝地有各国参观人士的脚迹,天主教的信徒,来此祈祷者也是终日不断。在这个时代,居然还有这许多信仰宗教的人,这也是教人难以索解之事。他们若不是有神经病,定然是他们脊梁上负有一个古旧幽灵。

十九世纪末至二十世纪初,正是一个大动摇的时代,科学昌明,达于极点,新思潮风起云涌,重新估定旧日道德法律的价值,扫荡了习惯的障碍,打破了因袭思想的束缚,使人民高唱自由之歌,大踏步向解放的道路上走去,已经是盛极一时了!而科学最大的成绩,是向宗教下总攻击令,推倒神的威权,否认来生的观念。生物学家告诉我们:生命不过是生物学上一件事实,人生原没有真正的价值与意义。唯物论告诉我们:世界根本没有灵性的存在,只有物质的运动,不但下等动物是机械,就是称为万物之灵的人,也是机械的。人与动物之间,只有程度的差异,没有性质的区别,便是人与木石无性灵的东西的相比,也不过程度的高下而已。定命论告诉我们:意志不自由,意志不过是一种必然的作用,有遗传、教育、环境,种种的关系,有什么因,便生什么果,种瓜得瓜,种豆得豆,分毫不能差错。我们为善为恶都是必然的结果,都是外铄的关系,在道德上不必负什么责任。历史派的哲学家更说:圣经不过是古代民族空想的结晶,是荒唐的神话,是迷信宗教者无意识的所唱出来的诗歌。实际上人类脑子里各种精神现象,都是想像构成的,离开了人,便无所谓伟大的神,我们若说上帝照自己的形象造成了人,不如说人照自己的形象造成了上帝。

好了!一切旧观念都更改了!一切信仰都推翻了!一切权威都打得落花流水了!既然没有所谓来生,何不痛痛快快地享乐现世?既然人的意志不能自由,善恶何妨随意?人生百年,流光如电,及时行乐,岂可蹉跎?琥珀杯中的美酒,可以陶醉我们的青春,什么立德立言,垂名千载,哪里及得美人唇上一点胭脂的甜蜜?灵魂上虽负如山的罪恶,也没有忏悔的必要。杀人越货,只需干得秘密与巧妙,仍然是社会的栋梁。但是恣情行乐,虽然快意,而酒阑人散之后,仍不免引起幻灭的悲哀。良心有罪,躲不了平旦时的自谴。汽车和摩托卡之风驰电掣,飞楼百丈之高耸霄汉,大都市之金迷纸醉,酒绿灯红,只教我们的神经渐趋于衰弱。物质的欲望,与日俱增,而永无满足之一日,于是健全的人都变成病态,从前迷恋着文化中心的都市,现在却渴慕着乡村,从前所爱的认为真实的现实生活,于今只感到它的虚伪与丑恶,只感到它之使人疲乏到无可振作。但陷溺已深,却又无法摆脱,于是种种失望、悲恨、诅咒都因之而起了。这就是现代人的悲哀啊!是科学的流弊么?物质主义的余毒么?但又谁敢这样说呢?

呀！这真是一个青黄不接的时代，旧的早已宣告破产，新的还待建立起来。我们虽已买了黄金时代的预约券，却永远不见黄金时代的来到。赫克尔允许我们破碎荒基上升起的新太阳，至今没看见它光芒的一线。于是我们现代人更陷于黑暗世界之中了，我们摸索、逡巡、颠踬、奔突，心里呼喊着光明，脚底愈陷入幽谷；我们不甘为物质的奴隶，却不免为物质的鞭子所驱使；我们努力表现自我，而拘囚于环境之中，我们的真面目，更汩没无遗。现实与理想时起冲突，精神与肉体不能调和，天天烦闷、忧苦，几乎要到疯狂自杀地步，有人说这就是世纪病的现象。现代人是无不带着几分世纪病的。

其实天下无不了之事，这种现象任它延长下去，到了世界末日，不是一切都完结么？可是偏偏有一班自命哲学家文学家的人，吃饱了饭没有事干，居然挺身而出，以解决现代人的苦闷为己任。他们说科学不能解决全部的人生，所以又来乞灵于宗教；又说唯物论过于偏执，不能解释精神现象，竟主张复为神的皈依。托尔斯泰呕心绞脑地著他的《复活》和《艺术论》。到后来为实现他的主义，竟将自己的暮景残年，葬送于凄寂的荒野。耶拿派哲学教授倭伊铿，大谈其精神生活，发表了我们可否还做基督教徒一文。其他如柏格森的创化论、詹姆士的根本经验论；或根据宗教的精神，以确定人生的指归，或阐明宇宙本质，发展宗教生活。立论虽有不同，间接直接，都主张宗教之复兴，为疗治世纪病的良药。热心拥护科学的青年，虽大骂托尔斯泰为卑污的说教人，柏格森不过是骗骗巴黎贵妇人的滑头学者，但他们的学说，亦复言之有故，持之成理，轻易驳它不倒。就文艺而论，则自然主义的衰败、新浪漫主义的代兴、心灵界的觉醒、神秘思想的发达，已成了今日欧洲文坛显著的事实。而宗教与科学携手的呼声，轰轰烈烈的牛津大学旧教复活的运动，尤极如火如荼之观，风云会合之盛。物质称霸称王的时代，竟有人想从渺茫的精神界，探索殖民地，岂非咄咄怪事？这是人类惰性的表现呢？还是精神与物质，究竟是两件事，而且神的存在和灵魂不灭的问题，原是不能一概抹杀的呢？仁者见仁，智者见智，只有请大家各用主观去评判好了。

为了以上的这些缘故,所以罗马旧教于今有复昌的趋势。欧洲教堂每逢举行弥撒和瞻礼的时候,参与者还是填坑满谷。平时也有许多思想特异的人物,到堂中来寻求宗教上的慰安。有的是恋爱的牺牲者,抱了一颗碎心,来申诉于上主座前;或者心里有所不安,借此倾吐压积于灵魂上的苦闷;或厌倦于现实生活,来此清虚之府,暂憩尘襟。在这个巴黎圣心院大殿上,亦常见有青年诗人,妙龄少妇,长跪神龛之下,潜心默祷。也有白发盈头的老人,双手扶头,安坐沉思,一坐总是半日。他们暮景桑榆,百念灰冷,过去的悲欢,一生的忧患,已不复滞留于记忆之中,唯以一片纯洁的心情,对越上主。那种虔诚的情况,看了真教人感动。

圣心院正殿的后面及两旁,小堂无数,供奉圣母马利亚、圣若瑟以及诸宗徒诸圣师之像。有一个小堂供奉着一个圣母像,像之美丽,恰当得"金容满月,妙目天成"八字的批评。这像脚踏地球,身畔云霞成阵,衣袂飘然,好像要向天空升起。虽是雕塑而成,而其神情之温肃,姿态之生动,望去好似活的一般,一切圣母像中,这像可称第一。像前有一架镂金嵌宝的铜烛盘,长日辉煌着长长短短如银的蜡烛,可见来此祈祷者之多。其旁坐着一位黑衣修女,专司售烛之事。

有一天,这圣母小堂里来了一个西装的黄种女青年,身材中等,虽不甚瘦,看去却有一种怯弱的态度,脸上无甚血色,眼光凄黯,似乎抱有一腔心事。她走到铜烛盘前,问老修女要了一支最长的蜡烛,点着了火,很小心地插上那烛架。这个女郎不知是否情场失意,或者受了什么时代的创伤,也不知是否喝了现代哲学家的迷魂汤,或被玄学鬼所蛊惑,总而言之,她到这小堂举行献烛礼,便可以知道她也是那些脊梁负着古旧幽灵的同志之一了。

老修女一面接钱,一面将惊异的眼光望着她:

"小姐,你像是一个中国人?"

"是的,我原籍是在中国。"

"你到法国几年了?在什么地方读书?"

"三年半了。一向在里昂读书;现在因要回国,所以到巴黎来旅行一趟。"

这中国女郎不问而知是醒秋了。

醒秋好好地在里昂求学,为什么跑到巴黎来呢?更为什么说要回国的话呢?原来那年的春天——她到法国第四年的春天——她接着父亲来信说母亲又病了,吐了好几次血,医生证明是虚痨症。父亲又说母亲的病,固由悲悼长子,忧虑幼儿而来,而一半也为了女儿婚姻问题操心的缘故,她若再淹留海外,不肯回国,母亲的病恐怕要更加重了。醒秋那时正深恨叔健,又正在和家庭赌气,一听婚姻问题四字,便觉异常刺心。而且她素知父亲说话,有些言过其实,母亲三年以来差不多天天患病,她早已听惯了。这一次闻母亲吐血,虽然焦心,但究竟疑心是父亲故意吓她,骗她回国结婚,所以她还没有决定东归之志。

过了一月有余,父亲又来信了,信中措词,甚为迫切沉痛,他说母亲吐血不止,医生断定她的肺病发生甚早,现已到了第三期,已无痊愈之望。女儿若早日归来,母女尚可相见一面,不然恐怕她要抱憾终天了!大姊来信也说母亲病势甚为沉重,看来凶多吉少,亟盼妹归一见。至于婚姻问题,听妹回国自主,家人决不勉强,请勿以为疑云云。醒秋读信,知道母亲病重属实,不胜悲伤与焦灼。而旧日"预兆的恐怖"又来侵袭她的心灵。三年以来她常常为这预兆提心吊胆,虽然后来皈依了天主教,但这个迷信的根株,仍不能拔去。她只觉那兆头很是不祥,虽已应验了几件事,而最后不幸,恐怕还是不能避免。

这是定数吧?定数真是难逃呀!"预兆"暗示她不能和母亲相见,那一定是不能和母亲相见了。哪怕她乘坐飞机,立刻飞回家乡,母亲也许于她到家五分钟前咽气!她想到这里,浑身血液冰冷,背上冷汗直流,呆呆坐在那里,一点也不能动弹了。

她最怕的是变迁,更怕的是骨肉间的变迁。人生不能与家人时常团聚,终不免有远游之举,但远游归来,星移物换,如丁令威化鹤之归故乡,城郭如故,人民已非,荒烟蔓草之间,但见累累残冢,那时候的心灵是如何的凄凉惨恻,便真做了神仙,也是无味。

她少时读杜甫的《无家别》,记述一个战场败卒,数年之后,遁回故里,田园荒芜,邻居星散,而唯一亲人的老母,亦已归于泉壤。她读到:

"……行久见空巷,日瘦气惨凄。但见狐与狸,竖毛怒我啼,四邻何所有? 一二老寡妻……永痛长病母,五年委沟谿。生我不得力,终身两酸嘶!"

这几句有力的描写,每使她发生强烈的感动。这虽然是当时的社会问题,可也是人类永久的悲剧。在这个形质的世界中,悲欢离合的定命下,人生终不免要遭遇这种惨痛的经验啊!

人生不幸虽多,人生滋味,也有甜酸苦辣之异,但像老杜的《无家别》里的主人,和远游归来,人亡家烬的一些人之所遭遇,滋味真出于甜酸苦辣之外,其不幸也可谓至极。她每设身处地,玩味着他们的悲哀,只觉茫茫万古之愁,齐集方寸。她想:假如我处他们的地位又怎样? 唉! 我可真没有勇气再活下去了!

"昔日戏言身后事,今朝都到眼前来!"她的心灵,渗透了非甜非苦非酸非辣的汁液。她总是想着她回家后所见的只有灵帏寂寞的景况,她虽不愿意这样想,但总不能将这个印象驱逐于脑海之外。

那是她的老脾气,平时将天主撇在一边,一到忧惶无措的时候,又抓住他不放,她又热心地来奉事天主了。自从正月间闻母亲病耗以来,她一直祈祷着没有间断。白朗见她对于宗教信仰,热而复冷,冷而复热,如大江潮汐,涨落无恒,不知她是什么理由,她对于这位中国朋友,只有高深莫测之感罢了。

醒秋以皈依天主教之故,遭受中国同学的莫大误解,使她感到刻骨椎心的痛苦,但她倒没有决定放弃她的信仰,这有几层理由:

第一,五四的唯理主义,虽令她发生悔恨,然而她又自问:宗教若果与理性相违背,何以现代还有许多有学问的人信仰它?马沙白朗并非没有学识的人,还有那个她认为现代圣人的赖神父哩;还有许多大科学家、大哲学家、大文艺学家哩。以她自己那点浅薄的理性,便妄想窥测天主创化的奥妙,那不是真像某硕学神师之所说,海畔一个小孩,想以区区贝壳测量大海之水,一样不知自量,一样可笑么?

第二,造物主她本来承认有,世间神秘之事,她亦以亲身经验而信其存在(譬如预感及亲人间心灵的交流),她升学的两次奋斗和她对祖父母亲志节德行的体认,她已隐隐摸到宗教的边沿。对耶稣基督,她虽常觉自己的理性难于容纳,自从听见赖神父以他出奇的爱德,证明十字架的伟大神奇的力量,她心扉之门已除,不过虚虚地掩着,以后基督只需轻轻用手一推,便可进入她的心中。

第三,那时本国同学对她仇视其实亦嫌太过,尤其姓牛的那样对待她。她原是个倔强孩子,最后竟引起反感,觉得信仰自由,谁也不能干涉谁,你们不喜天主教,我偏将信德把持得更紧一些。所以她在那段痛苦时期内写过几首律诗,其中有"好借折磨坚信德,更因艰阻见孤衷","膏因明夜宁辞煮,兰为当门本待锄","长使芳馨满怀抱,只凭忠信涉波涛","寸心耿耿悬霄日,万事悠悠马耳风","誓将负架登山去,未畏前途荆棘多","炼就乔松奇骨劲,谢他冰雪满深山"诸语。佛教密宗利用外界诸般横逆,增益其明心见性之功,其理正是如此。更奇者,白朗那晚告诉她中国同学将对她公开攻击,她祈祷了整整一夜,那夜祈祷在醒秋一生中,可说救命也似热烈迫切,她是以她的血和肉,她整个的生命拥抱了信仰。即从那晚起,她的信德忽然巩固起来,不惟对外界敌人,她毫无畏怯,即内在的敌人——那个比外界敌人厉害百倍的——五四唯理主义,也从此敛影戢踪,离她而去了。

第四,自从正月间,她听见母亲病又发作,她又热心祈祷,一直到现在为止,没有间断。这次的祈祷,和上次听见家乡遭匪的噩耗不同。那一次是白朗主动,她则被动,那一次她并未领洗,对天主教义尚无多大的了解;

这一次主动的是她自己,况又领过圣洗,对教义也有进一步的领会。马沙、白朗从前和她辩论的一些话,她当时虽似大有所感,过后又复淡忘,现在才一一成为她灵性的营养。"先领洗,信仰自然会跟着来",这话正可为醒秋说。

总而言之,醒秋原有个思想型式,而她这思想型式,经过了这样几次强有力的撞击,又加之以强有力的揉搓捏挬,到底翻塑了一个新的出来。她的信仰,将来也许会再动摇,可是,要说连根拔去,那却是万万不可能的了。

且说醒秋等到第二次接到母亲病重之信,已在四月的时候,她决计于一月内束装东归,无论法兰西文化之如何教人迷恋,无论回去后要经历什么困难,她也是非回国不可的了。

既然决定东归,法兰西今生自无再来之望,则世界著名的花都,不可不去观光一次,所以她现在到巴黎来了。

初到巴黎的两天,她的脚迹,只出没于各大圣堂之中,为她母亲祈祷。后来听说巴黎圣心院为近五十年来最新的建筑,工程极为浩大。她不远数十里,转搭几道电车,来到蒙马特尔山上。

话再说回来吧,醒秋将那支蜡烛插上烛盘之后,便跪伏于祭坛之下,祈祷起来,她道:

"圣母,你是天上至尊至贵的皇后,但也是我们众人的母亲。你是极仁爱的,极肯怜悯你的儿女的,请你倾听我的祈求吧。上回,我母亲病了,我恳求你的圣子,得以痊愈。但她现在又病了,病得很危险,我心里十分忧愁,我只有请你向圣子转求,更赐她一回勿药之喜。

"你的威灵,无所不被,你的智慧,无所不知,我也不必向你介绍我母亲的平生了。那善良的可怜的妇人,她的病都为儿女而起。你,圣母,你也做过母亲的,你是深深了解母子之爱的。当你的儿子被人钉在十字架上时,你倚于马尔大姊妹肩头,不是心摧肠断,哀哀欲绝么?你儿子的手足被贯于三钉,你的心肝也就像被七剑洞穿一般的痛楚;你儿子头上戴着棘冠,你的心肝也就籁了一圈玫瑰。玫瑰也有刺,这是爱的刺,一颗心被爱刺伤,是无法治疗的呀!

"利剑也罢,玫瑰花圈也罢,我母亲的心,不是也穿扎着,围绕着这些东西的么?长子的死,幼子的病,爱女的远别,一切家庭的不幸,都像剑和棘刺似的向她的心猛烈地攒刺,教她的心时常流血,我相信她的心是和你的心一样洞穿着的。'棘心夭夭,母氏劬劳',断章取义,岂不隐相符合?可怜的做母亲的心啊!"

她又更迫切地,流着眼泪,继续祷告道:

"我是一个负罪的人,母亲的病,到了这样地步,我敢说与我完全无分么?我好像当年圣奥斯定为遂自己求学的野心,抛撇了他残年的母亲,远游于罗马。我虽不似吴起闻母丧而不归,但知道母亲几次重病,知道她日日盼望我的归去,我却还要淹留于法国,迟迟不肯作言归之计。总说一句话,我是不该到法国来的。我来法之后,精神日夜不安,一句书都没有读到,只在'涕泪之谷'里,旅行了三年,能说不是我应得的惩罚呢?

"至于婚姻问题的波折,虽然不完全是我的过错,虽然我曾极力制住我的情感,不教母亲伤心,然而因为我不善处置之故,多少会教她为我担忧怄气。咳!圣母,仁慈的圣母,我不能更向你诉说我的悔恨了!我只有祈求天主,使母亲转危为安,使那可怕的预兆不致实现,我无论再受什么磨折,也是甘心的了。圣母,请你哀怜我吧,请你俯鉴我的至诚吧,你是启晓时的明星,我行于黑暗之中,只有你能给我光明;你是黄金的宝殿,耶稣生长在你怀抱之中,你说的话,他无一不纳;你是病人痊愈的希望,在露德曾大显灵迹,我请将母亲托你;你是忧苦的慰安,惟有你能使母亲心魂宁静……"

醒秋在圣心院圣母小堂里,足足停留了一点钟,那支蜡烛也已燃完了小半支,看看腕上的小表,短针已指五点,知天时不早,起身出了小堂,又到各处参观了一下,始走出大门,匆匆下山而去。

第十六章　法京游览与归国

既到巴黎,巴黎的名胜,也不可不略为游览,两三天后,醒秋不再将她的光阴耗费于圣堂里了。

她独自由里昂到巴黎并无游伴,只带着一本巴黎游览指南,在街上乱撞。迷了路的时候,路旁的警察便是她的指导人。巴黎的巡警虽都巨灵似的雄壮可畏,性情却很温和,而且都受过严格的训练,懂得几国的方言,指导人的时候,和颜悦色,一点不露厌烦的神气。有时为指示一个地方,往往打开衣囊里揣带的地图,查阅至一刻钟之久,或陪伴客人,接连转几道街,决不像上海警察,逢着人问路的时候,指东画西,随口乱答,耽误你的要务。

醒秋为在巴黎不能久留之故,所以游览的方法,也讲求得极其经济。她照游览指南所示,将巴黎分为八区,每天游一区。按图索骥地逐一拜访那区内的名胜,一天之间,可以经历八九处地方。虽然走马看花,不能详细领略那些名胜的好处,但巴黎的盛况,她终算得其大概了。

巴黎埃菲尔铁塔(La tour Eiffel)是世界闻名的最高之塔,醒秋少时读康有为欧洲十一国游记,每每心向往之。现在真个身到蓬山,颇有闻名不如见面之感。那塔高百余丈,乘电机以升降,置身塔巅,可以引起飘飘凌云,羽化登仙的意境。觉得"侧身送落日,引手攀飞星"的两句诗,还不足形容这座塔的高峻。不过这种建筑,究竟是现代物质文明的结晶,比起那尼罗河畔突出黄沙绿桐间的金字塔,怕大有雅俗之别。

从铁塔高处,俯瞰巴黎,巴黎成为一张缩写的地图——一张着色的美丽图画——亲善场(Placedela Concorde)是全世界闻名的大场,缩成了碟面大小的一方。素号为立在路的这一边望不见那边人影的"中间大路",竟变成一条窄窄的衣带。那大路上奔驰的车马,有如成阵趋膻之蝇,至于那络绎来去的行人,看去竟比蚂蚁还要渺小。巴黎的屋宇,大都是赭瓦红砖的建筑,护以葱郁的树林,既富丽而又雅致,色彩非常调和。但立在铁塔之巅,屋的颜色和树的颜色都分辨不清了。不但分辨不清,树的颜色好像经了水的润和,竟和屋的颜色渗在一起,眼前只看见一派晕晕的紫雾。人说巴黎如海,从高处看来,巴黎果然像海,像倒蒸于绛霞光中的碧海!

醒秋又到过拿破仑第一的陵寝,深红色大理石棺中,藏着那龙腾虎跃盖世英雄的遗蜕。她凭吊之余,不禁引起无穷的感慨。记得曾在什么地方看见一幅画,题为"最后的幻象"(La derniere vision),拿破仑身着寝衣,奄奄一息地躺在病榻上,胸前放着他的宝剑和雄冠,头上盘旋着一只大鹰,这是表明他临死时脑筋里还涌现他平生雄飞宇内,征服世界的梦想。想这位著名的军事家在世的时候叱咤一声,风云变色,玉斧所指,金城为摧。他的铁骑,曾蹂躏过全欧的土地,他的战绩,曾造成法兰西历史上无上的荣光。然而当兵败受擒之后,囚龙绝岛,暮境凄凉,遥望故京,奋飞无翼,只好将一生席卷全欧的雄心,深深埋葬于瘴日烟波之下,英雄末路,又何其可怜!

黩武穷兵的政策,虽可以收效一时,到头未有不失败的。前之拿破仑,后之威廉之二,都是绝好的龟鉴。但现在一般帝国主义者还在拼命讲究坚船利炮的主义,实行压迫别个民族的政策,将来终不免像拿破仑和威廉第二的收场吧!咳!帝国主义者们,何时才能打破你们的迷梦呢?

不过我们中国人若因为帝国主义将来总有失败之一日,便袖手旁观地等待他们自己末日的到来,那也是毫无根据的乐观论。帝国主义的自身是不能失败的,必定要我们加之以正义的惩创,他们才能失败。他们讲究坚船利炮,我们也讲究坚船利炮,他们提倡爱国,我们也提倡爱国,若是四万万同胞个个肯为中国死,中国就脱离帝国主义的羁勒了。醒秋希望中国人个个成为爱国男儿,更希望中国出一个拿破仑、华盛顿、林肯混合起来的大英雄,先以强大的武力卫护中国,继以民治的精神治理中国,终则本解放黑奴的人道主义,解放全世界倒悬的弱小民族。醒秋究竟是一个崇拜英雄和天才的主义者,虽不赞成拿破仑的侵略政策,却不能不赞叹他的伟大和光荣,故也希望中国产生一个拿破仑。

她又参谒过法国名贤墓,在地洞中对那些长眠的名人致敬。又曾摩挲大战时无名英雄的心瓶。也曾于大皇宫前(Palais-Royal)遥望那佳气郁郁的凯旋门和立在夕阳光中像一道黄金色雾似的埃及方尖塔。在鲁渥尔博物院(Musée du Louvre)遍览全欧最富的宝藏和艺术的精华。在国立歌剧院(L'opéra)和奥戴翁(Théa trede I'odéon)听歌剧和看古装剧。拜访嚣俄的故居,参观过罗丹雕刻院。八天之内,她游历了巴黎四十余处名胜的地方。

后来她又游到巴黎附近的枫丹白露和凡尔赛离宫去了。那两所离宫,都是法国全盛时代的建筑,其楼阁之壮丽,陈设之宏富、铜像之庄严、喷泉之奇幻,园林之幽茜,径路之曲折,虽中国的三都两都,阿房之赋,迷楼之记,恐不足形容尽致。康有为曾说世界宫殿建筑之美,以中国为最。醒秋在北京读书时,也曾游过太和、文华、武英三殿,从前极震惊于它们工程的浩大,以康有为的话为可信,但自从见了法国路易十四遗殿之后,对于南海的话,便不免要提出抗议。为什么呢?中国的宫殿,注重对称之美,原有它的特色,但不知艺术的优美,已于无形间牺牲于单调的庄严中了。而且那翼然的殿角,屹立的牌楼,不调和的丹甍黄瓦,只不过表出帝王的残暴和淫威,以及强力凭陵兆民所养成的尊贵。它只能使我们震惊于它建筑形式的宏壮,只能使我们感到沉重的帝制气压,却引不起我们光明愉快的艺术快感来。西洋宫殿,庄严亦自庄严,但另有一种蔼然可亲之致,这或者因为西洋的君主,原不像我们东方帝王把自己巍巍乎尊得像帝天一般,所以他们住所的表现,也呈出一种不同的气派来吧。

在离宫里,醒秋记得最清楚的是路易十六皇后的一张御榻,锦帏金钩,穷极奢丽,看了可以想见她那时生活的一斑。这位风流放荡的皇后,是法国崩朝的祸水,是法兰西大革命的导火线,是路易十六断头亡国的原因。历史上说她秉性轻浮,好弄权变,玩路易十六于股掌之上,常呼他为"可怜人"。相传她有一次蒙了假面跑到公共剧场跳舞,被人识破,从此佻达之名大著。当时宫廷的奢华,出于人思议之表,别的不说,皇后每星期要御珠履四双,侍女售烬余的烛头,每年可得一百二十五万法郎的收入,也算骇人听闻了。唐明皇时宫女数万,日进烟螺六石为画眉之用,宫廷豪侈轶事,中外真足媲美。

那时法国财政困难,饥馑屡至,贫民困苦万状,而宫廷仍滥费无度。虽以著名理财大家透尔戈(Turgot)为财政大臣,也弄得束手无策。加以其他种种原因,终于激成法国的大革命。路易十六被弑之后,皇后也被捕下狱。巴黎蜡人院有皇后在狱时的蜡像,小室一间,方仅寻丈,围以铁栅,室中一榻外无他物。皇后作女尼装束,立于小榻前祈祷。栅外两个红衫兵士看守着她,附耳门上,作窃听之状。其景况极为凄凉。要是先看了威杰劳倍伦(Vigée-Lebrun)夫人替皇后盛时绘画的油画像(现在凡尔赛离宫),再看蜡人院里的写真,谁能相信她是一个人呢。

还有枫丹白露宫里奥公主(拿破仑第一的皇后)的浴盆,本来是路易十六皇后的,拿氏娶奥公主后便将它搬到这里来。醒秋看了不禁联想华清赐浴的故事,"温泉水滑洗凝脂",她念着这句诗,在浴盆旁徘徊良久。又联想到康南海先生在这里参观时所作的有关拿破仑帝后的诗句,什么"万马奔腾叱咤去,记兹隐几决长征",又什么"尚想桃华奥公主,百花舞凤隐英雄",觉得英雄美人的故事,果然易于动人。

再者她幼时在小学里读书,曾读过薛福成巴黎观油画记,心里很羡慕。到巴黎后到处打听油画院,竟没有人知道。到枫丹白露离宫,看了壁画,恰是普法战争的故事,才知薛氏所见者就是这个东西。其实那些战争画虽出名画家之手,但比之鲁渥尔所藏各种名贵绝伦的图画,究竟比不上。薛福成游法时,鲁渥尔想也到过,他对于鲁渥尔所藏的不知赞美,却把那些颇带俗气的战争画,极力形容一番,可见他审美的眼光,不大高明。

更有路易十四和曼德侬夫人的轶事,她也在中国读了许多。他们的遗迹都收在凡尔赛离宫里,现在拿来和她所读过的书一一印证,倒也兴趣无穷。

醒秋白昼在外边遨游,晚上便回到拉丁街一家旅社里歇息。旅社的隔壁是一个酒吧,每夜音乐喧闹,舞声鼎沸,吵得她不能入梦。她半倚着枕头,眼睛虽然闭着,心却清清朗朗的醒着,过去的现在的未来的都像潮水一般在她脑海里翻腾起伏。她想念她的病重的母亲,不知现在怎样?想那回国后的叔健,恨他的冷酷无情,不解人意,但说也奇怪,她对于他偏还有一种自己也不能解说的眷恋情思。叔健在她想像里似乎成了两个截然不同的人物:一个是叔健的本人,是具体的,是这两年以来给予她许多精神痛苦的;一个是她理想构造成功的,是抽象的,是她恋爱的幻影。这具体的叔健,和抽象的叔健,轮流在她脑中涌现,教她恼恨一回,思念一回,决绝一回,系恋一回,到后来两个叔健的影子混合起来,模糊起来,融成一片,她恨也不是,爱也不是了。

她细细考虑自己的将来,回国之后,家庭决无不强迫她和叔健结婚之理?她与叔健的感情,已经完全破裂,不但她痛心刻骨地恨他,他接到她最后的绝交书,也像很着恼,虽然勉强来了一封解释的信,但回国之后倏忽半年,竟没一个字儿来。爱情有如白璧,一碎不能复完;爱情又如一个美妙的梦,醒过一番之后便不能更续下去,续了也无复余味,她今生是不能再和叔健结婚的了。勉强结婚,将来定没有愉快的结果。

但是,她将来的问题究竟怎样解决呢?进修道院吧?她决定皈依天主教时,曾有过这样的念头,因为她赞美修道士们虔洁严肃的精神,以为有无上之美,而且为解除自己精神痛苦计,也想借宗教为安身立命之地。再者马沙修女曾说将来要到中国去传教,后来白朗于醒秋皈依之际也说这话了。马沙白朗是她平生良友,她爱她们,愿意一辈子和她们同处,马沙白朗若肯到中国,她是也可以出家的。

不过这世俗潜修的念头虽然曾一度在她脑筋里活动,不久便冷淡下去了。前面已经说过,醒秋原是一个多血质的人,富于冲动,每每以一个冲动决定了她一生的命运。她的信仰天主教是一个冲动,她的想修道也是一个冲动,前一个冲动是实现了,后一个冲动才发动便消衄,这是什么缘故呢?

原来修道院规律的严肃,绝不是她所能忍受的。本来她脱离红尘的动机,原想借道院清净的岁月,和缓她紧张的心弦,她虽说出家是烦恼者解脱的门径,等于自杀,她不能在自杀上求解脱,只好在修道上求解脱了。其实她尚在青年,求生的欲念甚强,受了挫折,便想在别处另寻出路。换言之,她丰富的情感,仍要求有发泄的机会,她的心情不是要收敛,其实要解放。她不是求死,其实是求生。若是天主教的修道士也和佛教的出家人一样,六亲无累,万缘皆断,昼则芒鞋破钵,到处随缘,夜则古佛青灯,蒲团静坐,闲云野鹤般的生活,落花流水般的行止,萧闲,自在,富于诗意;这样的出家,她倒是乐意的。但天主教的修道却非如此,无论男女修士除岩栖窀处的隐者外——中世纪时才有,现代也没有了,而且隐士们的刻苦精修,恐怕也不是佛教徒的苦行所能比拟——修士居处都有一定的寺院,有一定应守的规则;他们对于院长绝对服从,出必告,入必面,一举一动,不得专擅;而且严肃虔祷,苦身克己,种种戒行,更非局外人所能想像。独立不羁的她,自由惯了的她,能够受这样的拘束么?不能,无论怎样,不能。她的性格岂但放纵随便而已,如前所述,她原是个"娇孩",受不得一点辛苦,也受不得一点磨折,无论心灵或形体方面。看了白朗、马沙的好模范,也想加入她们的团体,肩背上负荷着沉重的十字架,脚踏着荆棘,向卡尔佛里勇敢地进行。不过她的自知之明告诉她,自己决不能这样干,干了将来一定会后悔,半途而废,有什么意思?这伟大的志愿在她头脑里像一现的昙花,以后便永无消息。噢!做一个守死善道的宗教家,谈何容易?况且她原是一个荏弱的灵魂!

即说她能够收敛心情去修道,还有一件东西,她却不愿意抛弃,这就是她爱美的情感。这是她性灵中最美丽的花,她要让它好好地发荣滋长,不愿将它放置于冰天雪窖,使之枯萎而死。

这爱美的情感包括极广:如文艺的欣赏、音乐的陶醉、一花一草的怡情、壮丽山川的游览、奇珍书籍的披阅、知心朋友的谈话,都不是修道院中所能享受的权利。她又爱好文字的创作,但据她浅薄的信仰经验而论,宗教的虔诚和文艺的灵感,实处于背道而驰的地位。任何文学家要写一首诗,或一篇优美的文字,他的情感必激发动荡到最高点,才有创作的能力。所以文学家的情感要有机会使它常常热烈奔放,不受一毫羁束。宗教家呢?他们的生活是这样:时刻讲究真心诚意的功夫,终身从事于灵和肉的争战,朝朝暮暮的祭献、祈祷,他们对神的虔诚增加一分,则他们的心情也紧敛一分,他们将一切的欲念,活活钉死在十字架上,信德虽是完全,情感却枯萎了。再者文学家或艺术家须有排斥一切,唯我独尊的精神,如天马行空,如威凤翔于九霄之上,中国的李太白,英国的拜伦,都有这种气度,所以他们的作品,也都潇洒自然,不同凡响。宗教家在精神上自己加上重重桎梏,意气不能飞扬,思想当然也就不能活泼。她相信那哀感顽艳的情感,和沉博绝丽的文章,绝不是戒律谨严的高僧所能有或所能做的。坡叟哀(Bossuet)只能做他的哀诔文(Les oraisons funèbres),至于给哀绿绮的情书,还得让阿伯拉来写,《漫郎摄实戈》也得让白莱活士特(Prévost)教士来创作吧。乌目山僧颇能吟几句好诗,但《断鸿零雁记》以及"春雨楼头尺八箫",便只能教那饮酒食肉的曼殊和尚专美了。她羡慕宗教的庄严,又不能忘情于文艺的超逸,希伯来与希腊思潮的冲突,不知曾使多少有为的人物,陷于惨澹的一生,曾使无量数聪明之士,终身徘徊于歧路,现在这位中国青年也在这漩涡里旋转着,翻滚着,没法立定脚跟。这新鲜的滋味,不是亲自尝试,又哪能知道?

老实说,她未来巴黎之前,还是打算回国去入修道院,及见了巴黎那渊渊如大海的艺术宝藏,更触动了她那爱美情感,才决然放弃了这个念头了。

她思前想后,不嫁;修道又不能,回国之后还以从事著述为唯一良策。她的哀怨、她的爱恋、她的不幸的命运、她的芳馨凄艳的情操,都可以借文字发表出来。文学是她最佳的慰情者,最相宜的终身伴侣。

她的身世是个缺陷的身世,但缺陷也未尝不美。希腊美神的石像,罗马古宫的断址颓垣,荆棘的铜驼,隋堤的衰柳,正因其缺陷成了后人的诗料呢。而且她不必和一个男人结婚,她心里却可以爱一个男人,这男人是谁?还是叔健。她已经深恨叔健了。为什么还爱他呢?原来她又有许多奇妙的解释:她所爱的叔健并非叔健本人,却是她那理想所构成的神秘影子。叔健本人便说是温柔可爱,和她没有恶感,也不及这神秘影子可爱的百分之一。因为这影子是她的幻想,她的柔情、她的爱、她的梦,一点一点塑造成功的。这是她恋爱的偶像,她曾用心灵拥抱他过,又曾以眼泪浇他的足,用头发去擦干。

这偶像是完全的、伟大的、圣洁的,不但叔健当不起,恐怕这世界里没有一人当得起吧。不过她除叔健之外,没有认识别个男人,没有将爱情向别人输注过,所以勉强抓住了叔健的名字,题上她的偶像罢了。人们的爱情对象有两种:一种对象是人,是男子所喜欢的女人,是女人所恋爱的男子;一种对象是什么,我说不出,总而言之要比自己高尚,要比自己神圣过几千百倍,所谓男女间的贞操,信义,悲壮哀艳,可歌可泣的爱情的牺牲,都是为这项对象而发。爱情有了这项对象,那爱情才纯洁、才高贵、才属于灵,否则只是卑鄙的肉感而已。

骑士时代英雄,崇拜一个大家闺秀,将她的名字写在深山大树上,除自己外,不让一个人知道或者也不让他的恋人知道。也有侠士为舍己成人之故,闷死自己的情爱;也有爱人不幸短命,他或她便"终身一曲雉朝飞",不再别寻鸳侣;也有许多的女子,情人虽然负了她,她心里还保存以前的爱念,因为她所爱的并不是那个负她的人,却是她从前爱情的寄托者。有人说这是"自我恋"的发展,那也未尝不可,不过说它是第二种爱情的对象,则比较妥当,比较切合。更扩而充之,那些热心爱国的志士,为全人类服务的仁人,也都是这项情感发达的缘故吧。

可恨我们中国人脑筋过于简单,过于拘泥于实现的生活,对于这种优美的艺术情感,不大了解,动不动要搬些什么弗洛伊德的学说来解释一回,丑化了美的人生,损坏了美妙的诗趣,真真煞风景!

醒秋决定自己前途之后,潮沸般的心绪,略为平静。她在巴黎游览了几天,回里昂一行,又到瑞士打了一转。因为悬挂着母亲,湖光山色,无心赏览,只去了两天便赶回里昂,收拾行李。船票已由中法学院代购,办了护照等手续,动身之日,和中法朋友郑重分手,乘火车赴马赛上船。

白朗那晚送她于车站,含着眼泪,叮嘱她途中保重,又教她无论如何,不可忘记了宗教的信仰,醒秋唯唯听命。白朗又送了她十几本宗教书籍,使她途中得以消遣。又嘱她回国之后,时时温习法文,和她勤通鱼雁,不要将几年辛苦换来的东西付之遗忘。醒秋也答应了。

初夏的傍晚,马赛码头有一只大船出口。船上许多人向岸上送行的亲朋,频挥手巾,以示惜别之意。三层楼铁栏之畔,立着一个中国女青年,那就是醒秋。她眼睛也望着岸上,虽然没有一个送别的人,但她也有无限惜别的情意,留给她羁留三载有半的法兰西。

她立于栏旁,以她心灵的手,向马赛挥着,默默地祝祷道:

"别了,法兰西!你是我第二故乡,三年作客的可爱地。我的脚迹虽然也曾到过别的地方,但居留里昂最久,所以里昂给我的印象,尤为深刻。圣蒂爱纳的古堡中,金头公园的湖畔,虹河的桥上,福卫尔大教堂里,一花、一草、一瓦、一石、一片晴波、一天夕照,都有我乡思的颤动,初恋的迷醉,哭兄忆母的泪痕的渍染,伤春情绪的萦绕,虔诚祈祷的遗音……你虽然曾给我许多眼泪洗面的岁月,也给我许多永不能忘的欢乐。我有时懊悔来你这里,空抛掷了三载韶光,换得一腔悲痛回去,但我也在你这里得了无数人生的经验,所得也未尝不偿所失。别了,可爱的法兰西,今生今世,我或者不能再看见你,但我将永远宝贵着你所给我的记忆,我的梦魂或者还会飞渡大西洋,和你时时相见。

"别了,白朗女士!我亲爱的教师,我义重如山的朋友。我和你同处二年,你的人格,影响我不少。你想我皈依于你所信仰的神,费尽心血,现在你总算将我劝服了。这年头正是天主教在中国遭厄的年头,我皈依之后,在法国已为同国人所误解,虽然他们对我显明的攻击,尚未发动,再待下来,事情便不知要演变到何地步了。我此番归去,说不定还有许多迫害在等待着我。但前途无论如何艰险,我必坚贞自誓,永远不改初衷,那是我对于天主的忠实,也是对于你的信义。

"虽然你我国籍不同,种族各异,但我们同具一颗'人类的心',我们的性灵因此遂无隔阂,我想世界之所以成为世界,也是全靠这颗伟大的'人类的心'维系着吧。你曾像爱骨肉一般的爱我,这般友情,在我一生是很少遇见的。但你爱我并不单为了对朋友的情感,而是为了我灵魂的好处,前者私而后者公,我也能明白。我以后要分外珍惜自己的灵魂,不容它有失落的机会。记得我在马沙修女家中,她常说人生世上,是为了战斗立功而来,她的二哥第一次大战时,奋勇作战,受伤将死,曾合掌对天说:'天主,我打了一个好仗!'马沙说她愿意她自己临死时,也能对天主说这句话。白朗,我亲爱的朋友,我知道你也是如此,也愿意我如此。我一定要以这种精神自勉,到那炮火连天的人生战场上打一个仗!

"别了,亲爱的朋友!希望你时常为我,为我最爱的母亲,为我最慕恋的祖国祈祷,我也为你祈祷。我们形体虽隔,精神仍可互相交通,这个世界里即不能相会,将来还有相会的时候,这是我所坚信无疑的。

"别了!法兰西!

"别了!白朗女士!"

碧绿的海波里,荡漾着黄金色的夕阳,一缕浓烟,斜拖水面,直拖到马赛岸上,那景况依稀和那年醒秋偕中法学院的同学自上海放洋相似。但来时欢笑,去时悲哀;来时抱着无穷希望,去时带着一颗碎心,这是不同之点。汽笛声中,那艘大舰载了几百客人,和无数离愁别恨,向漫漫大海东去了!

第十七章 一封信

某年上海黄浦江畔某大工厂职员住的楼上,有一个青年工程师,躺在椅子上像在休息的样子,这青年刚刚下工,到房里用面巾拭去头脸上的热汗,燃起一支雪茄吸起来。吸了一会,起身想赴浴室里去沐浴,忽然他的眼光瞥射到桌上新送来的一封厚信,于是他不想赴浴室了,将雪茄烟向烟盘轻轻叩了一下,叩去烟灰,重新衔在口里,返身坐在椅子上,展开那封信静静地读起来。那信上写道:

亲爱的叔健:
　　在上海和你分别后,忽忽过了一周有余了。我经过四昼夜车舟的劳顿,幸于大前日安抵故乡。母亲的厝所,也已去过几次,差不多每整天的光阴,都消磨在那里。母亲在世的时候,我年年出外读书,依恋膝前的时日极少,现在虽想多陪伴她一下,然而她已长眠泉壤,我唤她她不能答应,我哭她她不能闻知,健,你想我是如何的哀痛!
　　今天是清明节,我是特为了这个节日回里扫墓的。我并没有循世俗习惯:焚纸钱,设羹饭,使我母亲亡灵前来享受。清晓时,家人都未起来,我走到园里采撷了不少带露的鲜花,编成一个大花圈,挂上她的殡宫。一朵朵浓黄深紫,都是我血泪的结晶,春山影里,手抚冷墙,恣情一恸,真不知此身尚在人世。年来悲痛郁结,寸心为之欲腐,这样哭她一场,胸中反略觉舒畅。但想到罔极深恩,此生永难报答,又不觉肝肠欲断了。

　　我去夏为母亲病重,仓皇东返,在海船上一路为那可怕的预兆战栗,疑惑不能再与母亲相见。但如天之幸,我到家后,她病况虽然沉重,神志尚清,我在她病榻前陪伴了她七个月,遵她慈命,将你约到我们家乡结婚。她当时很为欣喜,病象竟大有转机,医生竟说还有痊愈之望。为了乡下医药不便,滋补的食品,难以张罗,我特到上海,打算安排一下,接她出山就医;谁知我到上海未及半月,她的噩音便来了!天哪,我当时是何等的伤心,何等的追悔!命运注定我不能和她面诀,不能领略她最后慈祥的微笑,不能看她平安地咽最后一口气,我还有什么法想?那妖异的,惊怖我三年的预兆,虽说没有应验,到底算是应验了。是不是,健?我永久猜不透这是一个什么哑谜。这事我在法国写信回家时没有问母亲过,因为我不忍而且我有所忌讳,归国后我到底熬不住,有一回委婉地问她,她说:她也不知道那时为什么那样伤感,好像永不能和我相见似的。健,这事岂不太奇,看来宇宙间,不能说没有神秘的存在。但我万里归来,还能侍奉她半年的医药,并且偿了她向平之愿——这是她最切的愿望——安慰了她临去时的心灵,冥冥中不能说没有神灵的呵护,这或者是圣母的垂怜吧?我们又哪能知道。

　　健,你还记得吗?去年我们在乡下度着蜜月,那时我对于你的误解没有完全消释,你对我也还是一副冷淡的神气——这是你的特性,我现在明白了——但在母亲前我们却很亲睦,出乎中心的亲睦,母亲看了,心里每有说不出的欢喜。更感谢你的,你居然会在她病榻旁边,一坐半天,赶着她亲亲热热地叫"妈"。母亲一看见你,那枯瘦的颊边便漾出笑纹,便喊:"醒儿,快些上楼拿徽州大雪梨和风干栗子,给你的健吃……"

青年工程师读信读到这里,眼前仿佛涌现一幅图画:一间小小乡村式房子,里面安着一张宁波式梨木床,床上躺着一个瘦瘠如柴的半老妇人,几年的流泪,昏黯了她的眼神,入了膏肓的疾病,剥尽了她的生命力。她躺在那里,真是一息奄奄,好像是一堆垂烬之火,她说话时也一丝半气,毫无气力。但她看了对面坐着的青年,她的娇婿,和立在她床边的爱女,她的精神便比较的振作,病势也像减退了几分。青年第一次在这垂死的病妇人眼睛里,窥见了伟大的神圣的母性光辉,他曾不禁私叹为人生罕见的奇迹,现在这印象又很鲜明的显在他面前了。

青年取下口中衔着的雪茄,喷出一口浓烟,好像透了一口气似的,闭着眼呆呆的定了一会神,于是又拈起那封信继续读下去。

　　她精神好些的时候,便絮絮和你谈心,她说:"醒儿是我最小的女儿,自幼被我惯坏,脾气很不好,性情又很颠顸,不知道当家理事,尽主妇的职责,将来要请你多多担待她些。从前你们两口子在外国闹的意见,我希望你们心上永远不要留着那层痕迹了。再者你婚假将满,不日出山,你可以和醒儿一道去,不要挂念我,我的病是不要紧的……"她说到这里,她微弱的声音更带些喑哑,像要哭,但没有眼泪,她的眼泪已经流干了。她所以伤心的原因,是为了舍不得我。女儿出了嫁,不免要跟着女婿去,自己的病又已到了山穷水尽的田地,自己心里又何尝不明白。抓住她心肝的不是寻常的情感,是生离死别的情感。健,她的情况,我那时不大觉得怎样,现在回想起来,才知那是如何的沉痛!

　　健!我现在是个没有母亲的人了。回忆过去托庇慈荫下的快乐光阴,更引起我无穷的系恋。我天天坐在母亲的殡宫前,注视着青天里如如不动的白云,痴想从前的一切,往往想得热泪盈眶,或者伏在草地上痛哭一回。唉!我真的和我最爱的母亲,人天永隔了么?我有时总疑心是一场噩梦!

　　这青山还是青山,绿水还是绿水,故乡还是可爱的故乡,但母亲不在，便成了惨澹的可诅咒的地方了，我这一次归来是为扫祭，等母亲下葬时再来一次，以后便要永远和故乡作别。我年来悲痛够了，受了伤的神经，不能更受刺激了。天！请怜悯我，不要让我再见这伤心之地吧。

现在我是这样的怕见我的故乡，从前却是怎样呢？我十五岁后在省城里读书，每年巴不到暑假，好回故乡看我的母亲。父亲省城里另有公馆，他劝我在省城里住着温习功课，不必冒着溽暑的天气，往乡下奔波。但我哪里肯听？由省城赴我的故乡虽然只有三四百里的路，却很辛苦。健，你去年到我乡成婚，也走过那条路的。一路大轮、小轮、轿儿、舟儿要换几次；要歇息于臭虫牛虻聚集的饭店；要忍受夫役一路无理的需索，老实说回我故乡一趟，比到欧洲旅行一回还困难。但我每年必定要回去，哪怕是冬天，学校只有廿几天的假，也吵着父亲让我回去。有一年在复辟役后，大通芜湖之间有兵队在开火，我也要冒险回乡。只要母亲在那里，便隔着大火聚，大冰山，或连天飞着炮火，我也要冲过去，投到母亲的怀里！

和我同在省城读书的是我的从妹眠冬，她是我二叔的女儿，四岁上婶母患虚痨病死了。我母亲将她抚大，所以和我情若同胞，爱我母亲如己母。每年假期，我回里她也必回里。我们每年回家，那快乐的情味，我永远也不能忘记。轿儿在崎岖山道里走了一日，日斜时到斜岭了。我们在岭头上便望见我们的家，白粉的照墙，黑漆的大门，四面绿树环绕，房子像浸在绿海中间。门前立着一个妇人，白夏布衫子远远耀在我们的眼里，一手牵着一个小女孩，一手撑着一柄蒲扇，很焦灼的望着岭上，盼望游子的归来，那就是我母亲，十次有九次不爽。她知道我们该在哪天到家，往往在大门前等个整半日。

从斜岭顶上到我家大门还有两三里路，但我们已经望见母亲了，我们再也不能在轿子里安身了，我们便跳出轿子，一对小獐似的连蹿带跳下山。下山本来快，我们身不由主的向下跑，不是跑，简直是飞，是地心吸力的缘故么？不止,磁石似吸着我们的,还有慈母的爱!

跳到小河边,山林都响应着我们的欢呼。屋里小孩们都出来了,四邻妇女也都拢来,把我们前呼后拥地捧进大门。母亲赶忙着招呼我们的点心,和轿夫的茶饭;教人将我们的行李拿进屋去。我们坐了一天轿,正饿,正想吃东西,两大碗母亲亲手预备的绿豆羹,凉凉的咽下去,一天暑意全消,什么琼浆玉液,味儿都不及这个!

走进卧房——与母亲寝室毗连的一间——两张床并排着,蚊帐、簟席、马尾蝇拂子,样样都收拾得清洁,安闲;桌子椅子也拭拂得纤尘不染,几天旅程的辛苦蒸郁,到此耳目一爽,这才使我们脑海里浮上一个清晰的"家"的观念。这些都是母亲隔日预先为我们安排好的。

在家休息几天,我们开始温习功课了。大哥、二哥、三弟,还有年轻的叔父们也都由学校放假回乡,家里比平时忽然热闹几倍。每天晚上我们都在大门前纳凉,个个半躺在藤椅或竹榻上,手里挥着大蕉叶扇,仰望天上的星星。宇宙也像个人之有盛衰,春是它的青年,秋是衰老,冬是死亡,只有夏天正是它生活力最强盛的时候。你看,太阳赫赫的亮,天空朗朗的青,树林更茂,像蓊郁的绿云,榴火如烧,瀑声如吼,虽然不像春天红的、紫的、白的、黄的、绀色的、空青的那样绚烂,那样的浓得化不开,但宇宙里充满的是热,是深沉的力,是洋溢的生命。在夜里,星星也攒三聚五地拼命出头,一个都不肯藏在云里,好像要把那个蓝镜似的天空进破。还有流星也比平时加倍起劲,拖着美丽的尾巴满天飞。见这景象,我们便预料明朝天气的炎热。袁子才诗道:"一丸星报来朝热,飞过银河作火声!"以前我常笑子才的荒谬,我们永远没有听见过星的声音,假如听见,那情景还堪设想?但诗人的感觉比平常人不同,也许他能以他的灵耳,听见万万里外的声响。相传某文学家能在琴键上听出各种颜色来,也许是一样的理。我们虽然没有诗人的灵耳,但看星星你推我挤,繁密的光景,也就好像听见一片喧喧嚷嚷的争吵声音呢。

在天空下,母亲时常指点星座,教我们认识,关于天文的知识,她比我强得多。惭愧,我五六岁时便学认星座,到于今只认得一座北斗星。牛郎星我也认得,因为它是在三颗大星距离相等的排在天河边。母亲说是条赶牛的鞭子,所以容易记。至于织女,我便有些模糊,假如七夕两星相会,我还不知牛郎在鹊桥上挽着的美人是谁?还有南斗,是一大群大小不同的星星组成的星座,母亲说它像一个跪拜着奏事的老人,我也认不清楚。消受着豆棚瓜架下的凉风,说狐说鬼,或追叙洪杨往事,是乡村父老们唯一的消遣。我记得舅父午峰先生,和某某几个太婆,说话最有风趣。夜里挑着担赶路,忽见树林里隐现着一丈多高的白影,知道是活无常,抛了担子回头就逃,背后还听见呜呜鬼叫。或者看完夜戏归来,凉月下,桥上坐着一个女人,问她的话不答,走近去拍她肩膀,她回头一看,脸白如霜,咦!原来碰着一个缢鬼!⋯⋯这些话常常教我们听得毛发倒竖,背上像淋着冷水。回到屋子去睡,还带着那残余的恐怖。门背后,墙壁上,黑魆魆地都像有鬼魅出现。终夜唤妈,有时怕不过,往往钻到母亲床上去睡。

讲到和母亲同睡,我十七八岁时还和母亲同睡的。夏天太热,冬天同睡却正好。我常把头钻到她腋下,说自己是小鸡,母亲是母鸡,小鸡躲在娘翼下,得得得⋯⋯的叫,害得母亲只是笑。那时候百般撒娇痴,自视只如四五岁的小孩,母亲看待我也像四五岁的小孩。

在母亲跟前谁不是小孩呢?母亲若还在世,不但那时,便是现在,便是将来,便到我到五六十岁头童齿豁的时节,她看待我还是一个小孩,我自视也是一个小孩。

暑假里快乐光阴真是诉说不尽。不多时天气渐凉了,学校来了开学通知单,我们要预备赴省城上学。母亲这时候又要大忙一阵子。她叫裁缝来,替我们做新衣,夹的,棉的,一件件都量着身材的长短裁剪;甚至鞋子、袜子、洗面的手巾、束发的绒绳,母亲都一一顾虑到。每年我回家一次,出山时,里里外外穿得焕然一新。要不是母亲细心照管着我,像我这样随便的人,在学校里不知要穿得怎样的寒酸相呢。

我现在想寻出件母亲亲手替我补缀的衣裳来,但翻遍旧衣箱都见不着一件。因为我赴法时,将旧衣服一齐赏给我所寄寓过的北京表姊家的老妈子了。当时那些衣裳不知看重,现在千金也难买。天哪,假如我能寻着一件,我要珍宝般收藏着,预备我将来穿了入土。

母亲用钱常常感到拮据,因为她的用度是被限制的,这也是中国妇女没有经济权的苦处。她的儿女子媳众多,一衣、一食、一医、一药,都要她照管,她的性情又宏慈慷慨,富于同情心,乡里贫苦人向她告急,她总不惜倾囊相助,宁可委屈自己,不肯委屈他人。每年我上学,她总私下给我钱,三十块、五十块,都是她一丝一缕,节省下来的。最后我赴北京,读了二年书,竟搜括完了她的私蓄。我前后几年的求学,都靠着公家的贴补,为的我成绩还不错,不过若不是母亲相帮,我的书也就读不成了。慈母的爱,原非物质所能代表,但她的钱来得不容易,也教人分外的感念。这些事虽极其琐碎,在我记忆里都留下极深刻的痕迹,现在我一把眼泪,一把鼻涕的写来,健,想你读了也要为我深深感动。

母亲对于我是这样慈爱,这样费尽苦心,我没有答报她一点。健,我写到这里,真有无穷的后悔,悔我当时太自私,所以于今终天抱憾! 可怜的母亲,自从十六岁嫁到我家,过的生活,完全是奴隶的生活。她少年时代的苦辛,我已经同你谈过,我想谁听了都要为她可怜。她当了一辈子的牛马,到暮年还不能歇息。我家本是一个大家庭,人口众多,祖母年高不管家务,母亲在家里算是一个总管。在大家庭里做当家人,那苦楚不是你们没有经验者所能想像。要有全权还好,偏偏她又没有权;钱凑手些也好,偏偏不凑手。油盐柴米,鸡猪果蔬,哪样事不累她费心、怄气。在中国大家庭里,谁不感着痛苦? 但我母亲所受的痛苦更大。我对于她现在还不能多写,因为我要表扬母亲的贤孝、谦退、忍耐、坚苦,种种的美德,便不免暴露了别人的不是。我笔下不能无所掩盖。一言蔽之,母亲到我家四十年,算替我家负荷了四十年沉重的十字架。

我很想她暮年能休息休息,享受点清闲的福气。我虽然是她的女儿,但现在女儿和男儿没分别;我也想尽一点反哺的心。那时我的愿望并不大:只望学成之后,在教育界服务,每月有一二百元的进款。要是我和你结了婚,便将母亲从乡下接出来,住在上海,雇个细心女仆伺候她。每日让她吃些精美的肴膳,隔上一两天煨一只鸡,还要为她煮一点滋补的白木耳、燕窝粥、参汤之类。每星期日我们陪她上戏园、电影场;无事时又陪她打个小牌。春秋佳日,伺奉她上西湖南京以及山水名胜处去散散心。这样上海住上一年半载,若是她想回里,便送她回里,等她高兴,又接她出山。等大哥有了职使,二哥三弟都成了家,她可以在各个子媳家里周流地住住。

这并不算什么奢望,我当时若肯办也能办到。但是野心太大的我,只顾着自己的前途,本省学校卒了业又要上京,上了京又要出洋留学。跑到几万里外的法国去,再也不想回来。家里接接连连地出变故,母亲病得一生九死,我还硬着心肠留在外国。毕竟学业毫无成就,空使自己精神痛苦,这是我应得之报。

最可恨的是母亲每次写信劝我回国,我回信却动不动宣布我要留学十年。十年!在慈母听来,真是刺心的一剑。后来听见大姊说:母亲每次接着我的信便要失望流泪,一连难受几日。其实我何尝真定了留学十年的计划?不过怕母亲过于悬挂,要逼我回国结婚,才故意拿这话磨炼她的心,断绝她的念。

后来我愈弄愈不像话了。为了我的婚姻问题,我几次写信和家庭大闹,所说教母亲伤心的话确也很多。天主饶恕我,我当时不知为什么竟有那样狠毒的念头:我有好几次希望母亲早些儿去世,这因为我想获得自由,但又不忍母亲受那种重大精神打击,所以如此。这还是由爱她的心发出来的,但我讳不了自己的自私心重!我的不孝之罪,应已上通于天!

有几次我恼恨之极,望着虹河滔滔流水,恨不得纵身下跳。又写信对母亲大言:我要披纱入道,永远不回中国。我的想自杀,不是轻生,我的想出家,也不完全为爱天主,只是和家庭赌气,故意说这些话使他们为我难受,我才畅快。我那时对于我那可怜母亲精神上的虐待,现在一一成了痛心的回忆,这刻骨的疚念,到死也不能涤拔!

母亲去世时,只有五十四岁。她身体素来康健,我们都以为她克享高龄,谁料她弃世竟这末早?这是大哥的死、我的远别、三弟的奇症,家庭种种的不幸,促成她这样的。她像一株橡树,本来坚强,但经过几番的狂风暴雨,严霜烈日的摧残,终于枯瘁了它的生意了。

健,海上有一种鸟,诗人缪塞曾作诗赞美过,那鸟的名字我忘记了。这鸟性情最慈祥,雏鸟无所得食,它呕血喂它们,甚至啄破了自己的胸膛,扯出心肝喂它们。我母亲便是这鸟,我们喝干了她的血,又吞了她的心肝。

从前的事,我虽然有些怨你,但是,健,我到底不能怨,因为你原是一个冷心肠人;也不必怨我家庭,假如不是旧婚约羁束着我,像我这样热情奔放的人,早不知上了哪个轻薄儿郎的当。也不能怨我自己,我所有的恼恨,是真真实实的恼恨,我曾尽我所能的忍耐,但终于忍耐不下。我只有怨命运吧,那无情的命运真太颠簸了我,太虐弄了我;或者我当悔不该去法国,不去,就没有这些事了。

真的,我很悔到法国,三年半的忧伤悲苦,好像使我换了一个人。尤其领洗后遭同学的极端鄙视,及我自己理性与信仰的冲突,精神痛苦之大莫可言喻,其不至于死者亦毫发之间而已,虽幸而不死,心灵则已受重创,所以初离法国时我还有些恋恋,以后愈想愈怕,"法兰西"三字在我竟成了恶魔的名词。回国两年,终始不敢翻开带来的法文书,不敢会见一个留法的旧同学,感谢光阴的惠爱,这病近来才稍稍平复,但法文却忘记得一干二净了。说来真教人好笑。母亲死后,我本想写点东西纪念她,但那时痛楚未定,一提笔便心肝如裂,而且想到母亲,便怅触我在法国的往事,那甘酸苦辣的滋味,又要一齐涌上心来,那烦闷的阴影,又要罩上我的思想,那灵魂深处的创口,又要重新流血,所以始终不敢写一个字。

某女士说领略人生,要如滚针毡,使它一针针见血,我,岂但滚过针毡,竟是肉薄过刀山剑树,闯过奈何桥的。但这有什么用?忧患的结果,不过隐去你颊边笑涡,多添上眉梢一痕愁思,消灭了青春的欢乐,空赢得一痕心上永远治疗不愈的创伤。我祝普天下青年男女,好好过着他们光明愉快的岁月,不要轻易去尝试这人生的苦杯!

不过我这些话,未免嫌其含混,我以为应分别论之,条理始清。就我经历的痛苦而言,我固可以追悔不该去法国,不过就我的宗教信仰而言,我又该自幸到了法国。领洗以后的痛苦,那是另一问题,领洗以前的痛苦,则是我"皈依"之所必需的。试想以我那时的思想见解和所处的时代环境来看,我若不遭受那些痛苦,怎样能发掘到信仰的宝藏呢?这宝藏不但我自己终身享受不尽,还分给了我至爱的母亲呢。

你知道我母亲是个佛教徒,一生崇敬观音大士。我自法国归来后,伴在她病榻前七月之久,每日向她宣传天主教义。母亲开始不肯接受,但我锲而不舍,并将圣母在露德所显的许多灵迹,日夕讲给她听,保证她若肯皈依,圣母定庇佑她的病会痊愈起来。母亲终于被我说服了,我于是亲手以圣父、圣子、圣神之名,给她举行了一个简单的洗礼;并为她取了一个和我一样的圣名——马利亚。

母亲的病虽终于未愈,终于弃我们而长逝,不过以她生前德行之完备,及她一生所受的苦难而言,她在天庭的报偿一定是很大的。愿仁慈的上主,接受这个善良的灵魂,亲手拭干她的眼泪,以香膏敷止她的创痛,让她永远安息于主怀!

健,我及时赶回中国,作了这件大事,我对母亲的不孝之罪,或可补赎于万一,所以我又觉得很安慰。

　　健,我的话说得太多了,这些话原是永远说不完的,不如就此收住吧。我大约明后日就要出山,相见不远,请你不要挂念我。我们过得和和睦睦,母亲在天之灵,也是安慰的。不是么,我亲爱的健?

你的醒秋
×月×日

青年工程师读完了这封信,将它折叠好了,放入信封。他脸上的神情似严肃,似微笑,叹了一口气,说道:

"爱情!爱情!为什么你们文人这样当真?在我竟不觉有何意味。但是,秋,过去事是过去了。不必再留在心上了。'我们过得和和睦睦,母亲在天之灵也是安慰的',这真是不错的话呀!"

雪茄烟这时已垂垂欲烬,青年顺手一掷,将烟头掷在烟盘里,他自己起身到隔室沐浴去了。室中寂然无人,只有几缕余烟,结为一朵上升的篆云,袅袅不尽!